Melissa Foster

Verführung in Bayside

DIE AUTORIN

Melissa Foster ist eine preisgekrönte *New-York-Times-* und *USA-Today*-Bestsellerautorin. Ihre Bücher werden vom *USA-Today-Bücherblog*, vom *Hagerstown Magazin*, von *The Patriot* und vielen anderen Printmedien empfohlen. Melissa hat mehrere Wandgemälde für das *Hospital for Sick Children*, eine Kinderklinik in Washington, D. C., gemalt.

Besuchen Sie Melissa auf ihrer Website oder chatten Sie mit ihr auf Social Media. Sie diskutiert gern mit Bücherclubs und Lesegruppen über ihre Romane und freut sich über Einladungen. Melissas Bücher sind bei den meisten Online-Buchhändlern als Taschenbuch und E-Book erhältlich.

Unter dem Pseudonym Addison Cole schreibt Melissa auch Sweet Romance.

www.MelissaFoster.com

Melissa Foster

Verführung in Bayside

Bayside Summers

LOVE IN BLOOM – HERZEN IM AUFBRUCH

Aus dem Amerikanischen von Stefanie Kersten

Vorwort

Wann immer ich über ein Paar am Cape Cod schreibe, wird meine Welt ein bisschen schöner. Emerys und Deans Geschichte ist eine Reise voller Liebe und Lachen und die beiden bekommen natürlich ein wundervolles Happy End. Ich hoffe, dass Ihnen diese heiße Liebesgeschichte genauso gut gefällt wie mir! Wenn das Ihr erstes Buch aus der Serie *Bayside Summers* ist, werfen Sie doch auch einen Blick in die *Seaside Summers*-Bücher. In dieser unterhaltsamen, sexy und emotionalen Serie dreht sich alles um eine Gruppe von Freunden, die jedes Jahr den Sommer zusammen in einer Ferienhaussiedlung am Cape Cod verbringt.

Um keine Neuerscheinungen zu verpassen, melden Sie sich für meinen Newsletter an:
www.MelissaFoster.com/Newsletter_German

Die Reihe »Love in Bloom – Herzen im Aufbruch«

Bayside Summers ist nur eine der vielen Serien aus der weitverzweigten Reihe »Love in Bloom – Herzen im Aufbruch«. Sie werden den Figuren aus jeder Geschichte immer wieder begegnen, sodass Sie keine Verlobung, Hochzeit oder Geburt verpassen. Eine vollständige Liste aller Serientitel sowie eine

Vorschau auf den nächsten Band finden Sie am Ende dieses Buches und auf meiner Website:

www.MelissaFoster.com/Herzen-im-Aufbruch

Besuchen Sie auch meine Seite mit »Reader Goodies«! Dort finden Sie Serienübersichten, Checklisten, Stammbäume und einiges mehr:

www.MelissaFoster.com/Checklisten_und_Stammbaume

Eins

Es gab sicher Schlimmeres, als dringend aufs Klo zu müssen, während man im Stau stand, aber da sie seit dem Morgengrauen im Auto saß und sich in den letzten vierzig Minuten – was etwa dreißig Minuten länger war, als ihre Blase für gut befand – kein Stück auf dem Highway weiterbewegt hatte, fiel Emery Andrews beim besten Willen nichts ein. Wenn sie nicht bald zu einer Toilette kam, würde das eine Pfütze der unschönen Art nach sich ziehen. Sie hätte daran denken sollen, wie viele Leute am Wochenende auf den Straßen unterwegs waren, *bevor* sie sich aus Oak Falls in Virginia in Richtung ihrer neuen Heimat und zu ihrem neuen Arbeitsplatz aufmachte: dem Summer House Inn in Wellfleet, Cape Cod, Massachusetts. Aber vorausschauend handeln zählte nicht zu Emerys Stärken. Sie war mehr der »Einfach mal tun und sich später Gedanken über die Konsequenzen machen«-Mensch, was sich auch in ihrem Umzug ans Cape widerspiegelte.

Sollte sie denn jemals dort ankommen.

Sie starrte auf die lange Schlange von Bremslichtern, die sich vor ihr erstreckte, und griff nach ihrem Handy, um ihre beste Freundin Desiree Cleary anzurufen. Desiree war wie eine Schwester für sie, seit sie fünf Jahre alt gewesen waren. Als sie sich nach langer Funkstille im letzten Sommer mit ihrer Halbschwester Violet angenähert hatte, hatte sie prompt am Cape die große Liebe gefunden und dann auch noch beschlossen, dortzubleiben und eine Frühstückspension zu eröffnen – und das alles innerhalb weniger Wochen. Desirees Begeisterung war ansteckend. Jedes Mal wenn Emery mit ihr telefoniert hatte, schwärmte sie von ihrem neuen Leben mit ihrem Verlobten Rick Savage und ihren Plänen für die Pension. Das hatte Emery ernsthaft über ein paar Dinge nachdenken lassen. Ihr war aufgegangen, dass sie selbst keine Begeisterung für ihr Leben in Oak Falls empfand, aber dafür war sie ganz allein verantwortlich. Kurz vor den Feiertagen hatte sie den Fehler begangen, sich auf ein Date mit ihrem Chef vom Rücken- und Rehazentrum Oak Falls einzulassen, was letztlich dazu geführt hatte, dass sie ihren Vollzeitjob als Spezialistin für Rückenyoga in der Einrichtung aufgab. Leider hatte sie bei ihrer Einstellung einem Wettbewerbsverbot zugestimmt und durfte deswegen im Umkreis von fünfzig Meilen um das Rehazentrum keine Rückenyogakurse geben. Dabei war das genau das, was sie beruflich am erfüllendsten fand. In der Kleinstadt Oak Falls gab es also weder für ihre Karriere noch für ihr Privatleben eine Zukunft.

Sie brauchte einen Neuanfang, und als Desiree sie zu sich nach Wellfleet eingeladen hatte, um Yogakurse in der Pension zu geben, hatte sie die Gelegenheit direkt beim Schopf gepackt.

Desiree nahm den Anruf beim zweiten Klingeln entgegen. »Hi, Em! Ich kann gerade nicht reden. Heute ist Bettenwechsel, drei Gäste wollen unbedingt einchecken und zwei andere musste ich vertrösten. Kann ich später zurückrufen?«

»Warte! Ich bin auf dem Weg zu euch und gerade in Orleans. Aber …«

»Orleans? Wirklich?« Desiree klang, als würde sie sich freuen, aber da lag auch ein gewisses Zögern in ihrer Stimme. »Ich habe dich erst nächste Woche erwartet. Vor Mittwoch ist kein Zimmer frei. Warum hast du nicht angerufen und mir Bescheid gesagt, dass du früher kommst?«

»Weil ich in meiner leer geräumten Wohnung fast durchgedreht bin, nachdem ich meine Sachen gepackt hatte, und ja auch nicht mehr arbeiten gehe. Und ich habe mich so darauf gefreut, aus Oak Falls zu verschwinden und dich zu sehen!«

Emery war schon immer die Abenteuerlustige gewesen, während Desiree alles bis ins Kleinste durchdachte und immer vorsichtig war. Aber je länger Emery auf ihre in Kartons verstauten Habseligkeiten gestarrt hatte, desto mehr Zweifel waren in ihr aufgestiegen. Was, wenn sie nicht genug Kunden fand, um davon leben zu können? Und während sie so in ihrem leeren Apartment saß und grübelte, war ihr die Erkenntnis gekommen, dass es doch nicht so einfach werden würde, ihre Familie und den einzigen Ort, an dem sie je gelebt hatte, zurückzulassen. Traurig war sie immer noch, aber ihre drei älteren Brüder hatten sie während der langen Fahrt schon mehrmals angerufen, und sie war froh, dass zukünftig nicht mehr jeder ihrer Schritte von ihnen mit Argusaugen beobachtet wurde. Noch eine Woche mit ihren Sorgen und ihren Brüdern hätte Emery vermutlich in den Wahnsinn getrieben. Sie hatte sich noch nie von ihren Zielen abhalten lassen, und ihr war klar, dass sie ihre Ängste nur überwand, indem sie sich kopfüber ins Unbekannte stürzte – und genau das tat sie nun.

»Es sieht im Moment nicht so aus, als würde ich es überhaupt schaffen. Der Verkehr ist die Hölle«, sagte sie. »Ich sitze auf dem Highway kurz vor dem großen Kreisverkehr fest. Soll ich mir ein Motelzimmer nehmen, bis bei dir was frei wird?«

»Oh, Em, da hast du schlechte Karten. Gerade ist Hauptsaison. Alle sind komplett ausgebucht. Aber keine Sorge, Violet lässt dich bestimmt in ihrem Cottage schlafen.« Desiree und ihre Schwester hatten das alte, viktorianische Haus und die vier Ferien-Cottages, die sie von ihren Großeltern geerbt hatten, kürzlich renoviert. »Ich sage ihr Bescheid, aber schlag doch unterwegs irgendwo ein paar Stunden tot, bis es auf den Straßen nicht mehr so voll ist. Geh in Orleans eine Runde shoppen oder so«, schlug Desiree vor. »Es tut mir echt leid, aber ich muss auflegen. Kommst du ein paar Stunden allein klar?« Bevor Emery darauf reagieren konnte, fuhr Desiree auch schon fort. »Aber natürlich tust du das. Du liebst Abenteuer! Wir unterhalten uns nachher, wenn du da bist. Und wenn du wirklich einen Abstecher nach Orleans machst, bring mir was aus dem Chocolate Sparrow mit!« Desiree schickte ihr ein Küsschen durchs Telefon, dann legte sie auf.

Als Emery sie über die Feiertage besucht hatte, war das auf Schokolade spezialisierte Café geschlossen gewesen, aber wenn sie Desirees Schwärmereien glauben durfte, waren die Leckereien dort quasi *orgasmisch*.

Ich könnte ein paar Orgasmen brauchen – durch Schokolade oder anderweitig.

Sie spielte weiter mit dem Gedanken, sich das Schokoladengeschäft mal anzusehen, während sie sich Meter für Meter vorarbeitete. Die Autos stauten sich in beiden Ausfahrten – sowohl zum Summer House Inn als auch zur orgasmischen Schokolade in Orleans. Sie kniff die Oberschenkel zusammen. Eigentlich hatte sie extra ihren neuen Bikini unter dem ärmellosen Kleid angezogen, weil sie um diese Uhrzeit schon am Strand liegen wollte. Den jetzt vollzupinkeln, war das Letzte, was sie gebrauchen konnte. Plötzlich entdeckte sie eine freie

Abzweigung auf der gegenüberliegenden Seite des Kreisverkehrs.

Was soll's. Desiree erzählte ihr ständig von Abkürzungen über Nebenstraßen, die Touristen nicht kannten. Zeit für ein erstes Abenteuer am Cape.

Sie quetschte sich an der Schlange von wartenden Autos vorbei und umrundete den Kreisverkehr, um auf die Nebenstraße zu fahren. Doch da ging ihr schnell auf, dass sie in die falsche Richtung führte – die, aus der sie gekommen war. Sie hielt am Rand und rief Dean Masters an, der inzwischen neben Desiree zu ihrem besten Freund geworden war. Sie hatte ihn an Weihnachten kennengelernt, als sein Freund und Geschäftspartner Rick sie als Überraschung für Desiree über die Feiertage hatte einfliegen lassen. Am gleichen Abend hatte er ihrer Freundin auch einen Antrag gemacht. Dean und Emery verstanden sich vom ersten Moment an blendend und waren auch nach ihrer Rückkehr nach Virginia in Kontakt geblieben. Erst war es nur tägliches Geplänkel über die riesige rote Schleife gewesen, die sie sich am Abend ihres Kennenlernens für Desiree umgebunden hatte. Daraus waren abendliche Telefonate und Guten-Morgen-Nachrichten geworden, woraus eine Freundschaft erwuchs, die ihr mittlerweile sehr wichtig war.

»Hi, Püppi. Wie geht's dir?«

Deans tiefe Stimme und der Kosename, den er ihr schon am ersten Tag verpasst hatte, zauberten ihr ein Lächeln aufs Gesicht und urplötzlich löste sich der Knoten in ihrem Magen. Sie schaltete die Freisprechanlage ein und fuhr wieder los. Dean hatte die Lücke gefüllt, die Desiree in ihrem Leben hinterlassen hatte. Er machte Binge-Watching-Tage mit Emery über Skype und sie unterhielten sich oft bis in die frühen Morgenstunden über alles und nichts. Sie waren so komplett unterschiedliche Charaktere, dass sie eigentlich gar nicht zusammenpassten.

Emery überlegte sich selten, welche Konsequenzen etwas haben könnte, bevor sie sich hineinstürzte, Dean dagegen dachte sorgsam und strukturiert über alles nach, wie Desiree. Und wie Desiree war er zum Yin für ihr Yang geworden.

»Hey, Großer. Sag mir bitte, dass du mich von der ...« Sie schaute auf das Straßenschild. »... Rock Harbor Road zur Pension lotsen kannst.« An der nächsten Kreuzung bog sie auf eine schmalere Straße ab in der Hoffnung, den Weg zur Pension oder vielleicht einen der kleinen Läden zu finden, von denen Desiree immer erzählte, um dort die Toilette zu benutzen.

»Du bist in der Stadt?«

»Ja. Aber ich muss schnell irgendwohin, wo es eine öffentliche Toilette gibt. Der Verkehr ist ein Albtraum, und ich muss so dringend pinkeln, dass ich gleich am nächsten Haus anhalte.«

»Okay, ganz ruhig«, erwiderte er ernst. »Bevor du irgendeinem Wildfremden seinen Lebenstraum erfüllst, leite ich dich lieber. Bieg rechts auf die Bridge Road ab.«

»Ich ...« Sie schaute sich nach Schildern um. »Ich bin schon von der größeren Straße abgebogen und habe keine Ahnung, auf welcher ich gerade bin.«

»Natürlich nicht.«

Das Grinsen in seiner Stimme ließ sie die Augen verdrehen.

»Warum benutzt du nicht dein Navi?«

Vor zwei Wochen hatte sie ihn schon einmal angerufen, weil sie sich auf dem Rückweg von einem Konzert verfahren hatte, und er hatte ihr erklärt, wie man das Navi benutzte. Selbst mit seiner Schritt-für-Schritt-Erklärung hatte sie das verdammte Ding beinahe frustriert aus dem Fenster geworfen.

»Du weißt doch, wie sehr ich das Ding hasse. Die dumme Stimme sagt mir immer zu spät, was ich tun soll, ich verstehe sie nicht, wenn das Radio an ist, und außerdem finde ich wirklich, dass man eine männliche einstellen können sollte.«

Er lachte.

Sie versuchte, sich auf die schmale, kurvenreiche Straße statt auf ihre Blase zu konzentrieren, die sicher jeden Moment platzen würde. »Lass das!«

»Was denn?« Er lachte erneut.

Sie kniff die Beine noch fester zusammen. *»Lach nicht!* Wenn ich lache, mache ich mir in die Hose.«

Die Leitung wurde so totenstill, dass sie nachschaute, ob sie noch Netz hatte. »Hallo? Dean? Bist du noch da?«

»Sorry. Ich habe das Mikrofon stumm geschaltet.«

»Warum?«

»Ich darf doch nicht lachen, aber ich stelle mir gerade vor, wie du auf dem Sitz herumwippst, weil du so dringend musst, und ...« Der Rest des Satzes wurde von seinem Lachen verschluckt.

Und so verging die nächste Viertelstunde damit, dass Dean herausfand, wo sie gerade war, und sie anschließend zu seinem Haus lotste. Als sie dort ankam, hielt sie es wirklich kaum noch aus. Sie stürzte sich praktisch aus dem Auto und rannte durch den mit wunderschönen Blumen bepflanzten Vorgarten zur Tür. In diesem Moment umrundete er die Hausecke. Er trug kein Shirt und schleppte einen riesigen Steinbrocken, der seinen kompletten Oberkörper verdeckte. Seine Kiefermuskeln und die Adern an seinem Hals und den muskulösen Armen traten vor Anspannung deutlich sichtbar hervor. Er ging in die Knie und setzte den Stein am Rand eines Beetes vorsichtig ab.

Ihr blieb einen Moment die Luft weg.

Heilige Maria, Mutter des heißen Anblicks.

Sie hatte beinahe vergessen, wie groß und stark und *beeindruckend* er war, wenn man ihm gegenüberstand. Und dass sie vom ersten Moment an in seiner Nähe Schmetterlinge im Bauch gehabt hatte. Seine Haare hatten den gleichen honigblonden Ton wie ihre, waren aber so kurz, dass er als Soldat durchgehen würde. Und *verdammt*, er trug wirklich noch den Bart, den er sich den Winter über hatte wachsen lassen. Als er ihr erzählt hatte, dass er sich den normalerweise im Sommer abrasierte, hatte sie ihn praktisch angefleht, ihn zu behalten. Der Bart verlieh ihm eine raue Attraktivität und zusammen mit seinem üblichen ernsten Gesichtsausdruck wirkte das Gesamtpaket einen Hauch gefährlich.

Der elende Schauspieler.

Unter der Fassade des großen, bösen Kerls steckte nämlich der geduldigste Mann, den sie kannte – was sie absolut nicht erwartet hatte. Und nun musste sie kräftig schlucken, um die sexuell ausgehungerte Frau in ihr, die sich schon auf eine Will*kommen*-zu-Hause-Party vorbereitete, zum Schweigen zu bringen.

Vergiss es. Kommt nicht infrage. Ein paar ihrer früheren Beziehungen hatten sich aus Freundschaften entwickelt und das war nie gut ausgegangen. Sie hatte Dean schon lange in die verbotene Kategorie Mann gesteckt, ob ihr Körper das nun beherzigte oder nicht.

Er richtete sich wieder zu voller Größe auf und schien sie erst jetzt zu bemerken. Ein amüsierter Ausdruck blitzte in seinen stahlblauen Augen auf, und sie merke, dass sie hier mit zusammengekniffenen Oberschenkeln vor seiner Tür stand und ihn anstarrte. *So ein Mist!* Sie musste lachen, doch dabei meldete sich direkt ihre Blase wieder, die nun endgültig die Geduld verlor.

Dean eilte voraus auf die Veranda und öffnete ihr rasch die Tür. »Geh schon, Püppi. Links den Flur runter.«

»Du bist mein Held.« Sie gab ihm einen schnellen Kuss auf die Wange. Sie hatte ihn ganz am Anfang mal gefragt, warum er sie »Püppi« nannte, doch seine Antwort hatte aus einem lapidaren »Einfach nur so« bestanden.

Er versetzte ihr einen Klaps auf den Hintern, als sie an ihm vorbei durch die Tür rannte.

»Ich pinkel dir gleich auf den Boden!«

»Normalerweise bekomme ich eine andere Reaktion!«, rief er ihr nach. »Aber wenn du auf so was stehst …«

Sie musste grinsen. Es war so schön, ihn wiederzusehen, so gut, wieder bei Desiree und den anderen Freunden zu sein, die sie im Winter hier gefunden hatte. Nachdem sie ihrer Blase endlich Erleichterung verschafft hatte, wusch sie sich die Hände und betrachtete sich einen Moment lang im Spiegel. Ja, sie hatte definitiv einen langen Tag im Auto hinter sich. Ihre Haare hatte sie zu einem Dutt geschlungen und mit einem Bleistift festgesteckt, den sie im Handschuhfach gefunden hatte. Ein paar Strähnen hatten sich daraus gelöst, was sie ein bisschen zerzaust wirken ließ. Sie zog den Bleistift heraus, sodass die Haare ihr offen über den Rücken fielen. Dann hielt sie sich eine Hand vor den Mund und hauchte hinein.

Igitt, Kaffee-Atem.

Sie suchte in der Schublade des Waschtischs nach Zahnpasta. *Zahnseide, Pflaster, Deo, Nagelknipser, Bartöl, Bartbalsam.* Neugierig griff sie nach dem Bartöl, öffnete es und schnupperte daran. *Hmm. Zedernholz.* Sie warf einen Blick aufs Etikett. Alles bio. *Nett.* Mit Pfefferminz-, Eukalyptus- und Lavendelöl. Schien, als würde ihr zweiter bester Freund sich da was Ordentliches gönnen. Sie schraubte den Deckel wieder zu und legte das Bartöl zurück in die Schublade, bevor sie in einer anderen weitersuchte. Dort wurde sie fündig und schrubbte sich mit ein bisschen Zahnpasta auf dem Finger über die Zähne.

»Hey, Püppi. Alles okay da drin?«, rief Dean durch die Tür.

Sie machte ihm auf, hielt aber einen Finger hoch, damit er kurz wartete, und spülte sich den Mund aus, um sich anschließend noch einmal die Hände zu waschen, während Dean sie neugierig beobachtete.

»Viel besser. Ich hab mir was von deiner Zahnpasta gemopst.«

Er zog eine Augenbraue nach oben. »Hast du heute noch ein Date?«

»Ha! Schön wär's.« Sie warf sich in seine Arme und drückte ihn so fest, dass sie sein Herz an ihrem schlagen fühlte. »Ich bin so froh, dass ich endlich da bin!«

»Ich auch.« Er stellte sie wieder auf die Beine. »Tut mir leid, dass ich so dreckig bin. Und stinken tue ich wahrscheinlich auch.« Mit dem Daumen deutete er über die Schulter. »Ich gestalte den Garten hinterm Haus um.«

Sie klopfte sich ein bisschen Erde vom Kleid und ließ den Blick über seinen unfassbar heißen Körper wandern. Warum hatte er eigentlich keine Freundin? Desiree hatte ihr erzählt, dass er ständig von Frauen angemacht wurde. »Du riechst nach deinem Bartöl, an dem ich *vielleicht* mal geschnüffelt habe.«

Er verengte die Augen ein wenig. »Du hast geschnüffelt?«

Sie machte eine wegwerfende Handbewegung. »Natürlich! Ich war auf der Suche nach Zahnpasta. Ich mag den Duft, und gut zu wissen, dass du nicht nur die Schätzchen hier gut pflegst.« Sie strich mit den Händen über die ausgeprägten Muskeln seiner Oberarme, woraufhin er die Zähne zusammenbiss. Das brachte sie zum Lachen und sie tätschelte ihm die Wange. »Du siehst aus, als würdest du mich jeden Moment anknurren.«

Sie war mit drei älteren Brüdern aufgewachsen und kam mit Kerlen schon immer besser zurecht als mit Frauen, hatte schon immer mehr männliche als weibliche Freunde gehabt. Schon früh hatte sie gelernt, dass Männer ihre Reaktionen gerne rausließen. Wenn er knurren wollte, sollte er das ruhig machen.

»So was in der Art«, murmelte er mehr zu sich selbst.

Sie folgte ihm ins Wohnzimmer. »Warum ist dein Kram überhaupt da drin und nicht in dem Bad, das zum großen Schlafzimmer gehört?«

»Es gibt hier nur eins.«

»Ach ja? Warum?«

»Keine Ahnung. Wozu braucht man als Single mehr als ein Bad? Aber was mich viel mehr interessiert: Du wolltest doch erst nächste Woche herkommen. Was ist passiert?«

Seit Desiree weggezogen war und sie selbst sich mit Dean angefreundet hatte, fühlte sich Emery hier mehr zu Hause als in Oak Falls. »Ich habe nur dumm in meiner Wohnung rumgesessen und konnte es nicht erwarten, hier mein neues Leben anzufangen und dich, Des, Violet, Serena und die anderen wiederzusehen. Warum also warten?« Serena leitete die Verwaltung des Resorts, das Dean zusammen mit Rick und Ricks Bruder Drake gehörte. »Und da bin ich! Aber weil die Straßen dicht sind, komme ich nicht zu Desirees Pension, und sie meinte, dass der Stau noch Stunden dauern kann. Sie hat irgendwas von einem Bettenwechsel gesagt?«

»Man kommt nur über eine Straße ans Cape, also staut sich der Verkehr jedes Mal, wenn die Gäste wechseln. Samstags ist es am schlimmsten, aber sonntags kann es auch nervig werden.«

»Kennst du einen Schleichweg zu ihr?«

Er drehte sich stirnrunzelnd zu ihr um. »Ich kann dich mit dem Jetski hinbringen.«

»Oh, cool!« Doch ihre Begeisterung flaute so schnell wieder ab, wie sie gekommen war. »Aber da kann ich meine Sachen nicht mitnehmen.«

»Warum bleibst du nicht einfach eine Weile und hilfst mir im Garten? Wir werfen zum Abendessen was auf den Grill, und du fährst später zu ihr, wenn die Straßen wieder frei sind.«

»Du werkelst doch sicher ständig an deinem Garten. Der könnte direkt aus einer Zeitschrift stammen.«

»Danke.« Er zuckte mit den Schultern. »Was man gerne macht, macht man oft.«

Sie wusste, dass er nicht nur Mitbesitzer des Resorts war, sondern auch als selbstständiger Landschaftsgärtner für ein paar ausgewählte Kunden arbeitete – für das Krankenhaus, in dem er früher Pfleger in der Notaufnahme gewesen war, und für eine Einrichtung für betreutes Wohnen, in der er zusammen mit den Bewohnern gärtnerte. Emery zog ihn gerne mit seinem Rentnerinnen-Fanclub auf. Dean war ein sehr verschlossener Mensch, was es manchmal schwer machte, ihn richtig einzuschätzen, aber an der Leidenschaft für seine Arbeit bestand kein Zweifel, egal, ob er ihr in Nachrichten oder am Telefon davon erzählte.

»Das stimmt.« Sie liebte ihren Beruf auch sehr, aber in letzter Zeit reichten ihr die Yogakurse nicht mehr, die sie seit ihrer Kündigung im Reha-Zentrum in einem Fitnessstudio gab. Sie hoffte, dass sie eines Tages wieder irgendwo als Spezialistin für Rückenyoga arbeiten und damit aus ihrer Passion für dieses Feld etwas machen konnte. Aber das waren Pläne für einen anderen Tag.

Ein großes Lebensereignis nach dem anderen.

Um sich von ihren Gedanken abzulenken, schaute sie sich in Deans kleinem Haus um. Sie ließ den Blick über die

Dielenböden und die holzverkleideten Wände des Wohnbereichs schweifen, der nur durch einen kleinen Tisch von der offenen Küche getrennt war. Der schwarze, gusseiserne Ofen, der Herd und der Kühlschrank passten hervorragend zu den erdfarbenen Arbeitsplatten aus Granit auf den rustikalen Holzunterschränken. An den Wänden waren lange Regale aus unbehandeltem Holz angebracht, auf denen Teller und Tassen standen, was dem Raum den rauen Charme einer Junggesellenbude verlieh.

»Ich habe ja nur mal hier und da über FaceTime und Skype einen Blick in dein Haus geworfen, aber« ... *dich wiederzusehen* ... »es mit eigenen Augen zu sehen, ist viel beeindruckender. Deine Einrichtung ist großartig. So bodenständig und robust. Gefällt mir richtig gut.« Sie strich mit einem Finger über den einfachen Eichenholztisch.

»Danke. Das ist noch das Haus, das ursprünglich auf dem Grundstück stand. Ich wollte bei der Renovierung den rustikalen Look erhalten, also habe ich alte, ausgebleichte Gerüstbretter für die Wandverkleidung und als Bodenbelag genutzt. Schau mal hier. Das hier mag ich am meisten.« Er ging zum Übergang zwischen Küche und Wohnbereich, hakte unten und oben etwas aus und schob dann einen guten Teil der Wand *in* die Wand des Wohnzimmers, wie eine Taschenschiebetür. »Das sind alte Scheunentore, die ich hier verbaut habe.«

Da verschwanden gerade fast fünf Meter Wand vor ihren Augen und machten die Küche zu einem offenen Raum, an den auf einmal eine wunderschöne, von einem Rankgerüst überdachte Terrasse grenzte. Auf riesigen Steinen wie dem, den Dean bei ihrer Ankunft nach vorne geschleppt hatte, standen Blumenkübel voller üppig wachsender Pflanzen. Von den bequem aussehenden Schaukelstühlen und zwei großen Liegen aus hatte man bestimmt einen herrlichen Blick auf den Rest des makellosen Gartens.

»Wow, Dean. So was habe ich noch nie gesehen.« Sie folgte ihm nach draußen und betrachtete die niedrige Steinmauer, die die Terrasse an beiden Seiten einrahmte. Auf einer entdeckte sie eine Feuerstelle und etwas, das stark nach der Holzverkleidung einer Außendusche aussah. Sie ließ den Blick über die wunderschönen Steinplatten auf dem Boden wandern und stellte sich unwillkürlich vor, wie fantastisch es wäre, hier früh morgens zu meditieren, während der Rest der Welt noch schlief. Sie kannte seine Arbeit schon von den Gartenanlagen des Resorts, aber das hier war wirklich atemberaubend.

Sie spazierten über einen Kiesweg zwischen Beeten entlang. Ein paar der Blumen erkannte sie und freute sich über den Anblick von Rosen und Lavendel, die man in Tees verwenden könnte. Hier, inmitten der Farbenpracht der Blüten im Sonnenschein, hatte sie das Gefühl, sein eigenes kleines Paradies betreten zu haben.

»Da kriegt man glatt Lust auf ein einfacheres Leben, oder?«, fragte er.

»Definitiv. Wenn ich hier wohnen würde, würde ich wahrscheinlich nie wieder woanders hingehen. Aber was gestaltest du denn noch? Es sieht hier doch alles schon großartig aus.«

Er legte ihr eine Hand auf den unteren Rücken und führte sie um eine Hecke herum. Sie hatte ganz vergessen, wie oft er das schon am Wochenende ihres Kennenlernens gemacht und wie schön es sich angefühlt hatte. Die meisten Männer erwarteten schlicht, dass man ihnen folgte, wenn sie einem etwas zeigen wollten. Ihr muskulöser Freund wirkte zwar manchmal ein bisschen unterkühlt, aber er war der zuvorkommendste Mann, den sie kannte.

»Danke, dass ich dein Bad benutzen und hier eine Weile abhängen darf.« Sie schlang einen Arm um seine Taille und drückte ihn fest. Sein Körper fühlte sich an, als würde er nur aus Muskeln bestehen. Er schob die Hand auf ihrem Rücken weiter nach oben und erwiderte die Umarmung. Keine halbherzige Umarmung eines Mannes, der sie flachlegen wollte – die kannte sie nur allzu gut. Die Art, wie er sie in die Arme nahm, war stark und rührte etwas in Emery an. Es zeigte, wie tief ihre Freundschaft ging, und gab ihr das Gefühl, nach Hause zu kommen, anstatt genau das gerade zurückgelassen zu haben.

»Jederzeit, Püppi«, sagte er. »Und wenn mir das Umarmungen einbringt, kannst du mein Bad so oft benutzen, wie du willst.«

Sie schlenderten noch eine Weile zwischen den Beeten hindurch, bis sie zu einem Abschnitt zwischen einem Steingarten und einer Rasenfläche mit Sonnenliegen und einem kleinen Tisch gelangten, an dem der Boden bereits bearbeitet, aber noch voller Unkraut war.

»Das ist mein neuestes Projekt.« Er zog die Mundwinkel nach oben. »Hast du Lust? Oder stellst du dich lieber wieder in den Stau?«

»Und wie ich darauf Lust habe! Aber ich warne dich: Ich habe echt einen schwarzen Daumen. Pflanzen sterben manchmal schon, wenn ich sie nur anschaue.«

Er lachte. »Das bezweifle ich stark. Ich hole eben eine zweite Schaufel und was Kaltes zu trinken. Bin gleich wieder da.«

Ihm beim Unkrautjäten zu helfen, war ja wohl das Mindeste. Immerhin war Dean derjenige gewesen, der ihr bei der Umzugsentscheidung gut zugeredet hatte. Sie hatte irgendwann während einem der vielen nächtlichen Gespräche über FaceTime erwähnt, dass sie den Sommer hier verbringen wollte – um zu sehen, ob sie vielleicht dauerhaft während der Touristensaison hier Yogakurse geben konnte. Nicht nur, weil sie Lust auf etwas Neues hatte, sondern auch, weil das ein zusätzliches Angebot für Desirees und Violets Gäste war, das die Pension aufwertete.

Dean hatte sie gefragt: »Wie kommst du darauf, dass du Erfolg mit etwas hast, das du nur halbherzig machst?«

Sie selbst hatte es schon als *riesigen* Schritt betrachtet, den kompletten Sommer woanders zu verbringen, und nicht als halbherzigen Versuch, doch dann hatte er noch eine zweite Frage gestellt, die sie zum Nachdenken gebracht hatte.

»Hast du immer Angst vor Verpflichtungen, oder machst du dir Sorgen, dass du deine Familie vermisst?«

Und während sie anschließend darüber grübelte, war ihr aufgegangen, dass er vielleicht, ganz vielleicht, damit etwas angesprochen hatte, das ihr nie bewusst gewesen war. Und je mehr sie darüber nachdachte, desto mehr reifte die Überzeugung in ihr heran, dass sie zwar tatsächlich abenteuerlustig war – aber nur in der sicheren Umgebung ihrer Heimatstadt. Es war an der Zeit, sich in ein ganz neues Abenteuer zu stürzen und komplett ins kalte Wasser zu springen.

Das Klingeln eines Handys im Haus riss sie aus den Erinnerungen. Sie ließ die Gedanken für den Moment ruhen und machte sich ans Unkrautzupfen.

Dean hielt sich das Handy ans Ohr und versuchte, seinen älteren Bruder Jett abzuwürgen, damit er auflegen konnte. Doch Jett entschuldigte sich gerade lang und breit, weil er wegen eines anstehenden großen Investmentabschlusses gerade in Argentinien war und deswegen nicht an dem Benefizdinner für die Pediatric Neurology Foundation teilnehmen konnte. Diese Stiftung für Kinder mit neurologischen Erkrankungen hatte ihr verstorbener Großvater gegründet. Argentinien war nur eine weitere in Jetts langer Liste von Ausreden für Absagen, auch wenn diese mal plausibel klang. Ihr Vater würde die Eröffnungsrede bei dem Event halten, und wie immer hatte Dean der Bitte seiner Mutter nachgegeben und nahm *für die Familie* teil, während Jett sein eigenes Ding machte. Dean freute sich kein bisschen auf die dröge Veranstaltung, aber er würde sich Mühe geben, wenn auch nur aus Rücksicht auf die Gefühle seiner Mutter. Immerhin würde sein ältester Bruder Doug auch nicht kommen. Doug hatte direkt nach dem Studium geheiratet und arbeitete außerhalb der USA. Außerdem hatte er zu ihrem Vater ein deutlich anderes Verhältnis, weil er – anders als Dean und Jett – Arzt geworden war. Die Beziehung der Brüder untereinander beeinträchtigte das jedoch nicht. Dean stand beiden sehr nahe, doch was Jett anging, schlugen zwei Herzen in seiner Brust: eins, das ihn für sein Verhalten respektierte, und das andere, das deswegen wütend auf ihn war.

»Ich mache es wieder gut, versprochen«, sagte Jett. Als Investor gehörten ihm zahlreiche Immobilien im In- und Ausland, inklusive eines Grundstücks am Meer in Wellfleet, das er vor ein paar Jahren gekauft, aber noch nicht bebaut hatte. Er wohnte immer dort, wo er gerade Geschäfte machte, weswegen er nie lange an einem Ort blieb.

»Ja, klar. Ich mach das schon.« *Wie immer.*

Dean kümmerte sich schon seit Jahren um die Auswirkungen der Tatsache, dass Jett sich von der Familie distanzierte.

Sein Bruder hatte ihrem Vater nie verziehen, dass er sich kurzzeitig von ihrer Mutter getrennt hatte, als sie noch Kinder gewesen waren. Bis heute hatte Dean keine Ahnung, warum sein Vater gegangen war oder was ihn dazu bewogen hatte, wieder zurückzukommen. Seine Eltern hatten immer nur von einer »schwierigen Phase« gesprochen, die sie durchgemacht hatten. Doch diese drei Monate hatten Jetts Vertrauen in ihren Vater zerstört. Als Jett aufs College gegangen war, kam er kaum noch zu Besuch, ihr ältester Bruder Doug hatte sich auf sein Medizinstudium vorbereitet und Dean hatte es sich zur Aufgabe gemacht, dafür zu sorgen, dass seine Mutter sich nicht verlassen fühlte. Also hatte er seine eigenen dunklen Gefühle gegenüber seinem Vater beiseitegeschoben und geholfen, die Wogen nach Jetts Rebellion zu glätten.

»Wie läuft's denn mit der Kleinen aus Virginia?«, fragte Jett. »Sie kommt nächste Woche, oder?«

Dean liebte seinen Bruder von Herzen, aber nach Monaten, in denen er Emery immer nähergekommen war, und endlosen Nächten, in denen er davon geträumt hatte, wie es sein würde, wenn sie sich wiedersahen, war sie jetzt endlich in greifbarer Nähe. Er würde viel lieber Zeit mit ihr verbringen, als Jett zu erklären, dass er mit sehr viel Fingerspitzengefühl an die Sache herangehen musste, wenn sich etwas zwischen ihm und Emery entwickeln sollte – immerhin hatte sie Beziehungen mit Freunden abgeschworen. *Oder ich brauche ein Wunder.*

»Hör mal, ich habe heute echt noch viel zu erledigen und muss weitermachen. Ruf mich an, wenn du wieder im Land bist, damit ich meine Entschädigung dafür bekomme, dass ich zu diesem Höllenessen gehe.«

Nachdem er aufgelegt hatte, goss er zwei Gläser Eistee ein. Emery liebte eisgekühltes Wasser mit frischer Zitrone, aber die hatte er leider nicht im Haus. Auf dem Weg nach draußen holte er eine zweite Pflanzschaufel aus dem Schuppen.

Keine Ahnung, wie er sich den Glücksfall von Emerys Notfallabstecher hierher verdient hatte, aber er hatte es sicher nicht eilig, sie wieder hinauszukomplimentieren. Als sie ihm erzählt hatte, dass sie ans Cape zog, war er überglücklich gewesen, und nun hoffte er, dass er sie irgendwie davon überzeugen konnte, diesen Unsinn von »keine Dates mit Freunden« in den Wind zu schlagen. Oder genauer gesagt hoffte er, sie von einem Date mit *ihm* zu überzeugen. Aber er musste die Sache langsam angehen lassen, weil er sie auf keinen Fall verschrecken wollte. Und dann war da noch ein Problem, bei dem er hin- und hergerissen war: Sie hatte ihm und seinen Geschäftspartnern angeboten, Yogakurse für die Gäste ihres Resorts zu geben. Das würde zwar bedeuten, dass er sie öfter sah, aber sie hatte ihm schon vor Monaten erzählt, wie sehr sie ihre Arbeit als Rückenyogaspezialistin mit älteren Menschen geliebt hatte, bevor sie mit ihrem Arschloch-Chef ausgegangen war. Nachdem das in die Hose ging, musste sie kündigen, um seinem Stalkerverhalten zu entkommen, und konnte damit den Beruf nicht mehr ausüben, der sie so sehr erfüllte. *Elender Mistkerl.* Dean wusste, dass sie nie wirklich damit zufrieden sein würde, nur Kurse für Urlauber in der Pension oder dem Resort zu geben. Aber sein egoistisches Bedürfnis, sie wiederzusehen, hatte die Oberhand gewonnen, weswegen er der Vereinbarung zugestimmt hatte. Dabei wollte er sie doch eigentlich viel lieber ermuntern, sich ein bisschen Zeit zum Netzwerken zu nehmen und die Fühler auszustrecken, um ihrer tatsächlichen Leidenschaft zu folgen, selbst wenn das bedeutete, dass sie den Umzug etwas nach hinten verschob.

Er war ein willensstarker Mann, aber Emery war seine Achillesferse geworden, und seine guten Vorsätze und Impulse waren von der Sehnsucht verdrängt worden, sie in seiner Nähe zu haben – aber das hieß nicht, dass er ewig tatenlos zusehen würde, wie sie ihren beruflichen Träumen nicht folgte.

Diese Gedanken schob er jedoch rasch beiseite, als er die Hecke umrundete. »Hey, Püppi, ich habe einen kalten …« *Ach. Du. Scheiße.*

Emery lag in einem knappen, gelben Bikinioberteil und einem braunen Höschen, das nur aus einem winzigen Stück Stoff bestand und die Hüften praktisch freiließ, auf dem Rücken auf einer der Liegen. Ihr Körper war schlank und durchtrainiert und so verdammt sexy, dass er ein Stöhnen unterdrücken musste. Ihre langen, dunkelblonden Haare lagen wie ein Fächer um ihren Kopf, genau wie in seinen nächtlichen Fantasien – auch wenn der Hauch von einem Bikini darin nicht vorgekommen war. Sie trug eine dünne Halskette aus Leder mit zwei kleinen, silbernen Anhängern, die auf ihrer gebräunten Haut zwischen ihren Brüsten ruhten. Dean hätte alles dafür gegeben, den Platz des Schmuckstücks einzunehmen.

Sie öffnete eins ihrer wunderschönen, braun-grünen Augen und schirmte ihr Gesicht mit einer Hand gegen die Sonne ab. »Oh! Eistee?« Sie erhob sich eilig und die Bewegung ihrer Brüste zog unwillkürlich seinen Blick auf sich. »Hm, da fehlt Zucker«, meinte sie, nachdem sie einen Schluck probiert hatte.

»Zucker«, murmelte er und versuchte, seinen lustvernebelten Verstand wieder einzuschalten. Die Pflanzschaufel rutschte ihm aus der Hand und fiel zu Boden.

»Lass nur, ich mach das.« Sie bückte sich nach der Schaufel und ihr Bikinihöschen verrutschte ein wenig, sodass ihre Pobacken hervorblitzten.

Oooh verdammt. Er wandte sich ab und biss sich in die Knöchel seiner geballten Faust, in der Hoffnung, dass der Schmerz seine Körpermitte davon abhielt, noch begeisterter zu reagieren.

Als er sich wieder zu ihr umdrehte, legte sie gerade ihre Armkettchen ab. »Ich habe das mit dem Unkraut schon erledigt. War gar nicht so schwer, wie ich dachte.« Sie legte ein paar der Armkettchen auf den Gartentisch und mühte sich dann mit einem breiten Reif aus Silber ab.

Nur ganz am Rand bekam er mit, dass sie etwas sagte – *Unkraut?* –, aber dieser Hauch von einem winzigen Bikini raubte ihm die Konzentration, und er tat, als würde er ihr dabei zusehen, wie sie etwas an dem Armreif aufschraubte, damit sie ihn nicht dabei erwischte, wie er sie angaffte. Sie drehte die Hand und kippte ein weißes Pulver aus einem vorher nicht sichtbaren Hohlraum in dem glänzend silbernen Reif in ihre Handfläche.

Sein Magen sackte in die Kniekehlen. »Ähm, was zum Teufel ist das? Du nimmst keine Drogen, oder?«

Ein schelmisches Grinsen umspielte ihre Lippen. »Wir kennen uns seit fünf Monaten. Glaubst du echt, dass du es bis jetzt nicht mitbekommen hättest, wenn ich ein Junkie wäre?«

Sie hatte recht. Das hätte er bemerkt. Emery war keine Frau, die mit ihren Gedanken hinterm Berg hielt. Meistens hatte sie überhaupt keinen Filter. Einmal hatte er sie gefragt, woher ihre Freimütigkeit kam, und sie hatte gemeint, dass man eben so wurde, wenn man mit drei älteren Brüdern aufwuchs. Sie hatte gelernt, ihre Meinung laut zu sagen, weil man sonst einfach über sie hinweggewalzt wäre. Dean hatte keine Schwester, aber er glaubte Emery sofort. Immerhin schien sie nicht in der Lage zu sein, etwas anderes als die Wahrheit zu sagen.

Sie hatten Hunderte von Nachrichten ausgetauscht, bis spät in die Nacht telefoniert, und sie erzählte ihm alles, von Problemen bei der Arbeit bis hin zu ihrem Liebesleben –

manchmal auch in mehr Einzelheiten, als er verkraftete. Es überraschte ihn, wie viel er tatsächlich über sie erfahren *wollte*, sogar jede Kleinigkeit über Katastrophendates, für die er den entsprechenden Kerlen am liebsten kräftig eine verpassen würde. Er redete einfach furchtbar gern mit ihr, auch wenn er dabei manchmal die Zähne zusammenbeißen musste, und es gefiel ihm, so viel über sie zu wissen. Dass ihre Lieblingsserien ziemlich unkonventionell und manchmal gruselig waren und dass sie gerne kitschige Liebesfilme schaute, obwohl sie gar nicht an die große Liebe glaubte. Und er fand spannend, was sie an Menschen mochte und was nicht. Sie scheute sich im Gegensatz zu manch anderen Frauen nicht davor, sich zu nehmen, was sie wollte. Das schien sie zwar zu beflügeln, hatte jedoch auch dafür gesorgt, dass ihr für seinen Geschmack schon viel zu oft das Herz gebrochen worden war. Er wusste, wie einsam sie nach Desirees Wegzug gewesen war, und in den stundenlangen Telefonaten hatte sie ihm unbeabsichtigt auch die sensible Seite gezeigt, die sie unter der toughen Fassade verbarg. Ja, Emery Andrews war kompliziert und temperamentvoll, aber sie war vom ersten Moment an wie ein offenes Buch gewesen. Auch das liebte er so an ihr. Er hatte schon genug Frauen erlebt, die gerne Spielchen spielten.

Unglücklicherweise waren sie damit auch *wirklich* gute Freunde geworden, und da sie kürzlich beschlossen hatte, nie wieder etwas mit einem Freund anzufangen, bekam er zunehmend das Gefühl, dass für sie auch nie mehr daraus werden würde.

Sie leckte sich über einen Finger und tippte damit in das weiße Pulver, bevor sie ihn Dean mir einem verspielten Funkeln in den Augen an die Lippen hielt. »Auf.«

Wie ein gut erzogener Hund öffnete er den Mund. Sie

steckte ihm den Finger hinein und strich mit der Kuppe über seine Zunge. Er hielt sie am Handgelenk fest und leckte ihren Finger sauber, doch der unfassbar süße Geschmack ließ ihn das Gesicht verziehen.

Sie zog lachend die Hand zurück.

»Was zum Henker war das denn?«

»Süßstoff.« Sie kippte das Pulver von ihrer Handfläche ins Glas und legte den Armreif dann auf den Tisch zu ihren Armkettchen. »Ich hasse das Zeug, das die meisten Leute zu Hause haben. Früher hatte ich immer Zucker dabei, aber davon brauche ich einfach zu viel. Also war das die Lösung. Möchtest du auch?«

»Kommt drauf an, was du mir anbietest«, murmelte er mehr zu sich.

»Na, Süßstoff, Dummerchen.« Sie nahm einen tiefen Schluck von ihrem Eistee, und ein elektrisierendes Kribbeln rauschte durch seinen Körper, als sie sich über die vollen Lippen leckte. »Mmh. Das habe ich gebraucht.«

Ich könnte dir alles geben, was du brauchst.

Er musste damit aufhören. Als Emery noch Hunderte von Meilen weg war, war es viel leichter gewesen, sich zu beherrschen. Er stellte sein Glas auf dem Tisch ab und räusperte sich, als würde ihm das helfen, die schmutzigen Gedanken aus seinem Kopf zu vertreiben.

»Ist es nicht toll, dass ich schon gejätet habe?«, fragte sie strahlend. »Jetzt kannst du es dir bequem machen und dich zusammen mit mir entspannen.«

Er folgte ihrem Blick zum Beet, und da fiel ihm auch wieder ein, dass sie gerade etwas über Unkraut gesagt hatte, als er zu sehr damit beschäftigt gewesen war, sie anzustarren. Sein Magen krampfte sich zusammen, als er die Pflanzen, die er den kompletten Vormittag über mühsam in die Erde gebracht hatte, nun ausgegraben auf einem Haufen liegen sah.

»Na?« Sie schaute ihn so begeistert und stolz an. »Toll, oder?«

Ihm entwich ein ungläubiges Lachen und er wandte sich rasch ab. Eilig fuhr er sich mit einer Hand durch die Haare und strich sich über den Bart, während er die Zähne zusammenbiss, um seinen Frust unter Kontrolle zu bekommen. Als er sich schließlich wieder zu ihr drehte, hoffte er, dass seine Miene gelassen genug war, um seine Verärgerung zu verbergen.

»Oh nein. Habe ich es falsch gemacht?« Ihr Blick huschte zu den Pflanzen, die sie ausgebuddelt hatte.

Sie klang so entsetzt, dass seine »Verdammt, meine Pflanzen!«-Wut augenblicklich verglühte und er sie eigentlich nur noch in die Arme nehmen wollte, bis sie wieder lächelte. Bevor er sich darüber klar wurde, wie er die Situation am besten angehen sollte, bückte sie sich nach den Pflanzen – wobei ihr fantastischer Hintern erneut entblößt wurde.

»Hätte ich das Unkraut gleich in einem Eimer sammeln sollen oder so?«

Er fasste sie am Arm und zog sie wieder hoch. »Kein Eimer. Hattest du vorhin nicht noch was an? Ich glaube, du solltest dir was anziehen.«

Sie schaute zum Himmel hoch. »Warum? Das Wetter ist herrlich. Und du hast doch auch kein Shirt an.«

»*Gott*«, murmelte er. »Vergiss es.« Dass sie das noch mehr verwirrte, ließ ihn beinahe dahinschmelzen. »Okay, Püppi, Zeit, den Unterschied zwischen weißblühendem Fingerkraut und Unkraut zu lernen.«

»Was für ein Kraut?« Sie stellte das Glas weg und stemmte die Hände in die Hüften. »Oh Gott. Ich habe das Unkraut gekillt, das du eigentlich behalten wolltest, oder? Es tut mir so leid!« Sie schlang die Arme um seine Taille und drückte ihren weichen Körper an seinen. »Ich habe ja gesagt, dass ich einen schwarzen Daumen habe. Tut mir wirklich leid. Ich mache es wieder gut.«

Von jeder Stelle, an der sich ihre Körper berührten, strahlte Hitze ab und setzte ihn wie eine selbst gebastelte Rakete in Flammen. Widerstrebend machte er sich von ihr los und kippte seinen Eistee hastig hinunter. Als ihn das auch nicht wesentlich abkühlte, fischte er sich einen Eiswürfel aus dem Glas und rieb sich damit über die Brust.

Ihre Augen wurden noch größer. »Du bist so sauer, dass du schwitzt? Ich habe es echt versaut. Tut mir leid.«

Er schüttelte den Kopf und ging neben dem Haufen Pflanzen in die Knie, um die Vorstellung zu vertreiben, wie sie etwas *Versautes* tat. Dann klopfte er neben sich auf den Boden. »Du hast es ja nicht mit Absicht gemacht. Ich bin nicht sauer. Komm her, Püppi.«

Sie ging in die Hocke und stützte sich mit den Unterarmen auf den Oberschenkeln ab, was ihre Brüste zusammendrückte und sie fast aus dem Bikinioberteil springen ließ.

»Glotz mir nicht auf die Möpse.« Sie zupfte den Stoff zurecht, was jedoch nicht half. »Die Mädels kommen halt gerne mal zum Spielen raus.«

»Gott, Em. Zieh dir ein Shirt an.« *Bevor ich ihr Angebot annehme.*

»Dann zieh du dir zuerst eins an.«

»Ich bin nicht derjenige mit den übereifrigen Hupen.«

Sie lächelte. »Hast du meine Möpse gerade ›Hupen‹ genannt?«

»Hätte ich lieber ›Titten‹ sagen sollen?«

»Nein, das Wort kann ich nicht ausstehen.«

»Brüste? Glocken? Apfeltaschen?«

Sie prustete vor Lachen.

Er liebte ihr lautes, ansteckendes Lachen und versuchte, ihr noch mehr davon zu entlocken. »Handschmeichler? Spaßbommeln? Zuckerkirschen?«

Sie hielt sich kichernd den Bauch und kippte prompt zur Seite. »Hör auf, hör auf! Ich mache mir gleich in die Hose!«

Dean stimmte mit ein und setzte sich neben ihr auf den Boden. Er hatte etliche Jahre als Pfleger in der Notaufnahme gearbeitet und das hatte seine Perspektive aufs Leben nachhaltig geprägt. Ein ernster Mensch war er schon immer gewesen, aber Menschen in lebensbedrohlichen Zuständen zu helfen, veränderte einen. Er wusste gar nicht mehr, wann er das letzte Mal ausgelassen gewesen war.

Oh, Moment. Doch, wusste er. Am letzten Valentinstag, als Emery und er sich auf FaceTime getroffen hatten. Sie vertrat eine Freundin und überbrachte singende Telegramme – in einem knappen Body mit Flügeln und Schaumstoffpfeilen als Amor verkleidet. Sie hatte darauf bestanden, ihm jedes einzelne Telegramm und die Reaktion darauf nachzustellen. Zuerst war er von dem verfluchten Outfit abgelenkt gewesen, doch dann hatte er sich irgendwann vor Lachen kaum noch aufrecht halten können.

»Das solltest du öfter tun«, sagte sie und wischte sich ein paar Lachtränen aus den Augen.

Er streckte die Hand aus und strich ihr über den Kiefer, wohin sich eine Träne verirrt hatte. »Was denn?«

»Lächeln.«

Ihre Blicke trafen sich und seine Welt stand still, die Temperatur stieg merklich an und die Luft schien hörbar zu summen. Hoffnung breitete sich in ihm aus, doch in dem Moment stemmte sie sich auch schon auf die Knie und brach damit den Zauber.

»Okay, du Möpse-Fan. Erzähl mir, wie man das Kraut richtig befingert.«

Er fragte sich unwillkürlich, ob er sich den Moment vielleicht nur eingebildet hatte, und kniete sich neben sie. »Sehr witzig.« Er schnappte sich eine der Pflanzen und konzentrierte sich darauf anstatt auf sein brennendes Verlangen. »Siehst du den holzigen Stängel und die immergrünen Blätter? Irgendwann bildet die Pflanze auch noch kleine, weiße Blüten aus.«

»Sorry, Dean, aber das sieht für mich immer noch wie Unkraut aus.«

»Okay, im Moment macht es es noch nicht viel her, weil es noch klein ist. Das ist ein Bodendecker und wirklich hübsch, wenn es erst mal blüht.« Er schnappte sich die kleine Schaufel und reichte sie Emery. »Grab ein Loch.«

»Ein Loch? Wie groß?«

»Groß genug, um die hier wieder einzupflanzen.«

Sie stieß die Schaufel tief genug in die Erde, um in dem entstehenden Loch ein kleines Tier zu begraben. Eilig fasste er um sie herum und legte die Hände über ihre.

»Der Boden ist schon umgegraben«, erklärte er. Sein Blick blieb an dem funkelnden, goldenen Armband an ihrem Handgelenk hängen. Er hatte es ihr zum Geburtstag geschickt, und der winzig kleine Anhänger war geformt wie eine Rittersporn-Blüte. Er schaute kurz zu den anderen Armkettchen, die sie auf dem Tisch abgelegt hatte. »Warum hast du das nicht abgenommen?«

»Keine Ahnung«, erwiderte sie abwesend. »Das lege ich nie ab.«

Er wollte gerne mehr in diese Aussage hineininterpretieren, als vermutlich dahintersteckte. So wie er Emery kannte, war ihr wahrscheinlich einfach nur das Gefummel mit dem extra starken Sicherheitsverschluss zu anstrengend, den er am Armband angebracht hatte.

»Es muss nur tief genug sein, um das zu bedecken, was von den Wurzeln übrig ist.« Er führte ihre Hände und seine nackte Brust drückte sich dabei gegen ihren warmen, weichen Rücken. Sie roch nach Sonnenschein und Lavendel, weiblich und *schön*, genau wie an dem Wochenende ihres Kennenlernens. Die Tage damals waren mit der Feier von Desirees und Ricks Verlobung wie im Flug vergangen. Dean war mit Rick und seinen Geschwistern Drake und Mira aufgewachsen und das Wochenende hatten sie zusammen als Gruppe verbracht. Und obwohl Emery und er fast die komplette Zeit über zusammen gewesen waren und miteinander geflirtet hatten, als gäbe es kein Morgen, hatte er das nicht weiter vertieft. Sie war nur zu Besuch hier gewesen und er nicht auf der Suche nach einer schnellen, bedeutungslosen Nummer. Doch dann waren sie in Kontakt geblieben, und die Sehnsucht, ihr nahe zu sein, war immer größer geworden. Und jetzt wollte er ihr am liebsten nie wieder von der Seite weichen.

Sie senkte den Kopf, wodurch ihre Haare über seine Schulter strichen. Er stellte sich vor, wie die Strähnen über seine Brust fielen, ausgebreitet auf seinem Kissen lagen, auf seinen Oberschenkeln kitzelten …

Folter. Pure Folter.

Er brachte ein bisschen Abstand zwischen sie in der Hoffnung, dass sein Verlangen dadurch gemildert wurde … mal wieder.

»Gut gemacht.« Er reichte ihr die Pflanze und lenkte sich

damit ab. »Jetzt steck sie rein und schieb Erde drum herum.«

»Ins Loch reinstecken«, kommentierte sie, während sie genau das tat. »Ganz tief rein.« Sie schenkte ihm ein Lächeln. »Na, wie war ich?«

Er war immer noch bei der Sache mit dem Loch, in das etwas tief hineingesteckt wurde. Eilig räusperte er sich. »Toll. Siehst du? Du hast keinen schwarzen Daumen, nur einen verwirrten. Jetzt müssen wir uns noch um die anderen kümmern.«

Sie arbeiteten Seite an Seite und neckten einander, wie sie es schon in den vergangenen Monaten gemacht hatten. Aber so war es noch viel besser als übers Telefon oder in Textnachrichten. Ihre Freundschaft war ungezwungen und selbstverständlich, und so sehr er sich auch mehr wünschte, würde er mit Sicherheit alles ruinieren, wenn er zu forsch an die Sache heranging. Falls er es schaffte, sich zu beherrschen, bestand zumindest die Chance, dass sich daraus etwas entwickelte.

Das war leider ein ziemlich großes *Falls*.

Nachdem sie mit dem Pflanzen fertig waren, holte er den Schlauch und wässerte die Fläche gründlich.

»Und jetzt?«, fragte Emery und betrachtete ihr Werk.

»Jetzt beten wir, dass sie keinen Schock bekommen haben.«

»Oh nein, ist das dein Ernst? Ich habe echt ein schlechtes Gewissen. Aber jetzt sehen sie tatsächlich hübscher aus und nicht mehr wie Unkraut.« Sie stemmte eine Hand in die Hüfte. »Klarer Fall, sie wollten, dass ich mich um sie kümmere.«

Er war sich ziemlich sicher, dass er selbst auch besser aussehen würde, wenn sie sich um ihn *kümmerte*. Aus einem Impuls heraus verpasste er ihr eine kleine Dusche mit dem Wasserschlauch, was sie erschrocken quietschen ließ. Und sie machte einen Satz – in Richtung der Fläche, die sie gerade erst bepflanzt hatten. Er ließ den Schlauch fallen und packte sie um die Taille, um sie hochzuheben, bevor sie die Pflanzen zertrampeln konnte. Sie zappelte ein wenig, als er sie sich über die Schulter warf und zum Haus trug.

»Hey! Tut mir leid! Dean! Wo bringst du mich hin?«

»Ich halte das Chaos von meinem Garten fern.« Wenn sie seine Freundin gewesen wäre, hätte er sie direkt ins Schlafzimmer getragen und sie dort beschäftigt, damit sie nicht noch mehr anstellen konnte. Aber das war sie nicht, und sie hatte ihm in den letzten Monaten genug Horrorgeschichten über Beziehungen mit Freunden erzählt, dass er das sicher nicht versuchen würde. Auf der Terrasse angekommen stellte er sie wieder auf die Beine.

Sie verschränkte die Arme und kniff die Augen ein wenig zusammen. »Willst du damit sagen, dass ich chaotisch bin?«

Er war sich sicher, dass das einschüchternd wirken sollte, aber sie sah gerade so niedlich aus, dass er einfach lächeln musste. »Das hast du jetzt gesagt, *Wirbelwind*, nicht ich.«

Tango, eins seiner beiden Kätzchen, strich ihr um die Beine. Sie schnappte sich das Tierchen und drückte es sich an die Brust, um das Gesicht an seinen Kopf zu schmiegen. »Ich bin weder chaotisch noch ein Wirbelwind. Nicht wahr, Kleiner?« Sie warf Dean einen Seitenblick zu und strich mit der Wange über die Stelle, an der das Katzenohr sein sollte. »Endlich kann ich Tango knuddeln. Das wollte ich so sehr, wenn ich über Skype gesehen habe, wie du ihn und Cash fütterst.«

Im Frühjahr hatte Dean die beiden Katzenjungen auf einer morgendlichen Joggingrunde am Rand eines kleinen Sumpfgebiets gefunden. Sie waren nur noch Haut und Knochen, zitterten und hatten kaum genug Kraft, den Kopf zu heben. Außerdem waren beide schwer verletzt gewesen. Dem dreifarbi gen Tango fehlte ein Ohr und die Wunde hatte sich entzündet. Der graue Cash hatte eine offene Verletzung am Schwanz. Dean war direkt mit ihnen zum Tierarzt gefahren und sie hatten sich an ihn geklammert wie an einen Rettungsring. In den folgenden Wochen hatte er sie mit der Flasche aufgepäppelt und ihre Wunden versorgt. Sie hatten sich gut erholt und zu frechen, kleinen Kerlchen entwickelt, die seitdem mit in seinem Bett schliefen.

Sie rieb die Nase gegen die des Katers und setzte den Kleinen dann wieder ab. »Wo ist Cash?«

Er zuckte mit den Schultern. »Wahrscheinlich ist er irgendwo auf der Jagd.«

»Apropos jagen: Warum bist du an deinem freien Tag nicht unterwegs und reißt ein paar heiße Mädels auf? Du gärtnerst die ganze Woche. Willst du nicht ein bisschen auf die *Jagd* gehen?«

»Was bringt dich auf die Idee, dass so was zu meinen Hobbys zählt?« Im Resort, dem betreuten Wohnen, dem Krankenhaus und am Strand wurde er ständig von Frauen angemacht. Früher hatte er das mal in vollen Zügen genossen, aber seit er Emery kannte, gab es nur noch eine Frau, die ihn interessierte.

Und in diesem Moment bückte sie sich gerade, um Tango zu streicheln, und lieferte ihm damit einen perfekten Ausblick auf ihre *verspielten Mädels*, was ihn in naher Zukunft sicher um den Verstand bringen würde.

Zwei

»Ich glaube, du bist im Grillen sogar noch besser als Desiree mit Frühstück.« Emery klaute sich ein Stück Ananas von Deans Teller. Er hatte Spieße mit Garnelen und Steak und dazu Ananasstücke und Paprika zum Abendessen gegrillt, die sie sich nun am Terrassentisch schmecken ließen. Nach der Katastrophe im Garten durfte sie sich nur noch auf der Terrasse, im Haus und überall sonst aufhalten – nur nicht in der Nähe von Pflanzen. »Und das will wirklich was heißen, nachdem Desirees Frühstückskünste von ihrem Sexleben befeuert werden.«

Im Summer House Inn, wo Dean, Rick und der Rest ihrer Freunde meistens frühstückten, gab es diesen Running Gag, dass die Qualität von Desirees Frühstück davon abhing, wie heiß der Sex mit Rick in der Nacht davor gewesen war. Emery war schon ein bisschen neidisch, dass Desiree nun Premiumsex genießen durfte, während ihr eigenes Liebesleben quasi nicht existent war. Sie hatte in den letzten Jahren durchaus genug Sex gehabt, aber mitzubekommen, wie ihre beste Freundin sich Hals über Kopf verliebte, hatte ihr die Augen für etwas geöffnet, von dem sie nicht gewusst hatte, dass es ihr fehlte. Nicht, dass sie selbst in der Lage gewesen wäre, so eine liebevolle, stabile Beziehung zu führen. Ihre Eltern hatten sich scheiden lassen, als sie noch ein Kind war, und auch wenn ihre Familie sich noch immer nahestand und sie mit beiden Elternteilen gleich viel Zeit verbracht hatte, waren weder sie noch ihre Brüder offenbar in der Lage, etwas zu führen, das das Wort *Beziehung* verdiente – von der großen Liebe ganz zu schweigen.

Sie schob die Gedanken rasch von sich und schnappte sich noch ein Stück Ananas von Deans Teller, nachdem ihr eigener bereits leerer als leer war. »Gemessen an der Desiree-Skala musst du auch echt heißen Sex haben. Was niemanden überrascht. Ich meine, schau dich nur an.« Sie machte eine Handbewegung in seine Richtung. »Du bist echt ein leckeres Gesamtpaket mit deinem umwerfenden Lächeln, Augen, die sagen: ›Ich leg dich flach und sorg dafür, dass du auf deine Kosten kommst‹, und einem Körper, bei dem die Schlüpfer schon auf zehn Meter Entfernung fliegen.«

Er wackelte zweideutig mit den Augenbrauen. »Klingt, als würde dir das gefallen.«

»Als bräuchtest du mich noch auf deiner Lover-Liste!« Sie lachte und trank einen Schluck von seinem Eistee, da ihrer bereits leer war. Dean erzählte oft, wie er Zeit mit Freunden verbrachte und von seiner Arbeit, aber in den letzten Monaten hatte er nur ein paarmal erwähnt, dass er ein Date gehabt hatte, aus dem nichts weiter wurde. Sie war neugierig auf sein Privatleben. »Wie gesagt: Du musst ein unglaubliches Sexleben haben.«

Er schnaubte spöttisch. »Klar doch.«

»Ist das dein Ernst? Du kochst *einfach nur so* gut?« Cash strich ihr schnurrend um die Beine. Sie hatte ihn beschmust, während Dean am Grill stand, und seitdem folgte ihr das Tier auf Schritt und Tritt. »Das glaube ich dir nicht.«

»Ich kann alles *einfach nur so* gut.«

Sie liebte diesen gespielt überheblichen Ton. »Sei vorsichtig, was du in Gegenwart von Frauen von dir gibst, Großer. Am Schluss wollen die noch, dass du Taten folgen lässt.« Ihr Handy zeigte vibrierend eine neue Nachricht an. Rasch leckte sie sich die Finger sauber und schaute sich nach ihrer Serviette um, die sie schließlich auf dem Boden fand. »Kannst du mal eben schauen, wer da geschrieben hat?«, bat sie Dean, während sie sich danach bückte.

»Ich bin gerade ein bisschen abgelenkt«, sagte er, ohne den Blick von ihren Brüsten zu nehmen.

Sie schaute missmutig zu ihm und wischte sich die Hände ab, doch die Serviette blieb prompt daran hängen. »Igitt, immer noch klebrig. Vielleicht könntest du deine Adleraugen ja mal für was Sinnvolles benutzen und mir die Nachricht vorlesen.«

»Du willst wirklich, dass *ich* das sehe?«

Irgendwie war es süß, dass so ein großer, selbstbewusster Mann sich Sorgen machte, was er auf ihrem Handy sehen könnte. »Das sind wahrscheinlich nur meine Brüder, die wissen wollen, wie es hier läuft. Mach schon, da steht sicher kein Dirty Talk oder so drin.«

Als Emery über Ostern bei ihrer Mutter gewesen war, war ihr Bruder Austin hereingeplatzt, als sie gerade mit Dean über FaceTime sprach. Austin musste daraufhin unbedingt die komplette Familie zusammenholen, damit alle Dean kennenlernen konnten, um Emery damit in Verlegenheit zu bringen. Es war jedoch beim Versuch geblieben, weil ihr Freundschaften nicht peinlich waren. Austin hatte Dean wegen seines Bartes und der ernsten Miene den Spitznamen *Wikinger* verpasst – und wegen des Eindrucks, den er bei ihrem Bruder hinterlassen hatte. Bevor sie sich ans Cape aufgemacht hatte, hatte Austin ihr klipp und klar gesagt, dass sie ja nicht in einem Monat ankommen und verkünden sollte, dass sie mit Dean in die Kiste gehüpft war, weil er sonst herkommen und dem Kerl eine Lektion erteilen würde. Ja, nicht mehr unter der Fuchtel ihrer Brüder zu stehen, war eine positive Entwicklung, auch wenn sie noch nicht kommen sah, dass sie in nächster Zeit auch nur mit jemandem knutschen würde – geschweige denn in die Kiste hüpfen.

Sie ging ins Haus, um sich die Hände im Spülbecken in der Küche zu waschen. »Nicht alle von uns haben ein tolles Sexleben!«, rief sie nach draußen.

»Ich weiß, wie deins aussieht. Diese Nachricht werde ich sicher nicht lesen.«

Sie kehrte nach draußen zurück und schnappte sich ihr Handy. »Ich finde das mit der versteckten Wand immer noch großartig.« Rasch las sie die Nachricht von Desiree: *Wo bist du? Hast du dir eine neue BFF geangelt?* »Des will wissen, ob ich eine neue BFF habe.« Sie las ihre Antwort beim Tippen laut vor: »*Ich bin bei meinem zweiten BFF. Den kennst du vielleicht sogar. Großer, bärtiger Hottie, der fantastisch gut kochen kann.*«

Sie schenkte Dean ein Lächeln und fügte hinzu: »Sollen wir die anderen fragen, ob sie Lust haben, sich mit uns in dieser Bar in Truro zu treffen, in der wir beim letzten Mal waren? Meinst du, der Verkehr ist inzwischen weniger geworden? Kannst du mich zu Desirees Pension lotsen?«

»Ins Undercover? Klar, warum nicht, und ja, die Straßen sollten jetzt frei sein. Und ich gebe dir eine Wegbeschreibung mit.«

Ihr Handy vibrierte, als Desirees Antwort einging, und Emery las sie laut vor: »Sag dem bärtigen Koch, dass er nie die Nummer eins bei dir wird. Komm her, ich vermisse dich!«

»Sag ihr, dass ich die Herausforderung annehme«, gab Dean

neckend zurück.

Sie lächelte und stellte sich vor, wie Dean versuchte, Desiree als ihre allerbeste Freundin auszubooten. Wie wollte er denn mit über zwanzig Jahren Freundschaft konkurrieren? Schnell tippte sie zurück: *Okay. Bin bald da. Wir gehen nachher noch ins Undercover. Wollen du und Rick mitkommen und Vi, Serena und Drake mitbringen?* Sie war froh, dass sie hier bereits einen kleinen Freundeskreis hatte. Wenn sie zu Hause Freunde fragte, ob sie sich mit ihr in einer Bar treffen wollten, würden sofort genügend Leute auf der Matte stehen, die sie schon ihr ganzes Leben lang kannte. Doch in diesem Moment kam ihr auch die Erkenntnis, dass niemand von denen ihr so nahestand wie Desiree und Dean.

»Ich sollte mich mal auf den Weg machen, wenn ich noch duschen will, bevor wir losziehen.« Sie stellte das Geschirr zusammen und fragte sich unwillkürlich, ob Leute, die hier in Strandnähe wohnten, sich wohl einfach ein Tanktop über ihre Badesachen warfen und sich dann so ins Nachtleben stürzten? Sie machte eine Geste in Richtung ihres Bikinis. »So kann ich nicht gehen. Oder?«

»Nein, nicht wenn deine *Mädels* ständig zum *Spielen* rauskommen wollen.«

Sie grinste. »Vielleicht sollte ich es trotzdem machen. Wer weiß? Vielleicht kann ich mir ja so ein heißes Date angeln.«

Seine Miene verfinsterte sich, doch er sagte nichts, sondern brachte nur das Geschirr in die Küche. Dann kritzelte er eine Wegbeschreibung zu Desirees Pension auf einen Zettel und murmelte dabei vor sich hin, dass Emery sich so am Ende noch Ärger einhandeln würde. Sie sammelte derweil ihre Sachen vom Tisch im Garten ein und streifte sich ihr Kleid über, bevor sie das neu bepflanzte Beet noch einmal bewunderte. Doch dann entdeckte sie drei Fußabdrücke, die sie darin hinterlassen hatte. Mit der Erinnerung daran, wie schnell Dean der Bedrohung seines Gartens durch ihr Chaos einen Riegel vorgeschoben hatte, ging sie auf die Knie und bedeckte die Löcher rasch mit Erde. Dann schnappte sie sich ihren Schlüsselbund, den Armreif und eins ihrer anderen Armkettchen, bevor sie alles nach dem dritten absuchte, jedoch nicht fündig wurde. Irgendwann gab sie auf und kehrte zum Haus zurück.

»Ich habe eins meiner Armkettchen verloren«, sagte sie zu Dean, als sie wieder auf der Terrasse war. »Es ist aus Silber und darauf steht ›Blame it on my gypsy soul‹, glaube ich. Oder vielleicht ›Ich schwöre feierlich, ich bin ein Tunichtgut‹ und möglicherweise ist es aus Gold und nicht aus Silber. Ich weiß nicht mehr, welches ich heute Morgen angelegt habe, aber könntest du mir Bescheid geben, wenn du es findest?«

»Bist du dir sicher, dass du es getragen hast, als du hier angekommen bist?«

»Hm, ziemlich sicher. Ist auch nicht schlimm, wenn du es nicht findest. Ich habe noch einen Haufen andere.«

Er reichte ihr den Zettel mit der Wegbeschreibung und brachte sie dann zur Tür.

»Soll ich dir nicht beim Aufräumen helfen?«

»Nach der Hilfe, die du meinem Garten angetan hast?« Er grinste, sah ihr jedoch offenbar an, wie sich ihr schlechtes Gewissen wieder meldete, denn er legte ihr eine Hand auf den Rücken und fügte hinzu: »War nur ein Scherz, Püppi. Der Garten sieht jetzt sogar besser aus.«

»Wie nett du doch für mich lügst.« Sie legte ihre Sachen auf dem Beifahrersitz ihres VW Jetta ab. »Danke, dass ich bei dir abhängen durfte.«

»Jederzeit, Püppi.«

Sie gab ihm einen Kuss auf die Wange. »Mmh. Du riechst gut nach einem harten Tag voller Entspannung mit mir.« Dann stieg sie ins Auto und ließ den Motor an. »Bis nachher im Undercover.«

»Ich freue mich drauf.«

Sie hatte das Gefühl, eine Woche bei Dean verbracht zu haben und nicht nur ein paar Stunden. So war es immer zwischen ihnen. Wenn sie telefonierten, vergingen die Stunden wie Minuten. Und sie war froh, dass es von Angesicht zu Angesicht genauso war.

Die Straßen waren nun tatsächlich frei und so brauchte sie nicht einmal zehn Minuten zur Pension. An die Sache mit dem Wochenendverkehr würde sie sich erst noch gewöhnen müssen. In Oak Falls brauchte man in so einem Fall sieben Minuten anstatt fünf zur Arbeit und selbst das kam nur selten vor.

Sie stellte das Auto neben Violets Motorrad ab und nahm sich einen Moment Zeit, um die wundervolle Gartenanlage zu betrachten, die Dean im Frühjahr mitgestaltet hatte. Die niedlichen Cottages auf der rechten Seite des Grundstücks fügten sich perfekt in die Kulisse des herrlichen viktorianischen Hauses vor dem Hintergrund der Cape Cod Bay ein. Desiree und Rick wohnten im Haupthaus und vermieteten die nicht benötigten Räume sowie zwei der vier Cottages an Feriengäste. In einem wohnte Violet, und in einem weiteren war Devi's Discoveries untergebracht, die Kunstgalerie (mit angeschlossenem Sextoy-Laden im Hinterzimmer, den sie liebevoll ›Raum für Erkundungen‹ nannten), deren Leitung ihre rastlose Hippiemutter Lizza Vancroft ihnen überlassen hatte, nachdem sie mal wieder zu einer Meditationsreise ans andere Ende der Welt aufgebrochen war.

Emery stieg aus dem Auto, und ihr wurde bewusst, dass sie

so viel gelassener als bei ihrer Abfahrt in Virginia war. Den Tag mit Dean zu verbringen, hatte ihre Nerven beruhigt und ihre Anspannung gelindert. Jetzt freute sie sich nur noch auf ihr neues Abenteuer und atmete einmal tief durch, bevor sie ihr Gepäck aus dem Kofferraum holte.

In diesem Moment kam Desiree aus Violets Cottage gestürmt. Ihre welligen, blonden Haare hatte sie im Nacken zu einem Zopf gebunden und der Rock ihres geblümten Sommerkleids schwang ihr um die Oberschenkel, als sie auf Emery zurannte. Emery quietschte begeistert, ließ ihre Taschen fallen und stürzte sich praktisch auf ihre beste Freundin, umarmte sie, lachte mit ihr und redete gleichzeitig auf sie ein. Violet folgte ihrer Schwester deutlich gelassener und kam zu ihnen herüber.

»Ich kann es nicht fassen, dass du wirklich da bist«, sagte Desiree.

Emerys Wangen taten schon weh, so breit grinste sie. »Ich auch nicht!«

»Wir werden so viel Spaß zusammen haben!« Desiree wich einen Schritt zurück, hielt Emery aber weiter an den Händen fest. »Ich habe dich so sehr vermisst.«

»Ich dich auch. Wir müssen unbedingt eine Pyjamaparty machen und die ganze Nacht durchquatschen.«

»Eine Pyjamaparty?«, fragte Violet. Sie war mit ihren langen, rabenschwarzen Haaren und farbenfrohen Tattoos auf Schultern und Armen das genaue Gegenteil von Desiree. Ihr grauer Minirock gab den Blick auf weitere Tattoos entlang der Seiten ihrer Oberschenkel frei. »Flechtet ihr euch da die Haare und lackiert euch gegenseitig die Nägel?«

Emery warf sich Violet in die Arme und drückte sie fest.

Umarmungen waren eigentlich nicht Violets Ding, aber unter der rauen Schale und dem Sarkasmus, den sie großzügig an ihre Umgebung verteilte, wohnte eine freundliche, kreative Persönlichkeit, die Emerys und Desirees Meinung nach nur ein bisschen Liebe brauchte, um ein bisschen netter zu werden. Sie waren fest entschlossen, Violet hinter ihrer selbst errichteten Schutzmauer hervorzulocken.

»Ich umarme dich so lange, bis du es auch machst«, drohte Emery ihr. »Und das ›wir‹ hat dich mit eingeschlossen, Vi.«

Violet seufzte und legte die Arme kurz um Emery. »Wollten wir heute Abend nicht ausgehen und uns ein bisschen in Stimmung bringen oder so?«

»Tun wir! Ich freue mich schon so!« Emery sammelte ihr Gepäck ein. »Ist es wirklich okay, wenn ich bei dir schlafe, Vi? Nur bis mein Zimmer im Haupthaus am Mittwoch frei wird.«

»Ja, geht klar. Desiree hat mir das schon verklickert. Hoffentlich hast du Ohrstöpsel mitgenommen, weil ich nachher gerne ein bisschen Stress abbauen würde.« Es war kein Geheimnis, dass Violet in Sachen Männer nicht dem Motto »weniger ist mehr« anhing.

Emery folgte den beiden zu Violets Cottage. »Hast du gerade eine feste Beziehung?«

»Gott, nein.« Violet ging in die Küche. »Ihr solltet euch mal lieber fertig machen. Die Bar ist am Wochenende immer rammelvoll.«

»Ich beeile mich, versprochen«, sagte Desiree.

Emery ließ sich von ihr das Gästezimmer zeigen, wo sie ihre Taschen abstellte. »Kommt Rick auch mit?«

»Ja«, antwortete Desiree. »Drake und Serena auch, aber Mira und Matt gehen mit Hagen ins Kindertheater, mit denen müssen wir uns also ein andermal treffen. Außerdem versuchen die beiden gerade schwanger zu werden und haben wohl sowieso ganz andere Dinge im Kopf.« Mira war Ricks und

Drakes jüngere Schwester. Sie lebte zusammen mit ihrem Mann Matt und dem kleinen Hagen in einem der Ferienhäuser auf dem Gelände des Bayside Resorts.

»Ich muss dran denken, Mira ein paar Yogaübungen zu zeigen, die die Fruchtbarkeit erhöhen sollen.«

»Da freut sie sich sicher.« Desiree umarmte sie noch einmal. »Ich kann gar nicht glauben, dass du wirklich hierbleibst und in der Pension arbeiten wirst. Danke!«

»Machst du Witze? Ich muss *dir* danken, dass ich einfach so in dein Leben platzen darf.« Emery hatte sie so sehr vermisst, dass sie sie erneut fest drücken musste.

»Ich kriege gleich Karies von eurem Gesäusel!«, rief Violet ihnen aus der Küche zu. »Schwingt eure hübschen Hintern rüber, sonst schaffen wir es nie ins Undercover.«

Das Undercover war eine der wenigen Ausgehmöglichkeiten auf dem Cape abseits der Hotspots und wie erwartet war es proppenvoll. Dean saß zusammen mit Rick und Desiree an einem Tisch und beobachtete – wie die meisten Männer in der Bar – Emery und Violet, die miteinander tanzten, als wären sie ein Paar: Die Arme über den Kopf gereckt schmiegten sie sich aneinander, bewegten die Hüften im Takt und schenkten jedem Mann, der versuchte, sich zwischen sie zu drängen, ein sexy herausforderndes Lächeln. Emery würde in ihrem hautengen Kleid, das jede ihrer sinnlichen Rundungen betonte, jeden Moment die Tanzfläche in Brand setzen. Ihr Make-up ließ ihre Augen so verdammt verführerisch wirken und gaben ihr einen verruchten Touch. Dean konnte sich einfach nicht von ihrem

Anblick losreißen.

»Sieh sie dir an«, meinte Desiree ein wenig atemlos. »Violet in den Hotpants und dem bauchfreien Shirt und Emery in diesem engen, gelben Kleid. Die beiden treiben die Männer hier noch in den Wahnsinn. Ich würde meinen linken Arm dafür geben, um so tanzen zu können.«

Rick warf ihr einen Blick zu, der ganz deutlich »Nur über meine Leiche« besagte. »Wenn du so tanzen würdest, würde ich dich ans Bett fesseln.«

Genau das würde ich gerne bei Miss Popogewackel da drüben tun.

Desiree lehnte sich zu Rick hinüber. »Pass auf, was du sagst.« Dann fügte sie leiser hinzu: »Das könnte mir gefallen.«

Dean schaute wieder zu Emery und biss die Zähne zusammen, als sie schon wieder ein Kerl anmachte. Er war groß, muskulös und fing sich gleich eine, wenn er noch mal ihren Brüsten zu nahe kam.

»Oh, Dean«, sagte Serena, die gerade mit einem Pitcher Bier in der Hand und Drake im Schlepptau zum Tisch kam. Neben dem hochgewachsenen Drake wirkte sie noch zierlicher. Sie schob sich eine dunkle Haarsträhne hinters Ohr. »Du siehst aus, als würdest du jeden Moment jemanden erwürgen.«

Dean umklammerte sein Glas und durchbohrte den Mistkerl, der Emery inzwischen in ein Gespräch verwickelt hatte, mit Blicken.

»Warum gehst du nicht rüber und zeigst dem, zu wem sie gehört, anstatt ihr von hier aus nachzusabbern?«, schlug Serena vor.

Dean war froh, dass Desiree zu sehr mit Rick beschäftigt war, um diesen Kommentar zu hören. Das Letzte, was er jetzt brauchte, waren die Mädels, die ihn oder Emery unter Druck setzten, weil er genau wusste, dass das Emery wahrscheinlich eher verscheuchte.

Drake packte sie hinten am Kleid und zog sie von Dean weg. »Stiftest du schon wieder Unruhe?«

»Nein. Komm mit.« Serena griff nach seiner Hand und versuchte, ihn auf die Tanzfläche zu ziehen. Als eine von Miras besten Freundinnen war sie ebenfalls mit Drake und Rick aufgewachsen. Als sie das Resort gekauft hatten, hatte sie gerade kein Projekt als Innenarchitektin in Aussicht gehabt und sich deswegen bereit erklärt, ihnen zwischenzeitlich zu helfen, das Resort auf Vordermann zu bringen, und die Verwaltung zu übernehmen. Das war inzwischen drei Jahre her.

Drake ließ sich hastig auf einen Stuhl fallen und goss sich ein Bier ein. »Danke, aber ich unterhalte mich lieber mit den Jungs.«

»Spaßbremse.« Serena schenkte Desiree einen Bettelblick. »Tanzt du mit mir?«

Rick gab Desiree einen kurzen Kuss und einen Klaps auf den Hintern, als sie aufstand. »Viel Spaß.«

»Sie hat recht«, meinte Drake zu Dean, ohne Serena aus den Augen zu lassen, die am Rand der Tanzfläche stehen geblieben war, um sich mit einem Mann zu unterhalten. »Du solltest mit Emery tanzen. Jeder sieht doch, dass du auf sie stehst.«

»Das sagt der Richtige.« Dean kippte den Rest seines Biers auf ex hinunter. Bluffte Drake nur, oder zeigte er es wirklich so offensichtlich, wie seine Freunde es darstellten? Er hatte nie jemandem von seinen Gefühlen für Emery erzählt. Und wenn es wirklich so offensichtlich war, musste Emery wohl die Einzige sein, die das nicht mitbekam.

Drake schnaubte spöttisch. »Ach Quatsch. Außerdem tauche ich meinen Füller nicht in Firmentinte.«

»Ich auch nicht«, erwiderte Dean und erinnerte Drake damit daran, dass Emery ab nächster Woche für sie arbeitete. »Ich will nur nicht, dass irgend so ein Dreckskerl sie verletzt.«

Er beobachtete die Frauen noch für ein paar Lieder beim Tanzen, was jedoch mit jeder Minute schmerzhafter wurde, weil Emery noch eine Schippe auf ihre erotischen Bewegungen drauflegte und die Blicke von manchen der Männer erwiderte, die sie angafften. Vielleicht sollte er sie feuern, bevor sie den Job im Resort antrat, und doch sein Glück bei ihr versuchen.

Shit. Da war dann aber immer noch die Sache mit ihrer Freundschaft.

Drake und Rick planten währenddessen das nächste Tubing-Abenteuer. Seit sie klein waren, hatten sie zu dritt so ziemlich jede Wassersportart ausprobiert, die das Cape zu bieten hatte, und fuhren auch gerne mal auf Ausflüge weiter weg. Sie hielten immer die Augen nach der nächsten Gelegenheit offen, doch Dean konnte sich genauso wenig auf das Gespräch konzentrieren, wie er es schaffte, den Blick von Emery abzuwenden.

»Dean?«, fragte Drake irgendwann. »Hast du da Zeit? Tubing nächste Woche Donnerstag?«

Er hörte nur mit halbem Ohr zu. »Ja, bin dabei. Kommen die Mädels auch mit?« Wenn ja, war Emery wahrscheinlich auch mit von der Partie.

»Ja. Deswegen legen wir es auf den Nachmittag. Des wird morgens in der Pension gebraucht.«

»Wunderbar.« Deans Handy vibrierte, doch als er aufs Display schaute und den Namen seines Vaters sah, schickte er den Anruf direkt auf die Mailbox. Er war nicht in Stimmung, die übergriffige Art seines Vaters zu ertragen, der ihm ständig damit in den Ohren lag, dass er endlich sesshaft werden und Medizin studieren sollte. Nicht heute. *Und auch sonst nicht.* Es war schlimm genug, dass er beim Benefizdinner so tun musste, als hätte er eine angenehme Beziehung zu seinem Vater.

Dean schaute erneut zur Tanzfläche, während er noch damit rang, die negativen Gefühle nicht hochkochen zu lassen. Doch bis die Mädels wieder kichernd Arm in Arm zum Tisch zurückkehrten, hatte er den Schatten seines Vaters erfolgreich verjagt.

Emery setzte sich neben ihn und nahm einen kräftigen Schluck von seinem Bier. Am liebsten hätte er einen Arm um sie gelegt und den Mistkerlen in der Bar damit ein für alle Mal klargemacht, dass sie vergeben war.

Aber sie war nicht vergeben.

Und wenn er etwas in die Richtung versuchte, würde sie ihm vermutlich die Hölle heißmachen, weil er damit ihre Freundschaft gefährdete.

Mit anderen Worten: Er hatte die Wahl zwischen Pest und Cholera.

»Emery hat morgen Abend ein Date«, verkündete Violet, die sich gerade aus dem Pitcher auf dem Tisch eingoss.

Sofort spürte er Ricks und Drakes Blicke auf sich, aber er war zu sehr damit beschäftigt, die Zähne zusammenzubeißen, um anderweitig zu reagieren. »Ein *Date*?«

Emery deutete auf die andere Seite der Tanzfläche, wo der Kerl stand, den er gedanklich so genüsslich seziert hatte. »Mit dem da. Er ist echt heiß, oder?«

Am liebsten hätte Dean den Boden mit dem arroganten Grinsen des Kerls gewischt. »Du hast doch erst einmal mit ihm gesprochen.«

»Na und?«, fragte Emery. »Er ist ein ziemlich guter Tänzer und außerdem habe ich im Moment ja eh nichts Besseres zu tun.«

»Du meinst wohl: nichts Besseres *mit* jemandem zu tun.« Violet wackelte mit den Augenbrauen. Dann verengte sie jedoch die Augen und deutete mit einem Finger auf sie. »Ich musste aus dem Haupthaus ausziehen, weil zu allen möglichen und unmöglichen Zeiten das Kopfteil von Desirees und Ricks Bett gegen die Wand gehämmert hat. Während du bei mir wohnst, bist du gefälligst leise.«

»Ich will nicht gleich mit ihm ins Bett, Vi.« Emery griff erneut nach Deans Bier. »Außerdem hast du mich doch vorhin gewarnt, dass ich Ohrenstöpsel brauche.«

»Das war ein Witz«, meinte Violet wenig überzeugend.

»Klingt für mich ein bisschen unglaubwürdig«, sagte Serena.

Emery nahm noch einen Schluck von Deans Bier. Er füllte sein Glas nach und stellte es vor ihr ab.

Sie rümpfte jedoch die Nase, was verboten niedlich aussah. »Ich hasse Bier.«

»Ach was, sag bloß.«

Sie legte die Hände um sein Glas und schenkte ihm das heißeste Lächeln, das er je gesehen hatte. »Es schmeckt besser, weil es *deins* ist. Das ist ein bisschen, wie wenn man sich einen Salat genau so macht wie den im Lieblingsrestaurant, mit den gleichen Zutaten und so weiter. Egal, wie viel Mühe man sich gibt, es ist nie so lecker wie der Salat im Restaurant, weil ihn dort jemand anderes für dich zubereitet hat.«

Warum brachte ihn diese alberne Logik zum Grinsen? »Ich habe das Bier aber nicht gemacht«, erwiderte er. Nicht, dass es ihm etwas ausmachte, das Glas mit ihr zu teilen. Sie hatte sich schon am Wochenende ihres Kennenlernens als Erstes seinen Drink einverleibt und dann ständig fast die Hälfte von dem gegessen, was er auf dem Teller hatte.

Emery verdrehte die hübschen Augen. »Das Prinzip ist das Gleiche.«

»Dean, was läuft denn da drüben? Versuchst du, mir meine beste Freundin zu klauen?«, fragte Desiree. »Sonst hat sie sich immer an *meinen* Getränken bedient.«

Sie klauen ist das Mindeste, was ich gerne mit ihr tun würde. »Niemals.«

»Erst behältst du sie den ganzen Tag lang bei dir«, sagte Desiree. »Jetzt trinkt sie aus deinem Glas. Du visierst definitiv Platz eins der besten Freunde an.«

»Du weißt doch, dass ich wegen dem Verkehr nicht früher kommen konnte«, erinnerte Emery sie.

»Dean wohnt auf dcm Grundstück des Bayside Resorts«, sagte Desiree. »Von ihm zu mir läuft man etwa fünf Minuten. Warum konntest du da nicht …« Sie riss die Augen auf. »Oh mein Gott. Habt ihr etwa …?«

»Was? Nein.« Emery setzte sich aufrechter hin und brachte damit etwas Abstand zwischen sich und Dean. »Moment mal. Du wohnst auf dem Gelände des Resorts? Davon war bei dir aber gar nichts zu sehen.«

Verdammt. Dean rieb sich mit einer Hand übers Gesicht, um sein Lächeln zu verbergen.

Rick lachte laut auf. »Wenn du dem Weg zwischen den hohen Büschen hinten in seinem Garten weiter gefolgt wärst, wärst du am hinteren Ende des Geländes rausgekommen. Da, wo Matts und Miras Cottage steht.«

Emery versetzte Dean einen Klaps auf den Arm. »Was sollte das, Dean? Du hast gesagt, dass du mich auf dem Jetski hinbringen willst.«

»Oh, Shit«, sagte Drake lachend.

»Was denn?« Dean versuchte, die ganze Sache herunterzuspielen. »Ich wusste nicht, wo die Schlüssel für den Golfwagen sind und zu Fuß ist es ganz schön weit mit deinem ganzen Gepäck. Ich habe dabei nur an dich gedacht.«

»Klar doch, nur an mich gedacht. Und jetzt beißt dich das in den Hintern«, sagte Emery.

»Er würde dir wahrscheinlich echt gerne mal in den Hintern beißen«, warf Violet ein.

»Oh Mann, Vi.« Dean hielt Emerys wütendem Blick stand. »Was ist denn so falsch daran, dass ich Zeit mit meiner Freundin verbringen wollte? Des hatte doch sowieso zu tun.«

»Das stimmt, aber du hättest trotzdem ehrlich sein können.« Auf einmal wirkte Emery nicht mehr sauer, sondern verletzt. »Warum hast du mich den ganzen Weg zurück über die Route 6 geschickt, wenn du auf dem gleichen Grundstück wohnst?«

Drake und Rick brachen erneut in schallendes Gelächter aus, doch dass die Sache Emery so zusetzte, versetzte ihm einen scharfen Stich in die Brust.

Bevor er antworten konnte, sagte Desiree: »Du hast sie außenrum geschickt? Em, du hättest eigentlich nur seine Einfahrt runter und dann links fahren müssen. Das dauert keine drei Minuten.«

Dean zuckte mit den Schultern. »Ich dachte mir, dass es besser wäre, wenn sie den Weg vom Highway aus lernt.«

»Frauen bekommt man mit Ehrlichkeit eher rum als mit Lügen, Dean«, meinte Serena.

»Es war keine Lüge und ich wollte Emery auch nicht *rumkriegen*.« Er legte ihr einen Arm um die Schultern und zog sie dichter zu sich. Als sie sich gegen ihn stemmte, ließ er jedoch nicht locker, weil er nichts zwischen sie kommen lassen wollte. »Der kleine Umweg tut mir wirklich leid, Püppi, aber es ist doch kein Verbrechen, dass ich Zeit mit der Frau verbringen will, die mir um zwei Uhr morgens Chatnachrichten schreibt.«

»Sie schreibt dir um zwei Uhr morgens?« Serena warf Desiree einen neugierigen Blick zu.

»Das kann ich ja nicht mehr bei Desiree machen, oder?«, antwortete Emery. »Rick würde mir den Kopf abreißen.« Sie lehnte sich zurück, was Dean einen exzellenten Blick auf die *Mädels* verschaffte. »Außerdem stört Dean das nicht. Er schreibt mir ja auch ständig.«

Stören? Er wartete mit angehaltenem Atem auf die Kommentare der anderen.

»Klingt, als hätte sich da jemand die kalten Winterabende mit ein bisschen Sexting aufgewärmt.« Violet stand auf und wandte sich in Richtung Bar. »Apropos Sex, ich habe gerade einen alten Freund gesehen. Wir sehen uns.«

»Es gab kein Sexting!« Emery griff erneut nach Deans Bier und nahm einen tiefen Schluck.

»So oder so …« Serena machte eine Handbewegung in Richtung Tanzfläche. »Ich glaube, Dean schuldet dir einen Tanz.«

Das Letzte, was er jetzt gebrauchen konnte, war ein heißer Tanz mit Emery. Er würde innerhalb von Sekunden hart werden und Drake und Rick würden ihn gnadenlos damit aufziehen. »Ich will nicht tanzen«, erwiderte er deshalb scharf.

»Pech gehabt. Du schuldest mir was.« Emery zerrte ihn auf die Beine und dann zur Tanzfläche.

Wem wollte er denn was vormachen? Sie könnte ihn an einem Nasenring durch die Gegend führen, wenn sie Lust darauf hatte.

Die ersten Takte von »Hands to Myself« erklangen, und Emery verlor sich mit sinnlichen Hüftbewegungen in der

Musik, ließ die Schultern aufreizend kreisen und sang dabei, dass sie ihn ganz für sich allein haben wollte. Ihre Stimme – diese Worte – waren berauschend wie Tequila. Sie hob die Arme in einer eleganten Geste über den Kopf und drehte sich im Kreis, wobei ihr Hintern seine Hüften streifte. Verflucht, die Frau konnte einem Impotenten wieder Leben einhauchen. Sie warf ihm einen Blick über die Schultern hinweg zu und die langen Haare fielen ihr über ein Auge. Sie lächelte verführerisch und sang weiter darüber, dass sie die Hände nicht bei sich behalten konnte und *alles* von ihm wollte.

Ich gebe dir alles von mir – und noch mehr.

Sie drehte sich um und ihre Hüften streiften dieses Mal seine sehr interessierte Körpermitte, woraufhin er sie an sich zog und jeder ihrer Bewegungen folgte. Er schob ein Bein zwischen ihre und legte sich ihre Arme um den Nacken, sodass ihr weicher, nachgiebiger Körper sich der Länge nach an seinen schmiegte.

»Ich dachte, du kannst nicht tanzen«, sagte sie, als er die Hände auf ihre Hüften legte und nicht einmal aus dem Takt kam.

»Ich habe gesagt, dass ich nicht tanzen *will*. Da ist ein Unterschied.« Jetzt wo sie einander so herrlich nah waren, wollte er sie nie wieder gehen lassen. »Halt dich fest, Püppi.«

Er beugte sie nach hinten über seinen Arm, und sie ließ sich von ihm führen, bog den Rücken durch und drängte das Becken fest an seins. Als sie wieder nach oben kam, sah sie ihm tief in die Augen. Sie strich ihm über die Brust nach oben, bis ihre Hände wieder auf seinem Nacken lagen, und jede ihre Berührungen trieb ihn ein bisschen weiter an den Rand des Wahnsinns. Sanft kratzte sie mit den Fingernägeln über seine Hand, und ihm schossen sofort ein Dutzend schmutziger Ideen durch den Kopf, wie er sie dazu bringen könnte, sich mit ihren sexy Fingernägeln noch fester an ihn zu krallen.

»Du bist ein fantastischer Tänzer, Großer.«

Ihre Stimme riss ihn aus seinen Fantasien, aber er hatte das Gefühl, durch glühende Lava an die Oberfläche zu schwimmen. Jede Berührung, jeder Blick weckte noch erotischere Bilder in seinem Verstand. Er ließ die Hände über ihre Hüften und ihren Rücken nach oben bis zu ihren Haaren gleiten. Ihr Blicke trafen sich und hielten einander in einem langen, knisternden Moment fest. Nur ganz am Rand bekam er mit, dass der Song zu Ende ging und der Beat sich änderte, doch er tanzte einfach weiter, weil er den Bann nicht brechen wollte. Sie leckte sich über die Lippen, und in diesem Augenblick war er sich sicher, dass sie genauso empfand wie er. Sie bog erneut den Rücken durch, hielt sich an seinen Armen fest und ihre Haare beschrieben mit ihrem ausladenden Schwung einen Bogen durch die Luft. Dean musste sich hart am Riemen reißen, doch als sie sich wieder aufrichtete, streiften ihre Brüste seinen Oberkörper und das war's mit seiner Beherrschung. Er senkte seinen Mund auf ihren, wollte endlich den Kuss einfordern, von dem er schon so lange träumte. Sie schloss die Augen, doch als seine Lippen nur noch Millimeter von ihren entfernt waren, beugte sie sich erneut nach hinten und verpasste ihm dabei einen Kinnhaken mit dem Kopf.

»Verdammte Schei…« Er schluckte den Rest des Fluchs hinunter.

»Oh mein Gott! Das tut mir so leid! Ich war voll ins Tanzen vertieft, ich habe gar nicht gemerkt, wo dein Gesicht ist.« Sie strich ihm über die Wangen und den Bart. »Wow, der ist so weich. Die Bartpflege taugt wirklich was, oder?«

Er stöhnte leise auf. Wie konnten sich ihre Körper so nahe

sein, die Hitze zwischen ihnen so intensiv und ihre Gedanken dabei so weit voneinander entfernt? »Mir war nicht klar, dass ich einen Kieferschutz brauche.«

»Wie oft habe ich dir schon gesagt, dass mir dauernd Dinge entgehen? Ich kaufe dir einen Footballhelm, den du tragen kannst, wenn ich in der Nähe bin. Tut mir wirklich leid. Ich habe mich einfach hinreißen lassen.« Sie schenkte ihm einen sexy Augenaufschlag. »Nimm es als Kompliment. Wir haben einen echten Draht zueinander.«

Nur nicht den, auf den ich gehofft hatte.

Drei

Am nächsten Morgen war Emery mit der Sonne wach, blieb aber noch eine Weile im Bett in Violets Gästezimmer liegen und machte Pläne für den ersten Tag ihres neuen Lebens. Sie konnte es kaum erwarten, sich ihre Studioräume in der Pension und im Resort anzusehen. Die meisten ihrer Yogakurse wollte sie im Freien geben, aber Desiree und Violet hatten einen Raum für sie renoviert, damit sie bei Regen eine gute Alternative zur Verfügung hatte. Die Jungs vom Bayside Resort hatten letzten Sommer ein tolles Freizeitzentrum gebaut, wo sie ebenfalls Kurse abhalten konnte, wenn das Wetter nicht mitspielte, und sie konnte auch eins der Büros dort nutzen. Jetzt freute sie sich vor allem darauf, die Räume zu gestalten und ihnen einen persönlichen Touch zu verleihen.

Schließlich stieg sie aus dem Bett und streckte sich ausgiebig, während ihre Gedanken zum Vorabend zurückwanderten. Es war so toll gewesen, die anderen wiederzusehen und Zeit mit Desiree zu verbringen. Und sie konnte immer noch nicht fassen, dass sie schon ein Date mit … Oh, verflixt. Wie hieß er noch? Sie zog den Kopf ein wenig zwischen die Schultern, doch dann fiel ihr wieder ein, dass sein Name irgendwas in Richtung Dave war. Sie wollten sich im Beachcomber treffen, einem Restaurant mit Bar direkt am Strand. Dean schien nicht besonders erfreut über das Date zu sein, aber es stellte ihn bestimmt zufrieden, dass sie dem Rat folgte, den er ihr über den Winter immer wieder gegeben hatte. Oder besser gesagt: Die *Auflage*, die er ihr gemacht hatte – im Rahmen der Standpauke, die sie sich hatte anhören dürfen, als sie mit einem Kerl Pizza essen gegangen war, den sie gerade erst in einer Bar kennengelernt hatte.

Das ist das Einmaleins der persönlichen Sicherheitsvorkehrungen, Emery! Gib einem Kerl, den du nicht kennst, keine Kontrolle über dich. Du sitzt in seinem Auto. In dem Moment hat er die Oberhand. Mach das nie wieder. Verstanden?

Die Erinnerung brachte sie zum Lächeln. Als wenn ihre Brüder ihr nicht genug Selbstverteidigung beigebracht hätten, um sich zu schützen, wenn irgendetwas schieflief. *Oh Mann!* Sie musste aber schon zugeben, dass sie Deans Hang, den Beschützer zu spielen, mochte. Es war wirklich hinreißend. Insbesondere, wenn er ihr danach noch ein Selfie schickte, auf dem er finster in die Kamera starrte.

Sie suchte in der Fotogalerie auf ihrem Handy nach einer dieser Aufnahmen. Austin hatte recht – Dean hatte tatsächlich etwas von einem Wikinger. Auf dem Foto hatte er die muskulösen Arme vor der breiten Brust verschränkt. Seine linke Schulter, die Brustmuskeln und Oberarme waren tätowiert und sein sauber gestutzter Bart gab ihm eine noch ernstere Ausstrahlung. Seine stahlblauen Augen schauten unverwandt in die Kamera, was ihn einschüchternd und gleichzeitig wahnsinnig heiß machte. Hitze kroch über ihre Brust nach oben und sie ließ einen langen Atemzug entweichen. *Lass es einfach. Du bist echt schlecht in Beziehungen.*

Sie war nicht dumm genug, diese Freundschaft zu ruinieren und dabei auch noch ihren Job zu riskieren. *Hatte ich schon, brauche ich nicht noch mal.*

Bei der Erinnerung ans Tanzen gestern Abend und wie sein großer, kräftiger Körper sich mit einer Geschmeidigkeit bewegt hatte, die man eher einem Mann zutrauen würde, der nur halb so groß war wie er, rieb sie sich den Kopf an der Stelle, wo sie Dean am Kinn getroffen hatte.

Ich bin so ein Tollpatsch.

Schnell tippte sie eine Nachricht an ihn: *Der Kinnhaken tut mir leid.* Dazu noch einen Smiley, gefolgt von: *Du hast mir nie erzählt, wie heiß du auf der Tanzfläche sein kannst. Macht ja glatt Dirty Dancing Konkurrenz.* Erst, als sie die Nachricht abgeschickt hatte, ging ihr auf, dass es erst halb sieben war. Vermutlich war er gerade auf einer Joggingrunde mit Drake und Rick, wie fast jeden Morgen.

Sie ließ ihr Handy auf dem Nachttisch liegen und ging in die Küche, um sich ihren morgendlichen Muntermacher in Form von Eiswasser mit Zitrone zu holen. Als sie den Kühlschrank öffnete, fand sie dort zu ihrer Überraschung eine Glaskaraffe mit Eiswasser und Zitronenscheiben vor. Wärme breitete sich in ihr aus, weil Violet sich offenbar daran erinnert hatte, und sie nahm es als Zeichen, dass ein großartiger Tag vor ihr lag.

Während sie sich ein Glas eingoss, ging auf einmal Violets Schlafzimmertür auf und ein sehr großer, sehr *nackter* Mann mit zerzausten, dunklen Haaren schlenderte in die Küche. Er hatte ein wenig Brusthaar und *heilige Maria, Mutter des heißen Anblicks*, diesem Mann war es offenbar sehr wichtig, wie gepflegt er auch unterhalb der Taille aussah.

»Morgen.« Er schenkte ihr ein schiefes Grinsen, mit dem er sie an Dermot Mulroney erinnerte.

»Morgen«, murmelte sie und versuchte vergeblich, ihm

nicht auf den riesigen Penis zu glotzen.

Er schnappte sich einen Milchkarton aus dem Kühlschrank und stellte ihn auf der Anrichte ab, als würde er das jeden Tag machen. Wobei das natürlich durchaus sein konnte.

»Muss die Arbeitsplatte mal wieder gegossen werden?«, fragte er.

Sie folgte seinem Blick zu der Karaffe, die sie immer noch in der Hand hielt, und dem Wasser, das sich daraus über die Anrichte ergoss. »Oh, verdammt.« Sie griff nach einem Geschirrtuch und wischte die Pfütze hastig auf.

Er lachte nur leise und goss sich ein Glas Milch ein, mit dem er genauso gelassen in Violets Schlafzimmer zurückkehrte.

Wenn Wasser mit Zitrone ein Omen für einen guten Tag ist, was um Himmels willen war dann das für eins?

Sie entschied sich spontan, ihre übliche Runde Meditation und Yoga heute mal zu schwänzen, falls der nackte Kerl beschloss, dass er noch mehr Durst auf Milch hatte. Nach einer schönen, langen Dusche föhnte sie sich die Haare und schlüpfte in eine kurze Hose und ein pfirsichfarbenes Tanktop. Sie hoffte wirklich, dass Desiree gestern Nacht tollen Sex gehabt hatte und deswegen ein leckeres, reichhaltiges Frühstück auffuhr. Man konnte wohl davon ausgehen, dass Violet ihren Spaß gehabt hatte, wobei Emery sich nicht daran erinnerte, Geräusche aus ihrem Zimmer gehört zu haben. Hatte Violet vielleicht schlechten Sex gehabt? *Möglicherweise kommt es wirklich nicht auf die Länge des Schwerts an, sondern darauf, wie fähig der Besitzer im Umgang damit ist.* Sie lachte in sich hinein, weil Violet den Kerl in diesem Fall vermutlich lange vor dem Morgen wieder rausgeworfen hätte.

Sie machte sich auf den Weg zur Pension in der festen Absicht, Desiree nach Langschniedel auszuquetschen. Cosmos begrüßte sie begeistert kläffend an der Küchentür und versuchte, an ihr hochzuklettern. Desiree und Violet hatten den Terrier-Mischling mit den spitzen Ohren, dem drahtigen, grauen Fell und den großen braunen Augen zusammen mit dem Haus geerbt. Emery nahm den kleinen Hund auf den Arm, woraufhin er ihr übers Kinn leckte. »Na, du alter Kuppler?«

Bevor sie Desiree und Violet unter einem Vorwand hierhergelockt hatte, hatte Desirees Mutter Lizza im letzten Jahr ein paar Monate hier gewohnt. Desiree und Rick hatten nicht geahnt, dass Lizza dem Hund beigebracht hatte, wie man über den Zaun kletterte, um im Pool des Bayside Resorts eine Runde zu schwimmen – und das alles nur, um Rick und Desiree zusammenzubringen. Das hatte so gut funktioniert und Desiree war so glücklich, dass Emery sich beinahe wünschte, Cosmos könnte seine Magie auch bei ihr mal ein bisschen spielen lassen.

Ich brauche wohl eher ein Wunder.

Niemand in ihrer Familie schien in der Lage zu sein, eine langfristige Beziehung zu führen. Sie waren alle laut, hielten mit ihrer Meinung nicht hinterm Berg und ihr war klar, dass sie damit keine einfachen Partner waren. Ihre Brüder flirteten ständig und sprachen eigentlich immer aus, was sie dachten. Sie selbst war darin ebenfalls Expertin, und das Flirten? Das konnte sie auch ziemlich gut. Das Problem war nur, dass einige ihrer früheren Freunde sie beschuldigt hatten, dass sie mit anderen Männern flirtete, obwohl sie das gar nicht gemacht hatte.

Sie schloss die Küchentür hinter sich und setzte Cosmos wieder auf dem Boden ab. Jemand hantierte mit einem Pfannenwender, das hörte sie deutlich. Desiree stand am Herd und wendete gerade Pancakes. Dean, Rick und Drake saßen am Tisch und ließen sich das Frühstück schmecken. Keiner von ihnen hatte ein Shirt an und ihre gebräunte Haut verriet, dass sie viel Zeit in der Sonne verbrachten. Sie waren alle drei sportlich, aber *oh Mann*. Neben Deans Adonisstatur sahen Rick und Drake wie Teenager aus. Man hätte meinen können, dass sie einmal das komplette Cape entlanggejoggt waren, so wie sie sich die Pancakes einverleibten. Vielleicht würde Emery hier nicht die große Liebe finden wie Desiree, aber das Cape hielt mehr als genug anderes Glück für sie bereit.

»Hey, Em«, begrüßte Desiree sie.

Die Jungs schauten auf und Rick und Drake nuschelten ein »Guten Morgen« mit vollem Mund. Dean lächelte und nickte ihr zu, während sie sich ein Stück Pancake von seinem Teller klaute und es sich in den Mund steckte.

»Hi, Püppi. Gut geschlafen?«, fragte Dean.

»Mhm.« Sie angelte sich seinen Kaffee und genehmigte sich einen Schluck davon. Dean fing die Tasse ab, bevor sie sie wieder auf den Tisch stellen konnte und hob sie ebenfalls an die Lippen. »Aber den nackten Kerl in der Küche hatte ich irgendwie nicht erwartet.«

Dean spuckte seinen Kaffee quer über den Tisch. »Was?«

»Pass doch auf.« Drake flog praktisch von seinem Stuhl, was Cosmos aufgeregt bellen ließ und Emery und Desiree zum Lachen brachte.

»Alter, Dean.« Rick wischte sich Kaffee von der Brust. »Musste das sein?«

Dean grummelte etwas, das entfernt nach einer Entschuldigung klang, wandte den Blick jedoch keinen Moment von Emery ab. »Welcher nackte Mann?«

Desiree warf Rick ein Geschirrtuch zu. »In Violets Küche war ein nackter Mann?«

Emery zuckte mit den Schultern. »Ja. Groß und echt gut ausgestattet. Irgendeine Ahnung, mit wem Violet im Moment was am Laufen hat, Des?«

»Nein.« Sie reichte Emery einen Teller mit Pancakes. »Ich weiß, dass ein alter Freund von ihr in der Gegend wohnt, aber sie weigert sich, über ihn zu sprechen.«

»Also Krach haben sie keinen gemacht. Entweder habe ich wie ein Stein geschlafen oder das geht als leisester Sex aller Zeiten ins Guinness-Buch der Rekorde ein. Habt ihr ein Zelt, das ich mir für die nächsten Tage ausleihen kann?«

»Du schläfst bei mir«, mischte Dean sich ein. Er ging mit seinem Teller zum Spülbecken und schrubbte ihn dort sauber.

»Ich kann mich nicht einfach so bei dir einnisten«, sagte Emery. »Am Ende störe ich noch dein Mojo oder so.«

Er drehte das Wasser ab und wandte sich ihr mit verschränkten Armen und angespannten Kiefermuskeln zu. »Mein Mojo ist schon gestört, und ich bin mir ziemlich sicher, dass ›oder so‹ dein ständiger Begleiter ist. Du kannst und du *wirst* bei mir wohnen. In Gegenwart von fremden nackten Kerlen ist es nicht sicher für dich.«

»Aber bei dir schon?«, fragte Rick.

Dean warf ihm einen bitterbösen Blick zu.

»Dean würde mir nie was tun.« Emery setzte sich an den Tisch und schnappte sich einen Pancake vom Teller. »Macht es dir echt nichts aus, Großer? Das wäre schon richtig cool, nachdem ich ja offensichtlich *zu Fuß* hierherkommen kann«, neckte sie ihn. »Aber ich warne dich: Ich bin nicht gerade ordentlich, und ich kann nicht kochen, aber ich werde …«

»Lass sie ja nicht in die Küche«, unterbrach Desiree sie. »Ich habe sie schon kochen sehen. Davon würde sich deine Küche nie wieder erholen und dein Magen auch nicht.«

»Stimmt«, meinte Emery und steckte sich noch eine Gabel voll Pancake in den Mund.

»Du musst bei mir weder kochen noch putzen. Halt dich einfach von meinem Garten fern, dann kommen wir wunderbar miteinander aus.« Dean starrte durchs Fenster über dem Spülbecken zu Violets Cottage hinüber und sah gerade aus, als würde er sich eine Strategie für den dritten Weltkrieg überlegen.

»Okay, danke. Dann hole ich meinen Kram nach dem Frühstück.«

»*Ich* hole deine Sachen und bring sie zu mir rüber, während du frühstückst«, sagte Dean. »Ich habe heute im Park am Krankenhaus zu tun. Wenn ich schon mal unterwegs bin, lasse ich dir gleich einen Schlüssel nachmachen und schicke dir eine Nachricht, wenn ich wieder zu Hause bin.«

Bevor sie noch etwas dazu sagen konnte, stürmte er aus dem Haus.

»Da hat es aber jemand eilig«, sagte Desiree und setzte sich neben Rick.

»Ich bin davon ausgegangen, dass ich meine übertrieben beschützenden großen Brüder in Oak Falls gelassen habe.« Emery schaute zu Drake und Rick. »Warum wollen mich alle Kerle so dermaßen in Watte packen? Ich bin tough. Ich kann mich um mich selbst kümmern, lasse mir von niemandem was gefallen und kein Kerl bekommt von mir, was ich ihm nicht freiwillig gebe. Man sollte meinen, dass Dean das mittlerweile auch mal begriffen hat.«

Die beiden Männer tauschten einen ernsten Blick miteinander, den sie nicht recht deuten konnte.

»Er will nur nicht, dass du verletzt wirst«, antwortete Drake.

»Na ja, wir hatten gestern einen wirklich schönen Tag zusammen. Also bin ich froh, dass er mich ein paar Tage bei sich wohnen lässt, egal warum. Und ich bin mir sicher, dass Vi sich auch über ein bisschen Privatsphäre freut.« Sie spießte ein Stück

Pancake mit der Gabel auf und deutete damit auf Rick. »Die sind gut, aber könntest du dich vielleicht ein bisschen mehr ins Zeug legen? Ich hätte mal wieder Lust auf Desirees superleckere Cranberry-Crêpes.«

»Oh Mann«, sagte Rick.

Alle lachten und Emery fügte noch hinzu: »Vielleicht kannst du dir ja bei unserem langschniedeligen Übernachtungsgast ein paar Tipps holen.«

Während Desiree Frühstück für die Pensionsgäste machte – was sie zwar nicht täglich, aber immer am ersten Morgen des Aufenthalts anbot –, holte Emery ihr Handy aus der Tasche, um Dean eine Nachricht zu schicken. Dabei fand sie seine Antwort auf ihre Bemerkung über Dirty Dancing vor und las sie auf dem Weg zu ihrem neuen Studio.

Du hast mir nie erzählt, dass du ein Magnet für nackte Kerle bist.

Lächelnd tippte sie zurück: *Ich bin eine Frau mit vielen Talenten. Danke, dass ich bei dir schlafen darf. Ich schau mir gleich meine neuen Räume an. Bis heute Abend, Patrick Swayze.*

Wenig später vibrierte ihr Handy wieder. *Ganz vergessen, ich habe eine Hausregel. Keine Übernachtungsgäste.*

Sie schnappte empört nach Luft. Traute er ihr wirklich zu, dass sie das machte? Eilig gab sie eine sarkastische Antwort zurück: *Vielleicht sollte ich mir die Sache noch mal überlegen …*

Doch dann stellte sie sich seine finstere Miene vor und wie sein Beschützerinstinkt Amok lief. Er war zu nett, um ihn so zu piesacken, also fügte sie schnell noch hinzu: *War ein WITZ!*

Einen Augenblick später erschien ein Foto von seinem Gesicht auf ihrem Display und sein grummeliger Ausdruck brachte sie erneut zum Lächeln. Gott, sie liebte dieses Geplänkel so sehr. Warum konnten die Kerle, mit denen sie ausging, nicht auch so umgänglich und humorvoll sein?

Eine weitere Nachricht tauchte auf dem Bildschirm auf: *Serena hat einen Schlüssel für mein Haus im Büro. Hol dir den, wenn du reinwillst, bevor ich wieder da bin.*

Roger, Großer, war ihre Antwort, bevor sie ihr Handy wieder in die Tasche ihrer Shorts schob und mit einem guten Gefühl ihr neues Studio betrat.

Die offenen, großzügigen Räume waren genau so, wie Emery sie sich vorgestellt hatte: alter Dielenboden und riesige Glastüren, die auf eine Terrasse hinausführten. Ihr erster Weg führte sie dorthin und sie sog die salzige Luft tief ein, während sie hinaustrat. Das Summer House Inn befand sich auf dem Kamm einer Düne, weswegen man von hier einen grandiosen Ausblick auf den Sandstrand und die Cape Cod Bay hatte. In der Ferne segelten gerade zwei Schiffe hinaus aufs Meer. Vom Strand drangen die Geräusche einer Familie mit kleinem Kind und das leise Rauschen der Wellen zu ihr hinauf und hüllten sie mit einem ganz neuen Lebensgefühl ein. Sie konnte immer noch nicht glauben, dass sie tatsächlich ihre Sachen gepackt hatte und umgezogen war. Das hier war ihr neues Zuhause – sie blieb nicht nur für einen Urlaub, nicht nur für einen Sommer, sondern auf unbestimmte Zeit hier. Tränen stiegen ihr in die Augen, aber sie war nicht traurig. Es waren Freudentränen, Tränen voller Hoffnung – und ja, vielleicht auch ein paar, weil sie so weit von ihrer Familie entfernt war, aber das war doch normal, oder?

Es war für sie selbst überraschend gewesen, als sie ernsthaft mit dem Gedanken gespielt hatte, das einzige Zuhause zurückzulassen, das sie je gehabt hatte. Aber nachdem ihre beste Freundin sich hier ein wundervolles neues Leben aufgebaut hatte, war Emery die Leere in ihrem eigenen immer mehr bewusst geworden. Sie vermisste nicht nur Desiree, auch mit Serena und Violet verband sie inzwischen eine schwesterliche Beziehung, die ihr genauso wichtig war wie alles, was sie zu Hause hatte. Aber letztendlich war es Dean gewesen, der ihr den maßgeblichen Anstoß für die Entscheidung gegeben hatte, sich hier in Wellfleet wirklich etwas aufzubauen. Etwas Dauerhaftes, das länger als einen Sommer hielt, wie sie ursprünglich geplant hatte. Er regte sie dazu an, Dinge aus einer anderen Perspektive zu betrachten, und brachte sie zum Nachdenken. Deswegen fragte sie sich gerade wohl auch, warum sie sich auf ein Date mit dem Kerl in der Bar eingelassen hatte. Bevor sie Dean kennengelernt hatte, hatte sie viel weniger auf solchen Einzelheiten herumgedacht.

»Wie findest du es?«

Desirees Stimme ließ Emery zusammenzucken, und sie brauchte einen Moment, um sich zu sammeln, bevor sie sich zu ihrer Freundin umdrehte. Cosmos rannte auf sie zu und sie ging in die Knie, um ihn zu knuddeln.

»Es ist fantastisch geworden. Du weißt gar nicht, wie viel es mir bedeutet, dass du mir die Chance gibst, mich hier bei euch selbstständig zu machen.«

Cosmos trabte auf die Rasenfläche, war aber – anders als früher – angeleint.

»Machst du Witze? Ich bin voll von den Socken!« Desiree trat zu ihr in die Sonne. »Ich habe das Gefühl, als wäre meine Schwester endlich wieder nach Hause gekommen.«

»*Zu Hause.* Ist dir klar, wie seltsam und großartig das

klingt?«

»Ja. Für mich hat das auch eine ganz neue Bedeutung bekommen. Für mich fühlt sich Rick nach zu Hause an.«

»Und du machst dir Sorgen, dass ich Dean zu meinem allerbesten Freund erklären könnte?« Emery zog sie damit nur auf, aber ein bisschen eifersüchtig war sie schon, dass ihr Platz – oder zumindest ein Teil ihrer Beziehung zu Desiree – nun von Rick eingenommen wurde. Aber tief in ihrem Herzen wusste sie, dass Desiree und sie sich so nahestanden, als wären sie tatsächlich Schwestern, und das würde sich nie ändern. Desirees Herz war groß genug für sie beide und Violet und vermutlich auch noch für die halbe Stadt.

»Du weißt, was ich meine«, sagte Desiree. »Ich hätte nie gedacht, dass ich je aus Oak Falls wegziehen würde, aber dann habe ich Rick getroffen und bin Violet nähergekommen, und du hast mich so sehr darin bestärkt, hier einen Neuanfang zu machen. Jetzt ist das hier mein Zuhause, weil ich hier genau die Zukunft habe, die ich mir wünsche, und ich hoffe, dass es dir auch so gehen wird.«

»Ich auch. Ich kann es kaum erwarten, mich hier einzurichten und mit den Kursen anzufangen. Bist du dir sicher, dass du lieber einen Anteil an meinen monatlichen Einnahmen haben willst und keine feste Miete? Ich bin mit beidem zufrieden, aber wenn ich mal einen schlechten Monat habe, fährst du mit der Miete wahrscheinlich besser.«

»Als würde ich in einem schlechten Monat Geld von dir annehmen.« Desiree hakte sich bei ihr unter und gemeinsam schlenderten sie über die Grünfläche. Die Tür ließen sie einfach hinter sich offen.

Emery fand es großartig, dass man sich hier keine Gedanken über Einbrüche und Diebstahl machen musste. In Oak Falls war das auch nie ein Problem gewesen, und die Umstellung wäre ihr wohl schwergefallen, wenn sie das auf einmal müsste.

»Ich sollte mal zu Vi rüber und mich entschuldigen, dass Dean vorhin so bei ihr reingeplatzt ist.«

»Ich komme mit«, bot Desiree an.

Die Sonne lachte vom Himmel und sie setzten ihren Weg zusammen mit Cosmos in Richtung von Violets Cottage fort. Emery entdeckte das Schild zu Devi's Discoveries, was sie an Desirees Mutter erinnerte. Lizza Vancroft war Künstlerin und hatte in Desirees Leben nie eine stabile Rolle gespielt. Als Desiree fünf gewesen war, hatte Lizza sich von ihrem Vater scheiden lassen und war danach mit Violet durch die Weltgeschichte gezogen, um nur ab und zu mal zu kurzen und unangenehmen Besuchen vorbeizuschauen. Jedes Mal war Emery diejenige gewesen, die Desiree im Anschluss wieder auf die Beine half, wenn sie am Boden zerstört war. Lizza war auch an Desirees Verlobungswochenende hier gewesen, und immerhin schien sie sich mittlerweile Mühe zu geben, den Kontakt zu ihrer Tochter besser zu halten. Emery hoffte, dass sie das nach wie vor tat.

»Hast du in letzter Zeit was von Lizza gehört?«

»Sie schickt Postkarten und ruft manchmal an, aber Lizza bleibt eben Lizza. Die Gespräche sind meistens ziemlich einseitig, sie erzählt von ihren Reisen und ich höre ihr zu. Aber weißt du was? Das ist okay für mich. Sie gibt sich Mühe und ich habe jetzt eine Beziehung zu Vi.« Sie warf einen liebevollen Blick zu Violets Cottage hinüber, als könnte sie ihre Schwester, von der sie viel zu lange getrennt gewesen war, durch die Wände hindurch sehen. »Und wir wissen beide, dass Lizza nie wie deine Mutter sein wird.«

Marla Andrews war laut, stur und stark in allen Lebenslagen, aber sie war auch herzlich, großzügig und sie nahm an Emerys Leben aktiv teil. Ihre Kinder konnten zu jeder Tages- und Nachtzeit auf sie zählen, ganz egal, mit was sie selbst gerade beschäftigt war. Unglücklicherweise war Emerys Vater genauso stur und kompromisslos, was vermutlich erklärte, warum die beiden sich ständig heftig gestritten hatten und warum ihre vier Kinder nie mit ihrer Meinung hinterm Berg hielten. Trotzdem ging die ganze Familie liebevoll miteinander um, sie umarmten sich viel und zogen sich gegenseitig auf. Doch mit ihrer großen, lauten Familie in zwei Haushalten aufzuwachsen, hatte auch seine Nachteile. Beziehungen mit ihnen waren nicht leicht. Sie mussten ständig sagen, was ihnen durch den Kopf ging, platzten mit allem heraus und teilten alles miteinander, vom Essen bis hin zu Geheimnissen. Und das würde sich wohl auch nie ändern.

In diesem Moment trat Violet in ihrem schwarzen Bikini und Motorradstiefeln aus ihrem Haus.

»Hey«, sagte sie, während sie zu ihrem Motorrad ging. »Dein Bodyguard war da und hat deine Sachen abgeholt.«

»Ja, tut mir echt leid«, sagte Emery. »Ich bin wirklich dankbar, dass ich bei dir übernachten durfte, aber ...«

»Aber den Schwanz eines fremden Kerls zu sehen, war dir dann doch zu viel?« Violet spielte mit ihrem Schlüsselbund und schwang ein Bein über ihre Maschine. »Sorry dafür. Er ist ein alter Freund, der mich gestern Abend nach Hause gebracht hat.« Das Motorrad erwachte lautstark zum Leben und sie strich mit einer Hand über seine schnittige Form.

»Du willst doch nicht etwa im Bikini mit dem Ding los, oder?« Desiree legte eine Hand auf den Lenker. »Das ist gefährlich. Was, wenn du einen Unfall hast?«

Violet schenkte ihr nur einen überheblichen Blick und ließ

den Motor aufheulen. Sie provozierte Desiree genauso gerne, wie Emery es bei Dean machte. »Hörst du irgendwann mal damit auf, mich zu bemuttern, kleine Schwester?«

Desiree verschränkte die Arme vor der Brust, und ihr war anzumerken, dass die Bemerkung sie verletzte.

»Sie hat recht, Vi«, sagte Emery, und zwar nicht nur, weil es stimmte. Sie hatte Desiree schon immer Rückendeckung gegeben und das würde auch immer so bleiben. »Solltest du nicht eine Ledermontur anziehen oder so?«

Violet stellte den Motor ab und stieg wieder von ihrem Bike. »Entspannt euch, ihr Muttertiere. Meine Freunde haben mir die Maschine heute Morgen vorbeigebracht. Ich wollte nur sichergehen, dass sie normal läuft.« Sie musterte Emery einen Moment lang abschätzend. »Bist du dir sicher, dass du bei Dean kampieren willst, wenn du ein Problem mit so viel Männlichkeit am Morgen hast? Ich habe ihn schon in Badehose gesehen und der Kerl hat definitiv einiges zu bieten.«

Erzähl mir was, das ich noch nicht weiß. Der Mann machte in seinen Joggingshorts jedem Pornostar Konkurrenz. »Wir sind Freunde. Er kommt sicher nicht auf die Idee, einfach so nackt durchs Haus zu spazieren«, sagte Emery. »Außerdem bin ich nicht prüde. Ich hatte nur nicht erwartet, das volle FKK-Programm von deinem Kerl zu bekommen, und Dean hat mir angeboten, dass ich bei ihm schlafen kann. Das hatte wirklich nichts mit dir zu tun.«

»Er ist nicht *mein Kerl*«, erwiderte Violet. »Aber so, wie Dean hier reingestürmt ist und ihn angefahren hat, könnte man euch glatt für ein Paar halten. Wie ist mir das bis jetzt entgangen?«

»Ist es nicht. Da ist nichts zwischen uns. Wir sind einfach nur in den letzten Monaten richtig gute Freunde geworden und er will mich beschützen«, erklärte Emery.

»Wenn du mit *beschützen* meinst, dass er gerne einen kleinen Sex-Marathon mit dir hinlegen würde …«, murmelte Violet.

»Tut er *nicht*«, sagte Emery. »Außerdem weiß er, dass ich nichts mehr mit Freunden anfange, und er weiß auch, dass ich heute Abend ein Date habe.«

»Hältst du das wirklich für eine gute Idee? Das Date?«, fragte Desiree. »Dean sieht dich wirklich oft an, als würde er auf dich stehen.«

Emery verdrehte die Augen, weil ihr das Gespräch zunehmend auf den Zeiger ging. »Könntet ihr bitte damit aufhören?«

»Du klaust von seinem Teller«, meinte Desiree.

»Na und? Das mache ich bei dir auch und bei der Hälfte der Jungs, mit denen ich aufgewachsen bin. Das ist nichts Besonderes. So bin ich einfach. Essen ist wie Freiwild für mich. Ich ziehe Kerle damit auf, dass sie zu selbstbewusst oder heiß sind. Du kennst mich doch, Des. Ich hatte schon immer mehr männliche als weibliche Freunde. Das mit Dean und mir ist genau so wie mit den Jungs zu Hause, nur dass er ein bisschen mehr über mich weiß, weil …« *Ich dich nicht zum Reden hatte.* Aber sie wollte nicht, dass Desiree ein schlechtes Gewissen bekam, weil sie mit Rick glücklich war, und tatsächlich hatte Emery auch das Gefühl, dass sie und Dean sich genauso nähergekommen wären, wenn Desiree in Oak Falls geblieben wäre.

»Das stimmt«, sagte Desiree. »Aber weiß Dean das auch?«

»Natürlich weiß er das«, gab Emery nachdrücklich zurück. Ja, es hatte massiv zwischen ihnen geknistert, als sie sich kennengelernt hatten, aber ihre Freundschaft war wichtiger als dieses Strohfeuer, und sie mochte inzwischen so viel mehr an ihm als nur sein Äußeres. »Dean und ich sind *Freunde.* Seit ich

Weihnachten hier war, sprechen wir fast jeden Abend miteinander. Was hast du denn gedacht, was ich in den Monaten gemacht habe, während du dir hier mit Rick ein gemeinsames Leben aufbaust?«

»Das verstehe ich«, sagte Desiree. »Du hast dich bei Jungs schon immer wohlgefühlt.«

»Wie gesagt: *Sexmarathon*«, warf Violet ein.

»Ob du es glaubst oder nicht, ich bin mit vielen Männern befreundet, mit denen ich nicht schlafe. Für dich mag es okay sein, mit einem Freund zu vögeln, aber ich bin weg davon. Am Anfang haben Dean und ich vielleicht heftig geflirtet, aber das hat sich verändert. Dean ist wie du, Des. Vorausschauend und gelassen. Er holt mich auf den Boden der Tatsachen zurück, wenn ich zu sehr hochspule, und er bringt mich zum Lachen. Und falls ihr euch das fragt: Ich habe ihm von jedem Date erzählt, das ich seit Jahresanfang hatte, und ich bespreche mit ihm *alles*, was ich auch mit dir bereden würde, Des. Wir telefonieren oft bis tief in die Nacht und genau wie bei dir sage ich ihm am Ende oft, dass ich ihn lieb habe. Er ist ein *Freund*. Wenn ich eins gut kann, dann Männer einschätzen. Ihr seht alle bestimmt nur, was ihr sehen wollt, und nicht, was wirklich da ist.«

»Ich würde trotzdem darauf wetten, dass er dich flachlegen will.« Violet zuckte mit den Schultern. »Aber was weiß ich schon?«

»Vielleicht hast du recht, Em«, lenkte Desiree ein.

Emery seufzte erleichtert auf. »Könnten wir uns dann jetzt wieder um Dinge kümmern, die *wirklich* wichtig sind?«

»Hey!« Violet hob die Hände. »Sex ist wichtig.«

»Okay, ja, stimmt schon. Nicht, dass ich welchen hätte.« Emery seufzte erneut. »Aber was ich eigentlich sagen wollte: Es tut mir wirklich leid, dass ich einfach so abhaue, nachdem du so nett warst, mich bei dir schlafen zu lassen, Vi. Ist alles okay zwischen uns, wenn ich mich bei Dean einquartiere, bis mein Zimmer in der Pension frei ist?«

»Ich bin nicht nachtragend«, sagte Violet. Als Emery sie umarmte, fügte sie noch hinzu: »Muss ich das jetzt ständig ertragen?«

»Ja«, erwiderten Emery und Desiree wie aus einem Mund.

Vier

Nachdem er den halben Tag lang im Krankenhauspark gearbeitet hatte, kehrte Dean zum Resort zurück und kümmerte sich dort um die Beete rund um die neue Terrasse, die er auf der hinteren Seite des Grundstücks anlegte. Als er sich am späten Nachmittag auf den Weg zum Büro machte, wischte er sich im Gehen mit dem Unterarm über die Stirn. Emery hatte ihm vorhin eine Nachricht geschickt, dass sie sich den Schlüssel von Serena geholt hatte, und egal, wie sehr er sich seitdem in die Arbeit gestürzt hatte, er bekam sie nicht aus dem Kopf. Seine Gedanken waren direkt dorthin gewandert, wo er sie nicht haben wollte. Er stellte sich Emery im Bett im Gästezimmer vor, unter der Dusche und schließlich machte seine Fantasie noch den kleinen Sprung und platzierte sie wunderschön und mit einem Lächeln auf den Lippen in seinem eigenen Bett.

War es ein Fehler gewesen, ihr einen Schlafplatz anzubieten? Sie war wie der Kirsch-Pie seiner Großmutter, der auf dem Fensterbrett zum Abkühlen stand: etwas, dem er nie hatte widerstehen können.

»Hey«, begrüßte ihn Rick, als er die Treppe zum Büro nach oben gestiegen war und die Tür öffnete. »Wie läuft es mit dem neuen Bauabschnitt?«

»Gut. Ich sollte in ein paar Wochen fertig sein. Mit dem Anpflanzen bin ich größtenteils durch, aber ich feile noch an der Gestaltung für die Stein- und Holzelemente.«

»Was auch immer dich bei der Idee geritten hat, dass wir noch eine Terrasse brauchen, ich bin mir sicher, dass sie großartig aussehen wird.«

Der gleiche Grund, der mir seit Weihnachten nicht mehr aus dem Kopf geht. Im Lauf der Monate hatte Emery ihm von einem Meditationsgarten in Oak Falls erzählt, wo sie gerne Yoga bei Sonnenaufgang machte. Bei ihr klang es so, als wäre das ein Teil von ihr. Als sie die Entscheidung getroffen hatte, nicht nur den Sommer am Cape zu verbringen, sondern komplett hierherzuziehen, hatte sie auch gesagt, dass sie diesen Garten genau so sehr vermissen würde wie ihre Familie. Dean hatte im Internet danach gesucht und Fotos von dem kleinen Park gefunden. Von da an hatte das Projekt dann mit Emerys Inspiration Stück für Stück Gestalt angenommen.

Er folgte Rick ins Büro, wo er den neuen Surflehrer Brody Brewer vorfand, der sich gerade mit Serena unterhielt. Brody war ein anständiger, ehrlicher Kerl, der immer voller Elan durchs Leben ging. Dazu war er noch so entspannt, dass man sich in seiner Gegenwart fast automatisch wohlfühlte.

Brody wandte sich zu ihnen um und schenkte ihnen ein strahlendes Lächeln, das ihm vermutlich mehr Schlafzimmertüren öffnete, als er bedienen konnte. Wahrscheinlich standen die Frauen jeden Tag Schlange, um bei ihm Surfen zu lernen. »Hey, Jungs, ihr hättet mal die Wellen heute Morgen sehen sollen. Ich habe gerade zu Serena gesagt, dass ich sie eines Tages rumkriege, auch mal auf ein Brett zu steigen.«

Dean und Rick wechselten einen amüsierten Blick miteinander. Serena war genau wie sie — es gab keine Wassersportart, die sie nicht beherrschte. Das war das Tolle, wenn man an einem Ort wohnte, der auf der einen Seite ans Meer und auf der anderen an die Bay grenzte. Man hatte unendlich viele Möglichkeiten.

»Serena hat es dir noch nicht erzählt? Sie surft schon, seit sie ein Kind ist«, sagte Rick.

»Wirklich?« Brody machte große Augen.

»Ricks und Drakes Dad hat es uns allen beigebracht«, antwortete Serena.

»Warum hast du das denn nicht einfach gesagt?«

»Weil es lustig war, dich so begeistert zu sehen.«

Brody lachte. »Ich drehe gerne mal ein bisschen auf, wenn es ums Surfen geht. Oh, ich habe übrigens die neue Yogalehrerin kennengelernt. Emery, richtig?« Er stieß einen anerkennenden Pfiff aus. »Die hat ganz schön Dampf.« Er rollte die Schultern nach hinten und ein zufriedenes Lächeln breitete sich auf seinen Lippen aus. »Ich nehme sie morgen mit.«

Dean ballte unwillkürlich die Hände zu Fäusten. »Mit wohin?«

»Aufs Meer, nach meinem Morgenkurs«, sagte Brody lässig. »Sie hat erzählt, dass sie noch nie Surfen war.« Er zuckte mit den Schultern. »Ist doch die perfekte Möglichkeit, eine neue Arbeitskollegin besser kennenzulernen.« Er schaute kurz zur Uhr an der Wand. »Ich muss dann auch los. Ein paar Mädels haben mich vorhin zu einem Strandfeuer am Cahoon Hollow Beach eingeladen. Wollt ihr mit?«

»Nein danke«, lehnte Rick ab. »Ich gehe mit Des essen.«

»Dean?«

Dean schüttelte den Kopf und knirschte noch immer mit den Zähnen, weil Brody Zeit mit Emery verbrachte und sie in ihrem knappen Bikini zu sehen bekam.

Brody hatte kaum die Tür hinter sich geschlossen, da platzte Serena auch schon vor Lachen heraus. Sie umrundete ihren Schreibtisch und griff nach Deans Fäusten, um sie zu öffnen. »Und du willst uns erzählen, dass du nicht auf Emery stehst! Erst gibst du ihr einen Schlüssel zu deinem Haus und gerade wolltest du Brody am liebsten erwürgen.«

»Von erwürgen war nie die Rede.« *Vielleicht ein bisschen verprügeln, aber nicht umbringen.*

Serena holte ihren Schlüsselbund aus der Schreibtischschublade. »Du weißt, dass sie heute Abend ein Date hat, oder?«

»Mhm.« Er hatte den ganzen verdammten Tag lang versucht, es zu vergessen.

»Bist du dir sicher, dass du dir nicht gewaltigen Ärger ins Haus holst, wenn Emery bei dir wohnt?«, fragte Rick.

»Ich bin mir bei gar nichts mehr sicher, aber ich werde sie sicher nicht bei jemandem lassen, bei dem nackte Männer durch die Bude spazieren.«

»Mann«, korrigierte Serena ihn. »Einzahl. Und soweit ich das verstanden habe, war er durchaus ein Hingucker. Er hat sie nur überrascht.«

Dean unterdrückte das Knurren, das in seiner Kehle aufsteigen wollte. »Auf die Info kann ich verzichten, Serena.«

Sie lachte leise.

Wie schön, dass *sie* das lustig fand, ihn fraß es nämlich innerlich auf.

Rick senkte die Stimme. »Du könntest sie entlassen, bevor sie hier anfängt.«

»Dafür gibt es keinen Grund. Wir sind nur Freunde.« Emery zu feuern klang mit jeder Minute besser, aber er wusste schließlich, was sie von Beziehungen mit Freunden hielt. *Wenn das so weitergeht, rutscht mir irgendwann noch etwas heraus, das ich nicht zurücknehmen kann, oder ich verrate mich anderweitig, und dann gibt es keine Freundschaft mehr, um die ich mir Sorgen machen muss.* Er deutete auf Serena. »Und tratsch ja nicht mit den Mädels über deine wilden Vermutungen. Mir würde jetzt gerade noch fehlen, dass ihr dafür sorgt, dass Emery sich in meiner Gegenwart nicht mehr wohlfühlt.«

Inzwischen wusste er schon gar nicht mehr, warum er eigentlich ins Büro gegangen war, also machte er auf dem Absatz kehrt und schlug den Weg zu seinem Haus ein. Mit jedem Schritt stieg sein Frust bei der Vorstellung, wie Brody Emery in ihrem ultraknappen Bikini anfasste. Als er sein Cottage schließlich erreichte, hatte er das Gefühl, dass ihm jeden Moment Dampf aus den Ohren kommen würde.

Die Küchentür war weit offen und Emerys leuchtend orangefarbener Jetta stand vor dem Haus. Dean ging hinein und warf seine Schlüssel in die Schale auf der Anrichte – wo er normalerweise auch den für den Golfwagen aufbewahrte. Er suchte das verdammte Ding schon seit Tagen überall. Normalerweise transportierte er mit dem kleinen Elektrofahrzeug alles mögliche auf dem Gelände, aber er hatte gerade keine Zeit, sich um das Problem zu kümmern. Außerdem würde er wegen Emerys Anwesenheit vermutlich in nächster Zeit einiges an Frust ablaufen müssen.

Die Stille in seinem Cottage verriet ihm, dass sein süßes *Chaos*, das ihn irgendwann noch in den Wahnsinn treiben würde, nicht hier war. Also marschierte er auf ihre offene Schlafzimmertür zu. *Verdammt, es ist für mich schon ihr Zimmer.*

Der Raum sah aus, als wäre ein Tornado hindurchgefegt. Koffer und Taschen lagen offen auf dem Bett. Emerys Kleidung war übers Bett verteilt und ein paar Sachen lagen auf dem

Boden, als hätte jemand ihr Gepäck durchwühlt. Mittendrin in dem Durcheinander lagen Tango und Cash. Tango öffnete ein Auge, befand Dean aber offenbar für langweilig, und schlief direkt wieder ein.

Dean betrat den Raum und atmete tief Emerys einzigartigen Duft ein, ließ sich von ihm einhüllen und merkte, wie sein Frust ein wenig abflaute, sich aber gleichzeitig auch Anspannung in ihm zusammenballte. Er streckte die Hand aus und strich über ein knappes, schwarzes Kleid, das an der Schranktür hing. Weich. Seidig. *Und du trägst es nicht für mich.* Er machte noch einen Schritt und wäre dabei fast über mehrere Paare High Heels gestolpert, die auf einem Haufen unter dem Fenster lagen. Auf der Kommode lagen ebenfalls etliche Dinge herum – ihre Haarbürste, ein Kamm, Parfüms – und verdammt, der Anblick ihrer Sachen in seinem Haus gefiel ihm.

Der Teufel auf seiner Schulter schnaubte spöttisch. *Sie ist gerade auf einem Date, du Trottel.*

Verdammt. Hitze schoss durch seine Adern bei dem Gedanken daran, dass ein anderer Mann sie hier abgeholt hatte. Das war vermutlich nicht okay, aber es war ihm egal. Aber würde sie wirklich einfach losziehen und das Haus sperrangelweit offenstehen lassen? *Wir reden hier von Emery. Natürlich würde sie das.* Es sollte ihn mehr verärgern, dass sie die Türen nicht geschlossen hatte, doch er konnte an nichts anderes denken als Emery zusammen mit einem anderen Mann.

Dean streifte sich das T-Shirt mit einem Ruck über den Kopf und marschierte zum Bad. Hoffentlich half eine kalte Dusche gegen seinen immer stärker werdenden Frust. Als er jedoch vor der Tür stand, hörte er auf einmal das Plätschern von Wasser und ihm stieg ein unverwechselbar femininer Duft in die Nase. Er blieb wie angewurzelt stehen und stellte sich unwillkürlich vor, wie Emery nackt in der Wanne lag. Und erst jetzt fiel ihm auf, dass die Tür einen Spaltbreit offenstand und Dampf nach draußen drang. Nur einen Schritt zur Seite, dann würde er Emery vielleicht sehen.

»Dean? Bist du das?«

Ihre Stimme riss ihn aus seiner Trance. »Mhm.«

»Oh, sehr gut. Ich habe vergessen, meinen Rasierer mitzunehmen. Könntest du mir den eben aus dem pinken Beutel auf meinem Bett holen?«

»Ist das dein Ernst?« Er schloss die Augen und konnte das Bild einfach nicht verdrängen, wie sie nackt in der Wanne lag. So nett er sonst auch war, er konnte unmöglich jetzt ins Bad, ohne seine wahren Gefühle preiszugeben und damit ihre Freundschaft zu gefährden.

»Bitte? Ich treffe mich um sechs mit Dave und meine Beine fühlen sich an wie Schmirgelpapier.«

»Dann soll er halt deine Beine nicht anfassen«, gab er grollend zurück, bevor er es verhindern konnte. Er biss die Zähne zusammen. »Dir ist klar, dass es schon halb sechs ist, oder?«

»Was? Nein!«

Die Panik in ihrer Stimme ließ ihn zusammenzucken. Er hörte lauteres Wasserplätschern und dann das Geräusch des Wannenabflusses. Die Badezimmertür wurde aufgerissen und Emery rannte heraus. Sie drückte sich ein Handtuch an die Brust – was ihm einen exzellenten Blick auf ihre nackte Rückenansicht und ihren herzförmigen Hintern verschaffte. Auf dem Weg zum Schlafzimmer rief sie: »Ich komme zu spät!«

Er sollte nicht hinsehen, aber sein Anstand setzte sich einfach nicht durch.

In Windeseile verschwand sie in ihrem Schlafzimmer und schloss die Tür *fast* hinter sich, redete aber weiter. »Ich habe in der Wanne gelesen und muss dabei die Zeit aus den Augen verloren haben. Tut mir leid, dass ich den Boden nass gemacht habe.«

Er schaute nur einen flüchtigen Moment zu der Wasserspur, bevor sein Blick zu dem verlockenden Türspalt zurückkehrte. Im Bruchteil einer Sekunde mutierte er vom meistens anständigen Kerl zum lüstern gaffenden Mitbewohner und hoffte insgeheim, dass sie kurz nackt an diesem Spalt vorbeikommen würde.

Einen Moment später ging die Tür jedoch wieder auf und sie kam in einem eng anliegenden schwarzen Kleid mit Spaghettiträgern heraus. Das Vorderteil drückte sie sich mit einer Hand an die Brust, während sie sich mit der anderen durch die feuchten Haare fuhr. Dann drehte sie ihm den Rücken zu. »Könntest du mal eben den Reißverschluss zumachen?« Ihre unglaublich hohen Keilabsatz-Schuhe brachten sie näher an die perfekte Kussposition heran.

Ihr Reißverschluss war komplett offen, was den Blick auf ihren BH-losen Rücken und den verführerischen Hauch eines Tangas freigab. Sein Blut verabschiedete sich nach Süden, was ihm ein wenig schwindelig werden ließ – und heiß. Einen Augenblick lang konnte er einfach nur ihre weiche, gebräunte Haut anstarren.

Sie warf ihm einen Blick über die Schulter hinweg zu. »Ist alles okay?«

»Was?«

»Der Reißverschluss, du sollst ihn zumachen.« Sie fasste ihre Haare über eine Schulter nach vorne zusammen, was seine Aufmerksamkeit auf ihren Armschmuck lenkte – darunter auch das Kettchen, das er ihr geschenkt hatte, und der Süßstoff-Ring.

Auf alles vorbereitet.

Verdammt. Alles ließ viel zu viele furchtbare Bilder vor seinem inneren Auge aufsteigen.

Sie richtete sich ein wenig mehr auf und hielt ihre Haare vom Reißverschluss weg. »Besser?«

Oh nein. Es wäre besser, wenn das Kleid auf dem Boden liegen würde und du die Beine um meine Taille legst.

»Dean …?«

Er zog den Reißverschluss nach oben. »Willst du das wirklich tragen? Vielleicht solltest du mit unrasierten Beinen lieber eine Jeans tragen.« *Oder einen Jogginganzug. Oder wie wäre es mit einem Schneeanzug? Ja, das wäre noch besser.*

Sie schaute an sich hinunter und streckte ihm eins ihrer langen Beine hin. »Denkst du, er sieht das?«

In ihrem Blick lag so viel Vertrauen, dass er sie nicht anlügen konnte. »Nein, Püppi. Du sieht fantastisch aus.«

»Danke!« Sie umarmte ihn fest.

Er legte die Arme um sie und spürte ihren weichen Kurven an seinem Körper nach, während sie ihm einen Kuss auf die Wange gab. Sein Blut kochte, als wäre er ein verfluchter Teenager.

»Ich muss mir noch eben die Haare föhnen.« Sie ging zurück ins Bad. »Es freut dich sicher zu hören, dass wir uns dort treffen.«

»Wo?« *Verdammt.* Er klang sauer. Schnell fügte er freundlicher hinzu: »Ich meine, nur falls irgendwas ist. Dann sollte ich wissen, wo du bist.«

»Beachcomber.« Sie beugte sich nach vorn, um sich die Haare kopfüber zu föhnen.

Traumhaft. Nicht. Tanzen, gutes Essen, viel Alkohol. »Ruf mich an, wenn du was brauchst.«

»Ich komme schon klar.« Sie drehte den Kopf beim Föhnen

von einer Seite auf die andere.

Dean konnte den Blick nicht von ihrem Nacken abwenden. So gerne wollte er die Lippen auf ihre entblößte Haut drücken, die Finger in ihre Haare schieben und mit der Zunge ihren Mund erforschen, bis sie stöhnend mehr verlangte.

Sie schaltete den Föhn aus und schüttelte den Kopf, sodass ihr die Haare offen über die Schultern fielen, und riss ihn damit wieder zurück in die Realität.

»Wie sehe ich aus?«, fragte sie mit einem strahlenden Lächeln.

Er kämpfte immer noch hart mit seinen schmutzigen Gedanken. Am liebsten würde er ihr sagen, dass sie mit dem falschen Mann ausging. Alle Freundschaft und Arbeitsbeziehung über Bord werfen, sie in die Arme ziehen und so küssen, wie sie es verdiente – langsam und sinnlich, bis sie am ganzen Köper bebte. Und dann tief und besitzergreifend, damit sie alles spürte, was er zu geben hatte. Doch er brachte nur ein »Wunderschön« heraus.

»Na dann. Klingt, als wäre es nicht so schlimm, wenn ich ein bisschen zu spät komme.« Sie klimperte kokett mit den Wimpern. »Ich halte nach heißen Mädels für dich Ausschau.«

Shit. »Ich kann mich selbst versorgen, vielen Dank.«

»Warum gehst du dann heute nicht aus?«

»Wer sagt denn, dass ich nicht ausgehe?«

Sie stemmte die Hände in die Hüften und ihr Gesichtsausdruck wurde ernst – oder verärgert. Da war er sich nicht so sicher.

»Dean Masters, verheimlichst du mir etwa was? Ich erzähle dir immer von meinen Dates.«

Er lachte leise. Defintiv verärgert.

»Und? Wer ist sie?« Sie verschränkte die Arme vor der Brust

und verlagerte das Gewicht aufs andere Bein.

»Wer?«

»Mann, dein Date natürlich!«

»Wer sagt, dass ich ein Date habe? Drake kommt vorbei und ich koche uns was.«

»Aber du hast doch gerade gesagt …«

»Du solltest keine wilden Vermutungen anstellen.«

»Pfft. Du weißt schon, dass du mir erzählen kannst, wenn du ein Date hast.«

»Das habe ich ja auch schon oft genug«, erinnerte er sie auf dem Weg zur Tür. »Brauchst du deine Schlüssel nicht? Eine Handtasche? Dein Handy, falls …« *Mann.* Und er hatte gedacht, dass sie auf alles vorbereitet war.

Sie bückte sich und fummelte an einem ihrer Absätze herum, woraufhin sich eine Art Geheimfach darin öffnete. Sie griff nach etwas und wiederholte das Ganze dann bei dem anderen Schuh.

Schließlich richtete sie sich wieder auf und hielt nun in der einen Hand ihre Schlüssel, in der anderen ihr Handy. »Unterschätze nie eine Frau mit Köpfchen, Großer.«

Er fragte sich, was sie vielleicht noch vor ihm verbarg. Es juckte ihn in den Fingern, auf Schatzsuche zu gehen und jeden Zentimeter von ihr zu erforschen, bis er all ihre Geheimnisse gefunden hatte.

Emery ließ den Blick über die Terrasse der Bar schweifen, während Dave sich weiter über seine Arbeit als Stockbroker ausließ, was sie schon vor zwei Stunden als langweiligsten Job der Welt eingestuft hatte. Oder vielleicht saß sie hier ja auch nur mit dem langweiligsten Mann der Welt. Er hatte sie zwar gefragt, was sie beruflich machte, ihrer Antwort dann aber nur mit halbem Ohr zugehört, und seitdem drehte sich das Gespräch ausschließlich um ihn und seine herausragenden Fähigkeiten, eine gute Investition zu erkennen. Investitionen, die ihr dezent am Allerwertesten vorbeigingen. Und dann war da noch die Tatsache, dass er ständig abgelenkt war. Während des Abendessens und sogar beim Tanzen hatte er so ziemlich jeder Frau nachgeglotzt. Zum Glück befand sich der Beachcomber auf einer Klippe mit Blick aufs Meer und die Brise war kühl genug, um die heiße Luft wegzupusten, die er permanent von sich gab. Dazu bot ihr das grandiose Panorama die Möglichkeit, sich geistig zu verabschieden.

Ihre Gedanken wanderten zurück zu Dean und dem gemeinsamen Nachmittag gestern. Sie hatten so viel Spaß gehabt – von ihrem kleinen Jät-Unfall mit den Blumen mal abgesehen, aber sie wieder einzupflanzen war toll gewesen. Und als sie gestern Abend miteinander getanzt hatten, hatte er nicht ein einziges Mal den Blick von ihr abgewendet. Das war so angenehm gewesen. So freundschaftlich. Wie gerne würde sie jetzt mit ihm Zeit verbringen anstatt mit diesem Kerl. Aber bestätigte das nicht, was ihr schon seit einer ganzen Weile klar war? Sie konnte mit Freundschaften deutlich besser umgehen als mit Dates. Entweder suchte sie sich die falschen Männer aus oder sie versaute es irgendwann, indem sie einfach nur sie selbst war. Über die Jahre hatte sie sich schon alle möglichen Vorwürfe anhören dürfen: Sie flirtete zu viel, war zu offen und ehrlich. Ja, vielleicht war sie ein bisschen zu überschwänglich und möglicherweise interpretierten einige Leute das als Flirten, aber das war deren Problem, nicht ihres. Wie konnte man denn in einer Welt, in der das politische Klima eine unendlich angespannte Atmosphäre verursachte, *zu* offen oder nett sein? Und zu *ehrlich* sein? Vor allem Letzteres machte sie richtig sauer. Es war doch in Ordnung, ein gesundes Selbstbewusstsein zu haben und seine Meinung zu vertreten.

Sie wandte ihre Aufmerksamkeit wieder Dave zu, der offenbar gar nicht bemerkt hatte, wie sie gedanklich abgeschweift war, und jetzt darüber palaverte, dass er durch seine privaten Investitionen in zwanzig Jahren in Rente gehen konnte. Wie alt war er? Achtundzwanzig oder neunundzwanzig? Sie konnte sich nicht mal vorstellen, so jung schon nicht mehr arbeiten zu wollen. Sie wollte mehr aus ihrem Leben machen, nicht weniger.

Sie nahm sich einen Moment Zeit, um ihn eingehender zu mustern. Er war ein attraktiver Mann, mit klassisch schönen Gesichtszügen und einem durchtrainierten Körper. Einigen Frauen gefiel die Vorstellung bestimmt, jung in Rente zu gehen und dann dem nachzugehen, was einem Spaß machte, doch Dave hatte ihr bisher keinen Funken Aufmerksamkeit geschenkt, und sie war *so kurz* davor, das Date zu beenden. Nicht, dass sie besonders viel Aufmerksamkeit brauchte, aber war es denn zu viel verlangt, das Gespräch nicht als Einbahnstraße zu betrachten und ab und zu mal einen Witz zu machen, über den sie beide lachen konnten?

Als Dave sie irgendwann doch wieder anschaute, zwang sie sich zu einem Lächeln. Vielleicht war *sie* ja hier die Langweilige. Yoga fanden die meisten Leute, die es nicht selbst praktizierten, wenig spannend, aber ihr Leben bestand ja nicht nur aus ihrem Beruf. Vielleicht suchte er ja auch gerade einen Grund, um das Ganze abzublasen.

Doch diesen lächerlichen Gedanken verwarf sie sofort wieder und entschied im gleichen Moment, dass sie genug von diesem Date hatte.

Er lehnte sich zu ihr und seine blauen Augen verdunkelten sich etwas, als er ihr eine Hand auf den Oberschenkel legte. »Wie wäre es, wenn wir hier abhauen und zu mir fahren?«

Sie lachte laut auf, bevor sie es verhindern konnte. »Ist das dein Ernst?«

Sein Grinsen sagte ihr, wie ernst er es in der Tat meinte.

Der hat sie doch nicht mehr alle.

Sie schob seine Hand von ihrem Bein und wollte urplötzlich unbedingt wissen, was ihn zu dem Schluss gebracht hatte, dass sie nach diesem grauenvollen Date bei ihm zu Hause – *und in seinem Bett?* – landen würden. Sie öffnete den Mund, um danach zu fragen, doch etwas, das Dean im Winter zu ihr gesagt hatte, hielt sie davon ab. Sie hatte einen sarkastischen Kommentar zu etwas gemacht, das er gesagt hatte, als sie sich über einen Kerl beschwerte, mit dem sie ausgegangen war. Daraufhin erwiderte Dean: *Püppi, wenn dir der Richtige über den Weg läuft, brauchst du keine Energie mehr auf Sarkasmus zu verschwenden.*

Das würde sie ja gerne glauben und annehmen, dass sie bisher einfach nur die falschen Männer kennengelernt hatte. Aber sie wusste es besser. *Sie* war das Problem, weil sie die Entscheidung traf, mit wem sie ausging. So oder so würde sie keine Energie an Dave verschwenden. Sie lehnte seine Einladung höflich ab, ignorierte seine beleidigte Miene und verließ die Bar mit erhobenem Haupt.

Die Fahrt zu Deans Haus dauerte nicht lange. Alles war hier so dicht beieinander und das fühlte sich an wie zu Hause – vor allem, wo sie jetzt in der Nähe ihrer zwei besten Freunde wohnte. Als sie das Auto neben Deans Pick-up abstellte, durchflutete sie Erleichterung, und die Anspannung, die sie den ganzen Abend lang nicht losgelassen hatte, wich aus ihrem Körper.

Fünf

Deans Cottage lag im Dunkeln, nur der Fernseher spendete ein wenig Licht. Emery betrat das Haus leise, doch Dean schaute sofort auf. Er hatte es sich in Sportshorts und einem engen Tanktop auf dem Sofa bequem gemacht und die Füße auf den Couchtisch gelegt. Besaß dieser Mann irgendein Kleidungsstück, das sich nicht über seinen Muskeln spannte?

»Hey, Püppi.« Er erhob sich von der Couch.

»Hi.« Sie warf die Schlüssel auf die Anrichte, und das kribbelnde Gefühl, das sie oft erfasste, wenn ein gut aussehender Mann auf sie zukam, schoss durch ihren Körper. Sie bückte sich, um sich die Schuhe von den Füßen zu streifen – und ihre hyperaktiven Hormone wieder unter Kontrolle zu bekommen. Ihr Körper war offensichtlich verwirrt, wenn er so auf Dean reagierte, obwohl sie doch Beziehungen mit Freunden abgeschworen hatte. *So ist das eben, wenn man monatelang ohne die Berührungen eines Mannes auskommen muss.*

»Ich hatte dich erst viel später zurück erwartet.« Er legte ihr eine Hand an die Hüfte, damit sie nicht umfiel, während sie mit ihrem zweiten High Heel kämpfte.

Er roch nach Holz und harter Arbeit und so viel besser als das beißend nach Zitrus riechende Rasierwasser, das Dave getragen hatte.

»Ich auch«, gab sie zu. »Dave war eine Niete.« Sie holte ihr Handy aus dem Geheimfach in ihrem Absatz und legte es auf die Anrichte, bevor sie den Schuh wieder auf den Boden stellte. Ohne die Absätze war sie gut eineinhalb Köpfe kleiner als Dean und damit auf Augenhöhe mit seiner Brust. Sie legte den Kopf in den Nacken und sah, dass er grinste. »Warum siehst du so zufrieden aus?«

»Ich bin nur froh, dass du zu Hause bist. Jetzt muss ich nicht mehr allein fernsehen.«

Zu Hause. Da war es wieder, dieses Wort. Sie hatte sich hier von dem Moment an wohl gefühlt, als sie gestern Morgen hereingekommen war. Vielleicht hatte Desiree recht – ein Zuhause hatte mehr mit den Menschen zu tun, mit denen man sich umgab, als mit dem Ort, an dem man sich befand.

Sie ging in ihr Schlafzimmer und kramte in ihren Klamotten nach einer Jogginghose, die sie unter dem Kleid anzog und dabei Dean zurief: »Du wirst es nicht glauben, aber nachdem der Kerl den ganzen Abend ausschließlich über sich selbst gesprochen hat, hatte er echt den Nerv, mich zu sich nach Hause einzuladen.« Sie schnappte sich ein Tanktop aus einer der Taschen und legte es aufs Bett, bevor sie sich die Haare zusammenfasste. »Könntest du mir bitte den Reißverschluss aufmachen?«

»Was hast du denn erwartet?«, fragte Dean, während er den Reißverschluss nach unten zog. »Du hast ihn in einer Bar aufgegabelt.«

Sie blieb mit dem Rücken zu Dean stehen und streifte sich rasch das Kleid über den Kopf. Für einen kurzen Moment spürte sie die Hitze seines Blicks auf sich, bevor sie sich das Tanktop überzog.

»Wow, das war unerwartet.«

»Was denn? War doch nur mein Rücken«, gab sie zurück, als würde sie das vollkommen kalt lassen, kehrte dann jedoch zu seiner Frage zurück. »Ich weiß nicht, was ich erwartet habe. Vielleicht, dass er sich mit mir über irgendwas außer sich selbst unterhält? Interesse an mir zeigt? Er muss mir ja nicht an den Lippen hängen, aber so *gar nichts* ist halt doch zu wenig.« Sie drehte ihre Haare zu einem unordentlichen Dutt zusammen und kramte in ihrem Waschbeutel nach einer Haarklammer.

Dean fand sie vor ihr, griff kurzerhand an ihr vorbei und reichte sie ihr.

»Danke. Würdest du eine Frau so behandeln?« Sie steckte ihre Haare fest und verließ das Schlafzimmer dann wieder.

»Nein, aber ich bitte auch keine Frauen in Bars um ein Date.«

»Nicht? Wo lernst du dann Frauen kennen?«

Er zuckte mit den Schultern. »Auf den Weihnachtsfeiern meiner Freunde.«

»Der war gut.« Sie öffnete den Kühlschrank und entdeckte einen Teller mit Spareribs. »Oh, lecker! Dann hattet ihr einen schönen Abend?« Sie schnappte sich ein Stück Fleisch vom Teller und erwischte Dean beim Umdrehen, wie er ihr auf die Brust schaute. »Dean! Du hast definitiv eine Vorliebe für Brüste.«

»Was erwartest du denn, wenn du mir so eine Augenweide präsentierst?« Er lachte leise.

Sie seufzte. »Wenigstens bist du ehrlich und kein Arsch.« Sie bot ihm auch etwas zu essen an, doch als er nur den Kopf schüttelte, biss sie genüsslich in das zarte Fleisch. Ein köstlich süß-würziger Geschmack explodierte auf ihrer Zunge. »Mmh. Das schmeckt fantastisch.«

»Danke.«

Sie aß noch einen Bissen. »Sicher, dass du nichts von mir willst?«

Ein zweideutiges Grinsen erschien auf seinen Lippen und er machte einen Schritt auf sie zu. Die kleine Küche fühlte sich auf einmal beengt an und Hitze kroch ihren Oberkörper hinauf. *Oh, oh.* Vielleicht sollte sie morgen mal dem Sex-Shop der Mädels einen Besuch abstatten und sich um das Leiden kümmern, das sie offenbar plagte – *akuter Fall von Untervögelung* –, bevor sie sich noch auf ihren Mitbewohner stürzte.

»Darauf habe ich gerade keine Lust.« Er wischte ihr mit dem Daumen etwas vom Mundwinkel ab.

Die intime Berührung schickte einen Schauer durch ihren Körper und warf sie ein wenig aus der Bahn. Und wie sie morgen einen Abstecher in den Sex-Shop machen würde – und Violet bekam Redeverbot, weil sie Emery diesen Floh mit Dean ins Ohr gesetzt hatte.

Bevor sie noch mehr fehlinterpretierte, sagte sie: »Ich weiß ganz genau, was du brauchst.«

Schnell öffnete sie den Gefrierschrank und fand dort wie erwartet so ziemlich jede Geschmacksrichtung von Deans Lieblingseismarke Halo Top vor. Er vertilgte gerne mal eine ganze Packung auf einmal davon, und sie zog ihn gnadenlos damit auf, weil er sie so wegen ihrer Vorliebe für Ben & Jerry's getriezt hatte. Aber manchmal brauchte man einfach eine ordentliche Portion Karamel Sutra. *Nichts geht über diesen Karamellkern!* Sie holte eine Packung Schokoladeneis mit Mandelkrokant heraus, entdeckte darunter jedoch tatsächlich ein Karamel Sutra.

»Was ist das denn?« Sie griff danach und hielt es Dean vor die Nase. »Lässt du dir etwa heimlich Ben & Jerry's schmecken?«

»Nein. Aber deine Ankunft war ja für nächste Woche geplant, oder?«

»Ja. Und?«

»Und das ist für dich. Ich bin davon ausgegangen, dass du irgendwann Lust auf eine Runde Binge-Watching hast, und wollte vorbereitet sein. Ich habe sogar die erste Staffel dieser Serie besorgt, mit der du mir schon ewig in den Ohren liegst. *Outsiders.*«

Ihr Herz setzte einen Schlag aus. Desiree und sie hatten so was ständig füreinander gemacht, aber ihre männlichen Freunde warfen ihr normalerweise einfach nur ein Bier zu, wenn sie zu Besuch kam, und bereiteten sich nicht irgendwie darauf vor. Ihr Bruder Alec hatte ihr von der Serie erzählt und sie wollte sie unbedingt schauen. Aber Alec war oft geschäftlich unterwegs, weil er gerade ein Unterhaltungsmagazin aufbaute, das noch in den Kinderschuhen steckte. Er passte zwar gerne als großer Bruder auf Emery auf, fand aber nie Zeit, die Serie noch mal mit ihr zusammen zu schauen.

»Ich glaube, du bist gerade der Nummer eins der besten Freunde wieder ein Stück nähergekommen. Aber ...« Sie öffnete den Kühlschrank erneut und inspizierte den Inhalt: frisches Gemüse, griechischer Joghurt, Bio-Hähnchenkeulen. »Wir werden ja sehen, ob du den letzten Rest auch noch schaffst ...«

Er griff an ihr vorbei und holte eine Dose Sprühsahne aus dem hinteren Teil des obersten Fachs. »Suchst du das?«

Er stellte die Sahne auf der Arbeitsplatte ab und öffnete einen Schrank über ihr. Seine Brust streifte ihren Rücken und für einen flüchtigen Moment erlaubte sie sich, das Gefühl seiner harten Muskeln zu genießen. *Freunde, Freunde, Freunde,* ermahnte sie sich und versuchte krampfhaft zu ignorieren, wie gut sich das anfühlte. Konnte man Entzugserscheinungen von fehlender körperlicher Nähe bekommen? Als das *Nur-Freunde*-Mantra nicht gegen das Kribbeln in ihrem Bauch half, fuhr sie die schweren Geschütze auf: *Chef, Chef, Chef!*

Er machte einen Schritt von ihr weg und kühle Luft strich über ihren Rücken. Sie stieß einen langen, erleichterten Atemzug aus.

Okay. Das ist besser.

Schlechter. Aber sicherer.

Er stellte je eine Dose Schoko- und bunte Streusel neben die Sprühsahne und schenkte ihr ein wissendes Grinsen. »Wie nennst du das noch mal? ›Wer braucht's schon heiß, es gibt Eis‹-Abende?«

Und mit einem Schlag war sie wieder klar im Kopf und brauchte keine Ermahnungen mehr. Dieser Mann war zu einem ihrer engsten Freunde geworden. Er kannte sie, alle Facetten ihrer Persönlichkeit – die guten, die schlechten und die nervigen, und er hatte trotzdem Stunden mit ihr am Telefon damit verbracht, ihr Leben zu sortieren, damit sie hierher ans Cape ziehen konnte. Und dann hatte er ihr auch noch ohne zu zögern sein Gästezimmer angeboten. Man musste schon sehr dumm sein, um sich das sehenden Auges zu versauen.

»Das weißt du echt noch?« Sie öffnete die Eispackung, während er zwei Schüsseln aus einem der Regale holte und dann Eis hineinlöffelte.

»Schwer zu vergessen, das war eine ganze Weile dein Lebensmotto.«

Sie nahm den Deckel der Sahne ab und sprühte sich etwas davon in den Mund, während sie darüber nachdachte. »Nicht jeder hat Glück in der Liebe. Mund auf.«

Sie zielte mit der Öffnung und füllte seinen Mund mit der cremigen Köstlichkeit, was ihr einen Blick einbrachte, der ihr Herz wieder schneller schlagen ließ. Rasch widmete sie sich voll und ganz der Aufgabe, Sahne auf ihrem Eis zu verteilen, damit ihre Gedanken nicht wieder in die falsche Richtung abdrifteten.

Er streute beide Streuselarten über ihre Schüssel, ließ sie bei sich aber weg. Nachdem er Eis und Zusatzleckereien wieder weggeräumt hatte, reichte er Emery ihre Schüssel und einen Löffel. »Bereit für *Outsiders*?«

»Du meinst, ob ich bereit bin, mein Katastrophendate zu begraben?«

Ein Muskel an seinem Kiefer zuckte. »Ich dachte, das hätten wir schon.«

Sie folgte ihm ins Wohnzimmer und machte es sich auf der Couch bequem, während er die erste DVD einlegte. »Vielen Frauen hängen schlechte Dates noch eine Weile nach. Ist das bei euch Männern anders?«

»Woher soll ich das wissen?« Er setzte sich neben sie.

»Du hast von so vielen Dates erzählt, die entweder langweilig oder bei denen die Frauen zu egozentrisch waren.«

Er tauchte den Löffel grinsend ins Eis. »Vielleicht tun wir uns da wirklich nicht so schwer. Wir beide haben uns nach jedem Date darüber unterhalten, und ich hatte nicht das Gefühl, dass mir was nachhängt.«

Sie stibitzte sich etwas von seinem Eis. »Nicht schlecht. Hier, probier mal meins.« Sie hielt ihm einen Löffel voll Karamel Sutra hin. »Siehst du? Du bist nicht an Ben & Jerry's erstickt. Na ja, ich brauche auf jeden Fall immer ein bisschen Zeit, um über ein schlechtes Date wegzukommen. Stell dir das Leben wie den Stängel einer Rose vor. Du kennst doch diese piksigen Dinger, die die haben?«

»Dornen.«

»Ja. Das sind die schlechten Dates, und der wundervolle, glatte Stängel dazwischen, das sind die guten Dates.« Sie schob sich noch einen Löffel voll Eis in den Mund.

»Und …?«

»Keine Ahnung. In meinem Kopf klang das nach einem guten Vergleich. An Dornen holt man sich blutige Finger. Von schlechten Dates bekommt man ein schlechtes Gefühl. Man braucht ein bisschen Zeit, bis man das überwunden hat. Ich werde es mir morgen rausmeditieren.«

Er griff nach der Fernbedienung. »Du solltest die Dornen überspringen und direkt zum Kelch gehen.«

»Zum was?«

»Dieses grüne Ding unterhalb der Blütenblätter. Die nennt man Kelchblätter und zusammen bilden sie den Blütenkelch. Der schützt die Blüte, solange sie eine Knospe ist, und stützt die Blütenblätter, wenn sie aufgehen.« Er wählte die erste Folge der Serie an.

»Dates sollten genauso einfach sein.«

»Du musst ja nicht gleich in der ersten Woche mit jedem Kerl in Wellfleet ausgehen«, murmelte er in seinen Bart.

Stirnrunzelnd nahm sie ihm die Fernbedienung ab und drückte auf Pause. »Wie meinst du das?«

»Ich habe gehört, dass du morgen früh ein Date mit Brody hast. Wolltest du Dates mit Kollegen nicht vermeiden?« Ihr entging der scharfe Unterton in seiner Stimme nicht.

»Das ist kein *Date*. Er hat gefragt, ob ich surfen lernen will.«

»Glaub mir, Püppi, für ihn ist es ein Date.«

»Ist es nicht!« Sie drückte auf Play und sie aßen den Rest ihres Eises schweigend. Dass Brody die Annahme seines Angebots missinterpretiert haben könnte, nervte sie. Brody war attraktiv, witzig und nett, aber schon während des kurzen Gesprächs hatte sie gemerkt, dass er ein Mann war, der sich von einer Sache zur nächsten treiben ließ. Diesen Sommer arbeitete er als Surflehrer, letzten Winter war er mit einer Band durch die Lande gezogen. Sie mochte Unbeschwertheit, aber tief in ihrem Inneren war sie ein Kleinstadtkind, das Beständigkeit brauchte. Außerdem wollte sie tatsächlich nicht mit einem Kollegen ausgehen.

Die Gedanken verdarben ihr den Appetit, weswegen sie die Schüssel schließlich auf den Tisch stellte und sich auf die Serie konzentrierte, doch die Sache ließ sie einfach nicht los. »Glaubst du wirlich, dass er das für ein Date hält?«

»Männer denken manchmal anders als Frauen. Für ihn ist es ein Date, egal wie du es nennst.«

Sie zog die Beine an und musste ein Gähnen unterdrücken, als der lange Tag sie zunehmend einholte. »Okay, dann muss ich ihm morgen als Erstes klarmachen, dass es kein Date ist.«

Dean stellte seine leere Schüssel neben ihre und legte Emery einen Arm um die Schultern, um sie an sich zu ziehen. »Sag Bescheid, wenn es Schwierigkeiten gibt.«

»Danke. Aber ich kriege das schon hin. Männern die Meinung zu sagen, war noch nie ein Problem für mich.«

»Das mag ich so an dir.«

»Weil wir kein Paar sind.« Davon war sie überzeugt.

»Das würde für mich keinen Unterschied machen, Püppi. Ich mag dich so, wie du bist, und das ändert sich auch nicht, nur weil zwei Menschen eine romantische Beziehung miteinander führen.«

Sie drehte sich, sodass sie ihm ins Gesicht sehen konnte, und seine Miene war ernst wie immer. Je länger sie ihn jedoch anschaute, desto weicher wurde sein Ausdruck. Und als sie ihn anlächelte, erwiderte er das Lächeln schließlich, was das letzte bisschen Härte weichen ließ.

»Das ist auch gut so, liebster Mitbewohner«, sagte sie. »Weil ich dich auch so mag, wie du bist.«

Angenehmes Schweigen breitete sich zwischen ihnen aus, während sie weiter das Geschehen im Fernseher verfolgten. Dean streichelte einem unsichtbaren Muster folgend über ihren Arm und vertrieb damit all ihre Sorgen. Seine definierten Muskeln waren tatsächlich alles andere als steinhart. Seine Brust war fest, aber bequem genug, dass man sie als Kissen benutzen konnte, und sein Arm lag so schwer auf ihren Schultern, dass sie gegen seine Seite gedrückt wurde. Doch es fühlte sich gut an, von einem Mann umarmt zu werden, der ihr wortwörtlich seit Monaten jeden Tag ein Lächeln aufs Gesicht zauberte.

Tango und Cash gesellten sich während der zweiten Folge zu ihnen und rollten sich schnurrend neben Emery zusammen. Sie konnte kaum noch die Augen aufhalten, aber die Serie war so spannend, dass sie nicht ins Bett gehen wollte. Nachdem sie so oft Hunderte von Meilen voneinander entfernt zusammen ferngesehen hatten, genoss sie es wirklich, endlich Zeit mit Dean am selben Ort zu verbringen – und mit ihm zu kuscheln –, wie beste Freunde es tun sollten. Seit Wochen fragte sie sich, ob sich ihre Freundschaft wohl verändern würde, wenn sie erst einmal hier war, und sie sich nicht mehr auf Telefonate beschränkte. Ob sie vielleicht verblassen würde, wenn Emery und Desiree sich wieder öfter sahen. Und schon nach einem Tag merkte sie, dass ihre Freundschaft sich tatsächlich schon verändert hatte. Sie war echter als je zuvor.

Und während sie so bequem an ihn gelehnt dalag, ging ihr auf, dass sie heute Morgen nicht zuerst an Desiree gedacht hatte, obwohl sie zum ersten Mal seit Langem wieder am gleichen Ort wohnte. Sondern an Dean. Und nicht erst seit heute hatte er Desiree in diesem Punkt abgelöst.

Wahrscheinlich war er ein schlechter Mensch, weil er sich gestattete, Emerys Nähe so sehr zu genießen, aber das war es wert. Dean spürte jedem ihrer Atemzüge nach, wie ihr Körper entspannt an seinem lehnte und ihrer Hand, die auf seinem Oberschenkel lag. Wie viele Nächte hatte er davon geträumt, sie so im Arm zu halten? Sie auf einem Bildschirm zu sehen, war nichts im Vergleich dazu, sie in den Armen zu halten und die Wange an ihren Kopf zu schmiegen. Ihr seidiges Haar strich über seine Haut und der Duft ihres Shampoos stieg ihm in die Nase.

Das war so verdammt gut.

Ein Wunschtraum.

Wortwörtlich.

Er hielt hier eine Freundin im Arm. Nicht *seine* Freundin, wie er es sich wünschte.

Zumindest noch nicht.

Wieder fuhr er mit den Fingern von ihrem Armschmuck hinauf zum Ellenbogen. Ihre Haut war so weich, wie er es sich vorgestellt hatte, doch er ermahnte sich, dass das reichen musste, bis er einen Weg fand, Emery zu beweisen, dass sich bei ihnen nicht wiederholen würde, was mit ihren sogenannten Freunden schiefgelaufen war, die sie gedatet hatte. Aus ihrer Freundschaft würde einfach mehr werden – so viel mehr. Sechs Monate war er mit Diana Longhorn zusammen gewesen, der Tochter des Geschäftspartners seines Vaters, doch für sie hatte er nicht mal annähernd das empfunden, was Emery schon nach einem Monat Freundschaft in ihm ausgelöst hatte. Emery war alles, was er sich je von einer Frau gewünscht hatte. Sie war spontan, ehrlich und so voller Leben, dass sie wie das hellste Licht in dunkelster Nacht strahlte und alles und jeden um sich herum in den Schatten stellte. Er kannte niemanden, der so faszinierend war – oder ihn so auf die Palme bringen konnte –, und er würde ihr zeigen, wie gut sie auch als Paar zusammenpassten, egal, wie lange er dafür brauchte.

»Wir wurden vorhin von der Sache mit Brody so abgelenkt, dass ich ganz vergessen habe, was ich dir eigentlich erzählen wollte«, riss Emery ihn aus seinen Gedanken. »Ich war in meinem Büro im Resort und es ist großartig. Ich liebe die Wandfarbe.«

Natürlich tust du das. Butterblume ist deine Lieblingsfarbe. Ob sie wohl noch wusste, dass sie ihm das erzählt hatte? Aufmerksam lauschte er ihrer schläfrigen, heiseren Stimme mit dem leichten Südstaatenakzent, als sie ihm erzählte, wie sie nachmittags in der Pension auf Desirees Rat hin Flyer für ihre Yogakurse entworfen hatte. Die wollte sie im Lauf der Woche in den Läden im Ort auslegen.

»Wenn ich nur wüsste, wo ich anfangen soll. Des hat gemeint, dass sie für ihren Shop einfach in allen Geschäften der Einkaufsmeile gefragt hat. Sie hat jetzt schon einen Haufen Anmeldungen für meine ersten Kurse nächste Woche, also weiß ich im Moment gar nicht, ob ich die Werbung überhaupt brauche. Aber schaden wird es auch nicht, oder?«

»Ich komme mit und zeige dir, wo du wahrscheinlich die meisten Kunden finden wirst, wenn du magst.«

»Musst du nicht arbeiten?«

»Lass das mal meine Sorge sein.« Es hatte Vorteile, wenn

man sein eigener Chef war – unter anderem, dass er so viel Zeit mit Emery verbringen konnte, wie er wollte.

Sie entspannte sich wieder und sie schauten den Rest der Episode schweigend zu Ende. Beim Abspann merkte er, dass Emery beinahe die Augen zufielen. Vorsichtig angelte er sich die Fernbedienung und machte den Fernseher aus.

Sie schreckte hoch. »Hey!«

Tango hob den Kopf. Cash öffnete ein Auge und warf ihnen einen gelangweilten Blick zu.

»Du schläfst doch schon halb, Püppi. Wir können morgen weitermachen.«

»Stimmt doch gar nicht.« Sie setzte sich auf und blinzelte ein paarmal kräftig, als würde sie dadurch weniger müde aussehen. Tango und Cash beobachteten sie dabei und entrollten sich ein wenig. Tango legte ihr eine Pfote aufs Bein und Emery streichelte ihm über den Kopf. »Wir können jetzt nicht aufhören. Es ist kein Binge-Watching, wenn man keine viereckigen Augen davon bekommt.«

Er lachte leise. Wie oft war sie schon kurz vorm Einschlafen gewesen, während sie zusammen über Skype Filme geschaut hatten, nur um dann patzig zu reagieren, wenn er vorschlug, dass sie auflegten, damit sie ins Bett gehen konnte. Diese unglaublich süße, sture Frau war schon manchmal ein bisschen komisch.

»Okay«, gab er nach. »Noch eine Folge, aber leg dich hin, bevor du noch von der Couch fällst.« Er platzierte ein Kissen auf seinem Schoß und tätschelte es auffordernd.

»Noch *zwei* Folgen«, erwiderte sie trotzig und machte es sich bequem. Dean breitete eine der Couchdecken über ihr aus, und sie ruckelte sich zurecht und seufzte zufrieden, als die Katzen sich neben ihr wieder zusammenrollten. »Warum können Dates nicht *so* sein? Das ist perfekt.«

Das könnten sie sein, lag ihm auf der Zunge. Aber Emery hatte sich gerade erst in seinem Gästezimmer einquartiert, ein schlechtes Date hinter sich *und* sie schlief schon halb. Jetzt war nicht der richtige Zeitpunkt, ihr seine Gefühle zu offenbaren. Stattdessen streichelte er ihr über den Rücken und suchte nach einer unverfänglichen, tröstenden Antwort. Ihr zu sagen, dass sie ständig mit Arschlöchern ausging, war mit ziemlicher Sicherheit nicht der richtige Ansatz. Also versuchte er, sich auf die Serie zu konzentrieren, aber sein Hirn spielte einfach nicht mit. In ihm tobte weiter ein Tauziehen – sollte er ihr sagen, was er für sie empfand, und damit alles aufs Spiel setzen, oder es noch … tja, wie lange laufen lassen? *Noch einen Tag? Eine Woche? Einen Monat?* Bei der Vorstellung wurde ihm schlecht.

Sie gab einen verträumten Laut von sich und kuschelte sich dichter an seine Beine. Hoffnung regte sich in seiner Brust. Vielleicht wusste sie ja schon, wie er zu ihr stand. Er lehnte sich nach vorn, um ihr ins Gesicht zu sehen – und natürlich schlief sie tief und fest. Aus irgendeinem Grund wurde ihm dabei ganz warm ums Herz.

Er strich ihr über die Haare und war froh, dass sie sich endlich ein bisschen Ruhe gönnte. Deswegen ließ er sie auch schlafen, lauschte dem gleichmäßigen Rhythmus ihrer Atemzüge und genoss das Gefühl ihrer Nähe, selbst wenn diese nur freundschaftlich war. *Noch.*

Weil er sie nicht wecken wollte, ließ er den Fernseher laufen und hob sie erst auf die Arme, als die Folge zu Ende war. Sie schlang ihm im Schlaf die Arme um den Nacken und er trug sie durchs dunkle Haus in ihr Schlafzimmer. Tango und Cash folgten ihm dicht auf den Fersen, doch dann fiel sein Blick auf ihr vom Mondlicht beschienenes Bett, auf dem sich ihre Koffer,

Taschen und Klamotten türmten.

»Das ist so typisch für dich, Püppi«, flüsterte er lächelnd und brachte sie kurzerhand in sein eigenes Schlafzimmer.

Mit einer Hand zog er die Bettdecke nach unten und legte Emery auf die Matratze. Sie gab einen weiteren, schläfrigen Laut von sich, als er sie sorgsam zudeckte. Cash sprang aufs Bett und rollte sich hinter ihr zusammen, Tango folgte ihm einen Moment später.

Dean wollte sich am liebsten dazulegen, aber das ging zu weit. Stattdessen hauchte er Emery einen Kuss auf die Stirn und flüsterte: »Nacht, Püppi. Schlaf gut.«

»Hab dich lieb, Dean«, nuschelte sie leise. Das hatte sie schon oft zur Verabschiedung gesagt, doch es jetzt aus ihrem Mund zu hören, traf ihn wie ein Faustschlag.

Er erstarrte und musterte mit wild klopfendem Herz ihr Gesicht. Doch ihre Lider zuckten nicht und auf ihren Lippen erschien kein Lächeln. Sie hatte es im Schlaf gesagt.

Er rieb sich kräftig übers Gesicht, um sich wieder unter Kontrolle zu bekommen, und sammelte leise seine Sportkleidung ein, die er am nächsten Morgen brauchte. Nach der schlaflosen Nacht, die ihm mit Sicherheit bevorstand, weil sie nur ein paar Meter von ihm entfernt *in seinem Bett* lag, würde er eine ausgiebige Joggingrunde nötig haben. So hatte er sich das in seinen Fantasien nicht ausgemalt. Er schloss noch die Vorhänge und erlaubte sich einen letzten, sehnsüchtigen Blick auf Emery, bevor er sich die Couch für die Nacht herrichtete.

Sechs

Als Emery aufwachte, spürte sie etwas leicht an ihrem Bauch vibrieren und entdeckte dort Tango, der neben ihr lag und schnurrte, als würde sein Leben davon abhängen. Sie blinzelte ein paarmal, um den letzten Rest Schlaftrunkenheit loszuwerden. Deans Duft hüllte sie ein wie eine Umarmung und sie drückte die Nase ins Kissen und atmete tief ein.

Mmh. Dean.

Erschrocken riss sie die Augen auf. *Oh, verflixt! Dean!*

Mit einem Ruck setzte sie sich auf, woraufhin Tango wie ein geölter Blitz aus dem Schlafzimmer verschwand. Emery zog sich die weiche, braune Decke bis zur Brust und schaute sich im Raum um, während sie in Gedanken zum gestrigen Abend zurückkehrte. Offenbar war sie auf Deans Schoß eingeschlafen, aber sie war noch angezogen und war auch nicht betrunken gewesen, also hatten sie definitiv keinen Sex gehabt. Aber warum lag sie in seinem Bett?

Ihr Blick huschte vom rustikalen hölzernen Kopfteil des Betts zu den Balken, die den Türrahmen bildeten, und der spitz zulaufenden Zimmerdecke. In einer Ecke stand ein schwarzer Ledersessel, auf dem ein Katzenspielzeug lag. An der gegenüberliegenden Wand stand eine wuchtige Holzkommode und vor den Fenstern hingen karamellfarbene Vorhänge. Links und rechts davon entdeckte sie riesige Blumentöpfe aus Granit mit üppig grünen Hängepflanzen. Klare Linien, keine Unordnung, maskulin. *Passt perfekt zu Dean.*

Sie rutschte zur Matratzenkante und grub die Zehen in den dunklen Teppich, der den Dielenboden rund ums Bett herum bedeckte. Gerade wollte sie sich auf die Suche nach Dean machen, blieb aber gleich wieder wie angewurzelt stehen, als sie seine große Gestalt auf der viel zu kleinen Couch entdeckte. Er lag nur in den Sportshorts von gestern Abend auf dem Rücken und der Stoff der Hose war an seinen Beinen nach oben gerutscht, was seine ohnehin schon beeindruckende Ausstattung noch mehr zur Geltung brachte.

Wow. Violet hat nicht übertrieben …

Sie zwang sich, den Blick vom Land der Versuchung loszu-reißen, und richtete ihn stattdessen auf das schlafende Kätzchen in Deans Arm. Der andere Arm hing über die Kante der Couch und seine Fingerknöchel berührten den Boden. Sie schaute den Flur hinunter zu ihrem unaufgeräumten Schlafzimmer und ihr Herz zog sich unwillkürlich zusammen. *Statt mich zu wecken oder meine Sachen zur Seite zu schieben, hast du mir dein Bett überlassen.* Er war durch und durch ein Gentleman.

Apropos Mann …

Ihr Blick huschte zurück zum gelobten Land und ein Krib-beln breitete sich in ihrem Magen aus.

Wundervoll. Er war der netteste Mann aller Zeiten, ließ sie bei sich wohnen, überließ ihr sein Bett und sie stand hier und gaffte ihn an, obwohl er schlief und außerdem tabu für sie war – ganz egal, wie heiß er auch sein mochte.

Angewidert von sich selbst eilte sie ins Bad, wo sie sich die Zähne putzte, die Haare kämmte und das Gesicht wusch. Dann schlich sie auf Zehenspitzen an Dean vorbei, um sich in ihrem Zimmer einen Sport-BH und eine Yogahose anzuziehen. Vielleicht sollte sie so lange meditieren, bis ihre Fantasie kapitulierte und wieder Ruhe gab. Als sie jedoch ihre Schlüssel von der Küchenanrichte holen wollte, um an die Yogamatte in ihrem Auto zu kommen, lagen sie nicht mehr da, wo sie sie ihrer Meinung nach gestern abgelegt hatte. Sie suchte in der ganzen Küche und schlich durch den Wohnbereich, bis sie schließlich wieder in ihrem Schlafzimmer landete, doch auch dort waren die Schlüssel nirgendwo zu finden.

Schließlich gab sie auf und ging ohne Matte in den Garten. Der dicht bewachsene Grünstreifen um die Terrasse würde es auch tun.

Die kühle Luft strich ihr über die Haut, während sie ihre Morgenroutine absolvierte. Hier war es kälter als in Oak Falls um sechs Uhr morgens, aber sie begrüßte das ebenso wie den Hauch von Salz, den die Brise mit sich brachte. Emery begann immer mit einfachen Yogapositionen. Der Sonnengruß war der perfekte Start in den Flow, bevor sie zu anspruchsvolleren Bewegungen überging, die vor allem die Muskeln ihrer Körpermitte forderten.

Sie hob die Hände weit über den Kopf und atmete tief ein, während sie sich leicht nach hinten lehnte und die Bauchmuskeln dehnte, bevor sie sich nach vorne beugte, die Hände auf die Füße legte und das Gesicht an ihren Schienbeinen ruhen ließ. Mit geschlossenen Augen atmete sie langsam aus. Hinter ihren Lidern erschien wieder das Bild von Dean auf der Couch und weckte ganz andere Gefühle als Entspannung in ihr. Genervt von sich selbst öffnete sie die Augen wieder und schob das Bild von sich, während sie einen fließenden Ausfallschritt machte und dabei tief einatmete. Doch dann hatte sie Deans betont gelassene Stimme im Ohr. *Du musst ja nicht gleich in der ersten Woche mit jedem Kerl in Wellfleet ausgehen.*

Anspannung kroch in ihre Muskeln und machte ihre Bewegungen steif und schwerfällig. Dean und sein elendes *Überspring die Dornen und geh gleich zum Kelch.* Glaubte er wirklich, dass daten so leicht war? Und wenn ja, warum war er dann noch Single?

Bei dem Gedanken meldete sich ihr schlechtes Gewissen. Sie wusste doch, dass es auch für ihn nicht einfach war. Er hatte ihr erzählt, dass er selten mit Frauen ausging, die sein übergriffiger, rücksichtsloser Vater sowieso nicht akzeptieren würde. Es war doch einfach dumm, sein Leben und sein persönliches Glück allein auf die Hoffnung auszurichten, dass er damit den Respekt eines Mannes gewann, der die Mühe absolut nicht wert war. Sie hatte Dean schon so oft gesagt, wie sehr sie hoffte, dass er das eines Tages in den Wind schießen und sich eine aufregende, draufgängerische Frau suchen würde, um sich aus dem Schwitzkasten seines Vaters zu lösen.

Sie versuchte, das Chaos in ihrem Kopf mit ein paar weiteren Übungen zu beruhigen, doch das schmerzhafte Ziehen in ihrer Brust sorgte dafür, dass die Anspannung an ihr haftete wie eine zweite Haut. Dean steckte ständig zurück, um anderen zu helfen, half bei Desiree aus, wenn Rick zu Meetings nach D. C. musste, oder spielte den Friedensstifter in seiner Familie für seinen großen Bruder Jett, der ihrem Vater den Rücken gekehrt hatte und damit offenbar auch dem Rest der Verwandtschaft. *Und du hast mir dein Bett überlassen.* Dieser Berg von einem Mann hatte ein Herz aus Gold, und auch wenn sie sich wünschte, dass er endlich das Korsett abstreifte, in das sein Vater ihn hineinkonditioniert hatte, wurde ihr doch auch schlecht bei dem Gedanken, dass er das mit einer heißen

Fremden tat.

Sie hatte definitiv nicht mehr alle Tassen im Schrank.

Langsam streckte sie die Arme aus und beugte sich nach vorn, schloss die Augen und atmete aus, während sie ihre Ellenbogen mit jeweils der anderen Hand umfasste und Uttanasana, eine Vorwärtsbeuge mit intensiver Streckung, einen Moment lang hielt. Wenn sie so weitermachte, würde sie nie wieder einen klaren Kopf bekommen. Sie versuchte sich auf die Dehnung ihrer Wirbelsäule zu konzentrieren, auf das Ziehen der hinteren Oberschenkelmuskeln und den Luftstrom in ihrer Lunge. Und als sie schließlich zur Ruhe kam, atmete sie lang gezogen aus. *Endlich.*

»Na, das ist doch mal ein schöner Anblick am frühen Morgen.«

Sie riss die Augen auf und ihr Magen schlug einen Salto, als sie Dean in der Tür stehen sah, der ihr auf den Hintern starrte. »Nicht nur Brüste, sondern auch Hintern, ja?« Sie richtete sich vorsichtig wieder auf und stemmte eine Hand in die Hüfte. Mit ihrem finsteren Blick wollte sie vor allem die unangebrachte Hitze vertreiben, die durch ihre Adern schoss.

»Ich habe da keine spezielle Vorliebe. Ich mag alles am Körper einer schönen Frau.« Er ignorierte ihren bösen Blick und kam näher. »Begrüßt du so jeden neuen Tag? Wenn ja, muss ich in Zukunft wohl ein bisschen früher aufstehen.«

Er zog sie nur auf. Aber dieses Spiel konnte man auch zu zweit spielen. Sie ließ den Blick über seine nackte Brust bis knapp oberhalb seiner Shorts wandern. Leider blieb ihr die Regung *in* seinen Shorts nicht verborgen. Und was sich darunter abzeichnete, jagte ihr einen kribbelnden Blitz durch den ganzen Körper. Sie bewegte sich auf dünnem Eis, aber sie konnte sich einfach nicht davon abhalten, ein bisschen zurückzuflirten.

»Vielleicht solltest du herkommen und mit mir zusammen mal den *Rockstar* machen.« Sie tat, als würde sie den Blick über den Garten schweifen lassen, und streckte die Arme über den Kopf in der Hoffnung, dass er nicht mitbekam, wie sie auf ihn reagierte.

»Hmm. Das klingt, als wäre es frühes Aufstehen wert.«

Darauf stürzte sich ihre Fantasie sofort, und sie fragte sich unwillkürlich, wie es wäre, seine harte Länge zu spüren, sie *in* sich zu spüren. Er musterte ihr Gesicht und kleine Funken stoben über ihre Haut.

»Was ist los, Püppi? Stellst du dir gerade vor, wie ich dir den *Rockstar* mache?«

»Nein«, log sie. »Es ist nur … Du spukst mir seit gestern Abend im Kopf rum und das macht mich irre.«

»Ach ja?« Er trat dichter zu ihr und seine Augen verdunkelten sich. Er schaute sie direkt an und der Ausdruck darin ließ keinen Spielraum für Fehlinterpretationen. »Inwiefern spuke ich dir im Kopf rum?«

Ihr Puls schoss in die Höhe, was er in der Nähe eines Freundes so auf keinen Fall tun sollte. Das war eindeutig Vorfreude darauf, von ihm berührt und um den Verstand geküsst zu werden. *Ach du heilige Sexmaschine. Violet hatte recht.* Wie hatte ihr das Feuer entgehen können, das so lichterloh zwischen ihnen brannte?

Aber das würde sie sicher nicht zugeben, also konzentrierte sie sich auf die andere Sache, die sie immer noch beschäftigte. »Mein Treffen mit Brody nachher wird ganz schön unangenehm nach dem, was du über ihn gesagt hast.«

Noch ein Schritt und er stand auf einmal so dicht vor ihr, dass sie seine Körperwärme auf der Haut spürte.

»Dean?«, brachte sie atemlos hervor, und in ihr rangen Verwirrung und ein Verlangen, dem sie sich nicht entziehen konnte, miteinander.

»Emery«, raunte er mit tiefer Stimme im verführerischsten Tonfall, den sie je gehört hatte.

Er legte ihr eine Hand auf die Hüfte und ihre verräterischen Brustwarzen reagierten sofort. Sie öffnete den Mund, um einen sarkastischen Kommentar zurückzuschießen, doch ihre Erregung erstickte ihre Schlagfertigkeit im Keim. »Was …? Was machst du da?«

»Was ich hätte tun sollen, als du vorgestern hier angekommen bist.« Er ließ den Blick langsam über ihr Gesicht wandern, als würde er sie mit ganz neuen Augen sehen. »Ich hätte gleich ehrlich sein und dir sagen sollen, was ich für dich empfinde.«

Sie stand in Flammen, aber sie durfte nicht nachgeben, so sehr sie es auch wollte. »Dean. Wir sind *Freunde*.«

»Das stimmt.« Er wandte den Blick keine Sekunde von ihr ab.

»Du willst das doch eigentlich gar nicht. Ich bin ja nicht mal dein Typ Frau.« Sie wusste, dass sein Vater nie eine Kleinstadtpflanze als Partnerin seines Sohns akzeptieren würde, die keinen Collegeabschluss hatte und als Yogalehrerin ihr Geld verdiente. Also hätte eine Beziehung ohnehin nie eine reelle Chance, selbst wenn sie bereit wäre, das Risiko einzugehen.

»Da irrst du dich, Püppi. Ich wollte das schon an dem Abend tun, an dem wir uns kennengelernt haben, und mit jedem Telefonat, jeder Nachricht, jedem einzelnen Gedanken an dich will ich dich noch mehr.«

Panik überrollte sie und rang mit den Schmetterlingen, die in ihrem Bauch verrücktspielten. Sie hatte sich die ganze Zeit so sehr bemüht, ihn nur als Freund zu betrachten, dass sie das jetzt nicht einfach aufgeben durfte. Das wäre der Anfang vom Ende ihrer Freundschaft, und die war ihr zu wichtig, um sie aufs Spiel zu setzen.

Sein Griff an ihrer Hüfte verstärkte sich und das Gefühl seiner warmen Finger war unendlich verlockend. Sie hielt den Atem an und kämpfte gegen die magnetische Anziehung, die sie immer näher zusammenbringen wollte.

»Was ist los, Emery? Gefällt dir mein *umwerfendes Lächeln* nicht? Meine *Augen, die sagen: ›Ich leg dich flach und sorg dafür, dass du auf deine Kosten kommst‹?* Oder liegt es an meinem *Körper, bei dem die Schlüpfer schon auf zehn Meter Entfernung fliegen?*«

Ihr entwich ein Laut, der halb Lachen, halb *Wo ist das nächste Loch zum Verkriechen* war, als er ihre eigenen Worte so gegen sie verwendete. »Was für eine dumme Frage. Wahrscheinlich findet dich jede Frau, die Augen im Kopf hat, attraktiv.«

Um zu beweisen – vor allem sich selbst? –, dass sie sich davon nicht beeindrucken ließ, legte sie ihm die Hände auf die Brust, um ihn wegzuschieben, doch sofort kroch Hitze ihre Arme hinauf, weswegen sie sie sofort wieder wegzog, als hätte sie sich verbrannt. Ein zufriedenes Lächeln erschien auf seinen Lippen.

»Das können wir nicht tun, Dean. *Ich* kann es nicht. Ich werde alles zwischen uns kaputtmachen.«

»Das lasse ich nicht zu«, sagte er gelassen und selbstsicher.

»Du kannst es nicht verhindern.« Angst, die Freundschaft mit ihm zu verlieren, schoss in ihr hoch – und die Wahrheit zu offenbaren, die sie noch nie jemandem anvertraut hatte. Aber bei Dean konnte sie sich auf einmal nicht mehr zurückhalten. Und sie wollte es auch nicht. Er musste verstehen, warum das eine dumme Idee war.

»Es liegt an mir, Dean. Ich weiß nicht, wie ich die Frau sein soll, die du dir wünschst.«

»Emery.« Er legte ihr eine Hand an die Wange und *oh mein Gott*, sie lehnte sich in die beruhigende Berührung. »Ich will dich. Emery Andrews. Die Frau, die schlechte Dates mit Eis weglöffelt, die gruselige Filme nur schauen kann, wenn sie sich dabei die Augen zuhält, und die nie zugibt, dass sie zu müde zum Weiterschauen ist. Du musst niemand anderes sein als du selbst.«

Oh, wie sehr sie sich wünschte, dass das stimmte. Sie zwang sich, einen Schritt zurückzumachen, und ihr Herz pochte so heftig, dass sie befürchtete, er würde es sehen. Und dann tat sie, was sie tun musste, um das Knistern zwischen ihnen zu ersticken, auch wenn es sich falsch anfühlte. »Hattest du das die ganze Zeit vor? Mich hierherzulocken, damit du dein Glück bei mir versuchen kannst?«

Das verärgerte ihn sichtlich, aber es waren die tieferen Gefühle, die seinen Zorn im Zaum hielten, die ihr den Boden unter den Füßen wegzogen. »Glaubst du im Ernst, ich hätte den nackten Kerl bei Violet eingeschleust? Mann, Emery. Ich habe gesehen, dass du dich dort unwohl gefühlt hast, und dir eine Lösung angeboten.« Der Ausdruck in seinen Augen wurde weicher. »Du bist an Weihnachten in mein Leben geplatzt und seitdem haben wir fast jeden Abend in irgendeiner Form Zeit miteinander verbracht. *Natürlich* wollte ich dich in dieser Situation beschützen.«

»Und was willst du noch von mir?«, schoss sie automatisch bissig zurück. »Ein One-Night-Stand wäre das Ende unserer …«

»Das ist das *Letzte*, was ich will.« Erneut trat er nah zu ihr. »Du solltest mich wirklich besser kennen. Du weißt, dass ich nicht durch irgendwelche Betten turne. Wenn ich mit einer

Frau zusammen bin, interessieren mich andere nicht …«

»Ja. So bist *du*. Aber vergisst du gerade nicht, mit wem du hier redest? Ich habe keine Ahnung, wie so was funktioniert. Meine Eltern haben sich scheiden lassen. Ich habe noch nie jemanden länger als eine Woche gedatet.« Ihre Brust zog sich schmerzhaft zusammen, obwohl er das alles ja schon wusste. Es von Angesicht zu Angesicht laut auszusprechen, machte es viel realer. »Meine Brüder und ich haben alle einen Knacks weg.«

»Mit dir ist alles in Ordnung, Emery. Du warst einfach noch nie mit dem richtigen Mann zusammen. Du warst nicht mit *mir* zusammen. Ich zeige dir, wie das funktionieren kann.«

Ihr Herz setzte einen Schlag aus, und sie brauchte einen Moment, um ihre Stimme wiederzufinden. »Das geht nicht. Ich mache alles kaputt, was auch nur annähernd nach Beziehung aussieht.«

»Du irrst dich«, sagte er sehr ernst und in seinen Augen lag ein entschlossener, selbstsicherer Ausdruck. Eine stumme Herausforderung, ihn mit allem zu konfrontieren, was sie hatte, damit er ihr das Gegenteil beweisen konnte.

»Ich wünschte, es wäre so«, sagte sie. »Aber ich bin für mich zu einer Erkenntnis gekommen: Ich habe dir doch von den Freunden erzählt, die ich gedatet habe …«

»Das waren die *falschen* Männer, Em. Sie waren nicht *ich*.« So schnell ließ er nicht locker.

Sie öffnete den Mund, brachte jedoch keine Antwort zustande.

»Sieh es doch mal so, Em: Wir führen seit Monaten eine Beziehung miteinander.«

»Das war was anderes«, hörte sie sich sagen. »Übers Telefon ist das eine Sache, aber so? Als Paar? Mal ganz abgesehen von der Tatsache, dass ich deine Angestellte bin. Ich sehe es jetzt schon vor mir, Dean. Ich werde das auf ganzer Linie versauen. Ich bin, wie ich bin, und das ist offensichtlich zu …« Die letzten vierundzwanzig Stunden liefen im Schnelldurchlauf vor ihrem inneren Auge ab und die Wahrheit traf sie wie ein Schlag. Sie flirtete wirklich ständig und war zu ehrlich. Tränen brannten in ihren Augen und sie wandte sich rasch ab. Doch sie war keine Mimose, die in schwierigen Situationen einen Nervenzusammenbruch bekam, also straffte sie die Schultern und drängte die dummen Tränen zurück, bevor sie sich wieder zu ihm umdrehte.

»Ich werde unsere Freundschaft nicht aufs Spiel setzen.« Aber sie wollte es so sehr, weil sie einfach *alles* an ihm liebte. Er war selbstsicher und humorvoll, aber auch vernünftig. Und sie verstanden sich so gut. Das alles für eine Nacht auf eine intimere Ebene auszuweiten, war schon mehr, als sie je mit einem anderen Mann gehabt hatte, aber wenn sie sich auch nur ein einziges Mal küssten, würde sich alles verändern – und nicht nur, weil sie dann nicht mehr würde aufhören wollen.

Sie schaute ihm in die Augen und der Schmerz und das Verlangen darin schnitten ihr ins Herz. Und eine Erkenntnis traf sie wie ein Schlag in die Magengrube.

Es hatte sich schon alles verändert.

»Warum musstest du mir das sagen?«, fuhr sie ihn an. »Wie sollen wir jetzt einfach nur wieder Freunde sein? Ab jetzt werde ich alles hinterfragen, wenn ich in deiner Nähe bin – und alles, was du für mich tust.«

»Wie hätte ich das für mich behalten sollen, wenn die Frau, in die ich mich seit Monaten jeden Tag mehr verliebe, nun endlich zum Greifen nah ist? Willst du wirklich, dass ich so tue, als würde ich nichts für dich empfinden? Dass ich zusehe, wie du mit anderen Männern ausgehst, die deine Zeit nicht wert sind? Ich habe es versucht, Emery, weil ich weiß, wie du zum Daten von Freunden oder Ausgehen mit deinem Chef stehst, aber ich kann es einfach nicht. Ich werde keiner der Männer sein, die dich anlügen.«

»Aber …«, entgegnete sie leise. »Unsere Freundschaft bedeutet mir so viel und ich will sie nicht verlieren.«

Er schlang einen Arm um ihre Taille und zog sie an seinen muskulösen Körper. »Ich auch nicht.«

Für einen kurzen Augenblick erlaubte sie sich, seine Umarmung zu genießen, spürte, wie die Panik abflaute, die sie zu überwältigen drohte. Sie wollte genau hier bleiben, in seinen Armen, und vergessen, dass es Dinge gab, die sie auseinanderbringen konnten – und dass sie selbst dabei an erster Stelle stand. Aber sie wusste es besser.

»Ich habe das alles schon durch«, brachte sie schließlich hervor. »Und es geht nie gut aus. Nach ein paar Dates wird das, was du jetzt an mir magst, genau das sein, was dich aussteigen lässt.«

»Das ist nicht wahr, Püppi.«

»Oh, klar doch.« Sie lachte humorlos auf. »Bestimmt ist es total okay für dich, wenn ich mit anderen Männern flirte?«

Er zog die Augenbrauen zusammen. »Das würdest du nicht tun, wenn du mit mir zusammen bist.«

Sie löste sich aus seinen Armen und ging unruhig ein paar Schritte auf und ab. Gerade hatte sie das Gefühl, von innen heraus zerrissen zu werden, doch sie entschloss sich, ihre Seele zu offenbaren und sich damit so verletzlich wie noch nie in ihrem Leben zu machen. Sie holte tief Luft und erwiderte seinen hoffnungsvollen Blick. »Nicht mit Absicht, nein. Aber siehst du das Problem nicht? Oft merke ich das überhaupt nicht. So bin ich eben. Denk doch nur mal, wie du reagiert hast, als ich mich gestern vor dir umgezogen habe. Ich vertraue dir, also war es für mich keine große Sache, dass du meinen nackten Rücken gesehen hast. Nichts davon war sexuell oder zweideutig gemeint, aber du hast es vermutlich so aufgefasst.«

»Du wolltest mich damit vielleicht nicht verführen, aber du kannst mir nicht erklären, dass du nichts dabei empfunden hast.« Erneut kam er zu ihr und sofort flogen wieder die Funken zwischen ihnen. »Dass du jetzt nichts empfindest.«

Sie erstarrte. »Was ich empfinde, spielt gerade keine Rolle. Der Punkt ist, dass ich nicht im Hinterkopf hatte, dich zu verführen oder anzumachen, als ich mein Kleid ausgezogen habe. Ich war in Gedanken voll bei unserem Gespräch. Keine Ahnung, ob es daran liegt, dass ich in einem Haus voller Männer aufgewachsen und ihre Gegenwart deswegen einfach so sehr gewohnt bin, aber es ist, wie es ist. Und ich weiß nicht, wie ich das je ändern könnte.«

Er verengte die Augen zu Schlitzen, setzte dann aber einen neutralen Gesichtsausdruck auf. Der Frust, der davor aufgeblitzt war, entging ihr jedoch nicht.

»Siehst du?« Sie verschränkte die Arme, weil sie etwas zwischen ihnen brauchte. »Du weißt, dass das stimmt. Das könnte mir bei anderen männlichen Freunden passieren, weil ich einfach nicht darüber nachdenke, und dann willst du ihnen den Kopf abreißen, weil sie mich dabei gesehen haben – und mir, weil ich es gemacht habe. Und ich könnte es dir nicht mal verübeln.«

Das Geständnis ließ sie erschöpft zurück. Wenn sie sich je ernsthaft in einen Mann verlieben könnte, dann in Dean. Aber geliebt zu werden, so wie sie war? Für immer? Das war im besten Fall ein schöner Wunschtraum.

Dean biss die Zähne so fest zusammen, dass sicher jeden Moment einer davon brechen würde. Er konnte einfach nicht mehr nur mit der Frau befreundet sein, die sein Herz in den letzten Monaten mit jedem Telefonat mehr in Beschlag genommen hatte. Aber er schluckte die Worte hinunter, die ihm auf der Zunge lagen, und streckte die Arme nach ihr aus.

»Komm her, Püppi.« Er drückte sie fest an sich und versuchte, seine Gefühle wieder unter Kontrolle zu bekommen.

Sie ließ die Wange an seiner Brust ruhen und er legte ihre Arme um seine Taille.

»Du bist einer meiner besten Freunde. Ich kann meinen Gefühlen für dich nicht nachgeben, weil ich mir ein Leben ohne dich nicht mehr vorstellen kann«, murmelte sie und ihr Griff um ihn verstärkte sich. »Ich bin nicht fähig, eine Beziehung zu führen, aber das ist okay, solange ich *das hier* nicht verliere.«

Deans Herz zog sich schmerzhaft zusammen. Das war die Frau, die wie ein Bierkutscher geflucht hatte, als sie ihm erzählte, wie sich ihr Chef im Reha-Zentrum verhalten hatte, und schwor, nie wieder irgendwo angestellt zu arbeiten. Die Frau, die geweint hatte, als sie zum ersten Mal zusah, wie er verletzte Kätzchen mit der Flasche fütterte, und als ihre Lieblingsfigur in *Game of Thrones* starb. Danach hatte sie sich geweigert, den Rest der Serie zu schauen – bis er vorschlug, es über Skype mit ihr zusammen anzusehen, damit sie es nicht allein musste. Sie war so stark und stur, aber er kannte auch ihre verletzlichere Seite. Die Seite, die Zuwendung und Liebe brauchte, die in allen Abenteuern unterstützt werden musste, in die sie sich stürzte. Der Teil von ihr, der auch mal einen Schub brauchte oder herausgefordert werden musste, damit sie sich selbst nicht im Weg stand.

Er liebte auch die Seite an ihr, die man beschützen muss-te ... *vor ihr selbst.* Ein schmerzhafter Stich durchfuhr ihn, weil das ein hartes Urteil war, aber es stimmte. Sie glaubte nicht daran, eine Beziehung führen zu können, aber sie hatten schon die besten und schlimmsten Momente ihres Lebens miteinander geteilt, als sie noch nicht einmal im gleichen Bundesstaat gewohnt hatten. Und er war der Mann – der einzige Mann –, der ihr das beweisen würde.

Allerdings wusste er auch, dass seine vorlaute, sture Püppi viel zu viel Angst hatte, um sich darauf einzulassen, auch wenn er selbst absolut sicher war, dass sie füreinander bestimmt waren. Sie begann in Wellfleet ein neues Leben, weil er ihr keine Ruhe gelassen hatte, bis sie die Augen aufgemacht und endlich ihr Glück selbst in die Hand genommen hatte. Genau das würde er jetzt auch tun, bis sie erkannte, dass Freundschaft etwas Schönes war, aber Liebe noch besser sein konnte und sein würde.

Er umfasste ihr Gesicht mit beiden Händen und schaute ihr fest in die wunderschönen Augen. Ihre Gefühle für ihn waren nicht zu übersehen – aber auch nicht die Angst, die unter der Oberfläche lauerte. Emerys Herz für sich zu gewinnen, würde wohl ähnlich werden, wie barfuß durch glühend heißen Sand zu laufen, um eine Düne zu erklimmen. Aber er wusste auch, dass es jeden schmerzhaften Moment wert war.

»Ich will auch auf keinen Fall unsere Freundschaft verlie-ren«, versicherte er ihr. »Ich weiß, dass du in der Vergangenheit von Männern verletzt wurdest, aber ich bin nicht die. Ich würde dir nie wehtun.« Sie wollte etwas erwidern, doch er legte ihr einen Finger auf die Lippen und wünschte sich im gleichen

Augenblick, sie mit einem Kuss zum Schweigen bringen zu dürfen. Doch das war Teil des Problems. Emery kannte vor allem leidenschaftliche Strohfeuer, wenn sie einen Kerl datete, und es schmeckte ihm zwar nicht, aber es überraschte ihn auch kein bisschen, dass sie seinem Annäherungsversuch so radikal einen Riegel vorgeschoben hatte. Denn wenn sie es nicht tat, wenn sie sich erlaubte, der unbestreitbaren Anziehung zwischen ihnen nachzugeben, würde sie morgen mit der Erwartung aufwachen, dass sich ihre Freundschaft zeitnah in Luft auflöste.

Dean war fest entschlossen, ihr zu zeigen, dass es bei ihnen anders – besser – sein würde, in jeglicher Hinsicht.

»Freundschaft reicht mir nicht mehr«, sagte er ehrlich und spürte, wie sie sich sofort versteifte. Doch er hielt ihr Gesicht und ihren Blick weiter fest und würde sie auch nicht loslassen, bis sie alles gehört hatte. »Ich verstehe, dass du Angst davor hast, uns eine Chance zu geben, und ich respektiere deine Bedenken, aber ich werde nicht einfach herumsitzen und zusehen, wie du dir selbst immer wieder und wieder wehtust, indem du mit Männern ausgehst, die nur auf das Eine aus sind, und du aber so viel mehr wert bist. Alles, was du dir wünschst, alles, was du brauchst, ist direkt vor deiner Nase, Emery.«

Der verträumte Ausdruck, den Frauen gerne mal in der Gegenwart von Babys und Welpen bekamen, trat in ihre Augen, und das ließ ihn innerlich beinahe dahinschmelzen.

Einen Moment später verschwand er jedoch wieder. »Ich ändere sicher nicht plötzlich meine Meinung, Dean.«

»Darum bitte ich dich auch gar nicht.« Er war sich sehr sicher, dass er sie um gar nichts mehr *bitten* musste, sobald sie einmal gemerkt hatte, wie viel schöner es war, Zeit mit einem Mann zu verbringen, der sie begehrte, respektierte und dem sie wichtig war – und der nicht nur mit ihr ins Bett wollte und sonst nichts.

Er legte ihr die Hände auf die Hüften und drückte die Finger leicht in die weichen Rundungen. »Ich will dir einfach nur zeigen, wie diese Männer tatsächlich mit dir hätten umgehen sollen. Lass uns doch drei …« Er hielt kurz inne, bevor ihm das Wort *Dates* rausrutschen konnte. »… Beispielausflüge unternehmen.« *Beispielausflüge? Was zum Teufel soll das denn sein?*

Sie lachte leise auf. »Ist das dein Ernst? Glaubst du, dass ich nicht merke, was du eigentlich meinst, wenn du dem Kind einen anderen Namen gibst?«

»Ich gebe ihm den Namen, der dich dazu bringt, das auszuprobieren, damit du erkennst, dass wir zusammengehören.«

»Was, wenn ich Nein sage?«, fragte sie – doch der Ausdruck in ihren Augen verriet ihm, dass sie gar nicht Nein sagen wollte.

»Dann verpassen wir beide das, was uns meiner Meinung nach für den Rest unseres Lebens sehr glücklich machen wird.«

»Wie soll ich denn weiter in deinem Gästezimmer wohnen, wenn das zwischen uns steht?«

Sein Magen krampfte sich zusammen. »Wir sind immer noch die gleichen Menschen wie gestern Abend, als du auf meinem Schoß eingeschlafen bist. Nur habe ich jetzt ausgesprochen, was du wahrscheinlich sowieso schon gemerkt hast und wovor du nur zu viel Angst hattest, es einzugestehen.«

»Tja, dann nimm es zurück«, erwiderte sie verspielt. »Ich brauche den Mann von gestern Abend. Der, der keinen Sex erwartet.«

»Verstehst du denn nicht, Em? Ich will dich, nicht einfach nur Sex. Verbring ein bisschen Zeit mit mir, und ich verspreche dir, dass es nicht um den Sex gehen wird, wenn wir irgendwann miteinander schlafen.« Er lehnte sich zu ihr und ihr Atem ging etwas schneller. »Sondern um uns.«

Dean hielt den Atem an, als das Schweigen sich zwischen ihnen ausdehnte. Schließlich machte Emery einen Schritt von ihm weg und die Angst in ihren Augen wurde von Stärke und Entschlossenheit abgelöst. Er wappnete sich innerlich davor, dass sie die Flucht ergriff.

»Was meinst du, wie Brody es aufnehmen wird, wenn ich unser Treffen absage?«

Er blinzelte ein paarmal, weil er seinen Ohren nicht traute. »Mir vollkommen egal, was Brody davon hält. Aber verstehe ich dich gerade richtig?«

Sie schenkte ihm ein freches Grinsen und ihr Hüftschwung war nicht zu übersehen, als sie zum Haus zurückging. »Ich würde an deiner Stelle mal lieber schnell meine Joggingrunde hinter mich bringen, weil ich meine *Beispielausflüge* nicht mit Brody machen will.«

Er hatte keinen Schimmer, was da gerade passiert war, aber seine schlagfertige Freundin war zurück, und er hatte das Gefühl, das Geschenk seines Lebens bekommen zu haben. Aber er kannte Emery gut, wusste, was ihr gefiel, und Herausforderungen standen dabei ganz oben auf der Liste.

»Hey, Lieblingspüppi!«, rief er ihr nach.

Sie schaute über die Schulter und verdammt … diese Augen, dieses Lächeln …

»Manche Männer müssen arbeiten gehen. Schwing deinen hübschen Hintern unter die Dusche. Du begleitest mich. Ich bringe dir Surfen bei, wenn ich Zeit dazu habe.«

Ihre Augen weiteten sich ein wenig. »Wow, Großer. Der Ton ist schon ein bisschen heiß.«

»Sehr gut. In einer Stunde geht's los.«

Sieben

Deans Idee mit den *Beispielausflügen* hatte gleich drei Haken. Der erste: Was hatte er sich dabei nur gedacht? Von wegen *Beispiel*. Der zweite: Jetzt roch sein Pick-up nach Emery, dem süßen Duft ihres Shampoos und dem Verlangen, das sie fast greifbar jedes Mal ausstrahlte, wenn sie ihm einen Blick zuwarf. Vermutlich hielt sie sich für unauffällig, aber sie war echt schlecht darin, etwas zu verbergen, was auch der Grund für den dritten Haken war. Nie im Leben würde er seine Hände oder seinen Mund bei sich behalten können, wenn sie ihn weiter so ansah – als könnte sie sich nicht entscheiden, ob sie ihn küssen oder lieber so tun sollte, als wollte sie es nicht. Außerdem trug sie sexy Hotpants und ein gelbes Oberteil über einem Bikini mit weiß-blauem Batikmuster. Mit dem großzügigen Lochmuster hätte das Oberteil auch ein gutes Fischernetz abgegeben.

Er parkte vor der Einrichtung für betreutes Wohnen namens Lower Cape Assisted Living, das alle hier LOCAL nannten.

»Ich glaube, ich weiß jetzt, warum du noch Single bist.« Der Sarkasmus in Emerys Stimme war nicht zu überhören. »Ich habe meinen Surfunterricht abgesagt, um dir beim Gärtnern zu helfen? Das hättest du mir auch vorher sagen können, damit ich mir was anderes als Badeklamotten anziehe.«

»Du hast ein *Treffen mit Brody* abgesagt, weil du lieber den Tag mit mir verbringen willst«, erinnerte er sie. »Und ich mag deine Badeklamotten.« Er stieg aus dem Auto und spürte ihren Blick deutlich auf sich, als er die Motorhaube umrundete und ihr die Tür öffnete.

»*Das* ist dein Beispielausflug? So sollen Männer mich deiner Meinung nach behandeln? Mich mit zur Arbeit nehmen?« Sie zog die Augenbrauen skeptisch hoch.

Er griff beherzt zu, packte sie an den Hüften und drehte sie mit einer schnellen Bewegung zu sich herum. »Hör auf zu grinsen, Püppi. Ich bringe dir Surfen bei, aber erst muss ich arbeiten und du musst ein bisschen netzwerken.«

»Netzwerken?« Sie schaute zu dem Gebäude hinüber, und er sah, wie der Groschen bei ihr fiel. »Ich soll hier Flyer auslegen? Aber ich habe gar keine mitgenommen.«

Er beugte sich hinter den Sitz und schnappte sich den Stapel Flyer, den er nebst einem Stapel Yogazeitschriften, zwei seiner Gartenmagazine und einem Lippenbalsam mit Kirschgeschmack in *seinem* Bett gefunden hatte.

Als er von seiner Joggingrunde zurückgekehrt war, hatte er Emery meditierend im Garten vorgefunden. Sie sah so entspannt aus, dass er in ihr kaum den Wirbelwind von einer Frau erkannte, der ständig von einem Gedanken zum nächsten sprang. Und im Haus hatte er gleich noch mehr Hinweise auf ihr inneres Chaos entdeckt. Ein kleiner Haufen Haargummis, zwei verschiedene Haarpflegeprodukte und ein Kamm mit breiten Zinken lagen auf dem Rand des Waschbeckens im Bad. Auf der Küchenanrichte hatte sie ein geblümtes Notizbuch, einen flauschigen, pinken Kugelschreiber und zwei zusammengeknüllte Papiere liegen lassen. Im Wohnzimmer lagen nicht nur ein, sondern gleich drei Paar Flipflops herum und sein persönlicher Favorit war die Kette mit Anhänger, die sie neulich getragen hatte und die er nun auf der Couch fand. Man hatte das Gefühl, als würde sie ihr Revier markieren.

»Wo hast du die denn her?«, fragte sie und griff nach den Flyern, mit denen er vor ihr herumwedelte.

»Aus meinem *Bett*.« Er fasste sie wieder an der Hüfte und lehnte sich zu ihr, bis ihre Lippen nur noch einen Atemzug voneinander entfernt waren, was sie scharf Luft holen ließ. »Was hast du in meinem Bett gemacht, Emery?«

»Ich …« Sie lächelte überraschend schüchtern. »Ich habe meine Klamotten noch nicht weggeräumt und wollte mir die Flyer genauer anschauen.«

»Und meine Gartenmagazine?«

»Ich wollte mehr über deine Interessen rausfinden.«

Das brachte ihn erneut zum Grinsen. »Und die Zeitschriften mit knappen Yogaoutfits?« Oh, und wie er die durchgeblättert und sich dabei vorgestellt hatte, wie er Emery jedes einzelne der Kleidungsstücke *auszog*.

»Ich wollte sehen, was diesen Sommer angesagt ist.«

»Auf meinem *Bett*?« Er strich ihr mit den Lippen über die Wange. »Und der Lippenbalsam auf meinem Kopfkissen?«

Sie holte angestrengt Luft, und er wich gerade weit genug zurück, um ihr in die lustvernebelten Augen zu schauen. »Hast du auf meinem Bett an mich gedacht, Emery? Wie wäre es, wenn ich dir den Lippenbalsam auftrage?«

»Dean, ich …« Sie klappte den Mund wieder zu und schluckte hart.

»Hast du ihn da liegen lassen, um mich zu quälen? Damit ich davon träume, wie fantastisch deine Lippen damit schmecken?«

»Ich ...« Sie verengte die Augen und ihr heißer Blick wurde herausfordernd. »Ich habe dir doch gesagt, dass ich nicht darüber nachdenke, was ich tue. Ich mache es einfach.«

Sie schob sich an ihm vorbei und sprang aus dem Auto, doch ihr schneller Atem und die Röte auf ihren Wangen sagten Dean, dass er ins Schwarze getroffen hatte. Und er wusste auch, dass sie durchaus über ihre Handlungen nachdachte – sonst hätte sie alle Vorsicht sofort in den Wind geschlagen, als er ihr seine Gefühle offenbart hatte. Das verriet ihm mehr über sie, als es ein ausgesprochenes Geständnis je gekonnt hätte.

»Gehen wir heute noch mal rein?« Sie marschierte bereits auf den Eingang zu.

Er holte sie leise lachend ein. »Du siehst süß aus, wenn du Dinge leugnest.«

»Könnten wir das bitte lassen, bevor es komisch zwischen uns wird?«, fragte sie, ohne ihn anzusehen.

»Könntest du es uns nicht schwerer machen, als es sein muss?« Er beugte sich zu ihr hinunter, als sie den Haupteingang schon fast erreicht hatten, und senkte die Stimme. »Und schau mich nicht an, als würdest du mich vernaschen wollen. Die Senioren kriegen das sofort spitz.«

Sie lachte. »Warst du schon immer so arrogant und mir ist das bis jetzt nur nicht aufgefallen?«

»Glaub mir, Püppi: Dir fällt *alles* an mir auf.« Er öffnete die Tür und versetzte ihr einen Klaps auf den Hintern. »Und eines Tages stehst du dir selbst nicht mehr im Weg und gibst das auch zu.«

Ich stehe mir selbst im Weg. Ja, klar doch. Emery ärgerte sich immer noch über Deans Bemerkung, als er sich mit der hübschen Empfangsmitarbeiterin unterhielt, die kaum älter als zwanzig sein konnte. Sie spielte ständig mit ihren dunklen, schulterlangen Locken und flirtete offensiv mit ihm. Dean, der sich mit den muskulösen Unterarmen auf dem Tresen abstützte, sah in seinen Shorts und dem engen T-Shirt einfach unverschämt heiß aus. *Und dann ist er auch noch so wahnsinnig nett.*

Ein ungewohntes Gefühl stieg in Emery auf und stiftete Unruhe in ihrem Magen. Dean richtete sich wieder auf und zwinkerte ihr zu, während die Rezeptionistin kurz telefonierte.

Du flirtest mit ihr und zwinkerst mir gleichzeitig zu? Das kann doch nicht dein Ernst sein!

Doch dann fiel ihr siedend heiß wieder ein, was sie vorhin zu ihm gesagt hatte. *Oft merke ich das überhaupt nicht. So bin ich eben.* In diesem Moment traf es sie wie ein Schlag. Ging es Männern genauso, wenn sie einfach sie selbst war, sie aber davon ausgingen, dass sie flirtete? Das war ein furchtbares Gefühl.

Während sie noch auf dieser unangenehmen Erkenntnis herumkaute, kam eine zierliche Frau mit einer hübschen blonden Pixie-Frisur durch die Tür hinter dem Empfangstresen.

»Warst du nicht erst vor drei Tagen hier, Dean?« Die Blonde neigte leicht den Kopf und schaute ihn mit einem verspielten Lächeln an, wie eine Frau, die einen Mann nicht nur auf platonischer Ebene kennt.

Diesen Blick kannte Emery nur zu gut. Er besagte: *Hey, mein Großer. Was hast du jetzt schon wieder vor und kann ich mitkommen?*

»Hast du mich so sehr vermisst?«, fügte Pixie-Frisur noch hinzu.

Vor drei Tagen? Plötzlich ging Emery auf, welches Gefühl sich da gerade in ihr breitmachte. *Eifersucht.*

Und darauf war sie wirklich nicht stolz. Tatsächlich schockierte sie die Empfindung sogar, aber das hielt sie nicht davon ab, der Frau ihr schönstes »Das ist meiner«-Lächeln zu schenken, sich neben Dean zu stellen und ganz bewusst mit dem Arm seinen zu streifen. Es war falsch, Ansprüche auf ihn zu erheben, wo sie ihm doch gerade erst einen Vortrag gehalten hatte, warum sie nicht auf ein richtiges Date mit ihm gehen konnte, aber sie war machtlos gegen das hinterhältige Monster, das sie von innen heraus zerfraß.

»Ich vermisse dich doch immer, Chloe«, antwortete Dean.

Du vermisst sie immer? Warum zum Teufel behauptest du dann, dass du mit mir zusammen sein willst? Emery hatte das Gefühl, in einer Grube mit Treibsand zu stecken. Aber aus Treibsand käme sie vermutlich leichter wieder heraus als aus der Eifersuchtsspirale, unter der sich ihre Muskeln so sehr anspannten, dass sie Angst bekam, jeden Moment zu platzen.

Dean legte ihr eine Hand auf den unteren Rücken und riss sie damit in die Realität zurück.

»Aber deswegen bin ich nicht hier«, sagte er. »Chloe Mallery, das ist Emery Andrews, die Yogalehrerin, von der ich dir erzählt habe.«

Was? Sie warf Dean einen überraschten Blick zu, der sein sexy Lächeln nun auf sie richtete, was sie auf eine ganz andere Art aus der Bahn warf.

Chloes Augen wurden groß. »Du bist die Rücken-Wonder-Woman, von der Dean ständig schwärmt?« Sie breitete die Arme aus und zog Emery fest an sich. Das kam unerwartet. »Wie schön, dich endlich kennenzulernen. Dean hat erzählt, dass du im Reha-Zentrum in Oak Falls wahre Wunder bewirkt hast.«

Emery fehlten die Worte. Er hatte erste Kontakte für sie geknüpft? Hatte er Chloe auch erzählt, warum sie im Reha-Zentrum gekündigt hatte? »Ach ja?«, brachte sie schließlich mühsam hervor.

»Ja! Er singt ein Loblied auf dich, als wäre er dein Marketing-Manager«, antwortete sie. »Hat er dir das nicht erzählt? Oh, und meine Schwester Serena hat auch schon gesagt, wie nett du bist.«

Serenas Schwester? Jetzt fielen alle Puzzleteile an ihren Platz, und Emery kam sich unheimlich dumm vor, weil sie eifersüchtig auf jemanden reagiert hatte, mit dem Dean aufgewachsen war. *Und dass ich überhaupt eifersüchtig geworden bin.* Das Gefühl mochte sie überhaupt nicht, und da sie noch nie zuvor Eifersucht empfunden hatte, wusste sie nicht recht, ob ihr gefiel, was das über ihre Beziehung zu Dean aussagte.

Du siehst süß aus, wenn du Dinge leugnest.

Wie Eifersucht war Verleugnung nichts, womit sie viel Erfahrung hatte. Sie warf Dean einen Seitenblick zu, der ihr erneut zuzwinkerte. Seit wann machte er so was denn? War ihr das früher schon mal aufgefallen? Sie verdrängte rasch, wie nah er der Wahrheit mit seinem Kommentar kam. »Nein, hat er nicht.«

»Als er erwähnt hat, dass du hierherziehst, musste ich dich einfach googeln«, fuhr Chloe aufgeregt fort. »Ich habe die Artikel gelesen, die du für das Rückenzentrum geschrieben hast. Der Bericht über den fünfundsechzigjährigen Mann, der nach einer Rückenverletzung bei einem Arbeitsunfall bettlägerig geworden war, hat mich echt aus den Socken gehauen. Du hast es innerhalb kürzester Zeit geschafft, ihn wieder auf die Beine zu bringen.«

»Mr. Wiles. Die Ärzte haben ihn nur mit Medikamenten vollgepumpt und ihn praktisch in dem Glauben gelassen, dass er den Rest seines Lebens Schmerzen leiden wird. Vielen Patienten ist nicht klar, dass Immobilität gravierende Auswirkungen auf sie haben kann.« Sie erinnerte sich noch gut an Mr. Wiles. Er kam aus der Nachbarstadt und war ein ziemlicher Griesgram. Am Anfang hatte er jede Session mit ihr gehasst und sich darüber ausgelassen, dass er das nur machte, weil seine Tochter darauf bestand, die im Krankenhaus arbeitete und oft Patienten ans Rückenzentrum überwies. Mit der Zeit und etwas Freundlichkeit hatte er Emery zunehmend mehr vertraut und damit kam auch der Wunsch und Antrieb, gesünder zu werden.

»Ja, das habe ich gelesen. Aber mit deiner Hilfe konnte er nach zwei Monaten wieder laufen und nach vier war er fast schmerzfrei. Das ist *sehr* beeindruckend.« Chloe deutete auf die Flyer, die Emery noch immer in der Hand hielt. »Sind die von deinem neuen Studio?«

»Danke und ja, mehr oder weniger. Das sind Infos zu meinen Yogakursen und zu meiner Website, auf der meine Referenzen aufgelistet sind.« Emery reichte ihr einen der Flyer, doch dann fiel ihr plötzlich wieder ein, wie leger sie gerade gekleidet war. »Mir war nicht klar, dass wir hier sind, damit wir uns kennenlernen, sonst hätte ich mir was Angemesseneres angezogen.«

Chloe machte eine wegwerfende Handbewegung. »Mach dir keine Gedanken. Im Sommer zieht sich niemand am Cape schick an. Du siehst toll aus.«

Während Chloe den Flyer überflog, wandte Emery sich zu Dean um, um sich bei ihm zu bedanken, doch er unterhielt sich schon wieder mit der Empfangsmitarbeiterin. Gerade als er aufschaute, wurde eine ältere Dame in einem Rollstuhl von einer hochgewachsenen Brünetten in den Eingangsbereich geschoben.

»Dean, was für eine Überraschung. Holst du mich ab, damit wir uns um die Blumen kümmern?«

Dean ging neben ihrem Rollstuhl in die Knie und griff nach der Hand der alten Dame. »Wie geht's Ihnen, Agnes?«

Auf ihren schmalen Lippen zeigte sich ein ehrliches Lächeln. »Als ich heute Morgen aufgewacht bin, habe ich ein helles Licht gesehen. Ich dachte schon, dass ich gestorben und im Himmel bin, aber dann ist mir aufgegangen, dass ich nur vergessen habe, die Vorhänge zuzuziehen. Mir wurde noch etwas mehr Zeit geschenkt. Das verbuche ich als guten Tag.«

»Ich auch.« Dean erhob sich wieder, ohne die zerbrechlich wirkende Hand der Frau loszulassen und begrüßte die brünette Frau, die den Rollstuhl geschoben hatte. »Würde es dir was ausmachen, wenn ich eine Runde mit Agnes spazieren gehe, Jenny?«

Er hatte wirklich ein Herz aus Gold.

»Nein, gar nicht.« Jenny grinste frech. »Aber dir ist schon klar, dass die Ladys *alle* nach draußen und dir im Garten helfen wollen, wenn sie davon Wind bekommen.«

Dean legte sich einen Finger an die Lippen. »Psst. Agnes und ich haben ein Date, nur wir beide.«

Er warf Emery einen Blick zu, als wollte er sie fragen, ob sie mitkommen wollte oder es für sie okay war, dass er sie eine Weile für den Spaziergang allein ließ. Ihr wurde wohlig warm ums Herz. Sie wusste, dass er ein unglaublich großzügiger Mensch war. Und jetzt hatte er sich nicht nur so sehr bemüht, ihr zu helfen, sondern war auch bereit, alles stehen und liegen zu lassen, damit diese zauberhafte Dame an die frische Luft kam. Sie versuchte, den Gefühlsdamm unter Kontrolle zu halten, dessen Existenz sie vorhin noch so vehement geleugnet hatte, doch er bekam bereits ernst zu nehmende Risse.

Bevor sie darauf antworten konnte, mischte Chloe sich ein. »Das passt hervorragend. Dann kann ich Emery ausfragen und sie hier herumführen.«

»Ja, hervorragend«, echote Emery, ohne den Blick von Dean abzuwenden. Jetzt befand sich ihr Herz definitiv in einer Zwickmühle.

Chloe zeigte Emery jeden Winkel der Einrichtung, in der eine warme, gemütliche Atmosphäre herrschte, die Emery an das Seniorenwohnheim in Oak Falls erinnerte, in dem viele ihrer ehemaligen Kunden wohnten. Außerdem erkundigte Chloe sich nach ihrer Tätigkeit als Rückenspezialistin, und je mehr Emery von der Arbeit mit den Patienten erzählte, desto stärker wurde der Wunsch, wieder dort anzuknüpfen.

Schließlich gingen sie nach draußen in den wunderschönen, sonnendurchfluteten Innenhof. Als sie an einer Gruppe älterer Männer und Frauen vorbeikamen, die an einem Tisch Karten spielten, blieb Chloe bei ihnen stehen und die begeisterten Reaktionen der Bewohner machten deutlich, wie beliebt sie hier war. Doch Emery fiel mehr auf als nur ihr Lächeln. Sie bemerkte, dass eine der Frauen ihre rechte Schulter schonte und ein Mann ständig das Gewicht auf der Sitzfläche verlagerte, als würde seine Hüfte ihm zu schaffen machen.

Nachdem sie sich verabschiedet hatten, meinte Chloe: »Bei Nelson musst du aufpassen. Der im grauen Hemd. Wenn man den Gerüchten glauben darf, schummelt er gerne mal beim Kartenspielen.« Sie lächelte. »Und offensichtlich pflegt er ein reges Sozialleben. Aber noch mal zurück: Du lebst ja jetzt hier, aber du willst keine Rückenschule aufmachen? Bei Dean hat das so geklungen, als würde dir der Zweig am meisten Spaß machen. Ich hatte wirklich gehofft, dass wir dich für unsere Bewohner buchen können.«

»Ich würde den Leuten hier gerne helfen. Es gibt so viele Möglichkeiten, ihnen das Leben leichter zu machen. Aber ich arbeite auch für meine Freundin Desiree Cleary in ihrer …«

»Oh, Des ist großartig! Sie und Violet sind auch in der BNI, einem Netzwerk für lokale Unternehmen. Wir saßen bei einer Netzwerkveranstaltung im Frühjahr am selben Tisch.«

»Tatsächlich? Des und ich sind zusammen aufgewachsen, und sie hat mir angeboten, in ihrer Pension zu wohnen und dort Yogakurse für ihre Gäste anzubieten. Und ich werde auch in Deans Resort arbeiten, also kann ich leider keine Vollzeit-Rückenschule betreiben, was mein großer Traum wäre. Aber ich kann die beiden nicht hängen lassen, nachdem sie mir die großartige Chance ermöglicht haben, hierherzuziehen und neu anzufangen.« In diesem Moment fiel ihr Blick auf eine alte Dame in einem Rollstuhl, die zusammengesunken an einem Tisch saß und Blumen sortierte. Sie hatte einen verkniffenen Gesichtsausdruck, als hätte sie Schmerzen. Einige der Blumen fielen vom Tisch und sie murmelte etwas Unverständliches vor sich hin.

»Aber ich arbeite unglaublich gerne mit Senioren und kann gerne ein paar Klienten annehmen. Vielleicht könnte ich einmal die Woche herkommen.« Emery ging zu der Frau hinüber und hob die Blumen auf. Sie reichte sie der Seniorin zurück. »Hi. Die sind wunderschön.«

Die Frau lächelte angestrengt. »Vielen Dank, Liebes. Dieser verfluchte Rollstuhl ist eine echte Plage.«

»Guten Morgen, Rose. Sie sind ja schon wieder fleißig.« Chloe wandte sich an Emery. »Rose hat sehr genaue Vorstellungen davon, wie die Bouquets im Speisesaal auszusehen haben.

Sie bindet sie jedes Mal selbst, damit alle sich daran erfreuen können.«

Rose schüttelte den Kopf und murmelte etwas von Blumensträußen. Sie griff nach einer Margerite und deutete damit auf Chloe. »Was würde ich dafür geben, wieder in meinem geliebten Garten arbeiten zu können. Sobald ich wieder auf den Beinen bin, fahre ich zu diesem Floristen und zeige ihm, wie man es richtig macht. Der sollte sich schämen für das, was er uns liefert.«

»Eingeschränkte Beweglichkeit kann sehr frustrierend sein, wenn man an einen aktiven Lebensstil gewöhnt ist.« Emery berührte sie sacht an der Schulter und war nicht überrascht, wie verkrampft die Muskeln sich unter ihren Fingern anfühlten. »Haben Sie oft Schmerzen?«

»Ha!« Rose steckte die Blume in eine Vase. »Da könnten Sie genauso gut fragen, ob ich Luft atme.«

»Rose lehnt die stärkeren Schmerzmittel ab, die die Ärzte ihr verschrieben haben«, erklärte Chloe.

»Die Schmerzen sind dann besser und mir wird davon ganz schwummerig im Kopf«, gab Rose scharf zurück. »Der Schmerz ist meine tägliche Ermahnung, den Hintern hochzubekommen und einen Weg raus aus diesem elenden Stuhl zu finden.«

»Das verstehe ich, und es tut mir leid, dass Sie das aushalten müssen. Haben Sie schon etwas gefunden, das Ihnen dabei hilft?«, fragte Emery. »Bewegungs- oder Dehnübungen?«

»Übungen? Das wäre wie Weihnachten und Ostern zusammen. Ich habe bei jeder Bewegung Schmerzen.« Rose arrangierte eine weitere Margerite in der Vase und sah dann die anderen Blumen auf dem Tisch durch. »Ich komme immer nur für kurze Zeit aus dieser Teufelskarosse. Skoliose habe ich schon mein Leben lang, aber dieser verfluchte Bandscheibenvorfall hat mir den Rest gegeben. Ich habe schon alles versucht. Chiropraktiker, Physiotherapie, Akupunktur …«

Emery schaute zu Chloe, deren mitfühlende Miene ihre eigenen Gefühle widerspiegelte – zumindest fast. Hoffnung keimte in Emery auf, und diese brachte sie auch dazu, die Hände auf Roses Schultern zu legen und sanft über den Buckel, den ihr Rücken bildete, nach unten zu streichen. Sie spürte jedoch, wie Rose sich verkrampfte. »Tut mir leid, ich denke manchmal nicht nach, bevor ich jemanden anfasse.«

Rose musterte sie einen Moment lang. »Die meisten Leute wollen das hässliche Ding nicht mal ansehen.«

»Ich finde es nicht hässlich. Wussten Sie, dass man manche Rückenverformungen mit der richtigen Behandlung korrigieren kann? Bei einer versteiften Wirbelsäule geht das nur durch Operation, aber in anderen Fällen gibt es vielleicht Möglichkeiten, der Deformation entgegenzuwirken.« Sie wollte Rose keine falschen Hoffnungen machen, musste aber einfach fragen. »Wenn Ihnen jemand einen Vorschlag dazu machen würde, würden Sie es versuchen?«

»Herzchen, ich würde meine Seele dem Teufel verkaufen, wenn ich dafür aus diesem Stuhl und wieder in meinen geliebten Garten komme.«

Sie unterhielten sich noch ein paar Minuten, und als Emery und Chloe anschließend den Weg zurück zur Lobby einschlugen, sagte Emery: »Ich würde ihr wirklich gerne helfen. Weißt du, ob es noch andere Faktoren gab, die dazu geführt haben, dass sie auf einen Rollstuhl angewiesen ist?«

»Nein, da müsste ich ihren Arzt fragen. Wie Rose schon sagte, war sie bei den besten Ärzten und Physiotherapeuten, aber das hat alles nichts gebracht«, antwortete Chloe. »Den Bandscheibenvorfall hat sie sich zugezogen, als sie kurz nach ihrem Einzug vor ein paar Monaten hier auf der Treppe ausgerutscht ist. Seitdem sitzt sie im Rollstuhl. Sie hat viel durchgemacht. Erst war sie nur wütend, dann kam die Depression. Ich weiß, dass sie manchmal ein bisschen versnobt rüberkommt, aber ich bin so froh, dass ihre Persönlichkeit langsam wieder durchkommt. Ich muss allerdings mit ihrem Arzt sprechen und seine Genehmigung einholen, bevor du mit ihr arbeiten kannst.«

»Danke, das wäre super. Und ich rede gerne selbst mit ihrem Arzt, wenn dir das lieber ist. Ich kann nichts versprechen, und ein Großteil des Erfolgs wird davon abhängen, wie viel sie bereit ist auszuhalten, weil die Übungen am Anfang vermutlich wehtun werden. Wir müssen Muskeln dehnen, die wahrscheinlich seit Jahren verkürzt sind. Aber damit habe ich viel Erfahrung. Ich hatte Patienten mit Buckeln in allen Varianten, Skoliose, Osteoporose, Bandscheibenproblemen … Das Programm, das ich entwickelt habe, zeigt ganz erstaunliche Erfolge. Ich glaube wirklich, dass ich ihr helfen kann, und ich werde ihr sicher keine falschen Hoffnungen machen, aber ich werde alles dafür tun, damit es ihr besser geht. Ich werde ihr von Anfang an klarmachen, dass das Ziel mehr Mobilität unter weniger Schmerzen ist, dass es aber keine Garantien gibt.«

Chloe stützte lächelnd eine Hand in die Hüfte. »Dean hatte recht. Du bist wirklich mit Leidenschaft bei der Sache. Ich mache gleich mal ein paar Anrufe.«

»Vielen Dank.« Sie war immer noch ein bisschen perplex, dass Dean sich hier so für sie eingesetzt hatte. Er steckte wirklich voller Überraschungen.

»Darf ich dich was fragen? Seid du und Dean *zusammen*?«, fragte Chloe leise. »Du musst es mir natürlich nicht sagen, aber ich kenne ihn schon mein ganzes Leben und ich habe noch nie gesehen, dass er so strahlt wie bei dir, wenn er über Freunde spricht.«

Emery entdeckte Dean, der Agnes in ihrem Rollstuhl in den Eingangsbereich schob. Agnes hielt einen frischen Blumenstrauß in den Händen und lächelte zufrieden. »Wir sind …« Sie suchte nach den richtigen Worten, um ihre Beziehung zu beschreiben. »Er ist einer meiner besten Freunde«, sagte sie dann. Das stimmte immerhin, und sie war sich ziemlich sicher, dass »Heute sind wir Freunde, aber wenn er weiter Ausflüge mit mir macht, die mein Herz zum Schmelzen bringen, weiß ich nicht, was wir morgen sind« keine angemessene Antwort war.

Acht

»Ich kann nicht fassen, dass du Chloe so viel von mir erzählt hast. Vielen Dank. Das war wirklich mehr als nett von dir«, sagte Emery aufgeregt, während Dean vom Parkplatz fuhr.

Er warf ihr einen Seitenblick zu. »Gerne, Püppi. Das ist nicht der Rede wert.«

»Doch, ist es! Du hast dir so viele Gedanken gemacht. Ich wollte eigentlich erst mal nur in der Pension und eurem Resort arbeiten, bis ich hier Fuß gefasst habe. Desiree bietet Kurse an drei Vormittagen pro Woche an, und Serena hat gemeint, dass sie zwei weitere Vormittage für mich im Resort reserviert. Die Nachmittage haben wir uns bis jetzt noch offen gehalten, bis wir wissen, wie es am Vormittag läuft. Bestimmt kann ich ein oder zwei Kunden an ein oder zwei Nachmittagen reinquetschen. Chloe kümmert sich um die Formalitäten, damit ich mit einer der Bewohnerinnen arbeiten kann. Und ich habe heute noch mehr Leute in der Einrichtung gesehen, die von meinem Wissen profitieren könnten. Allein die Aussicht, mich wieder um Menschen zu kümmern, die meine Hilfe wirklich brauchen, ist wahnsinnig toll.«

Ihre Stimme wurde immer höher und er warf ihr noch einen verstohlenen Blick zu. Gerade war er vor allem heilfroh, dass sie nicht sauer auf ihn war, weil er sie in diese Richtung geschubst hatte.

Sie legte ihm eine Hand auf den Arm. »Ich meine es ernst, Dean. Vielen Dank für alles.«

Dann nahm sie die Hand wieder weg, und er musste all seine Willenskraft aufbringen, um nicht danach zu greifen und sie festzuhalten. Emery war immer ein optimistischer Mensch, aber im Moment strahlte sie geradezu.

»Wir sind noch nicht fertig.« Er deutete mit dem Kopf auf den Stapel Flyer, der auf dem freien Sitz zwischen ihnen lag. »Verteilen wir die noch und schauen, was sich dir noch für Möglichkeiten bieten.«

»Auf keinen Fall. Du hast gesagt, dass du arbeiten musst, und für heute hast du genug für mich getan.« Sie schenkte ihm ein überschwängliches Lächeln. »Was steht bei *dir* jetzt als Nächstes auf dem Plan?«

»Du«, sagte er, verkniff sich aber eine noch zweideutigere Antwort.

Ihre Wangen färbten sich rot und ihr entwich ein leises Lachen. »Ich meinte auf deinem Arbeitsplan.«

»So ein Mist«, gab er neckend zurück und schlug den Weg Richtung Cape Stone ein, weil er dort Steine und Holz für die neue Terrasse besorgen musste.

Emery sang die Songs im Radio mit. Wenn der Text mal in die erotische Richtung ging, schaute sie zu Dean herüber und ihr verführerisches, verspieltes Lächeln verwirrte ihn zunehmend. Er wollte ja gerne glauben, dass das ihm persönlich galt, aber so wie er Emery kannte, waren das eher die Gefühle des Lieds, die sich in ihrem Gesichtsausdruck niederschlugen.

Eines Tages würden sie sicher nur für ihn bestimmt sein.

Eines Tages konnte gar nicht schnell genug kommen.

Eine halbe Stunde später betraten sie den Showroom von Cape Stone, einem Mekka für hochwertige Baumaterialien. Emery betrachtete die Steinbrunnen, Säulen, Kamine und anderen Designelemente aufmerksam, während Blaine Wicked auf sie zukam. Blaines ganze Familie arbeitete in irgendeiner Form im Baugewerbe am Cape. Ihm und seinem Bruder gehörte Cape Stone, sein Vater und die beiden älteren Brüder hatten sich auf Renovierungsaufträge spezialisiert. Blaine hätte mit seinen dunklen, immer zerzausten Haaren, den strahlend blauen Augen und seiner unbeschwerten Art glatt als Zwilling des Schauspielers James Marsden durchgehen können. Er ließ den Blick bewundernd über Emerys Körper wandern.

Dean legte besitzergreifend eine Hand auf Emerys unteren Rücken, noch bevor sein Konkurrent vor ihnen stand. Blaine schaute kurz zu Dean und sein knappes Nicken zeigte, dass er die »Sie ist vergeben«-Botschaft klar und deutlich wahrgenommen hatte.

»Wie läuft's denn so, Dean?«, fragte Blaine, schenkte Emery ein freundliches Lächeln und schaute ihr respektvoll nur in die Augen.

»Blaine«, begrüßte Dean ihn. »Das ist Emery Andrews. Ich wollte ihre Meinung zu ein paar Sachen hören. Könnten wir einen der Arbeitstische benutzen?«

»Hi.« Emery lächelte, und Dean hätte schwören können, dass dabei die Sonne im Raum aufging.

Am liebsten hätte er das Lächeln eingefangen, um es ganz für sich zu behalten, aber so besitzergreifend war er dann doch nicht. Oder war es zumindest noch nie gewesen. Jetzt zweifelte er ein bisschen daran.

»Schön, dich kennenzulernen«, sagte Blaine. »Hast du einen *schmutzigen Auftrag,* um den der gute Dean sich kümmern soll?«

Dean warf ihm einen bitterbösen Blick zu.

»Noch nicht.« Emery verengte die Augen ein wenig. »Aber er hat definitiv kräftige Hände und das richtige *Werkzeug* für den Job.« Ihr Tonfall war bissig genug, dass Blaine das Grinsen verging. Sie legte eine kleine, warme Hand auf Deans Oberarm. »Stark von Kopf bis Fuß und auch überall dazwischen.«

Blaine lachte leise und warf Dean einen Blick zu, der seine Kapitulation signalisierte. »Nimm dir, was immer du brauchst, Kumpel. Ruf mich, wenn ich euch irgendwie helfen kann.«

Als Blaine sich zurückzog, lehnte Emery sich zu Dean, als wollte sie ihm ein Geheimnis verraten.

Dean schlang einen Arm um ihre Taille und zog sie an sich. »Oh Mann, Püppi. Wie wäre es, wenn wir die Arbeit sausen lassen und uns lieber woanders die Hände schmutzig machen?«

Sie lachte und schaute Blaine hinterher. »Wir sollten ihn mit Violet verkuppeln. Er hat so einen wilden Ausdruck in den Augen, der ihr gefallen könnte.«

Dachte sie, dass er das nicht ernst meinte? Er verstärkte seinen Griff um sie ein wenig, was ihre Aufmerksamkeit auf ihn zurücklenkte. Die Luft knisterte und die Belustigung verschwand rasch von ihrem Gesicht, um kurz durch Überraschung und dann durch Sehnsucht abgelöst zu werden.

»Dean«, sagte sie leise. »Leg deinen Hammer weg, Großer.« Sie legte ihm die Hände auf die Brust und schob ihn ein Stück von sich weg. »Wir haben Arbeit zu erledigen.«

Er zog sie wieder zu sich, ohne den Blick von ihrem zu lösen. »Was siehst du in meinen Augen, Püppi?«

Sie musterte sein Gesicht und ihre Augen verdunkelten sich. »Ein Erdbeben«, antwortete sie leise. »Ebenso gefährlich wie faszinierend.«

Sie schob ihn erneut weg und schloss einen winzigen Moment lang die Augen. Als sie sie wieder öffnete, traf sein Erdbeben auf einen Vulkanausbruch – Hitze und Vorsicht rangen um die Vorherrschaft.

Er trat wieder zu ihr, bis ihre Oberkörper sich berührten. Erregung pulsierte wie ein Herzschlag zwischen ihnen, als er mit dem Bart über ihre Wange strich und ihr zuraunte: »Du willst das Erdbeben, aber du brauchst die Sicherheit, dass es deinen Schutzbunker nicht zerstört. Lass mich dir zeigen, dass du beides haben kannst.« Er zog sich weit genug zurück, um ihr in die Augen zu sehen, und entdeckte zögerliche Akzeptanz unter dem Durcheinander an widersprüchlichen Emotionen.

»Atmen, Püppi.« Unwillkürlich musste er lächeln und legte ihr wieder eine Hand auf den Rücken, um sie zu einem der Arbeitstische vor den Fenstern zu schieben.

»Ich atme ja«, gab sie bissig zurück, ging aber langsam mit ihm mit. »Gott, Dean. Wenn du einer Frau schon so den Boden unter den Füßen wegziehst, musst du ihr einen Moment geben, um sich wieder zu sammeln.«

»Das war nur ein kleines Zucken«, erwiderte er selbstsicher. »Wenn ich dir den Boden unter den Füßen wegziehe, wirst du Stunden brauchen, um dich davon zu erholen.«

Röte stieg ihr in die Wangen, doch in ihren Augen zeigte sich wieder das Funkeln, das er so sehr liebte. »Das bringt mich fast dazu, alle Vorsicht über Bord zu werfen und die Herausforderung anzunehmen.«

»Nur fast?«

Sie blieb neben dem Arbeitstisch stehen und schaute Dean durchdringend an. Doch je länger sie schwieg, desto weicher wurde ihr Gesichtsausdruck.

»Ja. *Fast.*« Dann drehte sie sich abrupt weg und machte eine Handbewegung in Richtung der Ausstellungsstücke im

Showroom. Dean bemerkte, dass ihre Finger ganz leicht zitterten. »Das ist ein Baumaterialparadies. Wie entscheidest du, was du verwenden willst? Hier ist alles so hübsch.«

Schön abgelenkt.

Er wollte sie über die Hürde zwischen Freundschaft und mehr schieben, aber der abrupte Themenwechsel sagte ihm, dass er sich zurückhalten musste. Er kämpfte das Feuer nieder, das in ihm tobte, und breitete die Gestaltungspläne auf dem Tisch aus. »Meistens habe ich schon die richtigen Materialien im Kopf, wenn ich das Design entwerfe, und weiß sofort, was perfekt dazu passt.« *Genau wie bei dir.* »Aber das hier ist ein sehr spezielles Projekt und ich stecke in einer kleinen Sackgasse. Deswegen würde ich gerne deine Meinung dazu hören.«

»Dann war das gerade ernst gemeint? Ich dachte, dass du das nur wegen Blaine gesagt hast.«

»Ja, Emery. Ich möchte wirklich wissen, was du dazu meinst.« *Und noch so viel mehr.*

Während Dean die Pläne ausrollte, versuchte Emery, ihren rasenden Puls zu beruhigen. Sie hatte mitbekommen, wie Blaine sie angesehen hatte, und normalerweise würde sie einem gut aussehenden Mann wie ihm durchaus Aufmerksamkeit schenken. Doch da war kein Kribbeln im Bauch oder auch nur ein sexueller Gedanke gewesen. Sie hatte gar nichts gespürt. *Nichts!* Ihr Körper war viel zu sehr mit den aufregenden Empfindungen beschäftigt gewesen, die Deans Nähe in ihr auslöste. Und jedes Wort, jeder heiße Blick, jeder *Atemzug* bewies ihr nun, wie sehr sie sich vorhin geirrt hatte, als sie noch dachte, ihre Emotionen unter Kontrolle halten zu können. Selbst jetzt, wo er sich nur über den Tisch beugte, um die Ecken des Plans festzuhalten, damit er sich nicht wieder einrollte – ohne sie anzusehen oder mit ihr zu sprechen –, kribbelte es in ihrem Magen wie verrückt und ihr Puls schoss wieder in die Höhe.

Wie sollte sie mit all den Gefühlen umgehen, die tief aus ihrer Seele, wo sie sie offenbar ohne ihr Wissen bislang weggesperrt hatte, an die Oberfläche drängten?

»Komm, ich erkläre es dir«, sagte Dean und riss sie damit aus ihren Gedanken.

Sie wollte sich gerne einreden, dass sie sich nur von seinem Geständnis und seinen zweideutigen Kommentaren mitreißen ließ. Die Kontrolle zurückzubekommen, war überhaupt nicht schwer. *Kein Problem. Einfach wieder zurück in den Freundschaftsmodus wechseln.*

Sie versuchte, ihm über die Schulter zu schauen, aber er war zu groß. Also stellte sie sich auf die Zehenspitzen, konnte aber wegen seines muskulösen Körperbaus immer noch keinen ordentlichen Blick auf die Pläne werfen. Also schob sie sich unter seinem Arm durch, auch wenn sie ihm damit wieder furchtbar nahe kam. Ta da. Sie konnte damit umgehen.

Seine Brust streifte ihren Rücken, und sie musste gegen den Impuls ankämpfen, sich an ihn zu lehnen. Er deutete mit der rechten Hand auf etwas auf der Zeichnung, deren Rand er immer noch mit der linken festhielt. So spürte sie seine Brust noch fester an ihrem Rücken. Sie spürte die Hitze wieder in sich aufsteigen, die es ihr unmöglich machte, sich auf das zu konzentrieren, was er ihr erklärte. Mit jeder Bewegung drückte sich sein Körper fester an ihren, bis sie glaubte, jeden herrlichen Zentimeter einzeln zu spüren – von seinen Bauchmuskeln über seine Hüften bis hin zu der verführerischen, deutlich spürbaren Wölbung an seinem Schritt, die über ihren Hintern streifte. Sie biss die Zähne zusammen und versuchte verzweifelt, ihm zuzuhören, um sich damit aus der Erregung zu lösen, die sie mitzureißen drohte. Doch sein Atem roch frisch nach Minze und ihr Verstand stürzte sich kopfüber in sehr dunkle Gefilde. Wie schmeckte wohl sein Mund? Wie küsste er? Rau und fordernd? Oder waren seine Küsse sanft und zärtlich?

»Püppi?«

Sie zuckte zusammen und spürte das brennende Feuer nun auch in ihren sicher roten Wangen. Noch nie hatte ein Mann so eine Reaktion in ihr ausgelöst. *Noch nie.* Und das brachte sie zu einer erschütternden Erkenntnis. Sie atmete tief durch, um sich zu beruhigen, aber das war vergebene Liebesmüh bei ihrem rasenden Puls. Gab es für das Leugnen von Gefühlen auch Phasen, ähnlich wie bei Trauer und Sucht? Sie fühlte sich, als würde sie einen kalten Entzug von ihrem emotionalen Rückzugsort machen. Als wären die Tore zu ihrem ganz persönlichen Verleugnungspalast nun verschlossen – wodurch sie sich nun der Tatsache stellen musste, wie anziehend sie Dean fand.

Sie wandte sich zu ihm um und seine stahlblauen Augen zogen sie sofort wieder in ihren Bann. Angst und Erregung verschmolzen miteinander, während sie gedanklich die Hindernisse Freundschaft und Arbeit aus dem Weg räumte. Dean war so sicher, dass eine Beziehung zwischen ihnen funktionieren würde. Könnte er damit recht haben? Wollte sie, dass er damit recht hatte? *Oh Gott, ja! Ja, ich will, dass du recht hast.*

Sie holte tief Luft und hoffte, dass sie damit weder ihre Freundschaft noch ihre komplette Zukunft zerstören würde. »Lass es uns versuchen.«

Neun

Dean war sich nicht sicher, was er von Emerys plötzlichem Sinneswandel halten sollte. Meinte sie gerade die Baustoffe für die Terrassengestaltung oder wollte sie der Beziehung eine Chance geben? Er entschied sich, die Sache langsam anzugehen, auch wenn es ihm schwerfiel. Erst schien Emery kaum zu atmen, strahlte Körperwärme in Sahara-Qualität aus und schaffte es kaum, sich zu konzentrieren, während Dean ihr die Unterschiede zwischen Mosaik-Muster, Pflaster und Plattengestaltung für den Boden erklärte. Doch schließlich zog das Projekt sie in seinen Bann und sie stürzte sich mit einem faszinierenden Feuereifer in das Brainstorming für das Design der Terrasse und des umliegenden Gartenbereichs.

Man sah ihr an, wie aufgeregt sie über die vielen Möglichkeiten war. »Sieh mal hier.« Sie wedelte mit einem Finger über den Bereich, den sie gerade ansprach. »Hier würde anstatt einer glatten, scharfen Kante viel besser ein Design mit natürlich auslaufenden Steinplatten passen. Scharf ist nicht warm. Scharf signalisiert: ›Komm nicht her‹, während abgerundete Kanten sagen: ›Hier ist es schön, komm her und entspann dich.‹ Oh! Könntest du vielleicht gebrauchte Steinplatten weiterverwenden? Du weißt schon, die, die man aus unterschiedlichen

Größen und Farben zusammenstellt.«

Das war eine hervorragende Idee. »Na klar. Ich verwende immer alte Materialien, wenn es geht.«

»Ein Mann ganz nach meinem Geschmack.« Sie hielt inne und suchte seinen Blick. Dann deutete sie rasch und nervös wieder auf die Pläne. »Und was ist das da drüben?«

»Von da aus hat man Ausblick aufs Meer.«

»Das macht es noch schöner. Und das?« Sie zeigte auf die Mitte der Terrasse, wo er den Baum eingezeichnet hatte, der das Zentrum des Bereichs bilden würde.

»Eine wunderschöne Eiche.«

»Wie toll«, sagte sie verträumt. »So eine herrliche Terrasse sollte umgeben von Blumen sein. Wie heißen diese hohen, orangefarbenen noch mal, die ich so gerne mag?«

Sie krauste die Nase und sah dabei so unglaublich süß aus, dass er einfach einen Arm um sie legen und sie an sich ziehen musste. »Tiger-Lilien. Die sieht man hier am Cape überall.«

»Genau! Die liebe ich sehr. Und was waren noch mal die gelben, von denen du mir vorhin ein Foto gezeigt hast?« Sie schob eine Hand in seine hintere Hosentasche und holte sein Handy heraus. Einen Moment später hatte sie den Internetbrowser geöffnet.

Möglicherweise sollte es ihn stören, dass sie sich nicht um seine Privatsphäre scherte, aber machte es ihn wirklich sauer, dass Emery sich eben wie *Emery* verhielt?

»Sumpf-Schwertlilien«, sagten sie wie aus einem Mund.

»Ja! Und wilde Möhre und …« Sie scrollte durch die Fotos, die er ihr geschickt hatte. »Violette Hortensien. Das wird so hübsch aussehen. Der perfekte Meditationsort. Siehst du es auch schon vor dir? Ein Meer aus Farben und Leben untermalt von den Geräuschen der Bay, die die innere Ruhe bringen?«

Mit jedem begeisterten Wort verliebte er sich ein bisschen mehr in sie. Er brachte es nicht über sich, ihr zu sagen, dass er den Großteil der Gartenanlage schon durchgeplant hatte. Zum Glück kam der Entwurf dem ziemlich nah, was sie beschrieb. »Ich sehe es bildlich vor mir.«

Sie schob sein Handy zurück in die Hosentasche, zog aber anschließend die Hand nicht weg und schaute ein wenig unsicher zu ihm hoch. »Ich auch«, brachte sie atemlos hervor.

Der Showroom und die Leute, die sich inzwischen darin tummelten, verblassten, als er die Arme um sie schlang. Eine Hand legte er ihr zwischen die Schulterblätter, die andere auf den unteren Rücken und zog sie damit an sich. Ihr Herz klopfte schnell an seinem und ihr Atem wurde flacher. Sie grub die Finger in den dicken Jeansstoff seiner Hosentasche. *Endlich* war sie ganz bei ihm.

»Emery …«

»Habt ihr alles geklärt?«, riss Blaines Stimme sie aus ihrer kleinen Blase, brach den Bann jedoch nicht komplett.

Emery wandte den Blick nicht einen Moment lang von Dean ab. Eigentlich erwartete er, dass sie sich jeden Moment von ihm löste, doch ihr Griff verstärkte sich noch. Verdammt, warum konnten sie jetzt nicht irgendwo sein, wo sie ungestört waren?

»Ja«, antwortete er Blaine schließlich, wollte sich aber auch nicht von Emery abwenden.

Im nächsten Moment senkte sie den Blick auf seinen Mund und verharrte dort gerade lange genug, um ihm einen erotischen Gedanken in den Kopf zu pflanzen, was er mit besagtem Mund gerne tun würde. Dean räusperte sich, um das Bild von Emery zu vertreiben, wie sie auf der Kante des Arbeitstischs saß und seinen Namen stöhnte, während er die Süße zwischen ihren

Beinen kostete, doch es hatte sich schon in seinen Verstand eingebrannt.

Verdammter Mist. Sie schaute ihn an, als könnte sie seine Gedanken lesen – und als würden sie ihr gefallen. Hier vor Blaine eine Erektion zu bekommen, stand definitiv nicht auf seinem Tagesplan.

Emery biss sich auf die Unterlippe und in ihren Augen tanzte ein schelmisches Funkeln. Sie machte einen Schritt zur Seite und zog die Finger aus seiner Hosentasche, also musste er sich wohl oder übel mit der Fantasie im Kopf seinem Kumpel stellen. Er rieb sich mit einer Hand übers Gesicht und ein unauffälliger Blick nach unten zeigte ihm, dass sein T-Shirt lang genug war, um seine Erregung zu verbergen.

Dean räusperte sich und versuchte, dabei nicht so sexuell frustriert zu klingen, wie er war. Er sammelte die Pläne ein und rollte sie zusammen. Dann fasste er Emery mit der freien Hand am Arm. »Ja, wir wissen, was wir wollen. Ich maile dir die Bestellung.«

Sie lachte leise, als er sie eilig Richtung Ausgang schob.

Draußen angekommen sagte er: »Findest du das lustig?«

Er drehte sie zu sich um, drängte sie mit dem Rücken gegen seinen Pick-up und stützte sich links und rechts von ihr ab.

»Zu sehen, wie deine Selbstbeherrschung einen Knacks bekommt?«, fragte sie und lachte wieder so süß, dass er es kaum aushielt. »Oh ja, das ist wirklich lustig.«

Er griff nach ihren Handgelenken und drückte sie neben ihrem Kopf ans Auto, wobei die Pläne zu Boden gingen. Mit einer schnellen Bewegung drängte er sich zwischen ihre Beine und ihre Augen bekamen wieder diesen verträumten, sinnlichen Ausdruck, den er heute schon so oft in ihnen geweckt hatte. Ein rosiger Hauch überzog ihre Haut und sie öffnete die Lippen ein wenig. Sonst war sie immer so schlagfertig, so stark und selbstbestimmt, doch gerade hatte sie absolut keine Kontrolle.

Er senkte den Kopf und strich mit den Lippen über ihren Hals, bevor er die Zunge über ihre erhitzte Haut bis hinauf zu ihrem Ohrläppchen gleiten ließ. Er nahm es zwischen die Zähne und biss gerade fest genug zu, um ihr ein scharfes Einatmen zu entlocken. Sie wehrte sich ein wenig gegen seinen Griff, neigte aber gleichzeitig den Kopf zur Seite und bot ihm damit noch mehr Angriffsfläche an ihrem Hals. Doch er hatte etwas anderes im Sinn. Eine kleine Lektion.

Mit gespreizten Fingern drückte er eine ihrer Hände flach gegen den Pick-up und bewegte seine Hüften gegen ihre Mitte, während er den Mund auf ihre empfindsame Handfläche senkte und sie mit einem langen, heißen Kuss verwöhnte. Emery seufzte lustvoll und bog sich ihm entgegen, um ihren Körper an seinem zu reiben. Er fuhr mit den Zähnen über ihr Handgelenk und folgte der schlanken Kurve ihres Arms über ihre weiche Haut nach oben bis zu ihrer Schulter.

Lustvolle, verlangende Laute entwichen ihr, und als er mit dem Mund über ihre Wange strich, kam ihr sein Name wie ein Betteln über die Lippen. »Dean …« Sie streckte die Finger, als wollte sie ihn berühren. »Bitte«, flehte sie.

»Oh ja, Püppi.« Seine Stimme bestand praktisch nur noch aus einem tiefen Knurren, und er ließ die Zunge über ihre Ohrmuschel gleiten, was ihm einen weiteren, sinnlichen Laut einbrachte. Schließlich zog er ihre Arme weiter nach oben und umfasste ihre Handgelenke mit einer Hand, bevor er mit der freien sacht über ihre Seite strich und sie damit erbeben ließ. »Ganz genau, Süße.«

Er legte ihr eine Hand auf die Hüfte und schob sie von da aus weiter zu ihrem Hintern, um sie noch fester an seinen

Schaft zu ziehen. »Erzähl mir nicht, dass du mich nicht willst. Dass du *das hier* nicht willst.« Er untermalte seine Worte, indem er sein Becken gegen ihres drängte. »Freundschaft hin oder her, *ich* bin der Mann, nach dem du dich sehnst.«

Ihr Atem ging schnell und sie kniff die Augen ein wenig zusammen. Er umfasste ihren Hintern fester und strich mit den Fingern über die Mitte nach unten, bis er ihre empfindsamste Stelle beinahe erreicht hatte. Sie hielt den Atem an und bettelte mit Blicken nach mehr.

»Ich würde mein Leben darauf verwetten, dass du schon feucht für mich bist.«

Ihre Wangen färbten sich dunkelrot.

»Willst du es leugnen, Püppi?« Er gab ihr einen Kuss auf den Mundwinkel. »Du siehst meine Erregung. Ich *spüre* deine.« Er schlüpfte mit den Fingerspitzen in den Beinausschnitt ihrer Hotpants und rieb über ihren Slip und die empfindliche Haut darunter.

Sie presste die Lippen aufeinander.

Ohne ihre Hände loszulassen, legte er ihr die freie Hand an den Kiefer und streichelte mit dem Daumen über ihre Lippen. Sie fuhr sich mit der Zunge über die Unterlippe und er musste all seine Beherrschung aufbringen, um sie nicht zu küssen. Stattdessen verschränkte er die Finger mit ihren und zog ihre Hände links und rechts neben ihren Kopf, während er erneut an ihrem Hals knabberte, bis sie keuchend die Augen schloss und er ihre harten Brustwarzen an seinem Oberkörper spürte. Sie war die heißeste Frau, die er je gesehen hatte, und er begehrte sie seit dem Tag, an dem sie sich kennengelernt hatten. Aber so sehr er sie auch wollte, das hier war eine Lektion in Sachen Kontrolle – und daran musste er sich gerade selbst erinnern.

Er lehnte die Stirn gegen ihre und sog die Bewegungen ihrer

Brust in sich auf, die sich mit jedem gierigen Atemzug hob und senkte. Dann gab er ihre Hände wieder frei und bückte sich, um die Pläne aufzuheben. Als sich sein Gesicht auf Höhe ihres Schritts befand, schaute er zu ihr hoch und sie stieß hörbar Luft aus. Mit den Plänen in der Hand drückte er auf den Türöffner und ging dann zur Fahrerseite. Emery blieb bebend und schwer atmend zurück, und er wusste, dass sie es vermutlich vor Lust kaum noch aushielt.

»Jetzt ist es nicht mehr so lustig, oder, Püppi?«, brachte er zwischen zusammengebissenen Zähnen hervor.

Gegen Mittag hatte Emery akzeptiert, dass es aussichtslos war, sich gegen das erregende Kribbeln zu wehren, das Dean mit jedem Blick in ihr auslöste – und als er ihr eine Hand auf den unteren Rücken legte, während sie bei Mac's Seafood am Wellfleet Pier Mittagessen bestellten, war sie verloren. Ihr Körper war zur tickenden Zeitbombe geworden. Sie hatte keine Ahnung, wie sie das Mittagessen durchstand. Sie brauchte ein Ventil, aber das war nicht in Sicht. Jeder Blick, jede Berührung, jedes Streifen von Deans heißer Haut über ihre fachte die Sehnsucht in ihr weiter an.

Nach dem Mittagessen drehten sie eine Runde durch die Stadt und verteilten in den Geschäften Flyer für ihre Yogakurse. Ihr verräterischer Körper erinnerte sich dabei nur zu gut daran, wie sich Deans Gewicht auf ihr angefühlt hatte, sein Atem auf ihrer Wange, seine Zunge an ihrem Hals, ihrer Hand, ihrem Handgelenk, und an den hungrigen Blick in seinen Augen, als er ihre Mauern mit jeder Berührung, jedem Wort und jedem

Blick weiter eingerissen hatte. Wer hätte gedacht, dass Dean so ein Meister der Verführung war?

Alter Falter. Da hatte sie definitiv jemanden gefunden, der ihr in nichts nachstand.

Am späten Nachmittag machten sie einen Abstecher zu Deans Haus, damit er sich eine Badehose anziehen und zwei seiner Surfboards holen konnte. Erst jetzt hatte sie endlich das Gefühl, wieder ein bisschen Kontrolle über die Situation zurückzubekommen.

»Wir besorgen uns im Laden von meinem Kumpel Jonny noch einen Neoprenanzug für dich«, sagte Dean, als er mit seinem eigenen Anzug unter dem Arm aus dem Haus kam und zum Gartenschuppen ging.

»Ein Neoprenanzug? Nein, danke. Der engt mich total ein.«

»Ohne erfrierst du, Em.«

»Das geht schon klar. Ich war schon öfter im Meer schwimmen.«

»Ja, im Süden.« Er öffnete die Schuppentür, ging aber nicht hinein, sondern kam zu ihr herüber und schaute ihr ernst in die Augen. »Warum wehrst du alles ab, was ich sage?«

»Das tue ich ni…« Doch dann ging ihr auf, dass sie genau das machte, und sie schluckte den Rest des Satzes hinunter. »Das ist wohl ein Reflex. Ich hasse es, wenn mir jemand was vorschreiben will.«

Er zog die Augenbrauen zusammen. »Du nimmst immer den schwierigsten Weg. Vertrau mir einmal genug und tu, was ich sage, okay?«

Sie schnaufte leise. »Ich hasse das Gefühl, eingeengt zu werden.«

»Durch den Neoprenanzug oder durch mich?«

Sie schwieg einen Moment. »Den Anzug.«

Er neigte den Kopf zur Seite, als würde er das nicht so richtig glauben. Automatisch stemmte sie die Hände in die Hüften und wollte das entkräften, aber sie wusste, dass Dean ihr das nie abkaufen würde. Sie hatten vielleicht in den letzten Monaten keine Zeit am selben Ort miteinander verbracht, aber sie war immer ehrlich zu ihm gewesen. Sie hatte ihm sogar ihren großen Traum anvertraut, eines Tages nur noch als Rückenyogaspezialistin Senioren zu betreuen.

Sie schloss den Mund, als ein warmes Gefühl bei der Erkenntnis in ihr aufstieg, wie ernst er diesen Traum genommen hatte. *Ernst genug, um mich der Person zu empfehlen, die genau die richtigen Verbindungen hat, um mir die entsprechenden Türen zu öffnen.*

»Nicht du persönlich«, sagte sie deswegen. »Aber … ich probiere es mit dem Neoprenanzug, wenn du es für richtig hältst.«

Er kam noch näher und bewies einmal mehr, wie gut er darin war, seine Präsenz in ihrem persönlichen Tanzbereich einzusetzen. Ihr Herz machte einen kleinen Sprung, als er ihr Kinn mit einem Finger anhob. »Und ein echtes Date? Vertraust du mir dafür auch genug?«

Ihr blieb die Luft weg. »Unsere Freundschaft …?«

»Steht so oder so auf dem Spiel, egal, was als Nächstes passiert.«

»Du bist mein Chef.«

»Du bist gefeuert«, erwiderte er mit einem mutwilligen Grinsen.

Sie lachte. »Ich kann Drake und Rick nicht einfach hängen lassen. Denen habe ich Yogakurse für eure Gäste versprochen.«

»Die können wir auch zu dir in die Pension schicken.«

»Dean, ich kann nicht einfach alle Verpflichtungen vergessen, nur weil du das willst. Was für ein Mensch wäre ich dann?«

»Ein kluger.« Er zog sie zu sich, und sie merkte, dass sie dem Gedanken schon nicht mehr ganz so abgeneigt war. »Damit hättest du schon einen Grund weniger, auf Abstand von mir zu gehen. Einen Grund weniger, dich gegen dein Lebensglück zu wehren.«

Sie holte tief Luft und versuchte, richtig und falsch gegeneinander abzuwägen. *Klammere ich mich an die beste Ausrede, weil ich Angst um mein Herz habe?* Sie wusste nicht, warum sie sich auf einmal solche Sorgen um ihr Herz machte.

Mein Herz?

Unwillkürlich legte sie sich eine Hand auf die Brust und spürte dem Pochen unter ihrer Handfläche nach. Sie hatte diesem Organ außerhalb seiner Gesunderhaltung nie besondere Bedeutung beigemessen. Um die Freundschaft zu Dean und ihre Karriere hatte sie viel mehr Angst. Sie schluckte und war sich auf einmal sehr bewusst, dass Dean sie aufmerksam beobachtete. Ihr Puls beschleunigte sich ein wenig.

»Was meinst du dazu, Em?«

Sie wollte die Herausforderung annehmen. *Oder ist es ein Angebot? Ein Vorschlag?* Nein, nichts davon. Das hier war ein *Geschenk.* Er bot ihr die Möglichkeit, ihre Bedenken ruhen zu lassen und ihnen eine Chance zu geben. Noch nie hatte ihr jemand Glück geschenkt.

Wobei … doch, aber anders. Ihr Vater hatte das getan, als er ihr die Weiterbildung zur Rückenspezialistin finanziert hatte, und war es nicht auch ein Geschenk gewesen, als Desiree ihr Platz in der Pension für ihre Kurse angeboten hatte?

Okay, es ist also schon vorgekommen bei Leuten, denen ich wirklich wichtig bin, die mich gut kennen und trotz meiner Fehler lieben.

Dean zog eine Augenbraue hoch und sie wollte eigentlich Ja sagen, doch dann kam ihr etwas anderes über die Lippen, bevor sie es verhindern konnte: »Kann ich darüber nachdenken?« Die Hoffnung in Deans Augen verblasste. *Gott. Ich stehe mir wirklich selbst im Weg.*

»Natürlich.« Er schaute sie noch einen langen Moment an, bevor er sich abwandte und die Surfbretter im Schuppen holen ging.

Sie beobachtete das Spiel seiner Muskeln, als er die Bretter nach draußen trug. »Es tut mir leid.«

»Muss es nicht. Tatsächlich ist es gut, dass du dir Zeit dafür nimmst. Ich denke, das hat etwas zu bedeuten.«

Da passierte es schon wieder: Sie verhielt sich bei Dean ganz anders, als sie es normalerweise tun würde. »Vielleicht«, gab sie neutral zurück.

Er lud die Surfbretter auf seinen Pick-up und mit keinem Wort drängte er sie oder machte ihr ein schlechtes Gewissen. Er lächelte, tätschelte ihr den Hintern und scherzte ganz normal mit ihr, wodurch sie sich nach einer Weile wieder entspannte.

»Hey«, meinte sie, als er den Schuppen abschloss. »Warum ist dein Brett so groß?«

Er lachte leise. »Das ist dir aufgefallen?«

Der dunkle Ausdruck in seinen Augen weckte das lustvolle Kribbeln in ihr aufs Neue. »Dein *Surfbrett*, Großer.«

»Wie gesagt …«

Wie sollte sie die kommenden Stunden jemals überstehen? Alles, was sie sagte, zog sie zurück zu den Wünschen, denen sie schon den ganzen Tag zu entkommen versuchte. »Du bist unmöglich.«

»Vertrau mir, Püppi. Mit mir ist *alles* möglich.« Er schob sie nach hinten gegen das Auto und musterte sie wie ein hungriger

Wolf. »Bei dir ist es sogar nicht nur möglich, sondern sicher. Aber abgesehen davon ist *dieses* Longboard für dich als Anfängerin bestimmt. Darauf hält man leichter das Gleichgewicht.« Er drängte sein Becken gegen ihres. »Aber dieses *Longboard* ist ganz für dich allein.«

Mühsam nahm sie die letzten Reste ihres Verstands zusammen, was im Moment nicht mehr viel war, um diese Bemerkung zu ignorieren und sich dafür auf die Aussage davor zu stürzen – sonst würde sie jeden Moment mit Dean in die Kiste springen. »Mit Gleichgewicht kenne ich mich aus. Ich brauche kein Sonderbrett. Vielleicht sollte ich es gleich mit dem Shortboard probieren.«

»Auf keinen Fall, Püppi.« Er holte die Autoschlüssel aus seiner Hosentasche. »Du willst was vom Surfen haben und nicht ständig nur runterfallen.«

Sie wollte tatsächlich etwas haben, aber mit Surfen hatte das nichts zu tun.

Nicht hilfreich.

»Dann nimmst du also das Shortboard, weil du denkst, dass dein Gleichgewichtssinn besser als meiner ist?«

»Nein, ich nehme das Shortboard, weil ich surfen kann.« Er öffnete leise lachend die Beifahrertür. »Das Shortboard nehmen …«, murmelte er, während er ihr beim Einsteigen half. »Das war eigentlich nicht das, was ich heute nehmen wollte, *Shorty.*« Er versetzte ihr einen Klaps auf den Hintern, als sie einstieg, und umrundete dann das Auto, um auf dem Fahrersitz Platz zu nehmen.

»Komm her, wo du hingehörst.« Er zog sie neben sich, und sie versuchte nicht mal, zu protestieren, als er ihr den Sicherheitsgurt anlegte.

Sie wollte es auch gar nicht.

Er schlang einen Arm um sie und drückte sie fest an sich, während er den Pick-up auf die Hauptstraße lenkte.

»Ich habe ja noch nicht mal einem richtigen Date zugestimmt«, sagte sie schließlich.

»Du nimmst halt gerne mal einen Umweg. Das weiß ich, weil ich dich kenne. Aber vielleicht kennst du mich nicht so gut, wie du bisher geglaubt hast. Ich nehme lieber den effizientesten Weg von A nach B.«

»Dann geht es darum? *Effizienz?* Ich wohne in deinem Haus. Schlägst du zwei Fliegen mit einer Klappe?«

Er schüttelte den Kopf. »Von solchen Kommentaren lassen andere Kerle sich vielleicht zu einer sinnlosen Diskussion provozieren und ablenken, aber ich nicht. Du wohnst bei mir, weil es da für dich angenehmer ist. Du wohnst da, weil du dort wohnen *willst.*«

Sie öffnete den Mund, um ihm erneut zu widersprechen, doch bevor sie etwas sagen konnte, fuhr er fort: »Du hättest bei Violet bleiben können, aber stattdessen hast du die Sache mit dem nackten Kerl ordentlich aufgebauscht. Ich glaube, du wolltest, dass ich dir mein Gästezimmer anbiete.«

»Ja klar«, erwiderte sie sarkastisch. »Sonst noch irgendwelche Wahnvorstellungen?«

»Hast du abgelehnt?«

»Nein, aber …«

»Keine weiteren Fragen. Wie gesagt: Du siehst echt süß aus, wenn du was verleugnest.« Dean stellte das Auto vor dem Surf Magnet ab, was wohl der Surfladen seines Freundes Jonny war. Er machte den Motor aus. »Aber ich habe das Gefühl, dass *Klarheit* bei dir verdammt heiß aussehen wird.«

Damit stieg er aus dem Auto und kam auf ihre Seite, um ihr herauszuhelfen. Mit Klarheit kannte sie sich durchaus aus. Sie fand sie, wenn sie den Tag mit Yoga und Meditation begrüßte. Predigte sie ihren Kunden nicht immer die Vorteile von innerer Ausgeglichenheit? Wie toll Achtsamkeit war, wenn Körper, Geist und Seele zusammenfanden? Doch sobald Dean ins Spiel kam, ging die Klarheit in einem undurchdringlichen Nebel aus Angst unter.

Das beschäftigte sie nachhaltig, während sie vermessen und mit einem passenden Neoprenanzug ausgestattet wurde. Eigentlich war sie davon ausgegangen, dass sie den Anzug nur leihen würden, aber Dean bestand darauf, ihn zu kaufen. *Du bist jetzt ein Mädchen vom Cape. Du wirst ihn brauchen.*

Als sie schließlich am Newcomb Hollow Beach ankamen, stand die Sonne bereits tief am Himmel und die Wellen lockten schon von Weitem. Emery freute sich darauf, Surfen zu lernen, war aber auch ein bisschen nervös und deshalb froh, dass Dean es ihr beibringen würde und nicht Brody. Gerade war sie sich ihrer neu entdeckten – *und angenommenen?* – Gefühle für Dean sehr bewusst und das sorgte für zusätzliche Aufregung.

Vom Meer wehte eine kräftige Brise über die Düne und pustete ihr damit irgendwie den Kopf frei. Emery hatte ganz vergessen, wie anders es auf dieser Seite des Capes war. Die Bay war beruhigend, der offene Ozean belebte dagegen all ihre Sinne. Sie genoss das klebrige Gefühl der salzigen Luft auf ihrer Haut und streifte sich die Flipflops von den Füßen, um den warmen Sand unter den Fußsohlen zu spüren. Sie trug die Handtücher und Neoprenanzüge über den steilen Pfad hinunter zum Strand. Dean hatte sich je ein Surfbrett unter den Arm geklemmt. Sie ging hinter ihm und versuchte, ihm nicht auf den perfekten Hintern in der Badehose zu starren, aber wohin sollte sie sonst schauen? Einen Strand voller Badegäste? Ihm konnte niemand das Wasser reichen. Nicht optisch und auch nicht in Sachen Freundlichkeit, auch wenn Dean das nicht gerne hörte. Sein Herz war so weich wie seine Muskeln stark.

Und das ließ *ihr* Herz wiederum schneller schlagen und raubte ihr den Atem. Das Organ, dem sie nie viel Beachtung geschenkt hatte, machte keinerlei Anstalten, sich wieder in den Hintergrund zu verziehen.

Dean stellte die Bretter ab und nahm ihr die Anzüge und Handtücher ab, um sie ebenfalls in den Sand zu legen. Dann zog er sich das T-Shirt über den Kopf und warf es dazu, womit er eine seiner gefährlichsten Waffen auffuhr: seinen durchtrainierten Körper. Sie würde zu gerne herausfinden, was hinter den Tattoos auf seiner Schulter, dem Oberarm und dem Brustmuskel steckte, doch jedes Mal, wenn sie ihn darauf angesprochen hatte, wechselte er rasch das Thema. Jetzt, wo ihre wahren Gefühle nicht nur an die Oberfläche gekommen waren, sondern sie überrollten wie hohe Wellen, die sich am Ufer brachen, war sie neugieriger als je zuvor.

Dean streckte die Arme über den Kopf, dann zur Seite und drehte sich in alle Richtungen, während er seine Muskeln dehnte. Sie spielten bei jeder Bewegung unter seiner Haut und machten das Gesamtpaket einfach unwiderstehlich. Plötzlich war Emery unglaublich hungrig. *Ausgehungert.*

Er verschränkte die langen, kräftigen Finger ineinander und streckte die Arme erneut weit nach oben aus. Ein wohliger Schauer rann ihr über den Rücken bei der Erinnerung, wie sich diese geschickten Finger auf ihrer Haut angefühlt hatten, als er damit über ihre Rippen und unter den Saum ihrer Hotpants gewandert war.

Dean kam zu ihr und der Blick seiner blauen Augen hielt ihren fest. Sie musste die letzten Monate in einem Eisblock festgesessen haben, anders hätte sie die Distanz zu ihm niemals wahren können. Seine Augen, seine Ausstrahlung ... Dieser Mann war so heiß, dass sie selbst jeden Moment in Flammen aufging.

»Bereit, dich ins feuchte Vergnügen zu stürzen?«, fragte er herausfordernd.

Da bin ich wohl schon mittendrin.

Zehn

Dean hatte erwartet, dass er sich besser auf die Surflektion konzentrieren konnte, wenn er sie nicht mehr in dem knappen Bikini sehen musste, den er Emery schon den ganzen Tag lang in seiner Fantasie auszog. Aber wie sich herausstellte, wurde seine Selbstbeherrschung auf eine harte Probe gestellt, als er Emery in den Neoprenanzug half – schlimmer noch als durch den Bikini. Sie wackelte mit dem Hintern, bewegte die Schultern von einer Seite zur anderen, reckte und streckte sich, was ihre sinnlichen Kurven noch verführerischer zur Geltung brachte. Als der Reißverschluss endlich zu und ihr herrlicher Körper in schwarzes Neopren verpackt war, sah sie darin heißer als heiß aus.

Emery hatte ihre widerspenstige Ader wiedergefunden und beschwerte sich in einer Tour darüber, dass er ihr zeigte, wie man das Brett wachste, und dass sie die einzelnen Abläufe – Paddeln, Hochstemmen, den richtigen Stand – auf dem Trockenen am Strand üben musste, statt direkt ins Wasser zu gehen. Widerspruch war ihr zweiter Vorname und damit strapazierte sie seine Geduld gewaltig. Das half zwar exzellent gegen seine Erektion, war aber merkwürdigerweise auch irgendwie antörnend, weil es von Emery kam. Er betete, dass er sich lange genug beherrschen konnte, bis sie im Wasser waren, weil er in dem hautengen Anzug absolut nichts verbergen konnte.

Er ließ sein Brett am Strand zurück, weil er an ihrer Seite sein wollte, falls sie ihn brauchte. »Denk dran, du musst gerade durch die Wellen durch und sie nicht seitlich streifen, sonst verlierst du Schwung.«

Emery ließ das Brett ins Wasser fallen, das ihr hier bis zur Mitte der Oberschenkel reichte. Eine Hand ließ sie darauf ruhen, mit der anderen schirmte sie ihre Augen ab und ließ den Blick übers Wasser schweifen. »Was, wenn ich einen Hai sehe?«

»Versuch nicht, ihn zu streicheln.«

»Ich meine es ernst.«

»Ich auch.« Er schaute ihr fest in die Augen und entdeckte ein wenig Angst in ihnen. »Das ist das Meer und darin gibt es Haie. Die Seelöwenpopulation in dieser Gegend ist sehr groß, deshalb sind sie hier. Aber dass du einem begegnest, ist ziemlich unwahrscheinlich.«

»Das hilft mir nicht wirklich weiter. Die Wahrscheinlichkeit, dass ich bei dir einziehe und wegen dir derart auf Touren komme, war auch nicht besonders hoch, als ich hier angekommen bin.«

Er lachte leise. »Ist vermerkt. Wenn du einen Hai siehst, behalt ihn im Auge und mach dich sofort auf den Weg zum Strand.«

»Und wenn er mir das Bein abbeißt?«, fragte sie.

»Dann hoffst du darauf, dass du ihm nicht schmeckst, und haust ab, so schnell du kannst.«

Ihr blieb der Mund offen stehen.

»Emery.« Er schlug einen beruhigenden Tonfall an. »Ich bin die ganze Zeit bei dir. Wenn ein Hai in der Nähe sein sollte, tue ich alles, um dich aus dem Wasser zu bekommen. Selbst wenn ich ihn dafür abfangen muss.«

Sie seufzte unruhig. »Das macht es jetzt nicht unbedingt besser.«

»Sollen wir es lieber sein lassen?«

Sie schüttelte den Kopf.

»Möchtest du mal rauspaddeln und schauen, wie es sich für dich anfühlt? Deinen Sweetspot auf dem Brett finden? Also die Position, in der es so richtig gut ist?« Als er das aussprach, wurde ihm direkt wieder warm. *Verdammt.* Er watete weiter hinaus, bis ihm das Wasser bis zum Bauch reichte. »Wenn du zu viel Angst hast, schaffst du es nicht aufs Brett. Das endet nur in Frust.«

Sie warf noch einen Blick aufs offene Meer hinaus. »Ich habe nicht zu viel Angst.« Im nächsten Moment lag sie auf dem Surfbrett und paddelte direkt auf die Wellen zu, wie er ihr geraten hatte.

Dean schwamm ihr hinterher, beeindruckt von ihrer Entschlossenheit. Als sie zur Seite abzudriften drohte, fasste er sie am Hintern und schob sie zurück.

Das brachte ihm einen bösen Blick ein.

Er tätschelte ihr lachend den Hintern. »Rutsch auf dem Brett ein Stückchen nach unten, damit sich die Nase ein bisschen über dem Wasser befindet.«

»Verstanden, Mr. Grabschi.« Sie befolgte seine Anweisung und paddelte mit kräftigen Bewegungen weiter. Dean schwamm zügig neben ihr her. »Das fühlt sich gut an. Ich glaube, ich habe meinen Sweetspot gefunden.«

Das brachte ihn zum Grinsen. »Den würde ich auch gerne mal suchen. Und ich garantiere dir, dass du dich gut dabei fühlen wirst.«

»Und sofort musst du wieder angeben«, sagte sie mit einem

sexy Lächeln. »Ich glaube, ich schaffe das alleine.«

Er deutete auf die heranrollenden Wellen. »Du weißt, wie es geht, Püppi. Such dir eine Stelle aus, paddel so schnell du kannst und schau immer nach vorn.«

Dann ging er ein wenig auf Abstand, beobachtete sie aber weiter mit Argusaugen, während sie sich aufsetzte und das Brett mit Händen und Füßen in Richtung Strand ausrichtete, um dann so selbstsicher einen Blick über die Schulter zu werfen, als würde sie schon seit Jahren surfen. Sie war so wunderschön im Licht der Nachmittagssonne, die auf ihrer nassen Haut schimmerte.

Die Welle kam näher und Emery begann zu paddeln. Jeder Muskel in Deans Körper spannte sich an, als das Wasser Fahrt aufnahm und Emery unsicher versuchte, auf die Beine zu kommen. Das Brett kippte und beförderte sie nach hinten in die Welle, die über ihr brach. Sein Herz machte einen Satz und schon war er auf dem Weg zu ihr. Sie kam wieder an die Oberfläche und er schlang einen Arm um sie.

Rasch wischte sie sich über die Augen und brüllte: »Dumme Welle!« Mit der freien Hand griff sie nach dem Brett.

»Alles okay?«

»Ja, alles okay! Ich bin sauer. Ich bin einfach so von dem dummen Brett abgerutscht.«

»Man braucht ein bisschen Übung. Du hast das toll gemacht. Es ist wirklich schwierig, einen festen Stand zu finden, wenn sich alles unter dir wegbewegt. Du hast wirklich super ausgesehen.«

Sie drehte sich wieder den Wellen zu und kletterte zurück aufs Surfbrett. »Ich habe beknackt ausgesehen, aber nicht mehr lange.«

Damit paddelte sie davon und nach vier weiteren Fehlversuchen, von denen sie jeder noch frustrierter zurückließ als der vorherige, nahm er sie in die Arme. Sie zitterte am ganzen Körper und einen Moment ließen sie sich mit den hohen Wellen treiben.

»Du hast es wirklich versucht. Lass uns für heute Schluss machen und es noch mal …«

»Auf gar keinen Fall. Wenn du das kannst, kann ich es auch. Ich habe einen guten Gleichgewichtssinn. Sogar einen exzellenten. Hier.« Sie löste sich von ihm und paddelte mit dem Brett in ruhigeres Wasser.

Er schwamm ihr nach und beobachtete perplex, wie sie die Leine von ihrem Knöchel löste und sich ohne Probleme aufs Brett stellte, bevor sie sich mit einer fließenden Bewegung nach hinten beugte, bis ihre Hände das Brett berührten. Wie zum Teufel … Er schwamm dichter zu ihr, achtete aber darauf, keine großen Wellen zu machen. Im nächsten Moment stieß sie sich mit den Füßen ab, machte einen perfekten Handstand, spreizte dann die Beine zum Spagat. In diesem Moment sah er sie nicht als die erotische Verführerin, nach der er sich sehnte, sondern als die erfahrene, fähige und wild entschlossene Yogini, die sie war.

Sie lächelte breit, als sie die Beine wieder aufs Surfbrett senkte und sie so geschickt unter ihren Körper zog, dass sie schließlich einen Spagat auf dem Brett machte.

»Siehst du?«, sagte sie ein wenig atemlos. »*Gleichgewicht* ist nicht mein Problem.«

Sie setzte sich normal aufs Brett und hielt ihm eine Hand hin. Dean schwang sich ihr gegenüber hinauf, sodass ihre Knie an den Innenseiten seiner Oberschenkel ruhten. Sie legte die Hände auf die Oberschenkel und runzelte nachdenklich die Stirn.

»Um eine Welle zu reiten, braucht man eine andere Art von Gleichgewicht. Es dauert einfach ein bisschen, bis man den Bogen raus hat, aber du schaffst das«, versicherte er ihr.

»Hilfst du mir dabei?«

Ihre Bitte berührte ihn tief und er rutschte noch etwas näher. Emery war nicht der Typ Frau, der oft um Hilfe bat. Diese neue Vertrauensebene bedeutete ihm alles. »Sehr gerne.«

Emery lag auf dem Surfbrett und Dean stützte sich über ihr ab. Er strahlte so viel Stärke aus, die ihr ein Gefühl von Sicherheit vermittelte, aber auch herrlich aufregend war. Die Welle beförderte sie immer schneller nach vorn. Ihr Herz raste, als Adrenalin und etwas noch Besseres, Erotischeres und Unerwartetes durch ihre Adern rauschten. Er hatte ihr so oft die einzelnen Schritte erklärt, dass seine Stimme nun wie ein Mantra in ihrem Kopf widerhallte.

Ich stehe auf, dann stemmst du dich hoch. Konzentrier dich auf deine Haltung, beug die Knie, lass die Arme locker ausgestreckt, den Oberkörper leicht nach vorne geneigt. Schau nach vorne, um den Rest kümmere ich mich.

Plötzlich verschwanden Deans Hände und das Brett bewegte sich, als er auf die Füße kam. Alles ging so schnell, dass Emery keine Zeit zum Nachdenken blieb. Sie packte die Kanten des Surfbretts, stemmte sich hoch und zog die Füße unter den Körper. Dean packte sie mit starkem, sicherem Griff an den Hüften und half ihr, sich aufzurichten. Dann schlang er einen Arm um ihre Taille und drückte sie fest an seine Brust, während sie sich von der Welle tragen ließen.

Das Rauschen der Wellen, die weit entfernten Stimmen im Wind und das Pochen ihres Bluts in den Ohren schenkten Emery ein Gefühl von Freiheit, von Euphorie, und gleichzeitig konnte sie das alles gar nicht richtig fassen. Es war überwältigend und sollte sie eigentlich überfordern oder zumindest ins Grübeln bringen, doch stattdessen empfand sie mit einem Mal Klarheit.

Dean hielt sie bis ganz zum Schluss fest und half ihr dann in eine sitzende Position, bevor er selbst vom Brett sprang.

Sie befand sich in einem Rausch aus Glück und Adrenalin. »Das war fantastisch. Unglaublich. *Lebensverändernd.* Wie meine erste Yogastunde. Es hat sich angefühlt, als würde ich einen tiefen, klaren, befreienden Atemzug nehmen, nur dass der gleichzeitig in meinem Körper und außerhalb stattgefunden hat.«

Sie setzte sich seitlich aufs Brett und Dean schwamm zwischen ihre Beine, um die starken Arme um ihre Hüften zu schlingen. Ihre Oberschenkel drückten sich an seinen Oberkörper. In seinen stahlblauen Augen standen so tiefe Gefühle, dass sich ein warmes Kribbeln in ihr ausbreitete und ihr direkt ins Herz schoss. Sie dachte nicht nach, grübelte nicht, was das alles bedeutete oder warum ihr Herz sich anfühlte, als würde es ihm zufliegen. Sie ließ sich einfach davon leiten und senkte den Mund auf Deans. Bei der ersten Berührung seiner warmen, weichen Lippen drehte sich alles in ihrem Kopf. Und dann übernahm er die Führung. Er legte die Hände flach auf ihren Rücken, drückte die Arme fester an ihre Hüften und zog sie näher zu sich. Sein Mund – *sein herrlicher, heißer, himmlisch sinnlicher Mund* – eroberte ihren. Der Kuss wurde rau und nichts hätte sie aufhalten können. Zwischen verlangendem Seufzen und leidenschaftlichen Bewegungen ihrer Zungen zog er sie weiter zu sich, während er sich gleichzeitig etwas höher aufs Brett stemmte, als könnte er nicht genug von ihr bekommen. Als hätte er Angst, dass das eine einmalige Sache war. Sie rutschte mit einem harten Ruck vom Brett und klammerte sich mit Armen und Beinen an ihn, ohne ihre Verbindung auch nur für eine Sekunde zu unterbrechen.

Sein Arm lag noch immer um ihre Taille und presste sie gegen seinen muskulösen Körper. Mit der freien Hand strich er ihr über den Rücken, schob die Finger in ihre Haare und zog ihren Kopf ein wenig zur Seite, um den Kuss zu vertiefen. Sein Bart kratzte sinnlich über ihre Haut und das winzige bisschen Schmerz steigerte ihre Lust ins Unendliche. Sie wusste, dass man die Spuren auf ihrem Gesicht sehen würde, aber das war ihr egal. Sie küsste ihn leidenschaftlicher, grub die Finger in seinen Neoprenanzug. Ein durch und durch männlicher Laut entrang sich seiner Kehle. Das war das Heißeste, was sie je gehört hatte. Ein Feuerwerk zündete in ihr und explodierte Funken sprühend. Sie konnte keinen klaren Gedanken mehr fassen, alles in ihrem Kopf drehte sich nur noch um Dean. Der drückte sie fester an sich und sie konnte kaum noch atmen.

Sie *wollte* nicht atmen.

Noch nie hatte sie sich bei einem Kuss so lebendig gefühlt, so intim mit einem Mann verbunden. Sie wollte *mehr*. Mehr aufregende Küsse. Mehr von dem Gefühl von seiner Brust an ihrer, wie sie sich *wegen ihr* bei jedem Atemzug heftig hob und senkte. Mehr von *ihm*.

Himmel, sie wollte *alles* von ihm.

Er nahm ein wenig Tempo heraus, küsste sie sanfter und trotzdem irgendwie tiefer und ihr Körper vibrierte, als würde er unter Strom stehen. Sie bewegten sich mit den Wellen. Im Moment bestand keine Gefahr, dass sie davon überrollt wurden, aber es wäre ihr auch egal, wenn sie von einer Strömung aufs offene Meer hinausgezogen werden würden. Sie klammerte sich an seine Schultern, ließ die Beine fest um seine Taille geschlungen und spürte seiner Kraft nach, den angespannten Muskeln, wie er sich zurückhielt.

Himmel. Wenn so Zurückhaltung bei Dean aussah, wie würde es dann erst werden, wenn er die Beherrschung aufgab? Wenn er sie rückhaltlos küsste? Oh, das wollte sie unbedingt herausfinden!

Er erforschte jeden Zentimeter ihres Mundes, langsam und sinnlich, als wäre sie ein köstlicher Nachtisch, von dem er sich nichts entgehen lassen wollte. Doch selbst benebelt vor Lust fragte sich ihr hyperaktiver Verstand, *warum* er sich zurückhielt. Sie versuchte, sich von ihm zu lösen, doch er verstärkte seinen Griff in ihren Haaren und küsste sie drängender, dominanter, was ihre Neugier verpuffen ließ.

Oh ja, Großer. Genau das will ich.

Sie gab sich seiner Forderung hin, kam jeder Bewegung seiner Zunge mit ihrer entgegen und rieb das Becken an seinem. Ihm entwich ein tiefes Stöhnen und schließlich riss er sich aus dem Kuss los, was sie keuchend und sehnsüchtig zurückließ.

»Emery«, brachte er mühsam hervor.

Er grub die Finger noch tiefer in ihre Haare und das Ziehen an ihrer Kopfhaut wurde stärker, was sie wieder in die Realität holte. Das Surfbrett trieb in der Nähe des Ufers im Wasser. Der Strand war inzwischen beinahe menschenleer und die Sonne fast hinterm Horizont verschwunden. Wie lange hatten sie sich geküsst?

»Tut mir leid«, platzte sie heraus, auch wenn sie gar nicht wusste, wofür sie sich entschuldigte. Es tat ihr nicht leid. Kein bisschen.

»Ist das dein Ernst, Emery? Es tut dir *leid*?«

»Nein«, erwiderte sie schnell. »Tut es nicht. Ich wusste nur nicht, was ich sagen soll.«

Erneut zog er ihren Kopf nach hinten und küsste sie so leidenschaftlich, dass sie am liebsten sofort den Neoprenanzug losgeworden wäre. Dieses Mal hielt er sich nicht zurück, umarmte sie mit der Kraft von zehn Männern und der Kuss wurde fordernder, bis sie sich vor Erregung wand und es kaum noch aushielt. Sie klammerte sich verzweifelt an ihn, weil sie sicher auf den Grund des Ozeans sinken würde, wenn sie versuchte, sich hinzustellen oder ihre Beine überhaupt irgendwie zu benutzen.

Schließlich lösten sie sich langsam voneinander. Dean hauchte ihr zarte Küsse auf die Lippen und flüsterte ihr süße Dinge zwischen den sinnlichen Berührungen zu. »Das war ein Vorgeschmack darauf, wie sehr ich dich will.« *Kuss, Kuss.* »Keine Zweifel.« *Kuss, Kuss.* »Leugne es nicht.« *Kuss, Kuss.* »Sag mir, dass du mit mir zusammen sein willst, Emery. Hören wir mit den Spielchen auf.«

Als seinen Worten kein weiterer Kuss folgte, öffnete sie die Augen und sah, dass er sie durchdringend und auffordernd anschaute. Und das gefiel ihr verflixt gut.

»Ich spiele keine Spielchen.« Sie wollte ihre Freundschaft, und die Sache mit dem Job stand immer noch im Raum. Aber er hatte recht. Ihre Freundschaft war jetzt schon in Gefahr, ganz egal, was sie als Nächstes taten. Sie schluckte und versuchte, das Chaos ihrer Gedanken zu sortieren. »Ich reiche meine Kündigung ein.«

Sein Lachen wurde von ihrem Mund erstickt, als sich ihre Lippen erneut zu einem Kuss fanden und das Feuer in ihr von Neuem anfachten. »Ich habe dich schon gefeuert.«

»Das habe ich nicht angenommen. Ich *kündige*.«

Er lachte wieder und belohnte sie mit verführerischen Küssen. »Du bist eine widerspenstige, wunderschöne, witzige Nervensäge.«

Sie lächelte in die Küsse. »Ich habe dich gewarnt. Ich werde dich in den Wahnsinn treiben.«

»Das tust du schon. Aber auf die gute Art.«

Elf

Nach ihrer spontanen Knutscheinheit und ihrer Kündigung war Emery ein wenig in sich gekehrt, als wüsste sie nicht recht, wie nah sie Dean kommen durfte. Dean respektierte ihr Bedürfnis nach ein wenig Raum für sich, doch nachdem die Anziehung zwischen ihnen vorhin praktisch explodiert war, war er sich sicherer denn je, dass sie zusammengehörten. Und er würde nicht aufgeben.

Sie gingen zum Abendessen ins PJ's, und als Emery sich ihm gegenüber an den Tisch setzte, wechselte er auf den Platz neben sie. Er sah ihr an, dass sie sich dabei nicht unbedingt wohlfühlte, und das war so ungewöhnlich für sie, dass er beinahe einen Schritt zurückgemacht hätte. Stattdessen legte er einen Arm um sie. »Hör auf, dich dagegen zu wehren, Emery. Hier und jetzt ist genau da, wo du sein sollst.«

Das schien ihr die Sprache zu verschlagen, aber das Eis war gebrochen und sie fanden bald wieder zu der angenehmen, lustigen Freundschaft zurück, die sie schon seit Monaten teilten – mit dem Versprechen auf sehr viel mehr.

Emery wollte partout keine Pommes zu ihrem Hummerbrötchen, aß aber letztendlich einen Großteil von Deans. Seine Freundin hatte manchmal eine kleine Macke und war so anders als die Frauen, mit denen er normalerweise ausging. Sie ließ es sich schmecken, als wäre es ihr vollkommen egal, ob sie davon zunahm, und behandelte gerne alles wie Fingerfood, bei dem sie sich regelmäßig das Salz von den Fingerspitzen lecken musste. Dabei sah sie so heiß aus, dass er ständig aufpassen musste, nicht zu sehr darauf abzufahren. Außerdem fluchte sie oft, lachte zu laut und stritt sich um alles mit ihm – und aus irgendeinem unerfindlichen Grund verliebte er sich deswegen noch mehr in sie.

Als sie schließlich wieder bei ihm zu Hause waren, schlug sie sofort den Weg zu seiner Außendusche *im Mondlicht* ein. Als Gentleman bot Dean ihr natürlich an, mitzukommen und ihr den Rücken zu waschen. Doch da war wieder dieser unsichere Gesichtsausdruck, als wüsste sie nicht, ob sie diese Grenze überschreiten wollte ... noch nicht. Er gab nach und duschte allein im Haus, war aber in Gedanken nur bei seiner nackten Schönheit, die draußen unter dem warmen Wasserstrahl stand. Seine eigene Brause auf eiskalt zu drehen, nützte gar nichts. In der Hoffnung, nicht den Rest der Nacht mit einer unangenehmen Erektion zu verbringen, hatte er das Problem selbst in die Hand genommen und spielte immer wieder Bilder von Emery im Bikini vor seinem inneren Auge ab, während er Erlösung fand.

Frisch geduscht und wieder angezogen ging er mit einer Decke nach draußen und warf sie auf eine Liege. Da hörte er Emerys melodische Stimme. *»What if ... I might hurt you.«* Leises Summen. *»... or leave you ...«* Noch mehr Summen. *»Find someone else ... or don't need you ...«*

Seine Brust zog sich schmerzhaft zusammen. War das nur Zufall oder wollte sie ihm damit etwas sagen? Er kannte den Song gut und die Melodie stimmte, aber der Text, den sie sang, nicht. Rick, Drake und er hatten zusammen in einer Band gespielt, als sie noch jünger waren. Drake besaß nun eine Kette von Musikläden an der ganzen Ostküste und sie spielten immer noch ab und zu zusammen. »What Ifs« war im letzten Winter zu einem seiner Lieblingssongs geworden. Jetzt wo Emery darüber sang, dass der Himmel herabstürzte und die Sonne aufhörte zu scheinen, verstand er endlich warum. Der Liedtext verkörperte Emerys Ängste.

Er ging auf die Dusche zu und sie verstummte, als er mit seiner eigenen Version des Songs einstieg. »Ich verstehe, Püppi. Ich verstehe deine Sorge. Aber bevor du dich entscheidest, muss ich wissen …«

Er hörte sie nach Luft schnappen, aber es musste raus. »Was, wenn wir füreinander geschaffen wurden? Was, wenn es Schicksal ist? Was, wenn die Sterne günstig stehen und wir im tiefblauen Meer unseren *letzten* ersten Kuss hatten?«

Das Wasser wurde abgedreht und das Handtuch verschwand von der Duschwand. Dean hielt den Atem an und hatte schon Sorge, zu weit gegangen zu sein, doch dann erfüllte ihre melodische Stimme erneut die kühle Nachtluft.

»Was, wenn ich es versaue? Uns beiden das Herz breche?« Sie schwieg einen Moment, und er hörte, wie sie Shorts und einen Hoodie anzog. Dann öffnete sie die Holztür und stand vor ihm, so unendlich verletzlich. In ihren braun-grünen Augen stand so viel Angst und ein paar Haarsträhnen klebten ihr an der Wange. Wasser tropfte auf ihre Kleidung.

Sie kaute auf ihrer Unterlippe herum und ihre Stimme war nur noch ein Flüstern. »Was, wenn ich nicht weiß, wie es geht? Was, wenn ich dich verletze? Was, wenn …«

Er griff an ihr vorbei nach dem Handtuch, das an einem Haken hing und trocknete ihr damit sanft die Haare. »Du wirst mich nicht verletzen, weil du dich damit selbst verletzt.« Dann warf er das Handtuch auf die Bank in der Duschkabine und schob ihr das Haar hinters Ohr. Er schaute ihr fest in die Augen, zog sie an sich und bewegte sich sanft mit ihr zu der Melodie in seinem Kopf. »Was, wenn ich dir zeige, wie wundervoll du sein kannst?«

»Dean«, flüsterte sie und lehnte die Stirn an seine Brust.

Er hob ihr Kinn an. »Was muss ich tun, damit du mir glaubst, dass sich bei uns nicht wiederholt, was du mit deinen anderen Freunden erlebt hast?«

»Das weiß ich schon«, antwortete sie überraschenderweise. »Das zwischen uns ist anders als alles, was ich je empfunden habe. Es ist stärker. Ich kann und will es nicht leugnen. Aber das heißt nicht, dass ich keine Angst habe, es zu vermasseln.«

»Ich glaube an mein Mädchen«, gab er ernst zurück.

»Dein *Mädchen*?«

»Fang keine Diskussion an.« Er umfasste ihren Hintern und drückte ihn leicht, was sie verdutzt die Augen aufreißen ließ. »Du weißt, dass wir zusammengehören. Ich habe vorhin gesehen, wie du dich den Wellen so lange gestellt hast, bis du sie bezwingen konntest. Du hast um Hilfe gebeten, was dir sicher schwerer gefallen ist als alles andere, und das Ergebnis war vielleicht nicht das, was du erwartet hast, aber an dir ist nichts, wie man es erwarten würde. Und weil ich dich kenne, weil ich praktisch jeden einzelnen Tag seit unserem Kennenlernen mit dir gesprochen habe und weil ich weiß, wie mitfühlend und stark du bist, bin ich mir hundertprozentig sicher, ohne jeden Zweifel, dass du es nicht versauen wirst, wenn du willst, dass das mit uns funktioniert.«

»Ich habe dir gesagt, dass ich oft nicht mitbekomme, wenn ich etwas tue, das Männer sauer macht.«

Die Erwiderung kam zu schnell. Sie wirkte eher wie ein Reflex, wie ein Überbleibsel aus der Vergangenheit. Das sagte ihm, dass sie seine Worte noch nicht verstanden und verinnerlicht hatte, also versuchte er es mit einem anderen Ansatz. »Weißt du was, Püppi? Ich glaube schon, dass dir oft nicht bewusst ist, was du tust, aber ich kaufe dir nicht ab, dass ein Teil von dir nicht ganz genau merkt, was da läuft. Und sei es nur unterbewusst.«

Sie verengte die Augen, und er spürte, wie sie sich in seinen Armen verspannte. »Unterstellst du mir, dass ich lüge?«

»Nein, Miss Widerspenstig. Ich unterstelle dir, dass du auch nur ein Mensch bist. Wir verschließen alle die Augen vor irgendetwas. Vielleicht wusstest du, dass keiner der Kerle der Richtige für dich war, oder vielleicht hattest du Angst vor einer tieferen Bindung. Das weiß ich nicht und es spielt ehrlich gesagt auch keine Rolle. *Das hier* ist alles, was zählt. Früher war dir vielleicht nicht bewusst, wie du dich verhältst, aber das heißt nicht, dass du nicht in Zukunft die Augen aufmachen kannst.«

»Darauf würde ich mich nicht verlassen.« Ihre Schultern sackten ein wenig nach unten.

Er legte ihr eine Hand auf den unteren Rücken, sodass sie nicht zurückweichen konnte, bis aus der Niedergeschlagenheit in ihren Augen etwas Dunkleres wurde und ihr Körper sich an seinem entspannte. Und auch dann sagte er nichts, sondern ließ die stille Verführung ihr Werk vollenden. Das Verlangen, das schon den ganzen Tag zwischen ihnen schwelte, das bei ihren Küssen ins Unermessliche gewachsen war, pulsierte zwischen ihnen. Eine Macht, der sie sich viel zu lange verweigert hatte.

Sie fuhr mit der Zunge über ihre Unterlippe, die daraufhin verführerisch schimmerte, und er konnte nicht anders, als mit dem Mund über ihren zu streichen und dann dort zu verharren.

Er genoss, wie ihr Atem schneller ging, wie sich der Druck ihrer Finger auf seiner Brust erhöhte. Oh ja, sie begehrte ihn zu sehr, um es zu versauen. Da war er sich absolut sicher.

»Du bist es wert, dass ich mich auf dich verlasse.« Seine Stimme war vor Lust so heiser, dass er sie selbst kaum wiedererkannte. »Wir müssen einfach nur weiter Zeit miteinander verbringen, damit du mir alle furchtbaren Dinge vorführen kannst, die du angeblich so machst. Nur so finde ich die Wahrheit heraus. Und nur, damit wir uns richtig verstehen, meine Schöne: Mir ist vollkommen klar, dass du es versauen wirst, wenn du das willst. Das Risiko bin ich bereit einzugehen.«

»Versprichst du mir, dass wir trotzdem noch Freunde sein können, auch wenn ich es vermassle?«

Über die Antwort darauf musste er nicht nachdenken. Ehrlichkeit musste man nicht vorher abwägen, aber sie erforderte Mut. Davon hatte Dean mehr als genug. Er wendete sich schon sein Leben lang gegen die Wünsche seines Vaters.

Er vergrub die Hände in Emerys Haaren und sog die Sehnsucht in ihren Augen in sich auf. Seine Körpermitte reagierte sofort darauf. Dann lehnte er sich zu ihr, bis ihre Lippen sich beinahe berührten. »Nein. Das verspreche ich dir nicht. Wenn du es versaust, machst du es mit Absicht.«

Deans Mund war ihrem so nah, sein warmer Atem roch nach Minze und strich aufreizend über ihre Lippen. Sie hatte immer gedacht, ihr Leben im Griff zu haben – abgesehen von der Sache mit Liebesbeziehungen. Sie wusste, dass sie da nicht ganz richtig tickte. Das betraf ihre ganze Familie. *Die Andrews: zu*

durchgeknallt für Happy Ends. Aber wenn Dean recht hatte, wenn sie bisher jede Chance auf Glück selbst sabotiert hatte, hatte sie eine noch viel größere Schraube locker als bisher angenommen.

Sie schluckte. Inzwischen wedelte sie praktisch mit einer Leuchtreklame vor seiner Nase herum, dass er so schnell wie möglich verschwinden sollte. Doch er weigerte sich – und sie wollte auch nicht, dass er ging.

Er blieb.

Er ließ nicht locker.

Das liebte sie so an ihm, sie sehnte sich nach seiner Entschlossenheit. Er hatte sie aus der Ignoranz direkt in ein Verlangen katapultiert, in dem sie zu ertrinken drohte, weil es so übermächtig war. Und sie wollte es nur mit ihm stillen.

Seine Lippen strichen über ihre und schickten ihr einen wohligen Schauer über den Rücken.

»Küss mich«, sagte sie atemlos.

Dann spürte sie seine Hände wieder in ihren Haaren, seinen Mund auf ihrem und das vertrieb alle klaren Gedanken aus ihrem Kopf. Das unglaublich sinnliche Kratzen seines Barts auf ihrer Haut ließ ein sehnsüchtiges Ziehen direkt in ihre Mitte schießen, wo bereits ein Feuer lichterloh brannte. Als er sich an sie drängte, sodass sich ihre Hüften, Oberkörper und Oberschenkel der Länge nach berührten, stolperte sie nach hinten gegen die Kabinenwand der Dusche. Sie schaffte es kaum, Luft zu holen, bevor er den Kuss vertiefte, und ihr schoss nur eine Sache durch den Kopf. *Bitte, lass ihn recht haben. Lass mich in der Lage sein, es nicht zu versauen.*

Seine Küsse waren rau und doch sinnlich und fordernd. *Immer fordernd.* Sie öffnete die Lippen weiter, ließ sich auf seine leidenschaftliche Eroberung ein. Er rieb das Becken in einem schwindelerregenden Rhythmus an ihrem und sie konnte nirgendwohin – eine Hand lag auf ihrer Taille, die andere hatte er immer noch in ihren Haaren vergraben. Und sie liebte seine besitzergreifende Art jetzt schon so sehr. Doch da wanderten seine Hände bereits über ihre Taille nach oben. Seine Küsse raubten ihr den Verstand, doch seine leidenschaftliche Dominanz gab ihr den Rest. *Das* hatte sie sich immer von einem Mann gewünscht, dass er sich *nahm*, ohne etwas zu erzwingen, dass er *gab*, ohne dabei zu vorsichtig zu sein, und dann auch noch aufmerksam genug war, ihr zuzuhören und Rücksicht auf sie zu nehmen, ohne dabei alle Ecken und Kanten einzubüßen. Ja, sie sehnte sich nach all dem, obwohl sie nicht davon ausging, so einen Mann auf Dauer halten zu können. Aber bisher hatte sie sich darüber in ihren Fantasien vom perfekten Mann kaum Gedanken gemacht, weil ihr vor Dean nie einer begegnet war, der diese Kriterien erfüllt hatte.

Als ihre Lippen sich wieder voneinander lösten, entkam ihr ein Wimmern. *Nein!* Sie hatte noch nicht genug. Das würde sie vielleicht auch nie bekommen, wenn die Küsse weiterhin so sagenhaft gut blieben. Wie hatte sie dieses Feuer je leugnen können? Die Leidenschaft, die sie zueinander zog? Sie packte ihn am Shirt und holte ihn wieder zu sich. Ihre Zungen spielten miteinander, ihre Hüften suchten immer wieder Kontakt. Blitze züngelten über ihre Haut und all ihre Sinne waren allein auf Dean ausgerichtet. Seine Hände schienen überall gleichzeitig zu sein, auf ihren Schultern, Armen, Hüften und Seiten. Seine großen Handflächen streiften ihre Brüste und sie hörte sich selbst aufstöhnen. Sie wollte, dass er sich mehr nahm, als er sich an ihrem Kiefer entlangknabberte. Jeder Biss steigerte ihre Erregung nur noch.

Schließlich packte er sie an den Hüften und hielt sie genau

da, wo er sie haben wollte, während er genau die richtige Stelle zwischen ihren Beinen fand und sich sinnlich daran rieb. Sein Mund verwöhnte die empfindsame Haut unterhalb ihres Ohrläppchens und raubte ihr mit jedem Kuss mehr den Atem. Die herrliche Reibung an ihrer Mitte zusammen mit dem festen Saugen, seiner vorwitzigen Zunge an ihrem Hals und dem festen Druck seiner Hände auf ihren Hüften zündeten eine Explosion in ihrem Inneren.

»Dean! Nicht aufhören …«

Die Verzweiflung in ihrer Stimme spiegelte die quälende Lust wider, die durch ihre Adern rauschte. Sie grub die Fingernägel in seine Schultern und ihr Körper zuckte unkontrolliert. Er hörte nicht auf. Seine Hüften bewegten sich schneller an ihren, er saugte stärker. Hitze und eisige Kälte rauschten durch ihre Mitte und sammelten sich zwischen ihren Beinen. Ihr Herz hämmerte wie wild und ihr Geschlecht pochte heiß in ihrem feuchten Slip. Ihr Orgasmus war zum Greifen nah und lockte sie zu sich. Sie bog den Rücken durch, rieb sich an seinem Schaft. Er merkte offenbar, wie nah sie an der Klippe entlangtaumelte, denn er drängte seine muskulösen Beine zwischen ihre und ging ein wenig in die Knie, um seine harte Länge im perfekten Winkel mit schnellen, harten Stößen nach oben gegen ihr Geschlecht zu drängen. Die dünnen Lagen Jeansstoff dazwischen merkte sie kaum noch. Stattdessen spürte sie jeden Zentimeter seines Schafts und stellte sich vor, wie gut er sich tief in ihr anfühlen würde oder wenn seine Spitze sich immer wieder und wieder in sie schob …

»Komm für mich.« In seiner grollenden Stimme lag so viel zügellose Leidenschaft, dass sie den letzten Rest Beherrschung verlor.

Sie gab unverständliche Laute von sich und packte ihn an

den Schultern, während ihr Körper sich unkontrollierbar gegen ihn bewegte. Sein Mund presste sich hart auf ihren und dämpfte ihre Schreie, als sie ihren Höhepunkt erreichte. Er vertiefte den Kuss, vertiefte *alles* und verlängerte ihren Orgasmus damit. Lust schoss von ihrer Kopfhaut bis in ihre Zehen und trug sie höher und höher, bis ihr ganzer Körper bebte und zitterte und die Wellen in ihr nur langsam wieder abebbten.

Als der letzte Rest ihres Höhepunkts schließlich verklang, sackte sie befriedigt und erschöpft gegen Dean. Er nahm sie auf die Arme, verwöhnte sie mit sanften Küssen und trug sie zu der Liege, auf die er sich mit ihr zusammen sinken ließ. Sicher an ihre Seite gekuschelt breitete er die Decke über ihnen aus. Emery musste noch verarbeiten, dass er so etwas in ihr auslösen konnte, ohne sie auch nur an den Stellen zu berühren, die sie immer für essenziell gehalten hatte, und verlor sich dabei in einem Meer aus Gefühlen.

Sie drehte sich zu ihm und er legte ein Bein über ihre. Dann schlang er wieder einen Arm um ihre Taille und hüllte sie mit seiner Sicherheit vollständig ein. Er trug Shorts und seine Haut war trotz der kühlen Nachtluft warm. Sie kuschelte sich dichter an ihn. Seine Erektion drückte sich gegen ihren Bauch und weckte erneut Interesse in ihrem Körper. Doch so schnell wie das Feuer hochloderte, kam auch das schlechte Gewissen. Sie hatte sich so von ihm mitreißen lassen, dass sie dabei gar nichts für ihn getan hatte. *Immer schön egoistisch sein.*

Sie drückte ihm einen Kuss knapp über den Kragen seines T-Shirts und setzte ihren Weg dann nach unten fort. Doch dann meldete sich ein besorgniserregender Gedanke in ihrem Kopf. Blowjobs waren genauso intim wie jeder andere Sex. Eigentlich sogar noch mehr. Wenn sie sich erst einmal auszogen, gab es kein Zurück mehr. *Gibt es das denn jetzt noch?* Sie wollte auch nicht zurück, aber was, wenn es zwischen ihnen komisch wurde? Würden sie einander danach mit anderen Augen sehen? Konnte sie ihn je wieder anschauen, ohne ihn sich nackt vorzustellen?

Und dann gab es da noch ein Problem, das sie zu verdrängen versuchte. Was, wenn sie Rick und Drake sagte, dass sie lieber doch nicht direkt für sie arbeiten wollte – *weil ich mit Dean zusammen sein will* –, und sie sauer wurden, weil sie doch diejenige gewesen war, die die Idee mit dem Job überhaupt erst aufgebracht hatte? Sie könnte das mit Dean verschweigen, aber die beiden würden es sicher schnell herausfinden. Sie konnte nicht lügen. Leugnen war viel einfacher. Aber sie konnte ihre Gefühle nicht mehr leugnen.

Sie schaute zum Haus und ihr Magen krampfte sich zusammen.

Hier draußen im Schutz der Nacht fühlte sie sich frei und als wäre alles in Ordnung. Damit kam ihr auch die Erkenntnis, dass sie sich heute freier und mehr wie sie selbst gefühlt hatte als je zuvor in ihrem Leben, und sie wusste, dass das mehr an der tiefen Verbindung zu Dean lag als an ihrer Umgebung. Aber sobald sie ins Haus gingen, mussten sie sich einer ganz anderen Realität stellen, mit Fragen und Grenzen, die vielleicht nicht mehr existierten.

Dean drückte sie fester an sich. »Ich habe das Gefühl, als würdest du jeden Moment die Flucht ergreifen.«

»Ich …« *Versuche zu entscheiden, ob ich dir auch etwas Gutes tun soll.* »… verschwinde nicht.«

»Natürlich nicht«, erwiderte er fest.

»Sag mir nicht, was ich tun soll.« *Verdammt.* Warum waren solche Reaktionen so in ihr eingebrannt?

Er zog sein Bein zurück und machte eine auffordernde

Handbewegung. »Keiner hält dich hier fest, Püppi. Wenn Miss Widerspenstig das Beste, was ihr je passiert ist, sabotieren will, mach ruhig.«

Autsch. Das tat weh, aber es steckte auch ein Körnchen Wahrheit darin, das sie nicht ignorieren konnte. Also versuchte sie, es wegzuscherzen. »Sind wir gerade ein bisschen selbstgefällig?«

Er zog eine Augenbraue hoch und ein amüsiertes Funkeln trat in seine Augen. »Nach diesem Orgasmus habe ich wohl das Recht dazu.«

Da konnte sie nicht widersprechen. Allein das Wort ließ sie die Oberschenkel zusammenpressen. »Okay, Punkt für dich. Du bist ziemlich talentiert.«

Er schwang das Bein wieder über sie und mit einer schnellen Drehung war er über ihr und schob ihre Beine mit seinen auseinander. »Du hast ja keine Ahnung, *wie* talentiert.«

Sie wusste, dass das keine leeren Versprechungen waren, und das Gefühl seiner Erregung weckte in ihr den Wunsch, es am eigenen Leib zu erfahren. Doch so sehr sie ihn auch begehrte und ihm zurückgeben wollte, was er ihr geschenkt hatte, war es doch wichtiger, dass es morgen beim Aufwachen keine katastrophale Veränderung zwischen ihnen gab. Dann konnten sie mit klarem Kopf Entscheidungen treffen.

Sein Mund lockte sie, als er sich ihr näherte, und ihr Körper sprang sofort darauf an. Sie bog den Rücken durch und drängte das Becken gegen seins.

Er stützte sich lächelnd auf den Unterarmen über ihr ab.

»Ich mag es wirklich, wenn du das machst.« Sie streichelte ihm über die Wange.

»Dich küssen?«

Sie schüttelte den Kopf. »Lächeln.« Das brachte ihr ein noch breiteres Grinsen ein. »Du bist immer heiß, aber wenn du lächelst, wird es gefährlich.«

»Ich bin nur gefährlich für Leute, die sich mit mir anlegen.« Er gab ihr einen Kuss auf den Hals. »Oder für Leute, die sich mit dir anlegen.«

»Das macht dich noch heißer.«

»Gut. Behalt das im Hinterkopf, zum Beispiel wenn wir in ein paar Wochen auf richtige Dates gehen.«

»*In ein paar Wochen?*« Wollte er ihr so verklickern, dass er bis dahin viel zu tun hatte? Der Tag heute war so schön gewesen, weswegen sie davon ausgegangen war, dass sie weiterhin viel Zeit miteinander verbringen würden. Die Enttäuschung, die sie überrollte, überraschte sie.

»Was ist denn los, Püppi? Bin ich nicht heiß genug, um dich auf ein richtiges Date ausführen zu dürfen?«

Das belustigte Funkeln in seinen Augen sagte ihr, dass er diese Möglichkeit nicht mal in Betracht zog. Bei jedem anderen Mann wäre diese Arroganz ein massiver Abtörner gewesen, doch bei Dean wirkte sie wie ein Aphrodisiakum und machte es ihr leichter, die Enttäuschung beiseitezuschieben. »Kommt drauf an. Ist bei unserem Date einer dieser fantastischen Orgasmen im Anschluss inbegriffen?«

Er verteilte eine Spur aus Küssen über ihren Hals nach unten. »Davor, währenddessen und nach diesem Freitagabend, wenn es nach mir geht.«

Oh Himmel. Wie sollte sie das überleben? »Das verschiebt die Wahrscheinlichkeit gerade deutlich in deine Richtung.«

Er zwinkerte ihr zu.

»Wo gehen wir denn an diesem speziellen Freitag hin?«

Er zupfte an ihrem Ausschnitt und drückte einen Kuss auf ihr Brustbein. »Ein Benefizdinner für die Stiftung meines

Großvaters. Mein Vater hält die Eröffnungsrede.«

Sie wusste, dass sein Großvater einer der führenden Kinderneurochirurgen gewesen war und außerdem Gründer der Pediatric Neurology Foundation, die seine Familie nach wie vor sehr aktiv betrieb. Ihr Magen krampfte sich schmerzhaft zusammen bei der Vorstellung, an einem Abendessen mit Deans Familie teilzunehmen. Oder besser gesagt, mit seinem Vater, einem bekannten, überheblichen Arzt, der eine prestigeträchtige medizinische Einrichtung für Kinderneurochirurgie an der Ostküste leitete. Sie wusste, dass er Dean ständig damit in den Ohren lag, seinen Anteil am Resort zu verkaufen und Medizin zu studieren, und sie würde ihm vermutlich eher eine reinhauen, als sich mit ihm zu unterhalten.

»Was hast du vor? Einen Streit mit deinem Vater anzetteln? Du weißt doch, was ich davon halte, wie er mit dir umgeht, und ich kann bei so was den Mund nicht halten. Wenn er mit dem Mist anfängt, dass du doch unbedingt Medizin studieren solltest, werde ich was sagen, das ich nicht sollte. Das ist keine gute Idee.«

Dean rutschte ein Stück nach unten und die Decke verabschiedete sich auf den Boden. Sie brauchte sie sowieso nicht. Seine Nähe sorgte dafür, dass ihre Erregung nicht abflaute und ihr also auch nicht kalt wurde. Er schob ihren Hoodie nach oben und sie spürte die Nachtluft auf ihrem Bauch. Dann strichen seine warmen Lippen über ihre Haut und verursachten ihr eine wohlige Gänsehaut.

»Du bist jetzt mein Mädchen und ich will dich an meiner Seite haben.«

Sein *Mädchen*? Sie war noch nie eine dieser Frauen gewesen, die besitzergreifendes Verhalten von einem Mann brauchten – oder sogar wollten –, doch ein Tag mit Dean reichte aus, damit sie es sich gar nicht mehr anders vorstellen konnte. Doch dann erinnerte sie sich, dass es ja nicht nur ein Tag gewesen war. Sie hatten ihre Beziehung über Monate aufgebaut, doch sie hatte den Kopf zu tief in den Sand gesteckt, um es zu genießen.

»Kommt Jett auch?«, fragte sie vorsichtig.

Er schnaubte spöttisch. »Er ist praktischerweise im Ausland, muss sich um irgendeinen Investmentdeal kümmern.«

»Dem würde ich auch gerne mal ein paar Takte sagen. Er ist dein Bruder, aber er ist zu schwach, um mit eurem Vater auch nur in einem Raum zu sein. Er könnte sich wirklich ab und zu mal blicken lassen.«

»Jett würde vermutlich behaupten, dass ich der Schwache von uns beiden bin. Aber könnten wir bitte nicht jetzt gerade über meinen Bruder sprechen?«

»Du? Schwach? Ha!«

Er umkreiste ihren Bauchnabel mit der Zunge und schickte damit herrliche Lust in ihre Mitte. Sofort nahm die Hitze des Moments sie wieder gefangen. Aber sie konnte ihn nicht weitermachen lassen. Noch nicht. Das war eine Grenze, die sie heute Abend nicht überschreiten würde. Sie hatte schon viele schlechte Entscheidungen in ihrem Leben getroffen, und auch wenn sie wusste, dass Dean nicht dazugehörte, wollte sie klar denken können, wenn sie den nächsten Schritt in ihrer Beziehung machten. Sie musste sich vergewissern, dass sie immer noch dasselbe wollten – bei Tageslicht, ohne dass sie benebelt vor Erregung war und ihr Körper sich nicht wie ein verhungerndes Tier benahm, das sich von Orgasmen ernährte.

Aber vielleicht sind noch ein paar Küsse auf den Bauch drin.

»Ich bin mir bei dem Dinner nicht so sicher«, sagte sie atemlos. Sie wollte auf keinen Fall Stress zwischen Dean und seinem Vater provozieren, aber sie wollte auch für Dean da sein.

Solange sie darüber nachdachte, versuchte sie es mit ein bisschen Unbeschwertheit. »Bis dahin sind es noch ein paar Wochen. Was, wenn ich in der Zwischenzeit ein besseres Angebot bekomme?«

Er hob den Kopf und schaute ihr ernst in die Augen. »Hat da jemand unsere Abmachung mit den drei Beispielausflügen vergessen?«

Ihr Herz klopfte wie wild. Also hatte er gar nicht zu viel zu tun? Na ja, außer mit ihr. »Nein …«

»Morgen Abend, acht Uhr. Ausflug Nummer zwei.«

»Ist das die Art, wie mich Männer um ein Date bitten sollten? Für mich klingt das eher nach einer Forderung.« Und *oh*, wie sie seine Forderungen liebte. Aber einem anderen Mann würde sie so etwas nie durchgehen lassen.

Seine Mundwinkel bogen sich nach oben. »Ich bitte um Entschuldigung. Schönste Püppi, würdest du morgen Abend um acht mit mir auf einen Beispielausflug gehen?«

»Ja«, gab sie trocken zurück. »Aber du könntest den Deal noch mit ein paar Küssen auf den Bauch besiegeln.«

»Dein Wunsch ist mir Befehl.« Er senkte den Mund wieder auf ihre Haut, saugte und leckte so geschickt daran, dass sie es direkt zwischen ihren Beinen fühlte.

Seine Zunge glitt am Bund ihrer Shorts entlang und sie spürte ein sehnsüchtiges Ziehen in ihrer Mitte. Sie ballte die Hände zu Fäusten, als er nicht von ihr abließ, sondern die talentierte Zunge sich einen Weg von einem Hüftknochen zum anderen suchte, bevor er noch weiter nach unten rutschte und die Innenseiten ihrer Oberschenkel verwöhnte. Sie war so feucht, brauchte so verzweifelt mehr, dass sie die Fersen in die Liege drückte. Ihr Körper war mehr als begeistert, doch das Organ, das sie so lange ignoriert hatte – ihr Herz – ermahnte sie, dass sie warten sollte. *Vermassel es nicht.*

Sie kniff die Augen zusammen. Und dann die Oberschenkel. Dean schaute sie verwirrt an. Sie musste etwas sagen, doch die Worte wollten ihr einfach nicht über die Lippen kommen.

Kommen. *Oh Gott, ich will kommen.*

Nein! Himmel. Reiß dich zusammen. Du kannst ja wohl noch einen Tag warten!

»Ich weiß, dass ich jetzt dein Mädchen bin«, brachte sie schließlich hervor und es laut auszusprechen untermauerte noch die Bedeutung der Worte und gab ihrer Entschlossenheit neue Energie. »Aber du hast gesagt, dass du mir zeigen willst, wie ich mich von Männern behandeln lassen sollte. Sollte ich das beim ersten Date machen? Sollte ich ihnen das erlauben?« Nur über andere Männer zu sprechen kam ihr absolut falsch vor, aber etwas Besseres fiel ihr in ihrem lustbenebelten Zustand nicht ein.

Ein Muskel an seinem Kiefer zuckte. »Auf keinen Fall.«

»Dann …« Sie setzte sich auf und schlang die Arme um ihre zitternden Beine. »… sollten wir es vielleicht für heute dabei belassen.«

Er nickte knapp und sein Gesicht glich einer stoischen Maske. Seine Augen waren noch immer dunkel, und er hatte sichtlich mit sich zu kämpfen, als er aufstand, die Decke aufhob und Emery eine Hand reichte. Er half ihr auf und sie gingen etwas steif und ohne ein Wort ins Haus. Sie spürte, wie sich ein kleiner Riss in ihr bildete, wusste aber, dass sie das Richtige getan hatte. Trotzdem fragte sie sich, was Dean gerade durch den Kopf ging.

»Ich sollte das Handtuch noch aus der Dusche holen«, sagte sie, um das Schweigen zu brechen, und drehte sich um, um wieder nach draußen zu gehen.

Er packte sie um die Taille und zog sie an sich, ohne eine

Miene zu verziehen. Doch der Ausdruck in seinen Augen wurde weicher und besorgt. So besorgt, dass der Riss in ihr noch viel größer wurde.

»Es tut mir leid«, sagten sie gleichzeitig.

»Nein, es ist meine Schuld«, schob sie schnell hinterher. »Ich will mit dir zusammen sein, aber ich habe Angst vor dem, was der Morgen bringt. Ich bin nicht gut in solchen Sachen und ich habe schon genug Freundschaften ruiniert. Unsere darf ich nicht ruinieren.«

»Ich hätte dich nicht drängen sollen. Das wusste ich besser, aber ich stehe so sehr auf dich, Emery. Meine Selbstbeherrschung lässt mich da im Stich.«

Er legte ihr eine Hand auf den Hinterkopf und zog sie zu sich, bis ihre Wange an seiner Brust ruhte. Sein Griff war so fest, dass seine Handfläche sicher einen Abdruck auf ihrem Schädel hinterließ. Und es fühlte sich *gut* an, beständig und sicher. Der Griff eines Mannes, der mit sich selbst rang.

Damit sind wir schon mal zwei.

»Du kannst es nicht ruinieren«, erwiderte er nachdrücklich. »Dazu bist du nicht fähig, Emery. Eines Tages wirst du das verstehen.« Er zog sich ein wenig zurück, um ihr in die Augen zu sehen. »Es ist spät. Mach dich bettfertig, ich hole das Handtuch.«

Dann gab er ihr noch einen Kuss auf die Lippen, und als sie ihm nachschaute, wie er in der Dunkelheit verschwand, musste sie jedes bisschen Selbstbeherrschung aufbringen, um ihre Füße zu zwingen, sie ins Badezimmer zu tragen, anstatt ihm nachzurennen.

Sie schloss die Tür und lehnte sich mit dem Rücken dagegen. Zuvor hatte sie noch Zweifel gehabt, aber jetzt wusste sie mit absoluter Sicherheit, dass sich schon alles zwischen ihnen verändert hatte, ob sie nun Sex hatten oder nicht.

Zwölf

Dean blieb noch ein bisschen länger draußen und gab Emery Zeit, ins Bad zu gehen und sich dann sicher in ihr Schlafzimmer zurückzuziehen, bevor er wieder ins Haus ging. Am liebsten hätte er sich in den Hintern getreten, weil er sie so gedrängt hatte, obwohl er wusste, dass es falsch war. Er wollte anders sein als ihre anderen Beziehungen – *Dates*, korrigierte er sich. Emery führte keine Beziehungen. Sie ging ein paar Mal mit Kerlen aus, schlief manchmal mit ihnen – was ihm durchaus zu schaffen machte –, aber sie hatte noch nie eine feste Beziehung geführt. Die Sache mit ihrem Ex-Chef hatte erst so ausgesehen, als könnte daraus mehr werden. Sie war ein paarmal mit ihm ausgegangen, doch laut Emery hatten sich bei dem Mistkerl dann Stalker-Tendenzen entwickelt. Er wollte sich jeden Abend mit ihr treffen, sie brauchte Zeit für sich. Dann war es auf der Arbeit unangenehm geworden und schließlich hatte sie gekündigt.

Er tigerte unruhig durch den Garten und ihm drehte sich der Magen um bei der Vorstellung, wie unwohl sie sich in der Nähe ihres Ex gefühlt haben musste. *Sich jeden Abend mit ihr treffen.*

Ach du Scheiße. Dean blieb wie angewurzelt stehen. *Er hatte eine Beziehung mit ihr gewollt.*

Konnte das sein? Hatte sie überreagiert? Selbstsabotage betrieben?

»Verdammt.« Er nahm seine Wanderung wieder auf. Tatsächlich schmiedete er im Kopf bereits Pläne für jeden einzelnen Abend der Woche. Sie musste das gar nicht versauen – er hatte es vermutlich schon getan. Das würde auch ihr Zögern erklären, mit ihm auf das Benefizdinner zu gehen. Wobei sein Vater wirklich ein überheblicher Arsch sein konnte und Emery tatsächlich fürchterlich ehrlich ihre Meinung sagte.

Er musste das wieder geraderücken und dafür gab es nur eine Lösung. Er musste ihr Raum geben, ganz egal, wie gerne er in ihr Schlafzimmer stürmen und sie in die Arme nehmen würde. So würde er seine wilde, bindungsscheue Emery Andrews unter Garantie verlieren. Warum war ihm das vorher nicht klar gewesen? Sie hatte ihre wahren Gefühle vielleicht verleugnet, aber er war von seinen geblendet gewesen.

Schließlich war so viel Zeit vergangen, dass sie sicher in ihrem Zimmer war, und er kehrte ins Haus zurück. Ihre Tür war zu. Cash hatte sich davor zusammengerollt wie ein kleiner Wächter. *Keine Sorge, Kumpel. Ich respektiere Grenzen.*

Im Bad roch es nach ihr. Neben dem Waschbecken lagen ein rosafarbener Kamm und eine Bürste. Auf der anderen Seite entdeckte er eine kleine weiße Tube, einen Glastiegel und eine Pumpflasche, alle von der Marke Meaningful Beauty. Er griff nach dem Tiegel und studierte das Etikett. *Anti-Falten-Kapseln.* War das ihr Ernst? Sie war noch nicht mal dreißig. *Mann, Frauen stressen sich wirklich zu sehr.* Ihre Haut war wunderschön, und er war sich ziemlich sicher, dass das nicht an irgendwelchen überteuerten Produkten lag.

Er öffnete eine Schublade und räumte den Inhalt in ein

anderes Fach. Dann sortierte er ihre Sachen hinein und griff nach seiner elektrischen Zahnbürste, neben der nun eine für Kinder mit Comic-Design stand. Er lachte leise. Das hatte er ganz vergessen. Sie benutzte eine sprechende Zahnbürste für Kinder, weil sie die großen Bürstenköpfe nicht mochte. Außerdem ließ sie sich beim Zähneputzen leicht ablenken und wusste dann nie, ob die Zeit schon um war. Die sprechende Zahnbürste übernahm das für sie. Ja, Emery hatte ihre Macken, aber dafür mochte er sie nur noch mehr.

Er putzte sich die Zähne und wusch sich das Gesicht, und als er in sein Schlafzimmer ging, fand er dort alles noch vor, was Emery heute Morgen liegengelassen hatte. Er räumte die Zeitschriften und alles andere auf den Nachttisch, zog sich aus und kroch unter die Bettlaken. Ihr Duft in seinem Kissen war die pure Folter, und er sah wieder ihren Gesichtsausdruck vor sich, kurz bevor sie ihn im Wasser geküsst hatte. Hörte die sinnlichen Laute, die sie von sich gegeben hatte, und sein Name auf ihren Lippen, als sie kam, hallte in seinen Ohren wider. Wenn er damit alles verdorben hatte, würde er es sich nie verzeihen.

Er legte sich einen Arm über die Augen und fluchte unterdrückt. Die schmerzhafte Erektion zwischen seinen Beinen versuchte er zu ignorieren.

Emery stieg vorsichtig ins Bett. Dean drehte sich auf die Seite, streckte eine Hand nach ihr aus und zog ihren warmen, weichen Körper an seinen. Er befand sich in diesem Schwebezustand zwischen Schlafen und Wachen, und das war der beste Traum, den

er je gehabt hatte. Er spürte ihren Kurven unter dünnem seidigen Stoff nach, schob die Hüften nach vorn und sog tief ihren süßen Duft ein. Sie schmiegte das Gesicht an seine Brust und gab wieder diese süchtig machenden Laute von sich, die er so sehr liebte. Als seine Lippen ihre berührten, fühlte es sich so real an, dass er nur noch denken konnte: Bitte, lass mich nicht aufwachen. Lass mich für immer in diesem Traum leben.

»Nein, Großer. Ich will nur, dass du mich im Arm hältst.«

Ihre Stimme klang so echt, aber sie sagte das Falsche. Das hier war sein Traum, seine Fantasie. Was sollte das? Er suchte erneut ihren Mund mit seinem, doch sie entzog sich ihm und rutschte Richtung Bettkante. Nein! Geh nicht!

»Tut mir leid, ich hätte nicht herkommen sollen.«

Er riss die Augen auf und erkannte, dass es kein Traum gewesen war. Einer der Kater hüpfte neben Emery von der Bettkante, wo sie mit dem Rücken zu ihm saß. Die Uhr auf dem Nachttisch zeigte 02:13 an. »Em? Tut mir leid. Ich dachte, ich träume.«

Sie warf ihm einen Blick über die Schulter hinweg zu und ihre Haare fielen ihr über ein Auge. Sie sah unsicher aus, aber auch so unglaublich sexy in dem Seidentop mit Spaghettiträgern und den passenden Shorts. »Ich hätte nicht …«

Er schlang ihr einen Arm um die Taille, bevor sie den Satz zu Ende führen konnte, und zog sie zu sich unter die Decke. Ein nervöses Lächeln breitete sich auf ihren Lippen aus.

»Ich wollte bei dir sein«, flüsterte sie. »Aber nichts weiter. Noch nicht, meine ich. Ich muss mir sicher sein, dass wir … wenn wir … falls wir …« Sie wandte den Blick ab und holte tief Luft. Als sie ihn wieder anschaute, stand in ihren Augen ein so flehender Ausdruck, dass er sie am liebsten vor allem Bösen in der Welt beschützt hätte. »Ich muss wissen, dass wir noch

Freunde sind und es zwischen uns nicht seltsam wird, wenn wir die Nacht miteinander verbringen. Aber es war nicht fair von mir, von dir nur eine Umarmung zu erwarten, wenn du mehr willst.«

»Ich will *dich*, Püppi. Ich nehme, was immer du mir gibst.« Er umfing sie mit beiden Armen und brachte seine Nase dicht an ihre. Verdammter Mist, die Sexgötter waren heute Nacht nicht auf seiner Seite. Er war schon wieder steinhart. »Ich will dich hier bei mir und ich kann mich durchaus beherrschen.« Eigentlich war er sich da gar nicht so sicher, aber er würde es wenigstens versuchen. Selbst wenn er dafür erst ein Eisbad nehmen musste. Emery Andrews endlich in seinem Bett? Das war der Himmel auf Erden. Ihr zu widerstehen? Folter.

»Danke.« Sie strich ihm über den Rücken bis zu seinem Hintern und ihre Augen wurden groß. »Du bist nackt!« Sie schnappte nach Luft. »Und du bist hart.« Sie brachte ihren Unterleib aus der Gefahrenzone, doch Dean ließ sie nicht los. »Warum schläfst du nackt? Und warum wusste ich das nicht?«

Er lachte. »Weil es bequem ist und du hast nie gefragt.«

»Ich kann nicht bei dir schlafen, wenn du nackt bist! Da mache ich kein Auge zu.«

»Ich werde in Zukunft daran denken.« Er rutschte zur Bettkante.

Sie warf sich rückwärts auf die Matratze und starrte an die Decke. »Was hast du vor?« Ihre Stimme wurde immer lauter. »Jetzt bist du *richtig* nackt.«

Er lachte erneut und schlenderte gelassen zu seiner Kommode auf der anderen Seite des Raums, um sich Boxershorts herauszuholen. »Ich war schon richtig nackt, als du mich aufgeweckt hast.«

Als er ihr einen Blick zuwarf, erwischte er sie, wie sie ihn anstarrte. Ihre Wangen färbten sich dunkelrot und sie drehte den Kopf zur Seite. Doch dann erwischte er sie wieder, als er in die Boxershorts stieg und zog sie nur bis zu den Knien hoch. »Soll ich die doch lieber weglassen?«

Sie schlug sich eine Hand vors Gesicht, aber ihr strahlendes Grinsen erhellte den Raum wie ein Leuchtturm. »Nein!«

Er zog den Stoff weiter nach oben.

»*Ja*«, murmelte sie leise.

Er zögerte.

Sie schob die Finger auseinander und linste hindurch. »Nein! Lass sie definitiv nicht weg. *Omeingott*.« Sie drehte sich mit dem Rücken zu Dean auf die Seite.

Nachdem er die Shorts angezogen hatte, schlüpfte er hinter ihr wieder unter die Decke, zog sie an sich und gab ihr einen Kuss auf die Schulter. »Peinlich oder Angst?« Er hatte einiges an Ausstattung zu bieten. Das war ebenso ein Segen wie ein Fluch.

Sie rieb den Hintern ein wenig an seiner Erektion. »Schock und Vorfreude«, gab sie kichernd zurück. »Und es ist mir auch ein bisschen peinlich. Ich bin es nicht gewohnt, dich *nackt* zu sehen.«

Er biss ihr sacht in die Schulter, was sie sexy nach Luft schnappen ließ. »Wenn es nach mir geht, gewöhnst du dich nicht nur daran, sondern sehnst dich auch danach, weil du ständig an mich und die Lust denken musst, die ich dir Tag und Nacht schenke.«

»Dean!«, flüsterte sie. »Das ist gerade nicht hilfreich.«

»Und wenn du dich weiter so an mir reibst, bin ich nicht mehr für meine Taten verantwortlich.«

Sie drehte sich in seinen Armen um und legte ihm lächelnd eine Hand an die Wange. Das machte sie oft, ihm übers Gesicht streicheln. Er war niemand, der so etwas oft brauchte, aber die intime Berührung gab ihm das Gefühl, etwas Besonderes zu sein, und er hoffte, dass sie nie damit aufhören würde.

»Schaffen wir das wirklich?«, fragte sie. »Schlafen wir zusammen und morgen ist trotzdem alles okay? Wir sind immer noch enge Freunde und mehr, ohne dass es seltsam oder anders zwischen uns wird?«

»Wir könnten auch die ganze Nacht aufbleiben und es wie die Karnickel treiben und sind uns morgen früh näher als je zuvor.«

Ihr blieb die Luft weg. Verdammt, diese Reaktion gefiel ihm wirklich gut. Aber er versuchte immer noch die größte Erkenntnis von allen zu verarbeiten. »Ich dachte vorhin, dass ich es heute Abend versaut habe, und dass dich das vielleicht vertreibt, hat mich fast umgebracht.«

»Versaute Sachen sind mein Job, nicht deiner«, sagte sie mit hochgezogenen Augenbrauen.

Ihre zweideutigen Erwiderungen würden ihn noch irgendwann ins Grab bringen, und der selbstzufriedene Ausdruck in ihren Augen sagte ihm, dass sie das auch wusste. »Hast du vor, mich den Rest der Nacht zu foltern?«

»Nein. Das war nur das Sahnehäubchen.« Sie strich mit den Lippen kurz über seine und legte dann den Kopf aufs Kissen. »Vielleicht war das wirklich keine gute Idee. Es ist Folter für uns beide.«

Er zog sie wieder an sich, sodass sich ihre Körper von den Oberschenkeln bis zur Brust berührten – an jedem einzelnen, herrlichen Zentimeter dazwischen. »Dann ist das ein guter Test.« Er bettete den Kopf ebenfalls wieder aufs Kissen und schaute ihr in die schläfrigen Augen. »Ich bin froh, dass du hier bist.«

»Ich auch«, flüsterte sie.

»Ich versuche, mich zu benehmen.«

Sie lachte leise. »Dito.«

Er gab ihr einen zärtlichen, langsamen Kuss und genoss jeden Moment davon, während sie die Hand von seiner Wange nahm und ihm auf die Hüfte legte. Ohne darüber nachzudenken, schob er das Becken nach vorn und sie kam ihm direkt entgegen, erwiderte den Druck genauso stark. *Benimm dich*, ermahnte er sich.

Als er den Kuss ausklingen ließ, hing seine Beherrschung bereits am seidenen Faden. Er wusste, dass er sie vermutlich zum Sex verführen konnte, oder zumindest dazu, sich von ihm verwöhnen zu lassen. Sein Schaft zuckte interessiert. Doch so wollte er ihr erstes Mal nicht erleben. Er wollte, dass sie ihn so sehr begehrte, dass sie sich nicht zurückhalten konnte. Er wollte, dass sie den Verstand vor Lust verlor. Und während er noch mit der Kontrolle über seinen Körper rang, ging ihm auf, dass er nicht nur der beste Liebhaber für sie sein wollte, sondern auch ihr letzter.

»Schlafen?«, fragte er widerstrebend.

Sie nickte, kuschelte sich fest an ihn und schloss die Augen. »Schlafen.«

Dreizehn

Emery wusste nicht, wie lange sie noch wach gelegen hatte, aber sie hatte jeden Zentimeter von Deans Körper überdeutlich an ihrem gespürt, von seinem *Longboard* bis zu den Haaren auf seiner Brust, die sie kitzelten. Seine langen Wimpern bewegten sich ein wenig, wenn er träumte, und er hielt den Arm auch im Schlaf weiter fest um sie gelegt. Vor einer Stunde hatte er sich dann auf den Rücken gedreht und ihr damit präsentiert, wonach sie sich so sehr sehnte. Sie hatte die Gelegenheit genutzt, sich aus dem Bett zu stehlen, um aufs Klo zu gehen und sich die Zähne zu putzen. Tango und Cash folgten ihr ins Bad und kuschelten sich dann neben Dean ein, als sie ins Schlafzimmer zurückkehrte. Seitdem konnte sie nicht mehr einschlafen und versuchte, den Blick von der verlockenden Erhebung unter dem Laken abzuwenden, das ihm bis zur Hüfte hinuntergerutscht war. Aber nachdem sie die ganze Nacht von der Versuchung geträumt hatte, die zwischen seinen Beinen auf sie wartete, und dann von ihrem eigenen Stöhnen aufgewacht war und die Feuchtigkeit zwischen ihren Beinen gespürt hatte, war das zunehmend vergebene Liebesmüh.

Es dauerte gefühlt Stunden, bevor die Morgendämmerung die ersten Sonnenstrahlen über seine gebräunte Haut und die straffen Bauchmuskeln schickte. *Endlich. Das war die längste Nacht meines Lebens!* Emerys Puls beschleunigte sich, als sie sich auf einen Ellenbogen aufstützte und Deans Gesicht musterte. Ein Gesicht, das sie überall wiedererkannt hätte, doch jetzt entdeckte sie Dinge, die ihr vorher entgangen waren. Seine Brauen waren heller als seine blonden Haare und der obere Teil seines Barts auch. Selbst im Schlaf trug er noch die ernste Miene eines Kriegers. *Eines Wikingers. Meines Wikingers?* Ein wohliger Schauer durchlief sie bei der Erinnerung daran, wie viel Lust er ihr am Vorabend bereitet hatte. Ihr Körper stand in Flammen und ihr Atem wurde abgehackter. Sie brauchte eine Dosis Dean.

Sie kniff die Beine zusammen und verschlang ihn weiter mit Blicken. Seine makellose Haut machte seine kantigen Gesichtszüge nicht viel weicher. *Aber dieses Lächeln,* sinnierte sie verträumt. Sein Lächeln verursachte ihr Schmetterlinge im Bauch, und wie er sie gestern Abend angesehen und mit ihr gesprochen hatte, verstärkte das Gefühl nur noch. War das schon immer so gewesen?

Er öffnete langsam die Augen, und sie beobachtete, wie die Schläfrigkeit langsam aus ihnen wich und das umwerfende Lächeln auf seinen Lippen erschien.

»*Endlich*«, platzte sie heraus, als wäre sie auf einer einsamen Insel gestrandet, von der er sie rettete. »Ist alles okay zwischen uns? Sind wir noch Freunde?«

Er zog verwirrt die Augenbrauen zusammen. »Natürlich. Warum?«

»Gott sei Dank!«

Und dann stürzte sie sich wortwörtlich auf ihn, setzte sich rittlings auf seine Hüften und eroberte seinen Mund mit einem stürmischen Kuss. »Ich habe so lange gewartet«, erklärte sie, während sie sich ihr Oberteil über den Kopf zog und es beiseitewarf. Der erste Kontakt ihrer Brüste mit seinem Oberkörper schickte ein unglaubliches Kribbeln über ihre Haut.

Dean rollte sich mit einer schnellen Bewegung mit ihr zusammen herum und in seinen Augen loderte wildes Verlangen. »Diesen Morgengruß finde ich super.«

Dann mischte sich ein fordernder Ausdruck in die Lust und er pinnte ihre Hände links und rechts von ihrem Kopf auf die Matratze. Die besitzergreifende Geste steigerte ihre Erregung nur noch. Sie hob ihm das Becken entgegen, und er küsste sie so leidenschaftlich, dass sie es am ganzen Körper spürte. Seine Hüften bewegten sich rhythmisch zwischen ihren Beinen. Inzwischen wusste sie ja um die Fähigkeiten des Orgasmusflüsterers und die Vorfreude baute sich immer weiter in ihr auf, pulsierte und pochte, bis für nichts anderes mehr Platz war.

Ihre Lippen lösten sich wieder voneinander und er küsste sanft ihre Wange, Stirn, einen Mundwinkel und die empfindliche Stelle unterhalb ihres Ohrs. Nur simple Berührungen seiner Lippen, doch jede einzelne fühlte sich erotischer an als die davor. Und als er mit dem Mund ihr Ohr streifte und sie seinen warmen Atem auf der Haut spürte, wartete sie gebannt darauf, dass er etwas sagte oder sie küsste oder …

Seine Zunge zeichnete die Rundung ihrer Ohrmuschel nach. »Wir haben es heute nicht eilig, Süße.«

Ihr entwich ein Wimmern, bevor sie es aufhalten konnte.

»Diese Laute treiben mich in den Wahnsinn. Ich bringe dich zum Wimmern, Stöhnen, zum *Betteln*.«

»Ja«, flehte sie.

Er widmete sich erneut ihrem Ohr, dieses Mal mit Küssen. Als er zu ihrem Ohrläppchen kam, saugte er daran und bewegte im gleichen Takt seine Hüften gegen ihre, seinen harten Schaft an ihrem Geschlecht. »Bist du feucht für mich, Püppi?«

Sie war überrascht, wie verlegen sie die Frage machte. Dirty Talk war eigentlich normalerweise nichts, womit sie Schwierigkeiten hatte. Sie hatte immer gewusst, dass sie das mochte, und während sie vorhin wach gelegen hatte, war ihr klar geworden, dass sie seit Monaten davon träumte, Dirty Talk mit *Deans* Stimme zu hören. Doch das hatte sie zusammen mit dem Rest ihrer Gefühle für ihn tief in sich begraben. Allerdings war es etwas ganz anderes, wenn er jetzt im Licht der aufgehenden Morgensonne so mit ihr sprach wie in ihren Träumen.

Er biss sie ins Ohrläppchen, was sie scharf Luft zwischen zusammengebissenen Zähnen einziehen ließ. »Willst du mich, Emery?«

»Mehr als alles andere.«

»Bist du feucht für mich?«

»Ja.« Sie schloss die Augen, um ihre Verlegenheit zu verstecken.

Er rieb seinen Bart an ihrem Hals und knabberte an ihrem Kinn. »Mach die Augen für mich auf. Ich will, dass du ganz hier bei mir bist. Versteck dich nicht vor uns.«

Sie gehorchte und der Ausdruck in seinem Blick war nicht erotisch – er war zutiefst emotional, und in diesem Augenblick ging ihr auf, dass er das »für mich« wiederholt hatte. Er sorgte dafür, dass dieser Moment anders war als alles zuvor. Er zeigte ihr – und sich selbst? –, dass bei ihnen beiden alles anders war. Und er hatte recht. Die Männer, mit denen sie bisher geschlafen hatte, hatten so etwas nie gewollt oder gar eingefordert.

»Ich will dich unbedingt schmecken«, raunte er ihr tief und sinnlich ins Ohr.

Ihr Mund wurde staubtrocken, und sie beobachtete ihn, wie er nach unten rutschte und Küsse auf die Wölbung ihrer Brüste drückte, um sie dann mit beiden Händen zu umfassen. Ihre

Nippel zogen sich zusammen und er verwöhnte beide mit weiteren Küssen.

»So wunderschön«, murmelte er und umkreiste mit der Zunge eine Brustwarze, bevor er über die feuchte Spur blies.

Ein erregendes Kribbeln huschte über ihre Haut und sammelte sich in ihrer Körpermitte.

»Ich liebe deine verspielten Mädels.« Er ließ der anderen Brustwarze die gleiche Aufmerksamkeit zukommen. »Ich werde dich so oft zum Kommen bringen, dass du dieses Bett nie wieder verlassen willst, Emery.«

Bevor sie etwas darauf erwidern konnte, nahm er ihren Nippel zwischen die Zähne und zog daran. Die Mischung aus Lust und Schmerz schoss wie ein Blitz durch ihren Körper und ließ sie aufschreien. Sie bog sich ihm einladend entgegen.

»Zu fest?« Er saugte zärtlich an der empfindlichen Brustwarze ohne den Blick auch nur ein einziges Mal von ihren Augen abzuwenden.

Sie schüttelte den Kopf und versuchte, ihre Stimme wiederzufinden. »Ich habe mein ganzes Leben auf jemanden wie dich gewartet.«

Erneut saugte er an ihrem Nippel, dieses Mal hart, sodass sie den Rücken wölbte, doch er drückte sie mit finsterem Blick zurück auf die Matratze. Dann neckte er mit der Zunge die empfindliche Stelle, die er gerade geschaffen hatte, und überschüttete ihre Brüste dann mit zarten Küssen. »Jetzt verstehe ich langsam, warum du Ärger mit Männern kriegst.«

»Was habe ich denn gesagt?« Die Worte waren einfach so aus ihr herausgeplatzt.

»Während ich mir ausmale, wie ich dich von Kopf bis Fuß verwöhnen will, möchte ich echt nicht hören, dass du dein Leben lang auf *jemanden wie mich* gewartet hast.«

Sie blinzelte ein paarmal und fragte sich, was daran denn so schlimm war. »Also soll ich lügen?«

Er lachte leise. »Wie wäre es, wenn du einfach den Bezug auf andere Leute rauslässt? Wir wissen doch beide, dass du dein Leben lang auf *mich* gewartet hast.«

Sie griff mit beiden Händen nach seinem Kopf und zog ihn zu sich hoch, bis sich ihre Lippen beinahe berührten. »Du bist so arrogant, und weil du mich irgendwie dazu bekommen hast, dass ich meinen Job kündige …«

»Du wurdest gefeuert«, korrigierte er sie und biss ihr sacht in die Unterlippe.

»Weil du mich irgendwie dazu bekommen hast, dass *ich meinen Job kündige*«, wiederholte sie, »und ich jetzt in deinem Bett liege, glaubst du wahrscheinlich, dass ich keine Prinzipien mehr habe.«

»Das stimmt nicht. Deine Sturheit passt zu meiner Arroganz und sie macht dich unglaublich heiß.« Er fuhr mit der Zunge über ihre Unterlippe, was sie am ganzen Körper erbeben ließ. »Ich mache mich gleich sehr, sehr vertraut mit dieser Hitze, und ich will, dass du dabei an mich denkst. Ich will nicht *irgendein* Kerl sein, der gut im Bett ist.«

Seine Verletzlichkeit erwischte sie eiskalt. Einen Moment lang lag sie einfach nur da und ließ seine Worte sacken. Wie würde sie sich fühlen, wenn er zu ihr gesagt hätte, dass er sein ganzes Leben lang auf eine Frau *wie sie* gewartet hätte? Und ihr ging auf, wie viel Macht hinter der Aussage steckte. Sie war noch nicht bereit, ihm zu sagen, dass sie ihr ganzes Leben lang auf ihn gewartet hatte, aber sie war überrascht, dass ihr die Vorstellung gar nicht so schwerfiel. Ja, in ihrem Hinterkopf lauerte auch noch die Sorge, wo sie morgen, übermorgen und in naher Zukunft stehen würden. Doch sie weigerte sich, ihre

Beziehung davon sabotieren zu lassen.

Sie drehte das Gesicht zu seinem Oberarm und leckte über seinen Bizeps. »Vielleicht solltest du mich davon überzeugen, dass du der Mann bist, auf den ich gewartet habe.«

Mit einem finsteren Grinsen vergrub er die Hände in ihren Haaren und küsste sie wild und rau, während er seine harte Länge mit schnellen, kräftigen Stößen an ihren Seidenshorts rieb. Ihr Verstand verabschiedete sich, und als er an ihrer Zunge saugte, stellte sie sich unwillkürlich vor, wie er seinen talentierten Mund eine Etage tiefer einsetzte. Sie bog sich ihm stöhnend entgegen und schob die Beine weiter auseinander. Ihr Geschlecht pochte fast schmerzhaft sehnsüchtig. Ihr persönlicher Orgasmusflüsterer rutschte wieder nach unten und verwöhnte jeden Zentimeter ihrer Haut mit Händen und Mund, von ihren Brüsten über ihre Rippen bis zum Bauch und – *oh ja bitte, unbedingt* – ihren Shorts, die er ihr mit einer schnellen Bewegung auszog. Dann spreizte er ihre Beine und ab da *flüsterte* er nicht mehr.

Er eroberte sie.

Nahm sie für sich ein.

Er überwältigte sie mit allem, was er hatte. Sein geschickter Mund neckte sie, rau und hungrig. Er knabberte und küsste, drang mit der Zunge tief in sie ein und brachte sie damit vollkommen um den Verstand. Jedes Mal, wenn sie sich auf eine Empfindung konzentrierte, fuhr er mit den Zähnen über eine neue, empfindsame Stelle. Sie konnte keinen klaren Gedanken mehr fassen und krallte sich in den Laken fest, als sie seine Finger in sich spürte. Er krümmte sie nach oben und rieb über den magischen Punkt, der sie in eine ganz neue Welt katapultierte. Dann neckte er ihre Klitoris mit den Zähnen, und sie hatte keine Ahnung, was genau er da machte, aber es war *fantastisch*. Sein Mund und seine Hände ließen ihr keine Ruhe, reizten, streichelten, küssten, bis sie nur noch aus überreizten Nervenenden bestand.

Er schob die freie Hand unter ihre Hüften und saugte an der Innenseite ihrer Oberschenkel. Seine Finger ließen nicht von ihrer intimsten Stelle ab, und sie drehte keuchend den Kopf von einer Seite auf die andere, weil sie kaum noch wusste, wohin mit all den Empfindungen. Sie rang nach Atem und der Orgasmus baute sich immer weiter in ihr auf, schickte ein Kribbeln in alle Gliedmaßen und sorgte dafür, dass ihr die Brust ganz eng wurde. Das Feuer, das unter ihrer Haut wütete, drohte sie zu verbrennen, und als er den Mund wieder auf ihr Geschlecht senkte, spürte sie es in jeder Zelle.

Oh Gott! Dean! Sie war sich nicht sicher, ob sie das laut ausgesprochen hatte. Dann fühlte sie seinen Mund tiefer, wo sie noch nie einem Mann erlaubt hatte, sie zu berühren. Er wusste so gut, was ihr gefiel, und schließlich überrollte ihr Höhepunkt sie mit einem Feuerwerk aus Lichtern und Lauten. Ihr Körper bäumte sich ihm entgegen und ihre Muskeln spannten sich an, während er ihren Orgasmus immer weiter hinauszögerte und sie dann gleich darauf in einen zweiten trieb.

Als sie schließlich auf die Matratze zurücksackte, kam er wieder nach oben und sie schmeckte sich selbst auf seinen Lippen, als er sie küsste.

»Vergiss das mit dem Orgasmus-Flüsterer«, brachte sie keuchend hervor. »Du bist ein Orgasmus-*Gott*.«

»Falsch, Püppi.« Er gab ihr einen Kuss auf den Mundwinkel. »Ich bin *dein* Orgasmus-Gott.«

Emery schloss die Augen. Ihre Wangen waren gerötet und sie atmete schwer durch leicht geöffnete, herrlich geschwollene Lippen. Ein feiner Schweißfilm überzog ihre Haut und sie war mehr als schön. Dann streckte sie die Arme nach ihm aus und zog ihn in einen weiteren Kuss.

»Ich bin dran«, murmelte sie an seinen Lippen und schubste ihn dann auf den Rücken.

Ihr Blick wanderte über seine Brust und Bauchmuskeln zu seiner Erektion, die sich deutlich unter dem Stoff seiner Boxershorts abzeichnete. Die breite Spitze seines Schafts schaute unter dem Bund hervor. Sie holte zittrig Luft und strich mit beiden Händen über seine Brust und seinen Oberschenkel, was ihn nur noch härter werden ließ.

»Du bist wie der perf…« Sie stutzte und hielt kurz inne, bevor sie ihm in die Augen schaute. Das Braun-Grün ihrer Iris war dunkler als sonst und der goldene Ring, der sie umgab, funkelte wie die Sterne am Himmel. »Du bist *mein* perfekter Spielplatz.«

Eines Tages würde sie sein Untergang sein. Er legte ihr eine Hand in den Nacken und zog sie zu sich herunter, um sie leidenschaftlich zu küssen. Dabei sah er praktisch vor sich, wie sich sein Herz öffnete und sie umfing. Er wollte sie nie wieder gehen lassen.

Plötzlich schreckte ihn lautes Klopfen an der Haustür auf und er warf einen Blick auf die Uhr. *Verdammt.*

Sie stieg von ihm herunter und schnappte sich das Laken, um es sich vor die Brust zu halten. »Erwartest du jemanden?«

Er knirschte mit den Zähnen. »Drake und Rick.« Wieder ein Hämmern an der Tür. »Sie holen mich zum Joggen ab. Ich hatte vergessen, dass wir heute früher loswollten. Drake muss sich um acht mit irgendwem treffen. Tut mir leid, Püppi. Ich schicke sie weg.« Er setzte sich auf die Bettkante und da klopfte es schon wieder. »Verdammt.«

»Schon in Ordnung.« Sie setzte sich neben ihn. »Du solltest mit ihnen laufen gehen. Ich will dich nicht für mich allein beanspruchen. Außerdem muss ich dringend eine Runde meditieren, wenn ich heute irgendetwas zustande bringen will, außer an dich zu denken.«

Er legte ihr einen Arm um die Schultern und küsste sie noch einmal. »Ich würde lieber mit dir im Bett bleiben.«

»Ich weiß, aber es ist irgendwie peinlich, sie dafür wegzuschicken, und dann bekomme ich ein schlechtes Gewissen.«

Wundervoll. »Ich mache es heute Abend wieder gut.«

»Ich habe wohl eher was bei dir gutzumachen.« Sie senkte den Blick auf seine steinharte Erektion. »Vielleicht sollte *ich* lieber die Tür aufmachen.«

Er gab ihr einen Kuss auf die Schulter. »Aber ganz sicher nicht nackt.« Er schnappte sich sein T-Shirt vom Sessel am Fester und zog es ihr über den Kopf. Der Saum reichte ihr im Stehen bis zur Mitte der Oberschenkel und sie sah unfassbar sexy darin aus. Sie gefiel ihm in seinem Shirt fast genauso gut wie in seinem Bett.

»Ich sag ihnen Bescheid, dass du gleich da bist.« Sie machte einen Schritt von ihm weg, doch er hielt sie an der Hand zurück und zog sie zwischen seine Beine.

Dann ließ er beide Hände unter das T-Shirt gleiten und umfasste ihren nackten Hintern. Schließlich schob er den Stoff nach oben und saugte an einer ihrer Brustwarzen.

»Oh«, seufzte sie verträumt. »Oder ... wir könnten sie einfach ignorieren.« Sie streichelte ihn durch die Boxershorts hindurch, was ihm ein Stöhnen entlockte. Er schob eine Hand zwischen ihre Beine.

Ein weiteres, lautes Hämmern ließ sie beide laut fluchen, doch dann mussten sie lachen.

»Ab mit dir unter die kalte Dusche. Ich sag ihnen Bescheid, dass du gleich da bist.«

Doch er hielt sie erneut auf, als sie sich zum Gehen wandte. »Du gehst da sicher nicht ohne Unterwäsche raus.«

Sie schaute an sich hinunter, als hätte sie das gar nicht bemerkt. »Dein Shirt ist doch lang genug.«

Er verengte die Augen zu Schlitzen und sie biss sich auf die Unterlippe.

»Das ist wieder so ein Moment, wo du nicht mitbekommst, was du machst, oder?«

Sie krauste die Nase. »Habe ich doch gesagt.« Sie spähte über seine Schulter zu den zerwühlten Bettlaken. »Keine Ahnung, wo meine Schlafshorts gelandet sind.«

Er stand auf und schüttelte rasch die Laken aus, wodurch die Seidenshorts zum Vorschein kamen. Dann hielt er sie ihr hin, sodass sie hineinsteigen konnte. »Ich bin echt nicht prüde, aber Unterwäsche ist in Gegenwart der Jungs Pflicht.«

»Was, wenn ich keine Unterwäsche unter meinem Kleid trage, wenn wir zusammen ausgehen?« In ihren Augen tanzte der Schalk. »Natürlich nur, damit der Zugang leichter und *unauffälliger* wird.«

»So werde ich den Ständer nie wieder los.« Er gab ihr einen Klaps auf den Hintern und sie verließ lachend das Schlafzimmer.

Unterwäsche war nicht verhandelbar, aber er hatte das Gefühl, dass es eine ganze Reihe von Angewohnheiten gab, an die er sich einfach gewöhnen musste. Als er im Bad verschwand und sich unter den kalten Duschstrahl stellte, fragte er sich, wie oft am Tag er sich wohl zukünftig auf die Zunge beißen musste.

Eine Stunde später hatten Dean, Drake, Rick und Matt ihre morgendliche Joggingrunde beinahe beendet und Dean musste immer noch Fragen über Emery ausweichen. »Ich kann mich nicht erinnern, dass ihr mich schon mal so über eine Frau ausgequetscht habt.«

»Es hat uns ja auch noch keine Frau in deinem Shirt die Tür aufgemacht«, erwiderte Drake.

»Na ja, ich hatte Glück, dass sie überhaupt was anhatte.« Er schob die Erinnerung beiseite, dass sie beinahe vollkommen gelassen die Tür aufgemacht hätte, obwohl sie unter dem Shirt splitterfasernackt war. »Sie denkt Sachen manchmal nicht zu Ende.«

Rick und Drake wechselten einen unlesbaren Blick miteinander.

»Spuckt es aus«, sagte Dean. Das Resort kam in Sicht.

»Ich war ja neulich total dafür, aber dann hat sie diesen Kerl angesprochen«, meinte Drake vorsichtig. »Und jetzt macht sie die Tür in deinem Shirt auf. Wir wollen nur nicht, dass du verletzt wirst.«

Verdammt. Den Mistkerl hatte er endlich erfolgreich verdrängt gehabt. Er spielte auch keine Rolle mehr. Sie war jetzt mit Dean zusammen. »Ich bin erwachsen. Ich kann auf mich selbst aufpassen.«

»Du hast gerade gesagt, dass sie Sachen nicht durchdenkt«, warf Rick ein. »Des liebt Emery wie eine Schwester, aber sie hat schon mal fallen lassen, dass Emery ziemlich hemmungslos ist. Darüber solltest du mal nachdenken. Mehr wollen wir auch gar nicht. Ich kann die Zahl der Frauen, die dein Haus von innen gesehen haben, an einer Hand abzählen, und alle haben irgendeine Verbindung zu uns. Schwester, beste Freundin der Schwester, Mutter ...«

»Meine Frau war bei dir zu Hause?«, fragte Matt, doch es war klar, dass er ihn nur aufzog. »Gibt's da was, das ich wissen sollte?«

Dean schüttelte den Kopf. »Du warst dabei. Das Barbecue an Halloween.«

Sie verlangsamten ihr Tempo auf Schrittgeschwindigkeit, als sie das Resort erreichten. »Hört mal«, sagte Dean. »Ich weiß, dass Emery ein Wirbelwind ist, und ich verstehe, warum ihr euch Sorgen macht. Sie ist ganz anders als die Frauen, mit denen ich sonst ausgehe, und das mit dem Kerl in der Bar stimmt auch, aber nur, weil sie mich vorher in die Kumpel-schublade gesteckt hat. Sie wollte nicht wahrhaben, was sich zwischen uns entwickelt hat.«

»Zu Emerys Verteidigung: Die Grenze zwischen Freund-schaft und Liebe zu überschreiten ist echt schwierig«, sagte Matt. »Ich erzähle es gerne noch mal – ich habe mich erst auf Mira eingelassen, als ich mir sicher war, dass ich die Zeit und Energie für eine Beziehung mit ihr habe, die sie verdient. Ich habe ein Jahr gebraucht, bis ich sie endlich um ein Date gebeten habe, danach aber nur ein paar Wochen für den Antrag. Wenn man seine Seelengefährtin findet, *weiß* man es einfach. Und zu Deans Verteidigung: Ich wünschte, ich hätte das Jahr nicht verschwendet.«

»Manchmal beißt es einen in den Hintern, wenn man Grenzen überschreitet«, brummte Drake. »Ich bin froh, dass das bei dir und meiner Schwester nicht passiert ist, und ich hoffe, dass es Dean und Emery genauso geht.«

Rick und er wechselten erneut einen angespannten Blick miteinander, doch dann wandte Rick sich wieder Dean zu.

»Nach drei Tagen macht sie deine Tür schon in deinem Shirt auf? Komm schon, Mann«, sagte er. »Kann ja sein, dass sie gut im Bett ist, aber sei vorsichtig. Wir machen uns Sorgen um dich.«

Dean ballte die Hände zu Fäusten und trat mit gestrafften Schultern dicht vor Rick. Wahrscheinlich würde er jeden Moment Feuer spucken. Er musste all seine Selbstbeherrschung aufbringen, um seinem Freund keine reinzuhauen. »Es waren nicht nur drei Tage. Wir sind uns monatelang nähergekommen, bevor wir miteinander ins Bett gegangen sind. *Monate*, Rick. Haben jeden Abend miteinander gesprochen. Ich weiß, wie ihr Hund hieß, den sie als Kind hatte, mit wem sie ihren ersten Kuss hatte, und wahrscheinlich noch hundert andere Dinge, die dir vielleicht unwichtig vorkommen, mir aber alles bedeuten, weil sie sie zu dem Menschen gemacht haben, der sie heute ist. Sie kümmert sich nicht um den Mist, der den meisten anderen Frauen so wichtig ist.« Und dann erinnerte er sich daran, wie Drake und er sich Sorgen um Rick gemacht hatten, als Desiree in sein Leben getreten war. »Du hast dich Hals über Kopf in Desiree verliebt, als du sie gerade mal ein paar *Tage* gekannt hast.«

»Mehr oder weniger über Nacht«, stimmte Drake ihm zu.

»Wir hatten dafür *Monate*, Rick. Und zwar nicht Monate voller Sex. Monate, in denen wir uns *unterhalten* und rausgefunden haben, wie der andere tickt. Ich war für sie nach beschissenen Dates da, und als sie sich entschieden hat, nie wieder was mit einem Kerl anzufangen, mit dem sie befreundet ist. Ich weiß, was sie sich vom Leben erhofft.« *Und ich weiß auch, wie sie sich selbst sabotiert.* »Ich war für sie da, als sie mit der Entscheidung gekämpft hat, ob sie aus Oak Falls wegziehen soll, und ich werde für sie da sein, wenn sie ihre Familie vermisst.« Er wich einen Schritt zurück und nahm sich einen Moment Zeit, um seine Gefühle wieder unter Kontrolle zu bekommen. »Und sie war für mich da. Sie bringt mich jedes Mal wieder runter, wenn mein Vater mich so wütend macht, dass ich ausrasten könnte. Genau wie ihr das für mich macht.«

Reue zeigte sich in Ricks Augen. »Tut mir leid, Mann.« Er breitete die Arme aus und Dean ließ sich etwas zögerlich von dem Mann umarmen, den er von Kindesbeinen an kannte. »Ich hätte wissen müssen, dass das keine Schnellschussentscheidung war. Und fürs Protokoll: Sie sah sehr *befriedigt* aus, als sie die Tür aufgemacht hat.«

Sie weiß noch nicht, was Befriedigung tatsächlich bedeutet, vielen Dank auch. »Wie wäre es, wenn wir rausfinden, wie befriedigt deine Verlobte heute ist? Ich bin am Verhungern.«

»Ich muss los«, sagte Matt.

»Noch ein Versuch an der Baby-Front?«, zog Drake ihn auf. Matt und Mira hatten kürzlich beschlossen, ihre Familie zu erweitern.

Matt lachte. »Nein, dieses Mal nicht. Wir fahren mit Hagen ins Woods Hole Science Aquarium. Ich sage euch Bescheid, wann ich das nächste Mal wieder bei der Laufrunde dabei bin.«

»Ich muss dann gleich nach dem Frühstück los«, sagte Drake. »Ich treffe mich mit jemandem, dem eine leer stehende Gewerbefläche in der Stadt gehört. Das könnte mein fünfter Laden werden.« Als sie das Resort gekauft hatten, hatte Drake seine Pläne für einen weiteren Musikladen auf Eis gelegt. Jetzt, wo das Resort eröffnet war und die Verwaltung rundlief, konnte er den Plan wieder aufnehmen.

»Viel Glück dafür«, sagte Rick.

»Ich habe noch ein paar andere Einheiten für nächste Woche auf der Liste«, sagte Drake. »Ich werde mir jetzt erst mal alles anschauen, aber erst ein Angebot abgeben, wenn die Saison vorbei ist. Da sind die Preise besser.«

Sie schlugen den Weg zum Summer House ein, und Dean entdeckte Emery, die sich lächelnd mit Desiree unterhielt und dabei enthusiastisch gestikulierte, während sie den Tisch im Garten deckten. Sie trug eine eng anliegende, schwarze Yogahose und einen leuchtend pinken Sport-BH, den er ihr nur zu gerne nachher ausziehen würde. Es wäre ihm lieber gewesen, wenn sie sich ein Shirt übergezogen hätte, damit die Jungs nicht in den Genuss des Anblicks ihres wundervollen Körpers kamen, aber er war kein Höhlenmensch. Wenigstens trug sie eine Hose.

»Tut mir echt leid, dass ich vorhin so ein Arsch war«, sagte Rick.

»Schon okay. Ich verstehe das. Ich weiß, wie es aussieht, aber sie hatte mich in dem Moment an der Angel, als sie am Abend eurer Verlobung den frechen Mund aufgemacht hat.« Ihm war klar, warum seine Freunde sich Sorgen machten, und ihm würde es genauso gehen, wenn Emery einfach so bei ihm aufgetaucht wäre und es die Monate voll tiefgründiger Gespräche und unbeschwertem, albernem Geplänkel nicht gegeben hätte. Doch er kannte sein widerspenstiges Mädchen, und sobald sie sich nicht mehr selbst im Weg stand, würde niemand mehr ihre Gefühle für ihn infrage stellen.

Vierzehn

»Ich summe gar nicht!«, protestierte Emery, obwohl sie sich nicht nur fühlte wie ein Kolibri, sondern das Nachglühen in ihrem Körper spürte, sobald sie an Dean dachte. Es wunderte sie, dass sie kein Erdbeben verursachte.

»Du hast nach deinem ersten Mal mit Oscar Martin gesummt«, erinnerte Desiree sie, während sie gemeinsam ins Haus gingen, um ein weiteres Frühstückstablett zu holen. Cosmos folgte ihnen. »Und du summst nur vor dich hin, wenn du guten Sex hattest. Warum streitest du es ab?«

Plötzlich blieb Desiree wie angewurzelt stehen, sodass Emery mit einem gedämpften »Uff!« in sie hineinlief.

Desiree fuhr mit offenem Mund zu ihr herum und starrte sie entsetzt an. »Oh nein. Wir leben uns auseinander, oder? Du hast mir früher immer von deinen Sexabenteuern erzählt. Erst reden wir nicht mehr über so was, dann verbringen wir keine Zeit mehr miteinander und ab da wird es nur noch schlimmer ...«

»Nein, wir leben uns *nicht* auseinander.« Emery hörte die Jungs im Garten, also nahm sie Desiree am Arm und zog sie von der Tür weg. Cosmos verdrückte sich wieder nach draußen. »Ich teile *alles* mit dir. Ich hatte seit Monaten keine Abenteuer, die der Erwähnung wert gewesen wären.«

»Aber du *summst* und hast Stein und Bein geschworen, dass nichts zwischen dir und Dean läuft. Oh Gott, bitte sag mir, dass du nicht mit jemand anderem was angefangen hast, während du bei ihm wohnst.«

»Ja, genau. Ich turne in meiner ersten Woche schon fleißig durch alle Betten. Schließt eure Männer ein, sonst lege ich sie alle flach.« Das brachte sie beide zum Lachen. »Und als ich das gesagt habe, war da auch nichts zwischen uns. Oder vielleicht doch, aber ich habe es mir nicht eingestanden. Und wir haben nicht miteinander geschlafen«, flüsterte sie nachdrücklich. »Aber andere Dinge getan.«

»Ha! Ich wusste es!« Desiree stemmte die Hände lächelnd in die Hüften. »Er hat dich an Weihnachten noch ganz anders angeschaut als jetzt, wo du hier wohnst. Ich wusste, dass ihr irgendwann was miteinander anfangt.«

»Dann wusstest du mehr als ich, denn mir war das nicht klar.« Emery warf einen Blick in Richtung Garten, als sie Deans unverwechselbare Stimme unter den anderen hörte, und ihr Herz machte einen kleinen Sprung. »Werd bitte nicht sauer, aber ich habe den Job im Resort gekündigt und Dean versprochen, dass ihre Gäste hierher kommen können. Das hätte ich erst mit dir absprechen sollen, aber nach der Sache mit dem Arsch in Oak Falls konnte ich nicht mit meinem Chef rumknutschen.«

»Das ist doch kein Problem, aber ich nehme dir nicht ab, dass du nicht geahnt hast, dass du was mit Dean anfängst.«

»Ich schwöre es!« Sie verstummte, als Violet die Treppe runterkam und sie neugierig musterte. »Hey, Vi. Cooler Rock.«

Violet schaute auf ihren Batik-Minirock, den sie über ihrem schwarzen Bikinihöschen trug. »Danke. Habe ich selbst gemacht.« Sie schnupperte übertrieben. »Hach, Rick ist ein guter Mann.«

Desiree wurde rot, doch Violet hatte nur die Crêpes im Sinn, die Desiree für die ganze Mannschaft gemacht hatte. Dann besann Desiree sich jedoch, verschränkte die Arme vor der Brust und schaute Emery aus schmalen Augen erwartungsvoll an.

»Ich wollte es nicht sehen«, sagte Emery. »Mehr kann ich nicht zu meiner Verteidigung vorbringen.«

»Du wolltest es nicht sehen? Wirklich? Also seid ihr jetzt ein Paar?« Sie lächelte, doch bevor Emery darauf antworten konnte, machte sich Sorge auf Desirees Gesicht breit. »Em, er ist Ricks Geschäftspartner. Sag mir bitte, dass das nicht nur eine kleine Affäre ist.«

»Ich weiß nicht, was daraus wird, aber es fühlt sich nicht an wie eine Affäre«, gab sie leise zurück. »Es fühlt sich richtig an. Mehr als alles andere zuvor, abgesehen von meinem Traum, nur noch als Rückenspezialistin zu arbeiten. Genau so fühlt es sich an, nur besser. Und das jagt mir eine Heidenangst ein.«

»Warum?«

Emery schaute noch einmal in Richtung der Stimmen draußen. Die Stimmen ihres neuen Lebens, ihrer neuen Freunde und der tiefe, sexy Bariton des Mannes, der ihre Pläne im Nullkommanichts über den Haufen geworfen hatte. »Weil ich so etwas noch nie empfunden habe, und jetzt, wo ich es nicht mehr leugne, weiß ich auch, dass ich Dates mit Freunden nicht nur abgeschworen habe, weil ich jedes Mal die Freundschaft damit kaputtgemacht habe. Ich wollte mit *niemandem* mehr ausgehen, weil ich meine Abende lieber mit Dean verbracht habe, auch auf die große Entfernung.«

»Aber das ist doch toll, Em. Wundervoll. Davor muss man

doch keine Angst haben.«

»Das ist es auch nicht. Mir macht Angst, dass ich es wahrscheinlich vermasseln werde, und das will ich auf keinen Fall.«

»Könntest du mal damit aufhören? Du wirst überhaupt nichts vermasseln.« Desiree umarmte sie fest. »Wegen dir habe ich den Mut aufgebracht, der Beziehung mit Rick eine Chance zu geben, und ich bin für dich da, Em. Egal zu welcher Tages- oder Nachtzeit. Wann immer du mich brauchst.«

»Danke. Dean wusste gestern vermutlich gar nicht mehr, woran er bei mir ist. Im einen Moment hatte ich Panik, im nächsten habe ich mich kopfüber in die Sache reingestürzt. Aber weißt du was? Er ist weder ausgeflippt noch abgehauen. Ich glaube, er versteht mich wirklich.«

»Das ist doch nicht so schwierig, Em. Du bist ein toller Mensch.«

»Gleichfalls, Schatz.« Auf dem Weg zurück nach draußen erzählte Emery ihr, dass Dean sie Chloe vorgestellt hatte. »Ich hoffe, dass sie die Genehmigung für mich bekommt, damit ich mit ein paar der Bewohner arbeiten kann, aber ich verspreche, dass das meinem Job hier nicht in die Quere kommt.«

Als sie das Haus verließen, drehte sich sicher die ganze Gruppe zu ihnen um, doch Emery sah nur Dean. Er stand auf und trug tatsächlich nichts als seine Sportshorts und ein raubtierhaftes Grinsen. Mit jedem Schritt, den er auf sie zukam, schlug ihr Herz schneller und Adrenalin rauschte durch ihre Adern. Oh Mann. Von Verleugnen keine Spur mehr. Sie war schon mitten in den Gefilden von »Der gehört mir!«.

»Hey, Püppi.« Dean gab ihr einen Kuss auf die Wange.

Dass er so offen liebevoll mit ihr umging, überraschte sie, doch dann erinnerte sie sich, wie er sich in Blaines Gegenwart und später bei seinem Freund Jonny verhalten hatte, als dieser ihre Maße für den Neoprenanzug nahm. Nein, das sollte sie wirklich nicht überraschen. Dean war ein besitzergreifender Mann, und sie mochte ihn genau so, wie er war.

»Sieht aus, als hätte Em doch kein Problem mit Männlichkeit am Morgen.« Violet prostete ihr mit ihrem Glas zu. »Auf fröhliches Vögeln für alle.«

Alle lachten, außer Dean, der ein tiefes Knurren von sich gab.

Emery drehte sein attraktives Gesicht wieder zu sich. Sie konnte sich ein Kichern nicht verkneifen, weil er schon wieder so ernst dreinschaute. »Du hast doch nicht wirklich gedacht, dass du mich küssen kannst, ohne dass Violet es der ganzen Welt verkündet, oder?«

»Das ist kein *Vögeln*«, gab er verärgert zurück.

»Ihre roten Wangen sagen da aber was ganz anderes«, warf Violet ein.

»Spielt es denn eine Rolle, wie sie es nennt?«, fragte Emery ihn. »Es zählt doch nur, wie wir dazu stehen.« Noch während sie das aussprach, fragte sie sich, wo auf einmal das Vertrauen in ihre Beziehung herkam.

Er nahm sie in die Arme, doch seine steinerne Miene verschwand nicht. Warum machte sie das so an?

»Und wie stehst du dazu, Püppi? Was ist das mit uns für dich?«

Sie holte tief Luft, nahm ihren ganzen Mut zusammen und wählte ihre nächsten Worte sehr sorgfältig. »Der Anfang von etwas, das sich zu richtig anfühlt, um falsch zu sein.«

Er senkte die Lippen auf ihre, was ihnen prompt Jubel und Pfiffe einbrachte. Cosmos bellte dabei wie verrückt.

»Hab ich euch gerade echt heiß küssen sehen?«, fragte Serena, die gerade durchs Gartentor hereinkam.

»Das fröhliche Vögeln hat begonnen«, erklärte Violet.

»Es reicht, Vi.« Dean brachte Emery zu ihrem Stuhl neben seinem, und sie schnappte sich sofort eine Erdbeere von seinem Teller. Lächelnd küsste er sie noch einmal.

»Dean hat euch wohl schon gesagt, dass ich doch nicht im Resort arbeiten werde«, meinte Emery und klaute sich noch ein Stück Obst von Deans Teller.

»Was?« Rick warf Dean einen finsteren Blick zu. »Nein, hat er nicht.«

»Sie kann nicht für mich arbeiten, wenn wir eine Beziehung führen wollen«, erklärte Dean.

»Was ist mit den Kursen, die ich schon gebucht habe?« Serena hielt eine Hand über ihren Teller, um Drake daran zu hindern, ihr einen dritten Crêpe aufzutischen. »Ich schaffe keine drei, aber danke.«

»Eure Gäste können hierher ins Summer House Inn kommen, wenn das für euch okay ist. Natürlich bekommt ihr für jede Buchung weiterhin eure Provision. Es tut mir wirklich leid, dass ich euch so hängen lasse, aber ich verspreche, dass die Anzahl der Kurse gleich bleibt und …«

»Du hättest nicht kündigen müssen.« Drake wirkte ein wenig frustriert, als er Dean einen Seitenblick zuwarf.

»Ich habe sie gefeuert«, murmelte der.

»Nein, hast du nicht. Ich habe gekündigt«, widersprach sie.

»Wir hätten eine Lösung dafür gefunden«, sagte Drake. »Wir sind doch alle Freunde.«

Emery war so unglaublich erleichtert, dass nun nicht mehr der Druck einer Arbeitsbeziehung mit Dean auf ihr lastete, dass sie die Sorge darüber wirklich nicht zurückhaben wollte. Aber sie schuldete den anderen eine Erklärung. »Danke, Drake, aber das hätte ich nie von euch verlangt, und ich hätte es auch nicht durchziehen können. Bei meinem letzten Job habe ich eine wirklich schlechte Erfahrung gemacht, als ich mich auf ein Date mit meinem Chef eingelassen habe. Das war ein Fehler, und ich konnte das Risiko nicht eingehen, dass alles den Bach runtergeht, wenn das mit Dean und mir doch nicht klappt.«

Dean drückte ihre Schulter. »Es wird klappen.«

»Das Funkeln in ihren Augen sagt mir, dass da schon ziemlich viel *geklappt* hat«, zog Violet sie auf.

»Vi«, warnte Dean sie.

Plötzlich hatte Emery jedoch Angst, dass sie ihn durch ihre Kündigung in eine schwierige Lage gebracht hatte. »Drake, wenn das ein Problem ist, kann ich …« *Das mit Dean lassen?* Das war keine Option mehr. »Ich könnte jemanden suchen, der Kurse im Resort gibt, wenn du möchtest. Ich bin mir sicher, dass es hier einen Haufen Yogalehrer gibt.«

»Nein, schon okay«, sagte Drake. »Und mach dir keine Gedanken wegen der Provision. Die brauchen wir nicht. Ich wollte nur nicht, dass du dich zur Kündigung verpflichtet fühlst.«

»Stimmt. Wir haben ja jetzt auch keine Unsummen investiert, damit du hier arbeiten kannst«, fügte Rick hinzu. »Vielleicht müssen wir das Büro neu streichen, das für dich vorgesehen war, weil Dean bei der Wandfarbe auf Butterblume bestanden hat, aber das ist keine große Sache.«

Emery wurde ganz warm ums Herz. Dean hatte gar nicht erwähnt, dass er die Farbe ausgesucht hatte. »Das hast du für mich getan?«

»Ich hätte dir auch einen Aschram gebaut«, sagte Dean gelassen. »Einen Raum in deiner Lieblingsfarbe zu streichen, war nicht besonders schwer.«

»Nein, aber du hast dir Gedanken gemacht und das ist das

Wichtigste.« Doch dann korrigierte sie sich im Stillen. *Das Zweitwichtigste. Chloe von mir zu erzählen war noch wichtiger.*

»Heißt das, ich kann das Büro haben? Ihr müsst es auch nicht neu streichen, ich liebe das Gelb«, mischte Serena sich ein. »Ich bin gerade mit Shift Home Interior im Gespräch, ob ich nicht Teilzeit für sie arbeite. Wenn ich hier ein Büro hätte, könnte ich darin Kunden empfangen und müsste nicht jedes Mal nach Hyannis pendeln.«

»Du hast schon einen Job«, erinnerte Drake sie.

»Auf Zeit«, sagte Serena. »Ich habe euch von Anfang an gesagt, dass ich euch helfe, die Resortverwaltung auf die Beine zu stellen, aber bis zum nächsten Sommer finde ich hoffentlich jemanden, der mich ersetzt, damit ich meine *eigentliche* Karriere wieder in Gang bringen kann.«

Während Serena und Drake sich weiter über das Büro unterhielten, hatte Emery das Gefühl, als wäre ihr ein riesiges Gewicht von den Schultern genommen worden. Hier in der Morgensonne und mit den Geräuschen des Meeres im Hintergrund musste sie unwillkürlich daran denken, wie sehr sich ihr Leben innerhalb weniger Tage verändert hatte. Wie sehr sie sich veränderte. Machte sie das wirklich? Ihr Leben nach einem Mann ausrichten? Ihre Brüder würden ihren Kopf auf einem Silbertablett fordern. Wenn sie das herausfanden. Entweder das oder es würde sie glatt aus den Latschen hauen.

Dean spießte ein Stück Crêpe auf und bot es ihr an. Sie schaute auf ihren leeren Teller und dann auf seinen, auf dem sich Obst und Crêpes stapelten.

»Dir schmeckt doch alles besser, wenn es auf meinem Teller liegt«, sagte er. »Also habe ich mir gleich die doppelte Portion genommen.«

Oh ja, sie richtete ihr Leben neu aus, aber nicht nach irgendeinem Mann. Nach einem ihrer besten Freunde. Einem sehr geduldigen, liebevollen, unglaublich attraktiven und sexuell talentierten Mann.

Nach einem langen, anstrengenden Tag in der Stadt und der Einrichtung ihres Yogastudios im Summer House Inn eilte Emery nach Hause, um vor ihrem Date mit Dean zu duschen. *Beispielausflug*, korrigierte sie sich lächelnd. *Beispiel, ja klar!* Der elende Kerl hatte genau gewusst, was er tat, als er ihr das Angebot gemacht hatte. Und als er ihr heute immer wieder sexy Nachrichten geschickt hatte. Das hatte sie den ganzen Nachmittag über heißgemacht und ihre Fantasie Überstunden schieben lassen. Einer ihrer Favoriten unter den Nachrichten: *Freue mich drauf, es nachher mit dir zu versauen.*

Sie flitzte in ihr Zimmer, in dem es immer noch aussah, als hätte ein Tornado gewütet. Tango und Cash hatten sich ihren offenen Koffer als Schlafplatz ausgesucht. Sie musste wirklich mal ihre Sachen aufräumen. Heute Morgen hatte sie zwanzig Minuten lang ihre Schlüssel im ganzen Haus gesucht, musste aber schließlich aufgeben und sich Desirees Auto leihen, um die Pflanzen und Bilderrahmen für ihr Studio zu holen. Die Gelegenheit hatte sie gleich genutzt, um Flyer zu verteilen – und um sich zu verfahren. *Zweimal.* Irgendwann hatte sie Dean angerufen, der sie besser angeleitet hatte, als es jedes schicke Navi je könnte. Wahrscheinlich würde sie ihre Schlüssel irgendwo unter diesem Klamottenberg finden, aber dafür hatte sie jetzt keine Zeit. Es war fast acht, und sie hatte Dean versprochen, dass sie pünktlich fertig sein würde.

Sie verpflanzte die Kätzchen aufs Bett und wühlte sich durch ihren Koffer, bis sie ihren heiß geliebten pinken Minirock fand. Er passte super zu ihrem neuen, locker fallenden grauen Tanktop, das mit einem bunten Traumfänger bestickt war. Das hatte sie vor dem Umzug in der Boutique ihrer Freundin Morgyn Montgomery gekauft.

Ihre Kosmetikprodukte waren auf der Kommode verteilt, aber sie fand ihren Rasierer einfach nicht.

Also duschte sie, benutzte Deans Rasierer für ihre pelzigen Beine und föhnte sich dann rasch die Haare, bevor sie sich anzog. Ein letzter Blick in den Spiegel. Ihre Frisur saß perfekt, locker und wellig, aber nicht zu gewollt. Sie hatte sich ähnliche Smokey Eyes geschminkt wie an dem Abend, als sie in die Bar gegangen waren. Ein paar Armreifen und hübsche, lange Ohrringe machten ihren Strandlook zusammen mit hohen Riemchensandalen schicker. Sie freute sich darauf, mit Dean auszugehen. Ganz egal, wie sie es nannten, für sie war das ein *Date*.

In der Hoffnung auf einen großen Auftritt, damit sie die Bewunderung in seinen Augen sehen konnte, straffte sie die Schultern, atmete noch einmal tief durch, um die Schmetterlinge in ihrem Bauch zu beruhigen, und öffnete die Schlafzimmertür.

Dean hob langsam den Blick und sog den Anblick von Emerys langen Beinen praktisch in sich auf. Der Saum ihres pinken, *ultrakurzen* Minirocks bedeckte gerade so das hellbraune Muttermal, das er am Morgen auf der Innenseite ihres Oberschenkels entdeckt hatte. *Mmh.* Den ganzen Tag hatte seine Erregung permanent unter der Oberfläche gesimmert, weil ihm ihr verlockender Geschmack und die verführerischen Laute einfach nicht aus dem Kopf gegangen waren.

Er setzte sein visuelles Festmahl fort, ließ den Blick über ihren Oberkörper und die Rundung ihrer Brüste unter dem hübschen Tanktop wandern, das noch hübscher auf dem Boden aussehen würde. Dann erreichte er ihren schlanken Hals und ihm lief das Wasser im Mund zusammen bei der Erinnerung daran, wie süß und heiß ihre Haut schmeckte, und wie sie sich unter ihm gewunden hatte, als er mit der Zunge ihr Ohr verwöhnte.

Schließlich verharrte er auf ihrem Mund und stellte sich vor, wie ihre sinnlichen Lippen um seinen Schaft aussehen würden und sie aus ihren wunderschönen, braun-grünen Augen zu ihm aufschaute, während sie ihn liebkoste. *Verdammt.* Jetzt war er schon wieder hart. Er könnte ihre Lippen den ganzen Tag lang anschauen. Dann zwang er sich jedoch, noch weiter nach oben zu schauen und das Meer an Gefühlen in ihren Augen ließ ihm den Atem stocken. Das brennende Verlangen, ihre Lippen an seiner Länge zu spüren, verpuffte und wurde durch die Sehnsucht ersetzt, sie in den Armen zu halten.

Er ging auf sie zu und schlang einen Arm um ihre Taille. In der anderen Hand hielt er den Blumenstrauß, den er für sie gepflückt hatte, bestehend aus Tiger-Lilien, violetten Hortensien, wilder Möhre, Sumpfschwertlilien, Margeriten und anderen Blumen, die sie sicher mochte. »Hi, meine Hübsche.«

»Blumen?«, fragte sie leise. »Du solltest Dating-Unterricht geben. Ich habe noch nie Blumen bekommen. Sie sind wunderschön. Vielen Dank.«

Ihm gefiel, dass er Emery damit ein weiteres erstes Mal

geschenkt hatte. »Nicht mal annähernd so schön wie du.«

Er hatte sie heute so sehr vermisst, dass er es kaum aushielt. Eigentlich wollte er es langsam angehen lassen, doch sein Körper hielt überhaupt nichts von *langsam*. Er küsste sie leidenschaftlich, und sie taumelten nach hinten, bis Emery mit dem Rücken an der nächsten Wand landete und einen kleinen Laut von sich gab.

Widerstrebend löste er sich von ihr. »Tut mir leid. Ich habe die Beherrschung verloren. Alles in Ordnung?«

»Ja«, gab sie keuchend zurück. »Mir tut nichts weh.«

Sie packte ihn am Shirt und zog ihn in einen weiteren, stürmischen Kuss. Am liebsten hätte er die Blumen fallen lassen und ihr die Kleidung vom Leib gerissen, damit sie beenden konnten, was sie heute Morgen angefangen hatten. Aber so sah der Plan für den Abend nicht aus. Das hier war ihr zweiter *Beispielausflug*, und sie sollte verstehen, dass sie mehr wert war als Sex, dass sie auch Spaß miteinander haben konnten, ohne sofort übereinander herzufallen. Also zwang er sich, von ihrem Mund abzulassen und stöhnte leise auf, als er sich von ihr löste.

»Das war keins der geplanten Beispiele«, sagte er streng.

Sie lachte leise. »Mein Bauchgefühl sagt mir, dass ich mir in nächster Zeit keine Gedanken um Knutscherei mit anderen Kerlen machen muss.«

In nächster Zeit, geht's noch? Er verstärkte den Griff um sie. Ja, er war bei ihr unfassbar besitzergreifend, und er würde nicht zulassen, dass irgendetwas zwischen ihnen stand.

Emery hatte wohl seine Gedanken erraten. »Wir können die Zeitangabe auch gerne rausnehmen.«

»Gott, du bist wundervoll.« Er gab ihr noch einen Kuss, dieses Mal aber nur kurz und zärtlich, weil er sich nicht wieder mitreißen lassen wollte. Dann ließ er sie los, um ihr die grünen

Arbeitsstiefel mit Stahlkappen zu zeigen, die er ihr heute gekauft hatte.

»Blumen und *Arbeitsstiefel?* Steht mein Kerl auf einen Kink, von dem ich wissen sollte?«

»Nenn mich einfach weiter deinen Kerl, dann kannst du dir sicher sein, dass ich auf *dich* stehe. Und wir können so kinky sein, wie du willst.« Er ging in die Knie und löste die Schnallen ihrer Sandalen. Dabei konnte er nicht widerstehen, die Hand über die Außenseite ihrer Oberschenkel gleiten zu lassen und ihr einen Kuss auf die gebräunte Haut unterhalb des Rocksaums zu geben.

Sie stieß einen geräuschvollen Atemzug aus. War das eine Einladung? Die Bestätigung kam, als sie die Augen genießend schloss, aber wenn er einmal damit anfing, konnte er nicht mehr aufhören, und er hatte Pläne für heute Abend. Also zwang er sich, ihr die Sandalen ganz auszuziehen.

Später würde er sicher mehr als nur eine kleine Kostprobe von ihr bekommen.

Sie schaute neugierig zu, wie er ein Paar pinke Socken aus der Hosentasche zog. »Socken«, flüsterte sie. »Du hast an alles gedacht.«

Bei Emery fiel es ihm nicht schwer, auch an die kleinen Dinge zu denken. Das passierte ganz automatisch. Er wollte, dass sie sich wohlfühlte. Aber er ließ auch keine Gelegenheit aus, um sein Territorium abzustecken. Also zeigte er ihr die Socken. Quer über den Zehen stand: *Vergeben.*

»Das darfst nur du, Großer …« Sie lächelte, als er ihr Socken und Stiefel anzog. »Woher wusstest du meine Schuhgröße?«

Er deutete auf ihre Flipflops, die er im Wohnzimmer einge-sammelt und fein säuberlich an der Terrassentür aufgereiht hatte.

»Na, du bist aber ein schlauer Junge«, sagte sie, als er sich schließlich wieder aufrichtete. Sie schlang die Arme um seinen Nacken und gab ihm einen sanften Kuss. »Die Stiefel sind wirklich hübsch. Weißt du was über das Wetter, das mir entgangen ist?«

»Nein, und keine weiteren Fragen.«

»Wenn du mir schon nicht sagst, wo es hingeht, dann sag mir wenigstens, ob ich mich umziehen muss.«

Er freute sich so sehr darüber, wie offen liebevoll sie ihm gegenüber war und wie sehr sie ihre aufkeimende Beziehung inzwischen akzeptierte. Als er sie beim Frühstück vor ihren Freunden geküsst hatte, hatte er Widerstand erwartet. Doch sie hatte sich nicht nur nicht vor ihm zurückgezogen, sondern auch gesagt, dass es sich *zu richtig anfühlte, um falsch zu sein.* Das war wie ein Sechser im Lotto gewesen. Er war fest entschlossen, ihr zu beweisen, dass ihre Fernfreundschaft die Basis ihrer Zukunft war.

Dean griff nach ihrer Hand und zog sie mit sich in die Küche. Dort füllte er eine Vase mit Wasser. »Du bist ein feuchter Traum für jeden Gärtner. Das Outfit bleibt genau so.«

Er stellte die Blumen ins Wasser, nahm sie erneut an der Hand und ging mit ihr zusammen durch die Hintertür nach draußen. »Wenn die Klamotten was abbekommen, kaufe ich dir neue.« Der Rock reichte ihr kaum über den Hintern und sie sah darin einfach zum Anbeißen aus. »Ich kaufe dir einen ganzen Schrank voll.«

Sie schlenderten durch den Garten und umrundeten die hohe Hecke, die sein Grundstück vom Rest des Resorts abschirmte. Er schätzte seine Privatsphäre, und als er das Unternehmen zusammen mit Rick und Drake übernommen hatte, hatte er eigentlich weiter in seinem Cottage in Eastham bleiben wollen. Doch dann hatte er sich auf den ersten Blick in das Haus verliebt, in dem er jetzt lebte. Es vom Rest der Hotelanlage durch eine natürliche Barriere abzutrennen, machte es perfekt. Er musste nicht zur Arbeit pendeln, außer wenn er sich um den Krankenhauspark oder die Anlagen von LOCAL kümmerte, wo er den Bewohnern auch gleich noch etwas übers Gärtnern beibrachte.

Sie folgten dem schmalen, von Wildblumen und kleinen Büschen gesäumten Pfad. Die Pflanzen hatte er bereits im Frühjahr eingesetzt. Die kleinen Solarleuchten würden angehen, sobald die Abenddämmerung das Tageslicht verblassen ließ.

Eine kräftige Brise wehte über die Dünen und Dean zog Emery dichter an sich. »Kalt?«

»Nein. Hier ist es wundervoll im Vergleich zu Oak Falls. Die hohe Luftfeuchtigkeit da saugt einem alle Lebensenergie aus.«

»*Saugen* ist ein Wort, mit dem du gerade vorsichtig sein solltest, Püppi. Ich versuche, mich davon abzulenken, wie sexy du in dem knappen Outfit aussiehst.«

Sie tat, als würde sie etwas aufschreiben. »Mehr knappe Outfits kaufen. Ist notiert.«

Fünfzehn

Als sie sich dem Ende des Pfads näherten, sagte er: »Mach die Augen zu, Püppi.«

»Hm. Ein langer, romantischer Spaziergang, die mysteriöse Aufforderung, die Augen zu schließen.« Sie gehorchte und lehnte sich an ihn. »Ich frage mich echt, welches As du noch im Ärmel hast. Da passt doch neben deinen Muskeln sowieso nicht mehr viel rein. Aber die Stiefel machen mich neugierig. Was genau haben Sie vor, Mr. Masters?«

»Unseren zweiten Beispielausflug anzugehen.«

Sie drückte seinen Arm. »Glaubst du wirklich, dass du mir *alles* zeigen kannst, was ich verdient habe, in nur *drei* Beispielausflügen? Wenn ich am Mittwoch ins Summer House ziehe, bin ich dann umfassend in Beziehungsdingen geschult? Das kommt mir eher wie ein Schnellschuss vor.«

Alles in ihm sträubte sich gegen die Erinnerung, dass sie nicht dauerhaft bei ihm eingezogen war. Er wollte nicht, dass sie wieder ging, aber mit ein bisschen Glück wollte sie morgen Nachmittag nirgendwohin außer direkt in sein Bett.

»Ich versichere dir, dass du nach unserem dritten Date ...«

»Ausflug«, korrigierte sie ihn mit einem neckenden Kichern.

»Stimmt. Nach morgen Abend wirst du nie wieder einen

anderen Mann anschauen.«

Der Pfad mündete in den Teil des Gartens, den Dean im Frühjahr angelegt hatte. Vor ihnen lag der Bereich, den er für die Terrasse eingeplant hatte, und dahinter hatte man einen herrlichen Blick auf die Bay. Paletten mit Steinplatten, verschiedene Werkzeuge und andere Gartenbaugeräte standen bereit. Ein Teil der Abgrenzung zwischen der zukünftigen Terrasse und der Rasenfläche war noch offen. Die würde er erst nach Fertigstellung mit Erde auffüllen und bepflanzen. In der Mitte der Fläche stand eine massive Roteiche und darunter ein gedeckter Tisch für zwei. Wie durch Zauberhand gingen die Solarleuchten im Baum an und funkelten über dem Tisch, auf dem eine gekühlte Flasche Wein und das Abendessen für sie bereitstand. Er hatte es bei Van Rensselaer's geholt, einem der besten Restaurants am Cape. Das Essen wartete unter schicken Servierhauben, die er sich von dem befreundeten Besitzer des Restaurants geliehen hatte.

»Okay, Em. Mach die Augen auf.«

Sie schnappte nach Luft und schaute sich groß um. »Dean.« Ohne seinen Arm loszulassen, betrachtete sie die Lichterketten, das Abendessen auf dem Tisch, das Panorama der Bay. »Das hast du alles für mich gemacht?«

»Ja, aber freu dich nicht zu früh. Schau dich mal um.«

Sie ließ den Blick über den Bereich schweifen und zog die Augenbrauen zusammen, als hätte sie erst jetzt die Paletten und anderen Dinge entdeckt, die man zum Bau einer Terrasse brauchte. »Ähm ...?«

»Wir werden zusammen die Steinplatten verlegen.«

Sie riss die wunderschönen Augen auf. »Hier baust du die Terrasse? Wirklich? Und ich darf helfen?«

Ihr Enthusiasmus brachte ihn zum Lachen. »Ja. Wenn du

Lust hast.«

Sie stürzte sich praktisch auf ihn und schlang die Arme um seinen Nacken, was ihn einen Schritt nach hinten taumeln und sie an der Taille festhalten ließ.

»Das ist der beste Ausflug aller Zeiten!« Sie grinste ihn breit an, biss sich dann aber auf die Unterlippe und ihre Augen verdunkelten sich ein wenig. Sie verstärkte den Griff um seinen Nacken. »Ich muss dir etwas gestehen.«

»Muss ich jetzt Angst haben?«

»Als du gesagt hast, dass du dich auf einen versauten Abend mit mir freust, habe ich an was anderes gedacht.«

»Keine Sorge, Püppi. Heute wird es schmutzig. *Richtig schmutzig.*«

Sie brachte ihren Mund dicht an sein Ohr. »Ich habe keine Unterwäsche an.«

Ach. Du. Scheiße.

Er strich mit einer Hand über ihren Rücken nach unten, doch als seine Finger ihr Steißbein erreichten, packte sie ihn am Handgelenk und hielt ihn auf.

»Na, na, na, Mr. Masters. Findest du es okay, wenn mir ein Mann beim zweiten Date an den nackten Hintern fasst?« Sie wand sich aus seinen Armen und strich ihren kurzen Rock demonstrativ über ihren Oberschenkeln glatt.

»Offensichtlich findest *du* es okay, da du für unser Date nichts unter dem Rock trägst.« Er fluchte unterdrückt. »Ich werde schon bei der Vorstellung hart, dass du keine Unterwäsche anhast.«

Sie rümpfte die Nase. »Sorry?«

Er zog sie wieder an sich. »Du bist eine kleine Verführerin.« Dann legte er ihr eine Hand über dem Rock auf den Hintern und drückte ihn kräftig. »Ich sollte dich gegen den Baum lehnen und mich mal um *deinen* Garten kümmern.« Wie sollte er die nächsten Minuten unter diesen Voraussetzungen überstehen? Vom Rest des Abends mal ganz abgesehen.

Sie schnappte gespielt empört nach Luft. »Mr. Masters, das ist wirklich unangebracht. So eine Frau bin ich nicht.«

»Was für eine denn dann?« Das war eine schwierige Frage, aber er kannte die Antwort bereits. Emery war eine clevere, intelligente, sexy Frau, die sich mit ihrer eigenen Sexualität durch und durch wohlfühlte, und das liebte er so an ihr.

Sie löste sich erneut aus seinen Armen und griff nach seiner Hand. »Eine Frau, die sich gerne von ihrem Kerl auf ein nettes Essen einladen lässt, damit sie ihm all seine Wünsche erfüllen kann, nachdem die hübschen, neuen Stiefel eingeweiht wurden.«

Während der letzten Tage hatte Dean sich mehr Gedanken gemacht und Emery öfter zum Lachen gebracht als alle anderen Männer, mit denen sie je ausgegangen war. Aber heute Abend? Das romantische Dinner, bestehend aus Garnelencocktail, Hummerpastete und Salat? Diese hübschen Stiefel und die Socken, die so typisch Dean waren? Und am tollsten von allem: Die Aussicht, beim Bau der Terrasse zu helfen? Die Vorstellung, etwas Schönes und Bleibendes zusammen zu erschaffen, war mehr, als sie sich je erträumt hätte. Selbst wenn dem nichts *Schmutziges* folgte, war der Abend schon jetzt das beste Date ihres Lebens.

Sie scherzten darüber, dass sie nur einen Teller benutzten, und fütterten sich gegenseitig wie die Paare in fürchterlich kitschigen Filmen. Nur fühlte sich hier nichts fürchterlich oder übertrieben an. Ihre Beziehung entwickelte sich genauso natürlich wie ihre Freundschaft davor.

Nach dem Essen lehnte Dean sich zu ihr und küsste sie langsam und sinnlich. Er legte ihr eine Hand auf den Oberschenkel und schob sie Zentimeter für Zentimeter in Richtung ihres Rocks. Schon während des Abendessens hatte er immer wieder sexuelle Annäherungsversuche gestartet, und Emery wusste schon gar nicht mehr richtig, warum sie sie eigentlich abwehren sollte. Doch zum ersten Mal in ihrem Leben wollte sie mehr Zeit mit einem Mann verbringen. Sie wollte heute Abend alles – das romantische Dinner, die gemeinsame Arbeit und viel später, wenn sie jeden Moment voll ausgekostet hatte, wollte sie den Rest von ihm.

»Ich bin so froh, dass du nicht mehr Hunderte von Meilen entfernt bist.«

»Ich auch. Ich kann es immer noch nicht fassen, dass wir *zusammen* sind.« Sie schob seine Hand von ihrem Bein. »Mr. Masters, behalten Sie Ihre Hände bitte bei sich«, wies sie ihn streng zurecht, doch sie hatte nicht vor, ewig so zugeknöpft zu bleiben. Damit versagte sie nicht nur ihm Vergnügen, sondern auch sich selbst. Und sie stellte überrascht fest, dass jede Ablehnung ihre Erregung weiter steigerte.

»Meine Hände führen ein Eigenleben, aber ich bemühe mich, sie auf andere Gedanken zu bringen. Wie kommst du denn hier klar, so ganz ohne deine Familie?« Er senkte den Mund auf ihren Hals und verteilte kleine Küsschen entlang ihrer Schulter.

Sie versuchte, sich auf seine Frage zu konzentrieren und nicht auf die Hitze, die sich zwischen ihren Beinen sammelte. »Ich bin heute Morgen ziemlich gut klar*gekommen*. Keine

Ahnung, warum meine Familie da mitmischen soll.«

Er hob den Kopf und grinste sie an. »Du bist ein ganz schön unanständiges Mädchen.«

»Nein, ich bin *dein* unanständiges Mädchen«, sagte sie. Sie war ein bisschen beschwipst vom Wein – und von ihrem sexy Geplänkel. »Die Formulierung ist entscheidend, Mr. Masters. Bei einem romantischen Dinner möchte eine Frau gerne das Gefühl haben, die *einzige* zu sein, an die ihr Partner denkt, und nicht, als könnte sie jede beliebige Frau auf dem Planeten sein.«

»Es gibt niemanden, mit dem ich lieber zusammen wäre als mit dir.« Er schob ihr eine Haarsträhne hinters Ohr. »Aber mal im Ernst, Emery. Wie geht's dir damit, dass deine Familie so weit weg ist?«

Die Frage brachte sie einen Moment lang aus dem Konzept. Zwischen ihnen knisterte es heiß, und er machte sich Sorgen, ob sie Heimweh hatte? Bis jetzt war sie niemandem außer ihrer Familie wichtig genug gewesen, dass man sie nach so etwas gefragt hätte. »Gut. Ich hatte noch gar keine Zeit, sie zu vermissen.«

Er musterte ihr Gesicht einen Moment lang, als würde er sich ihre Antwort durch den Kopf gehen lassen. »Eine deiner Sorgen vor dem Umzug hierher war Heimweh. Ich wollte nur sichergehen, dass es dir gut geht.« Dann stand er auf und zog sie mit sich auf die Beine. »Bereit für den schmutzigen Teil des Abends?« Er wackelte mit den Augenbrauen.

»Okay, Casanova. Zeig mir, wie man Steinplatten verlegt.«

»Ich kann bei dir gerne was verlegen, aber das werden keine Steinplatten sein.« Er zog sie an sich und gab ihr einen tiefen Kuss. »Hab dir doch gesagt, dass wir Freunde und mehr sein können«, murmelte er lächelnd an ihren Lippen.

»Lass uns mit der Terrasse anfangen, damit wir zu dem *mehr* übergehen können?«

Lachend machte Dean einen Schritt von ihr weg und drehte sich um, um es sich in der Hose ein wenig bequemer zu machen. »Ich hätte jetzt schon Lust auf *mehr*.«

»Keine Chance. Du hast versprochen, dass ich bei der Terrasse helfen darf, und bei meinem Beispielausflug sollte ein Mann doch seine Versprechen halten.« Sie umarmte ihn von hinten und strich ihm mit beiden Händen über die Brust, dann hinunter über seine Bauchmuskeln und den Reißverschluss seiner Hose, unter dem sie seine Erektion spürte. »Mir gefällt, dass du so auf mich reagierst.«

Als er sich zu ihr umdrehte, ergriff sie die Flucht. Er erwischte sie jedoch an der Taille und sie zappelte lachend, als er sie auf die Grünfläche trug. Dort drehte er sie zu sich um und eroberte ihren Mund mit einem herrlich sinnlichen Kuss. Seine Hand fand ihren Weg unter ihren Rock und er umfasste ihren Hintern. Das Gefühl seiner großen, von der Arbeit harten Finger auf ihrer Haut ließ sie scharf Luft holen.

»Du legst es echt drauf an.« Doch sein Lächeln lockte sie nur noch mehr, ihn weiter zu triezen.

»Ich lege es mit *dir* drauf an. Immer schön aufpassen, was Sie sagen, Mr. Masters.« Sie wusste nicht, was in sie gefahren war, doch es fühlte sich gut an, ihm so offen zu zeigen, dass sie zu ihm gehörte und sich gegen seine Erektion zu schmiegen. Zum ersten Mal fühlte es sich auch so an, als könnte sie wirklich sie selbst sein, ohne sich zurückzuhalten, und das war *fantastisch*. »Was ist los, Großer? Wird es dir zu heiß? Bin ich dir zu viel?«

»Niemals«, presste er zwischen zusammengebissenen Zähnen hervor.

Sie liebte es, wenn er kurz davor stand, die Beherrschung zu verlieren. Er sollte vor Verlangen den Verstand verlieren, damit er sich nicht mehr beherrschen *konnte*, wenn sie zurück im Cottage waren. Die Vorstellung, die pure Lust am eigenen Leib zu erfahren, die sie in seinen Augen sah und mit jeder seiner Berührungen spürte, machte es ihr mit jedem Mal schwerer, ihn abzuweisen.

»Kannst du dich nicht auf unsere Aufgabe konzentrieren? Ich glaube, dafür gibt es ein Wort. *Chaos? Wirbelwind?*«, zog sie ihn auf und schlenderte die Hüften schwingend zu den Steinplatten hinüber.

»Dieses Spiel kann man auch zu zweit spielen.« Er griff nach hinten und zog sich das Shirt über den Kopf. »Komm schon, Süße. Machen wir uns ans Plattenverlegen.«

Emery war ja hart im Nehmen, aber Dean Masters, der mit nacktem Oberkörper große Steinbrocken schleppte und dabei quasi Pheromone verströmte, war wirklich beeindruckend. Er bewegte sich mit geschmeidiger Eleganz, hievte Steine durch die Gegend und richtete sie perfekt aus. Ihre Körper streiften sich immer wieder, während er ihr zeigte, wie man die hübschen Platten am besten platzierte und die richtigen Winkel wählte. Er erklärte jeden Schritt in allen Einzelheiten, die bestimmt auch alle wichtig waren, aber sie konnte sich einfach nicht auf seine Worte konzentrieren, solange er halb nackt vor ihr stand.

Er schleppte die größeren Steinbrocken, doch Emery bestand darauf, die kleineren Stücke zu übernehmen. Innerhalb kürzester Zeit waren sie beide staubig und schmutzig. Ihr Outfit war im Eimer, aber das war ihr egal. Mit Dean zu arbeiten war aufregend und inspirierend. Er war nicht nur sehr freigiebig mit Küssen und sexy Streicheleinheiten, sondern auch ein Picasso mit Steinplatten. Er verwirklichte ihren Vorschlag einer Sonne, die man im Muster der Terrasse erkennen sollte. Sie suchten die passenden Steine sorgfältig zusammen aus, nahmen lange, schmale Stücke für die Strahlen und kompaktere für das Herz der Sonne. Dabei plauderten sie zwanglos miteinander, tauschten zweideutige Kommentare aus und alles war herrlich angenehm. Emery erzählte ihm, wie sehr sie sich darauf freute, vielleicht bald im betreuten Wohnen zu arbeiten, und Dean bat sie erneut, ihn zum Benefizdinner zu begleiten. Dieses Mal sagte sie fest zu. Sie wollte für ihn da sein. Wenn sie jetzt noch lernen könnte, ihre Meinung für sich zu behalten, würde sie das bevorstehende Kennenlernen mit seinem Vater vielleicht nicht so nervös machen.

»Pass bloß auf, bis meine Brüder Wind davon bekommen, dass ich auf ein Schickimicki-Benefizdinner gehe. Das glauben die nie.«

Dean schaute von der Steinplatte auf, die er gerade ausrichtete. In seinen Augen spiegelte sich das Mondlicht. Sein Oberkörper glänzte trotz des kühlen Winds, der über die Dünen zu ihnen hinaufblies, verschwitzt von der harten Arbeit. Er war pure Männlichkeit und Muskeln, doch ihr Magen machte nicht deswegen schon wieder einen Hüpfer. Sondern weil er sie ansah, als wäre sie schon immer Teil seines Lebens gewesen und würde es auch immer sein. Wenn sie die Erotik und Sinnlichkeit wegließ, blieb die Kraft ihrer Freundschaft zurück.

»Wir machen ein Foto von uns, wenn wir uns herausgeputzt haben, und schicken es ihnen.«

»Von uns«, murmelte sie. »Du bist ein besitzergreifender Mann.«

»Erst, seit du da bist, Püppi.« Er war mit der Position des Steins zufrieden und richtete sich wieder auf. »Ethan, Alec und Austin sollten sehen, wer sich um ihre kleine Schwester kümmert.«

»Ach ja?« Normalerweise würde sie so eine Bemerkung auf die Palme bringen. Die Vorstellung, dass ein Mann sich um sie kümmerte, war doch ziemlich nah dran an der überbordenden Fürsorge ihrer Brüder. Aber in ihrer Beziehung mit Dean entsprach nichts ihrer üblichen Normalität und sie mochte es, wenn er so was sagte. Sie fühlte sich dabei beschützt, aber irgendwie anders als sonst. Besser als sonst. Vielleicht war ihr der Wein mehr zu Kopf gestiegen, als sie gedacht hatte.

Oder vielleicht hatte Dean recht und sie waren wirklich füreinander bestimmt.

»Wie schick ist dieses Dinner eigentlich?«, fragte sie.

»Eher Country Club als ›Ich kriege einen Ständer, weil der Schlitz in deinem kleinen Schwarzen bis fast zum Hauptgewinn reicht‹. Wir wollen ja die anwesenden Ehefrauen nicht verärgern, weil ihre Männer den ganzen Abend mein Mädchen angaffen.«

Sie bückte sich nach ihrer Wasserflasche, was ihm einen schrillen Pfiff entlockte. »Baby, wenn du dich noch mal so bückst, kann man mich für nichts mehr verantwortlich machen.«

Das gefiel ihr ausnehmend gut. Sie ließ den Blick über das herrliche Mosaik aus Steinen in verschiedenen Farbschattierungen schweifen, das sie inzwischen gelegt hatten. »Das ist der beste Abend meines Lebens.«

»Meiner auch, Püppi«, sagte er nachdenklich. »Aber das ist erst der Anfang. Wir sind ein tolles Team.«

»Ja«, sagte sie ein wenig atemlos. »Wie lange machen wir heute noch?«

Sein Blick glitt über den Boden und verharrte auf ihren Stiefeln, bevor er ihren Körper hinaufwanderte und schließlich an ihren Oberschenkeln hängen blieb, was die Schmetterlinge in ihrem Bauch zu neuem Leben erweckte. Dean leckte sich über die Lippen und kam auf sie zu, während er den Blick nun auf ihre Brüste richtete. Ihre Brustwarzen zogen sich unter dem hitzigen Ausdruck in seinen zu Schlitzen verengten Augen zusammen. Sie rührte sich nicht von der Stelle, als er wie ein Löwe auf der Pirsch auf sie zuging und ihr die Wasserflasche aus der Hand nahm, um sie auf den Boden zu stellen.

»Ich glaube, wir sollten uns eine Weile auf etwas anderes konzentrieren.« Er gab ihr einen Kuss auf die Schulter. »Am besten auf dich.« Damit schob er eine Hand unter ihren Rock und umfasste ihren Hintern mit festem, forderndem Griff. »Und diese nackte Perfektion.«

Seine Hand war rau und warm, und er zog ihren Körper hart an seinen, bevor sich ihre Lippen zu einem tiefen Kuss fanden, der nach Wein und der einzigartig männlichen Essenz von *Dean* schmeckte. Heißes Verlangen rauschte durch ihre Adern. Als er die andere Hand in ihre Haare schob und ihren Kopf mit der Dominanz zur Seite neigte, die sie inzwischen so gut von ihm kannte, breiteten sich Funken von ihrer Kopfhaut bis in die Zehen aus. Und dann legte sich in ihr ein Schalter um. Plötzlich konnte sie keine Sekunde länger warten, sie brauchte unbedingt mehr von ihm, musste ihm emotional und körperlich noch näherkommen. Sie hielt sich an seinen Schultern fest und stellte sich auf die Zehenspitzen, um sich noch fester an seinen großen, muskulösen Körper zu schmiegen. Sie schlang ein Bein um seine und drückte sich mit Schwung vom Boden ab. Er lächelte an ihren Lippen und hob sie mühelos hoch. Ihr entwich ein erleichtertes Seufzen, als sie endlich die Beine um seine Taille schlingen konnte.

Sie streichelte mit beiden Händen über seine warme Haut,

über die harten Muskeln und fuhr mit den Fingern durch seine kurzen Haare. Er atmete ebenso schwer wie sie. Als sie seine Hand auf ihrer Brust spürte, verschaffte ihr das erneut etwas Erleichterung, und sie stöhnte in den Kuss, während sie sich an seinen Bauchmuskeln rieb, weil sie noch so viel mehr brauchte.

Sein Griff an ihrem Hintern verstärkte sich und er schlug – sehr zügig – den Weg in Richtung des Pfads ein.

»Wo willst du denn hin?«, fragte sie zwischen zwei Küssen. »Hier sieht uns doch niemand.«

Er beschleunigte seine Schritte, bis er schließlich rannte. »Ich habe keinen Sex in der Öffentlichkeit mit dir – und ich bin zu dreckig, um dich so zu verwöhnen, wie es mir vorschwebt.«

Oh, das klang doch hervorragend! »Was ist mit dem Geschirr und dem ganzen Werkzeug?«

»Darum kümmere ich mich morgen.«

In Windeseile näherten sie sich seinem Haus und ihre Zähne trafen beim nächsten Kuss aufeinander. Dann erreichten sie seinen Garten und er trug sie zur Außendusche.

»Ich brauche dich so sehr«, sagte er und drehte die Dusche auf, woraufhin warmes Wasser auf sie niederprasselte. Dass sie noch voll bekleidet waren, störte sie nicht weiter, sie waren ganz auf den Kuss fokussiert.

Er zog ihr das Top über den Kopf und öffnete den Vorderverschluss ihres BHs, um die Cups eilig zur Seite zu schieben und direkt eine ihrer Brustwarzen in den Mund zu nehmen. Ein heißer Lustblitz schoss durch ihren Körper.

»Oh Dean, das fühlt sich so gut an.«

Jedes Saugen schickte noch mehr Hitze zwischen ihre Beine. Sie stellte sich auf die Zehenspitzen und er riss sich gerade lange genug von ihr los, um ihr den Rock bis nach unten über die Beine zu ziehen. Dann lag sein Mund wieder auf ihrem und sie kämpfte mit dem Knopf seiner Shorts, die sie ihm rasch über die Hüften schob, sobald er offen war. Der Stoff verhedderte sich an seinen Stiefeln und er balancierte fluchend auf einem Bein, während er sich Schuhe und Hose auszog. Dann versuchte er, ihr ebenfalls die Stiefel auszuziehen, doch ihre Füße hingen darin fest, weil sie mit Wasser vollgelaufen waren, und jedes Mal, wenn er daran zog, musste sie wieder lachen. Das brachte tiefere Gefühle an die Oberfläche, die ihr Herz ins Stolpern geraten ließen. Sie war außer Atem und konnte trotzdem zum ersten Mal seit Langem frei atmen.

Er ließ den Blick über ihren Körper wandern und schlang erneut die Arme um sie. »Oh Mann, Emery. Du bist perfekt.«

Sie legte die Arme um seinen Nacken. »Wir wissen beide, dass ich nicht mal annähernd perfekt bin, aber ich gehöre *dir*.« Die Worte kamen ihr so leicht, so ehrlich über die Lippen und sie hatte keinerlei Zweifel mehr.

Er erstarrte für einen Moment, bevor er sie auf die Arme hob, doch sie wusste, dass sich in diesem kurzen Augenblick alles verändert hatte.

»Du gehörst mir und ich dir«, sagte er und senkte sie auf seinen Schaft.

Warmes Wasser lief ihr über den Rücken, Tropfen sammelten sich in seinem Bart und rannen ihm über die Schultern. Ihr Geschlecht nahm ihn auf und pulsierte um seine herrliche Länge. Sie spürte, wie er in ihr zuckte und sich dann tiefer in sie schob. Mit geschlossenen Augen genoss sie jeden einzelnen Zentimeter. Er füllte sie vollständig aus, und sie konnte das lustvolle Stöhnen nicht zurückhalten, das ihr über die Lippen perlte. Sie krallte die Fingernägel in seine nasse Haut, als die Lust und der Schmerz sie mit sich rissen. Guter Schmerz, den sie morgen noch spüren und sich bei jeder Bewegung wieder nach ihm sehnen würde.

»*Fuck!*«, fluchte er plötzlich. »Kondom.«

Er wollte sie hochheben, doch sie drückte die Finger fester in seine Schultern. »Ich nehme die Pille. Außer du machst dir Sorgen, dass …«

»Nein«, erwiderte er rau. »Ich bin gesund. Noch nie ohne Kondom.«

Sie grinste von einem Ohr zum anderen und schaute zwischen ihre Körper zu der Stelle, wo seine Länge zur Hälfte in ihr verschwand.

»Bis jetzt, Püppi. Ich schwöre es. Ich würde dich nie einer Gefahr aussetzen. Seit wir uns kennengelernt haben, war ich mit keiner Frau mehr im Bett.«

Das traf sie unerwartet bis ins Herz. »Ich hatte auch keinen Sex. Inzwischen ist mir klar, dass ich nicht nur keine Dates mehr mit Freunden wollte. Ich hatte gar keine Dates mehr, weil ich meine Abende lieber mit dir verbracht habe, Entfernung hin oder her.« Sie sah praktisch, wie die Zahnrädchen in seinem Kopf ratterten, und wusste, dass ihn dieses Geständnis überraschte.

»Und dein ehemaliger Chef? Wollte er mehr von dir, als du geben konntest?«

Sie nickte. »Ich war wohl noch nicht bereit, es zuzugeben, aber ich wollte nur dich.« Sie suchte mit den Lippen seine und flüsterte: »Und jetzt schlaf mit mir, bevor ich durchdrehe.«

Als er ganz in ihr versunken war, schob er die Finger in ihre Haare und sah ihr tief in die Augen. »Du«, stieß er keuchend hervor und sie spürte seinen Schaft, der in ihr pulsierte wie ein Herzschlag, »bist perfekt *für mich*.«

<h1 style="text-align:center">Sechzehn</h1>

Die Grenze zwischen Realität und Fantasie verschwand in den frühen Stunden des Mittwochmorgens. Dean und Emery waren nach dem hektischen, fantastischen Intermezzo unter der Dusche schließlich in seinem Bett gelandet, wo er sie ausgiebig geliebt hatte. *Und dann weniger anständig,* dachte er grinsend. Emery war wie eine Tigerin im Bett, wenn auch eine süße. Sie übernahm ebenso gerne die Führung wie er, was den Sex so heiß machte wie noch nie zuvor. Jetzt lag er nach zwei Stunden Schlaf wieder neben ihr wach, und sein Herz war so voller Emotionen, dass ihn die Sehnsucht überwältigte, sie noch einmal zu lieben, langsam und sinnlich. Heißer Sex war großartig, aber er wollte, dass sie seine Liebe tiefer spürte, dass sie verstand, dass ihre Beziehung bedeutsamer war als alles, was er bis dato erlebt hatte – und sie ebenso.

Sie lag auf dem Bauch, das Laken bedeckte nur eins ihrer Beine und ihr herrlicher Hintern lockte ihn zu sich. Bisher hatte er nie sonderlich auf Hintern gestanden, doch bei Emery liebte er einfach jeden Teil ihres Körpers. Vorsichtig rutschte er ein Stück nach unten und strich mit den Fingern zart über die Rückseiten ihrer Beine, bevor er der unsichtbaren Spur mit dem Mund folgte. Sein Herz zog sich schmerzhaft zusammen, als sich die Realität nun doch wieder zu Wort meldete. Heute war Mittwoch. Emery würde ausziehen. Er hatte so lange darauf gewartet, mit ihr zusammen zu sein, und er wusste nicht, wie er überleben sollte, wenn er nun nicht mehr mit ihr in den Armen aufwachte.

Er verdrängte den Gedanken mühsam und drückte die Lippen auf die weiche Haut ihrer Kniekehle, weil er nicht zulassen würde, dass die Realität die letzten paar Stunden ruinierte, die sie noch zusammen unter seinem Dach verbrachten. Er küsste sich über ihre Oberschenkel nach oben und schob ihre Beine etwas weiter auseinander, damit er sich dazwischenlegen konnte. Emery gab wieder dieses Wimmern von sich, das er so sehr liebte, und er fuhr mit der Zunge zwischen ihren Pobacken entlang. Sie drängte sich ihm entgegen und er nutzte die Gelegenheit, um sie auf den Rücken zu drehen. Dann legte er sich erneut zwischen ihre Beine und umfasste eine ihrer Brüste.

»Guten Morgen, meine Hübsche.« Er saugte an ihrer Süße und rieb ihre Brustwarze fest genug zwischen den Fingern, um ihr damit ein lustvolles Keuchen zu entlocken.

Sie stemmte sich auf die Ellenbogen hoch. »Wow«, brachte sie atemlos hervor und kam auf die Knie, bevor sie sich umdrehte und sich am Kopfteil des Betts festhielt. »Dein Mund ist der beste Wecker aller Zeiten.«

Er rückte nach und legte sich auf den Rücken, sodass sie über seinem Gesicht kniete. Dann hielt er sie an den Hüften fest und zog sie nach unten, damit er sie noch intensiver liebkosen konnte. Sie bog stöhnend den Rücken durch und als er ihre Klitoris mit den Fingern neckte, gab sie noch mehr süchtig machende Laute von sich. Der Druck ihrer Oberschenkel an seinem Kopf wurde stärker und schickte Hitze direkt in seinen Schritt. Seine Erektion war fast schmerzhaft hart und wollte auch gerne etwas von dem Vergnügen abbekommen. Er leckte über ihre empfindsame Mitte, brachte sie an den Rand des Orgasmus, nur um dann langsamer zu werden, bis sie sich gegen seinen Mund drängte.

»Bitte ...«, flehte sie.

Er gab alles, was er hatte, verwöhnte sie mit Mund und Händen, bis sie aufstöhnte und sich schließlich ihrem Höhepunkt ergab.

»Ach du ... Himmel«, brachte sie keuchend hervor, doch er ließ nicht von ihr ab.

Stattdessen hielt er sie noch fester, ließ sie seine Zunge noch tiefer spüren und genoss jedes herrliche Zucken ihrer Muskeln, als sie seinen Namen wieder und wieder rief. Laute, die er nie vergessen würde. Er wollte noch so viel mehr davon hören, dass er an nichts anderes denken konnte. Also brachte er sie direkt wieder zum Orgasmus.

Als sie schließlich auf ihm zusammensackte, drehte er sich mit ihr herum und umfing ihren bebenden Körper. Sein Bart war feucht von ihrer Lust und ihr Geschmack frisch und aufregend. Er sollte sich den Mund abwischen, aber er konnte nicht warten. Beide Hände schob er unter ihren Kopf und hielt sie am Nacken fest, während er die Lippen auf ihre senkte. Sie erwiderte den Kuss leidenschaftlich und es schien sie nicht zu kümmern, dass sie sich selbst auf seiner Zunge schmeckte. Das weckte noch mehr seiner primitiven Triebe. Fort war jeder Gedanke an langsam und vorsichtig. Würde er das bei ihr je schaffen? Sie war die Erde für seine Wurzeln, die Sonne für seine Blüte. Sie war seine andere Hälfte, von deren Existenz er bisher nichts gewusst hatte.

Er winkelte eins ihrer Beine an und drang mit einem tiefen

Stoß in sie ein. Sie stöhnten beide auf und verharrten einen Moment. Sie war so eng und ihm ging auf, dass sie die letzte Nacht vermutlich deutlich spürte. Rasch zog er sich zurück und entdeckte Tränen in ihren Augen. Scharfer Schmerz durchfuhr seine Brust.

»*Fuck.* Es tut mir leid, Püppi. Habe ich dich verletzt?«

Sie schüttelte den Kopf. »Nein, nein. Das ist es nicht.« Sie schloss die Augen für einen Moment und als sie sie wieder öffnete, verschwand der Schmerz in seinem Herz. »Du bist auch perfekt für mich.«

Nachdem sich ihre Atmung wieder beruhigt hatte und die letzten Nachwehen verklungen waren, stieg Dean aus dem Bett und zog die schläfrige, zufriedene Emery mit sich. Sie stöhnte leise und lehnte sich entspannt gegen ihn. Er hatte sie geliebt, als wäre er von Amor persönlich beseelt und als wäre er ausgehungert wie jemand, den man gerade aus dem Gefängnis entlassen hatte. Es war weder langsam noch vorsichtig gewesen, aber wundervoll und genau richtig.

»Gehen wir schnell duschen und schauen uns dann den Sonnenaufgang an. Beispielausflug Nummer drei.« Das machte wieder wach.

Sie spähte mit zusammengekniffenen Augen an ihm vorbei zum Nachttisch. »Ist das …« Sie lehnte sich nach vorn und schaute in die halb geöffnete Schublade. »Meine Kette?«

Er griff hinein und holte das Lederband mit den beiden kleinen Anhängern heraus. »Die habe ich kurz nach deinem Einzug auf der Couch gefunden.«

»Und behalten«, gab sie mit einem verspielten Lächeln zurück.

»Ich hätte vorher fragen sollen, aber ja. Damit fühle ich mich dir näher.«

»Hm. Ob das Serienmörder auch sagen, wenn sie eine Haarsträhne von ihren Opfern behalten?«

Er biss die Zähne zusammen, auch wenn sie ihn damit offenbar nur aufziehen wollte. »Wenn du es so ausdrückst, klingt es gruselig. Hier.« Er reichte ihr die Kette und schloss ihre Finger darum.

»Weißt du, was die Anhänger bedeuten?«

Er schüttelte den Kopf.

»Du weißt ja, dass ich Zwilling bin, das ist ein Luftzeichen. Mein Vater hat immer gesagt, dass ich wie der Wind bin, schwer einzufangen und leicht mitzureißen, zu abenteuerlustig, um sesshaft zu werden.« Sie drehte die Anhänger um und deutete auf den, auf dem drei Schnörkel zu sehen waren. »Luftzeichen. Nach meinem Highschool-Abschluss wollte ich nicht irgendwohin weit weg aufs College, also habe ich es mit dem Community College versucht. Aber ich konnte dem Unterricht nicht folgen. Bin in Gedanken ständig abgeschweift und fast gestorben vor Langeweile. Ich war immer echt schlecht in der Schule. Na ja, zumindest dieser Form von Schule. Meine Mom hat vorgeschlagen, dass ich Sportkurse besuche, um was gegen die Langeweile zu tun. Im nächsten Jahr habe ich mich sicher für zwanzig verschiedene Sportarten eingetragen und eine war schnarchiger als die andere. Von Yoga habe ich mich ganz bewusst ferngehalten, weil ich …«

»Weil du ein Wirbelwind bist?«, beendete er den Satz für sie.

Sie lachte leise. »Genau. Na ja, eines Tages hat mir Desiree erzählt, dass ihre Mutter eine große Anhängerin von Meditation ist – und das, obwohl sie damals so gut wie nie über ihre Mutter gesprochen hat. Du weißt ja, dass Lizza nie lange an einem Ort bleibt. Also habe ich mir gedacht, dass ein Versuch ja nicht schaden kann, und einen Yogakurs belegt. Das hat mein Leben verändert. Zum ersten Mal in meinem Leben war es ruhig genug in meinem Kopf, damit ich stillsitzen konnte. Als Lizza das nächste Mal einen Abstecher in unsere Stadt gemacht hat, um Desiree zu besuchen, habe ich auf sie gewartet. Ich habe ihr erzählt, wie sich Yoga auf mich auswirkt. Zu diesem Zeitpunkt war es schon mein sicherer Hafen geworden. Du weißt ja, dass ich mich eigentlich nur auf der Matte vollständig fühle, und sie hat das verstanden. Ich werde nie vergessen, wie sie mir eine Hand auf den Arm gelegt und gesagt hat: ›Du bist ein Wasserzeichen. Du brauchst das.‹ Allerdings bin ich kein Wasserzeichen, was ich ihr auch gesagt habe. Doch sie hat darauf bestanden, dass sie mich umgeben von Wasser sieht. Und da habe ich mich erinnert, dass meine Mutter mit mir eine Wassergeburt hatte. Das war damals total in. Und Lizza sagte: ›Siehst du? Du bist ein einzigartiger Mensch. Du bist ein Luft- und ein Wasserzeichen.‹«

Sie deutete auf den anderen Anhänger, der an Wellen erinnerte. »Als ich das nächste Mal in der Stadt war, habe ich die beiden Anhänger gekauft.«

»Für was steht Wasser?«, fragte er neugierig.

»Wasserzeichen sind intuitiv und emotional. Sie sind sehr sensibel und ein bisschen geheimnisvoll.«

»Lizza hat sicher viele Fehler, aber in diesem Punkt stimme ich ihr zu, Püppi. Wenn ich dir in die Augen sehe, könnte ich in ihren Tiefen versinken.«

Sie schmiegte sich an seine Seite. »Dein Wikinger-Image

leidet ein bisschen unter so viel Romantik.« Sie schenkte ihm ein Lächeln. »Ich mag es, dass du einen Teil von mir bei dir haben wolltest. Behalt die Kette.« Sie legte sie in die Schublade zurück und griff dann nach seiner Hand, um ihn aus dem Schlafzimmer zu ziehen. »Du kannst mir während unserer *schnellen* Dusche dafür danken.«

Sie duschten alles andere als schnell, aber wie war er eigentlich auf die Idee gekommen, das hinzukriegen, wenn er die Hände seines sexy Mädchens auf seinem ganzen Körper spürte?

Doch es war ihr Mund, der ihn um den Verstand brachte, als sie sich auf die Knie sinken ließ und forderte: »Benutz meinen Mund, als würde er dir gehören.«

Gott. Diese Frau …

Sie so zu sehen, wie sie ihm alles gab und nur kurz innehielt, um seine Hoden mit der Zunge zu verwöhnen, raubte ihm das letzte bisschen Vernunft. Doch er würde seine Püppi nicht enttäuschen. Er lehnte sich gegen die Wand der Duschkabine, vergrub die Hände in ihren Haaren und übernahm die Führung, wie sie es verlangt hatte. Dabei achtete er darauf, dass sie genug Luft bekam und bewegte sich mit einer gewissen Zurückhaltung. Schließlich umfasste sie seine Hoden hart und löste den Mund von seinem Schaft.

»Sei nicht so vorsichtig«, befahl sie. »Mann, Großer. Kennst du mich immer noch nicht?«

Verdammter Mist. Dass sie perfekt zusammenpassten, war wohl die Untertreibung des Jahrhunderts. Sie waren zwei vom gleichen Schlag.

Er beugte sich nach unten und küsste sie leidenschaftlich, bevor er den Griff in ihren Haaren verstärkte. »Halt mich auf, wenn ich mich zu sehr in dir verliere und zu weit gehe.«

»Versprochen.« Sie schob ihn wieder nach oben und legte

die schlanken Finger um seine Länge, um ein paarmal daran auf und ab zu streichen, bevor sie die Zunge um seine Spitze kreisen ließ.

Seine Hoden zogen sich zusammen. »Blas mir einen, Baby. Mach es richtig.«

Feuer loderte in ihren Augen auf und im nächsten Moment saugte und streichelte sie ihn, als würde ihr Leben davon abhängen und brachte ihn damit innerhalb kürzester Zeit an den Rand des Orgasmus. Als sie langsamer wurde, bewegte er die Hüften dagegen und zog an ihren Haaren. Sie gehorchte enthusiastisch und zog leicht an seinen Hoden. Seine Brust wurde eng und er kniff die Augen zusammen.

»Emery …«, warnte er sie.

Sie packte ihn an den Oberschenkeln und nahm ihn tiefer und schneller in sich auf – und katapultierte ihn damit in den Orgasmus. Eine gewaltige Welle überrollte ihn, und sie nahm alles, was er ihr gab. Seine Muskeln zuckten unter den Nachwehen, als sie ihn sauber leckte und dann wieder aufstand. Er zog sie fest an sich, und sie fasste ihn am Kinn, um ihn in einen verzehrenden Kuss zu verwickeln. Sie schmeckte nach ihm und darunter nach seiner fantastischen Püppi. Am Ende des tiefen, sinnlichen Kusses schmeckte sie nur noch nach ihrem süßen, liebevollen Selbst.

Als er wieder bei Sinnen war, wuschen sie sich zärtlich gegenseitig, und anschließend wickelte er sie in ein Handtuch, wobei er sich noch ein paar heiße Küsse stahl.

»Wenn du so weitermachst, verpassen wir noch den Sonnenaufgang.« Ihr Lachen erfüllte den Raum – und sein Herz.

»Wir haben noch Tausende von Sonnenuntergängen vor uns«, meinte er.

»Vielleicht«, neckte sie ihn.

»Kleines Biest.« Er gab ihr einen Klaps auf den Hintern und sie flitzte aus dem Bad in Richtung ihres Zimmers.

Es fühlte sich seltsam an, allein in sein Schlafzimmer zurückzukehren, wo Emerys Duft noch in der Luft hing. Während er sich anzog, eilten seine Gedanken schon ein ganzes Stück voraus und sein Magen krampfte sich zusammen. Wie sollte er sie denn gehen lassen?

Zwanzig Minuten später saßen sie in Pullover und Shorts gekleidet auf einer Decke in den Dünen und schauten aufs Meer hinaus. Erste rote, orangefarbene und violette Streifen zeigten sich am Horizont. Emerys Kopf ruhte an seiner Schulter, und es fühlte sich an, als wäre sie ein Puzzlestück am vorgesehenen Platz. Er hatte eine Thermoskanne mit Eiswasser und Zitronenscheiben mitgebracht, aus der sie abwechselnd tranken. Für ihn war das die perfekte Art, den Tag zu begrüßen.

»Um diese Zeit mache ich am liebsten Yoga. Bevor die Welt aufwacht, wenn ich ganz allein mit dem Geschenk eines neuen Tags bin.«

»Das ist eine schöne Formulierung. Ein *Geschenk*.«

»Oh, ich rausche vielleicht manchmal durchs Leben, als würde alles nur auf mich warten, aber glaub mir, ich weiß, dass jeder Tag ein Geschenk ist. Eine Möglichkeit, uns in so vieler Hinsicht zu erneuern.«

»Wie das?«

»Wenn wir einen Fehler machen, haben wir am nächsten Tag die Möglichkeit, ihn wiedergutzumachen oder ihn hinter uns zu lassen. Das Geschenk einer weiteren Chance. Eines Neuanfangs.« Sie schaute zu ihm hoch. »Deswegen liebe ich Yoga am frühen Morgen so sehr. Es erdet mich wie sonst nichts. Es ist, als hätten Körper, Geist und Seele damit eine Gelegenheit, zusammenzukommen, ohne dass es in heillosem Chaos endet.«

»Du ohne Chaos?« Er lehnte sich zu ihr und gab ihr einen Kuss. »Ich weiß nicht, ob ich mir das vorstellen will.«

Sie lachte leise. »Du erdest mich auch irgendwie.«

Ein warmes Gefühl breitete sich in ihm aus. »Ach ja? Wie das?«

»Keine Ahnung, aber du bringst mich dazu, Dinge aus einer anderen Perspektive zu betrachten. Das klingt vielleicht komisch, weil ich mich bei dir die ganze Zeit schon anders verhalte als sonst. Aber ich fühle mich mehr wie ich selbst als je zuvor.« Sie richtete den Blick wieder aufs Wasser, über dem die Sonne immer weiter aufging. »Seit unserem ersten Kuss … Ja, der ist noch nicht lange her, aber seit diesem Kuss wollte ich mich nicht einmal zurückhalten.«

Er strich ihr die Haare nach hinten, um ihr Gesicht besser zu sehen, und als sie sich zu ihm umdrehte, waren ihre Wangen gerötet.

»Ich habe versucht, dagegen anzukämpfen«, gab sie zu. »Weil ich unsere Freundschaft nicht aufs Spiel setzen wollte. Aber wenn wir zusammen sind, fühle ich mich vollkommen hemmungslos. Mir war gar nicht klar, dass ich so noch nie bei einem anderen Menschen empfunden habe.«

»Weil du dich bei mir sicher fühlst«, sagte er. »Wir haben über die Monate viel miteinander geteilt. Manches hätte ich lieber nicht gehört und ich bin mir sicher, dass es dir ab und zu genauso ging, wenn ich was erzählt habe. Aber ich habe dich nie für etwas verurteilt und du mich auch nicht. Das schafft ein Gefühl von Sicherheit.«

»So habe ich das gar nicht gesehen. Für mich waren wir einfach Freunde, die ihren Alltag miteinander teilen. Als du mir von deinen Dates erzählt hast, wollte ich dich glücklich sehen, aber jetzt weiß ich, dass die Riesenpackung Eis an den Abenden meiner Eifersucht geschuldet war.«

»Nicht dein Ernst.« Er drückte sie fester an sich. »Ich kann mir Eifersucht bei dir gar nicht vorstellen.«

»Ach nein? Ich hätte Chloe im ersten Moment am liebsten die Augen ausgekratzt. Sie hat dich angesehen, als würde sie Anspruch auf dich erheben und als würdet ihr euch auf einer intimeren Ebene kennen.«

Das überraschte ihn. »Wir kennen uns schon ewig, aber wir sind nie miteinander ausgegangen. Sie ist eine Freundin, anders als die ganzen Pferde liebenden, Lasso schwingenden Cowboys, deine sogenannten Freunde in Oak Falls.«

Sie vergrub das Gesicht an seiner Brust. »Und trotzdem willst du mich.«

Er hob ihr Kinn an und schaute ihr tief in die Augen. »Mehr als du dir vorstellen kannst. Ich mag dich so, wie du bist. Ich lasse mich durch nichts vertreiben, und ich werde nicht zulassen, dass du unsere Beziehung sabotierst, wenn du kalte Füße bekommst.«

Sie runzelte die Stirn. »Du glaubst also, dass du mich so gut kennst?«

»Nein. Du bist nicht der Typ Frau, die ein Mann irgendwann komplett durchschaut. Du bist Kraft und Leidenschaft, zu wild, um gezähmt zu werden, und zu intelligent, um dich von irgendwem unterbuttern zu lassen. Du bist wie der Ozean, formst die Landschaft um dich herum, während du durchs Leben gehst. Ich werde dir sicher nie im Weg stehen. Du würdest mich sowieso einfach umrennen.«

Sie kam auf die Knie und rutschte zwischen seine Beine. Die aufgehende Sonne verlieh ihr eine zauberhafte Schönheit.

»So siehst du mich also? Dass ich so viel Macht besitze? Dass ich von anderen verlange, sich zu ändern, um meine Bedürfnisse zu befriedigen?«

Der niedergeschlagene Ausdruck in ihren Augen verriet ihm, dass sie nicht verstanden hatte, wie wundervoll er fand, was er ihr zu erklären versucht hatte. »Ich sehe dich als kraftvoll und wunderschön, aber du verlangst nicht von anderen, sich zu ändern. Du akzeptierst dich selbst so, wie du bist, und du tust, was du tun musst, um deine Ziele zu erreichen. Daran ist nichts falsch.«

Er gab ihr einen liebevollen Kuss, doch die Unsicherheit verschwand nicht aus ihrem Blick. »Emery, du forderst nichts von anderen. Du bist wunderschön und leidenschaftlich. Du strahlst wie die Sonne und bist heiß wie die wildeste Nacht. Du bist das kleine Mädchen, das Himmel und Erde in Bewegung gesetzt hat, damit ihre beste Freundin wieder auf die Beine kommt und ein glückliches Leben führt, nachdem ihre Mutter ihr das Herz gebrochen hat. Du bist die starke Frau, die sich nicht mit weniger zufriedengibt, als sie verdient.«

Erneut stiegen ihr Tränen in die Augen, wie vorhin im Schlafzimmer.

»Du verlangst nicht von anderen, dass sie sich ändern. Aber du lässt dir auch nichts gefallen. Wenn man dich nicht anständig behandelt, gehst du. Ich würde auch nie von dir verlangen, dass du dich änderst. Ich habe dich nur gebeten, mit offenen Augen in unsere Beziehung zu gehen, damit du nicht *versehentlich* alles über Bord wirfst.«

Sie schlang die Arme um seinen Nacken und legte den Kopf auf seine Schulter. »So gut wie du hat mich noch nie jemand verstanden.«

Er drückte sie fest an sich und wünschte sich, dass die Sonne noch ein paar Stunden zum Aufgehen brauchte, damit sie bleiben konnten, wo sie waren, abgeschirmt vom Rest der Welt. Doch dann konnte er nicht mehr zurückhalten, was ihn schon die ganze Zeit über beschäftigte. »Ich wünschte, du würdest bleiben und nicht in die Pension ziehen.«

Sie schwieg einen Moment lang.

»Es ist noch zu früh«, sagte er und das schmerzte ihn mehr, als er zugeben wollte. Hätte er doch lieber den Mund gehalten. »Tut mir leid, dass ich es angesprochen habe.«

Sie lehnte sich etwas nach hinten und schaute ihm sehr ernst in die Augen. »Ich könnte einfach behaupten, dass es für mich okay ist, aber ich habe immer noch Angst, dich zu vertreiben, und ich will nicht, dass wir Schluss machen.«

»Du wirst mich nicht vertreiben.«

»Dann lass mich das mir selbst beweisen. Der Umzug in die Pension wird hart, vor allem, weil ich süchtig nach dir bin. Ich kann mir nicht mal vorstellen, in einem anderen Zimmer aufzuwachen, geschweige denn in einem anderen Haus. Aber ich muss wissen, dass das mit uns echt ist. Und wenn es das ist, machen die paar Hundert Meter auch keinen Unterschied.«

Am liebsten hätte er dagegen argumentiert. Er brauchte keinen Beweis dafür, dass ihre Beziehung ein bisschen Abstand zwischen ihnen aushielt – sie waren immerhin monatelang deutlich weiter voneinander entfernt gewesen –, aber er gab nach, damit sie das für sich abhaken konnte. »Okay, Püppi.«

Sie legte den Kopf wieder an seine Schulter und schwieg so lange, dass er schon hoffte, sie würde es sich anders überlegen.

»Du bist echt gut mit diesen Beispielausflügen«, sagte sie schließlich. »Ich will nicht damit aufhören. Wenn wir damit nicht weitermachen, daten wir einander offiziell, und das ist die Phase, in der man Fehler am anderen findet. Alles wird sich verändern. Und wenn dann noch dazukommt, dass ich ausziehe …«

Sie hob den Kopf wieder und in ihren Augen stand so viel Angst. Er umfasste ihr Gesicht mit beiden Händen und hielt sie fest, sodass sie den Blick nicht abwenden konnte und die Aufrichtigkeit in seinem ertragen musste. »Nein, meine Süße. Wir hatten Monate Zeit, um Fehler aneinander zu finden. Wenn sich einer bemerkbar macht, leben wir damit, und über die, bei denen das nicht geht, reden wir, bis wir einen Weg finden, sie zu akzeptieren. Etwas Gutes muss nicht zwingend in einer Enttäuschung enden. Wir gehen von Beispielausflügen zu einer richtigen Beziehung über, bei der du mich offiziell als Partner bezeichnen kannst, und ich werde alles tun, um sicherzustellen, dass du diese Entscheidung nie bereust.«

Siebzehn

Emery verbrachte den Mittwochabend mit Desiree in Province-town. Sie brauchte ein bisschen Mädelszeit, und es hielt sie wunderbar davon ab, sofort wieder zu Dean zu rennen und zu ihm ins Bett zu kriechen. Sie hatte noch nicht eine Nacht allein verbracht und vermisste ihn trotzdem schon. Als sie über Weihnachten zu Besuch gewesen war, hatte sie sich in der Pension wie zu Hause gefühlt und sich eine Zukunft hier ohne Probleme vorstellen können. Als sie jetzt jedoch kurz nach Mitternacht ihre Zimmertür hinter sich schloss, war alles anders. An Weihnachten war das große viktorianische Haus voller Freunde gewesen. Und sie selbst war an Deans Seite gewesen, hatte aus seinem Glas getrunken, von seinem Teller gegessen, mit ihm gelacht und gescherzt.

Geflirtet.

Sie setzte sich auf die Bettkante und starrte ihr Gepäck an, das sie bis jetzt noch nicht ausgepackt hatte. Am Anfang hatten sie nur hemmungslos miteinander geflirtet und sich irgendwann ineinander verliebt. Sie strich mit einem Finger über das Armkettchen, das er ihr geschenkt hatte, und vermisste einfach alles an ihm. Sein Lachen, seinen ernsten Gesichtsausdruck, der von einem Moment auf den anderen so sinnlich wurde, dass ihr

Herz aus dem Takt geriet. Gott, sie vermisste sogar, wie er sie berührte, wenn er an ihr vorbeiging, das Kratzen seines Barts auf ihrer Haut, wenn sie sich küssten. Und wie sie das vermisste. Aber sie hatte die richtige Entscheidung getroffen, bei ihrem Plan zu bleiben und in die Pension zu ziehen. Zum ersten Mal in ihrem Leben dachte sie gründlich darüber nach, was sie tun wollte.

Und es war schrecklich.

Sie spielte mit dem Saum ihres Sommerkleids und fragte sich, ob Dean wohl schon schlief. Hatten Tango und Cash sich neben ihm zusammengerollt? Oder lag Dean wach und fragte sich, was sie gerade machte? Sie hatten gechattet, bevor sie mit Desiree ausgegangen war, und er hatte ihr gesagt, dass er sie jetzt schon vermisste, und ihr viel Spaß gewünscht.

Der Abend war wirklich lustig gewesen.

Sie hatten sogar Pläne geschmiedet, sich im Herbst auf die Suche nach einem Hochzeitskleid für Desiree zu machen, auch wenn sie und Rick noch kein Datum festgelegt hatten.

Aber jetzt war sie damit fertig. Sie hatte Zeit mit ihrer besten Freundin verbracht.

Jetzt wollte sie Zeit mit Dean verbringen.

Sie stand auf und wich auf dem Weg zum Bad ihren offenen Taschen und raushängenden Klamotten aus. Dort wusch sie sich das Gesicht und putzte sich die Zähne. Als sie ihre Zahnbürste neben das Waschbecken stellte, fühlte sich sogar das einsam an, weil Deans nicht daneben stand. Mann, sie hatte sie echt nicht mehr alle. Seit wann gingen ihr solche Sachen durch den Kopf? Sie zog sich das Kleid aus und warf es in den Wäschekorb. Dann zog sie sich ein Seidentop und Schlafshorts über und setzte sich erneut auf die Bettkante, dieses Mal mit dem Handy in der Hand. Ihr Finger schwebte über Deans

Namen in der Anrufliste.

Kam sie zu anhänglich rüber, wenn sie anrief? Er hatte sie gebeten, bei ihm zu bleiben. Also würde er sich doch bestimmt darüber freuen.

Oder er schlief schon …

Hach. Aber sie vermisste ihn. Wie sollte sie denn schlafen, ohne seine Stimme zu hören, nachdem sie seit Monaten fast jeden Abend mit ihm sprach und nachdem sie seit ihrer Ankunft am Cape ständig zusammen gewesen waren?

Man konnte doch nicht von ihr erwarten, dass sie auf kalten Entzug ging.

Das wäre Folter und Dean wollte sicher nicht, dass sie litt. Da war sie sich absolut sicher.

Aber vielleicht wollte er sie ja nicht mehr, wenn sie anhänglich wurde …

Sie schaute zum Bad und da kam ihr eine Idee. Ihr Herz klopfte wild, als sie ihn anrief.

Er antwortete beim ersten Klingeln. »Hey, Püppi. Ist alles in Ordnung?«

Der Klang seiner Stimme schickte eine Welle der Erleichterung durch sie hindurch. Sie ließ sich auf den Rücken fallen. »Ja, super.« Okay, das war gelogen.

»Hattest du einen schönen Abend mit Des?«

»Mhm. Wir sind durch P-town spaziert, haben geredet und so.«

»Gut. Und wie ist dein Zimmer?«

Einsam ohne dich. Aber das behielt sie für sich. »Okay, aber … Ich, hm, habe mich nur gefragt, ob du vielleicht vorbeikommen und dir mein Waschbecken ansehen könntest? Es … funktioniert nicht richtig.«

»Dein Waschbecken? Klar, wann?«

»Jetzt?« Sie schloss die Augen und hoffte, dass das nicht armselig klang.

»Natürlich.« Sie hörte ein Geräusch, als würde er aufstehen. War er auf der Couch oder schon im Bett?

»Ich will dir keine Umstände machen.«

»Du machst mir nie Umstände.« Seine Schlüssel klimperten. »Ich bin auf dem Weg, Püppi. Das kriegen wir schon hin.«

Gott. Sei. Dank. Dean hatte im Bett einer langen, schlaflosen Nacht entgegengesehen, in der er nur an Emery denken konnte. Er stieg in seinen Pick-up und fuhr rasch zur Pension hinüber. Das ging schneller als laufen und er musste sie jetzt sofort wieder in seinen Armen spüren.

Die Pension lag im Dunkeln, nur in Emerys Zimmer im ersten Stock brannte noch Licht. Mit dem Werkzeugkasten in der Hand sprang er immer zwei Stufen auf einmal nehmend die Verandatreppe hinauf, ermahnte sich aber, dass er ihr Waschbecken reparieren sollte, nicht sie in die Arme nehmen. Er wollte sie auf keinen Fall verschrecken, indem er zu schnell zu viel wollte.

Also zwang er sich, langsamer zu machen, doch als er die Hand zum Klopfen hob, ging die Tür auf, bevor er Gelegenheit dazu hatte. Da stand Emery und sah in ihrem Spaghetti-Top und den Seidenshorts unglaublich schön und zum Anbeißen aus.

»Hi«, begrüßte sie ihn leise.

»Hi.« Er kämpfte gegen den Impuls, den Werkzeugkasten fallen zu lassen und sie in die Arme zu reißen. Warum war er so nervös? Er hatte das Gefühl, dass ihre gemeinsame Zukunft davon abhing, wie er jetzt mit dieser Situation umging. Sie hatte ihn um Hilfe gebeten, nicht darum, dass er sie nach Hause holte. Keine Ahnung, wann das passiert war, aber inzwischen betrachtete er sein Haus als ihr gemeinsames Zuhause – und da war es auch egal, dass sie erst ein paar Tage zusammen dort verbracht hatten. Für ihn hatte das schon angefangen, bevor sie ans Cape gezogen war. Ab irgendeinem Zeitpunkt war das Nachhausekommen abends fest damit verknüpft, ihre Stimme am Telefon oder im Videocall zu hören.

Er gab ihr einen Kuss, der nach Zahnpasta und unendlicher Erleichterung schmeckte. Wie konnten sich ein paar Stunden nur nach einer halben Ewigkeit anfühlen?

»Danke, dass du gekommen bist. Mein … hm … Waschbecken ist oben in meinem Zimmer.« Sie warf einen Blick in Richtung Treppe.

»Okay, schauen wir uns das mal an.«

Er folgte ihr die Stufen hinauf. Ihr Hüftschwung in den Seidenshorts ließ seinen Schaft interessiert aufmerken. *Ganz ruhig, Junge.*

Sie öffnete die Tür zu ihrem Zimmer und er ließ den Blick über die eleganten Kissen auf dem großen Himmelbett, ihre geöffneten Taschen und Koffer und den Klamottenberg auf dem Sessel schweifen. Es roch angenehm nach Rosen, aber auffällig *nicht* nach Emery. Das Bett war zu kitschig, die Möbel zu schick. Alles hier fühlte sich falsch an. Sie gehörte in sein Haus.

»Könntest du die Tür zumachen?«, fragte sie. »Ich will niemanden aufwecken.«

Während er die Tür schloss, ermahnte er sich erneut, nicht zu viel in die Situation hineinzuinterpretieren oder seinen

Wünschen zu erlauben, die Kontrolle zu übernehmen.

»Das Bad ist da drüben.« Sie deutete auf die andere Tür auf der gegenüberliegenden Seite des Raums.

Sie ging hinein, und auch wenn das Bad relativ groß war, hatte er zwischen dem antiken Waschtisch und ihr kaum genug Platz. Er legte ihr eine Hand auf die Hüfte und stellte den Werkzeugkasten ab, was sie auf Augenhöhe miteinander brachte. Am liebsten würde er ihr das sexy Oberteil ausziehen und mit der Zunge ihre harten Brustwarzen umkreisen, bevor er die Lippen darum schloss. Es war jedes Mal wieder herrlich, wie sehr es sie erregte, wenn er sie mit dem Mund verwöhnte. Allein die Vorstellung ließ ihn hart werden.

Ihre Blicke trafen sich und er konnte gar nicht anders, als ihr Gesicht mit beiden Händen zu umfassen und ihr tief in die Augen zu sehen. Er wollte ihr so viel sagen. *Ich vermisse dich. Komm mit mir nach Haus. Du siehst wunderschön aus. Du gehörst zu mir.* Doch er hatte sie bereits gebeten, bei ihm zu bleiben, und er musste ihren Wunsch nach Abstand respektieren – und sei es nur, um ihr zu beweisen, dass die Beziehung zwischen ihnen echt war.

Also gab er ihr einen Kuss auf die Stirn und sog ihren verführerischen Duft ein. »Ich werde immer da sein, wenn du mich brauchst.« Er versuchte, aus den Gefühlen für sie Kraft zu schöpfen, als er sich von ihr löste. »Kümmern wir uns um dein Waschbecken.«

Er drehte die Wasserhähne auf und prüfte die Temperatur. Heiß und kalt funktionierte einwandfrei.

»Hier scheint alles in Ordnung zu sein.« Er schaute unter dem Waschbecken nach einem Leck, doch alles war trocken. Als sein Blick im Spiegel auf Emery fiel, biss sie sich gerade auf die Unterlippe, konnte ihr Lächeln jedoch nicht ganz unterdrücken.

Und die Röte, die ihr in die Wangen stieg, ließ ihm ein Licht aufgehen. Wieso hatte er das nicht gleich gemerkt?

»Ich glaube, ich weiß, was mit deinem Waschbecken nicht stimmt«, sagte er und drehte sich zu ihr um.

»Ach ja?« Sie blinzelte ein paarmal und in ihren faszinierenden, braun-grünen Augen entdeckte er Überraschung und Neugierde, als würde sie wirklich davon ausgehen, dass er etwas gefunden hatte.

Er hob sie auf die Kante des Waschbeckens und drängte sich zwischen ihre Beine, bis ihre Körper sich aneinanderdrängten. Lust schimmerte in ihren Augen, was ihm verriet, dass er richtig lag. »Ihm fehlt eine ordentliche Taufe.«

Als er die Lippen auf ihre senkte, berührte sie ihn an der Wange und ihm ging auf, dass sie seinen Bart streichelte, als würde sie sich ebenso nach ihm sehnen wie er sich nach ihr.

»Ich habe dich auch vermisst, Püppi.« Er schob die Finger in ihre Haare und küsste sie erneut, tiefer, und konnte sein aufgestautes Verlangen dabei nicht länger verstecken. Kurz ließ er von ihr ab, um ihr das Top über den Kopf zu ziehen und dann eine ihrer Brüste zu umfassen. Emery keuchte und stöhnte und im nächsten Moment schloss er die Lippen um ihre Brustwarze.

Sie schnappte erregt nach Luft, bog sich ihm entgegen und schob gleichzeitig sein Shirt nach oben. »Ich glaube, meine Matratze muss auch mal überprüft werden.«

Er lachte leise und eroberte ihren Mund mit einem stürmischen Kuss. Dann nahm er sie auf die Arme und trug sie ins Schlafzimmer, während er mit den Fingern unter ihre dünnen Seidenshorts fuhr, bis er ihre feuchte Hitze fand. »Verdammt, Baby. Ich schwöre, dass ich nicht nur Sex von dir will.« Er legte sie aufs Bett und stützte sich über ihr ab. »Mir ist klar, dass du noch Bedenkzeit brauchst, und ich werde dich auch nicht drängen, aber ich will, dass du eins weißt: Ich will dich bei mir. Immer.«

»Ich will …«

Er brachte sie mit einem langen, sinnlichen Kuss zum Schweigen, und als sie ein kleines Wimmern von sich gab, das er so sehr liebte, dehnte er den Kuss noch weiter aus. Als ihre Lippen sich schließlich wieder voneinander trennten, hatte sie die Augen halb geschlossen und ihr Blick war verführerisch.

»Sag nichts, Püppi«, flüsterte er, weil er sein Versprechen einhalten wollte. »Deine Küsse lassen mich spüren, wie viel ich dir bedeute. Ich sehe es in deinen Augen. Wenn der richtige Zeitpunkt da ist, werden wir uns beide sicher sein.«

»Bleibst du heute Nacht bei mir?«, fragte sie atemlos.

»Nichts könnte mich davon abhalten.«

Achtzehn

Am Freitagmorgen kippte Emery ihre Yogatasche auf ihrem Bett in der Pension aus, wo der Inhalt zwischen Klamottenbergen und anderen Dingen landete. Vor zwei Tagen war sie bei Dean ausgezogen und sie lebte immer noch aus dem Koffer. Auspacken hatte nun auch nicht weit oben auf ihrer Prioritätenliste gestanden. Die meiste Zeit ging für die Planung ihrer Kurse und den Terrassenbau mit Dean drauf. Dazu kamen noch die stundenlangen abendlichen Telefonate mit ihm – wie früher, nur mit höherem Sexy-Faktor.

Sie sah zum x-ten Mal ihre Hilfsmittel durch, dieses Mal auf der Suche nach einem ihrer Gurte. Chloe hat ihr am Mittwochnachmittag Bescheid gegeben, dass sie mit Rose arbeiten durfte und Roses Tochter Patty Gable, die sich um die Finanzen der alten Dame kümmerte, die Rechnungen übernehmen würde. Emery hatte alles über E-Mails mit Patty geklärt, die wirklich nett zu sein schien und sehr darauf hoffte, dass Emery ihrer Mutter helfen konnte. Außerdem hatte sie sich mit Rose unterhalten, die lieber gestern als morgen anfangen wollte, und die erste Session war für heute angesetzt. Emery freute sich genauso darauf und war froh, dass Rose von ihrer Tochter so unterstützt wurde.

»Immer noch keine Schlüssel?«

Sie schaute auf und entdeckte Dean, der am Türrahmen lehnte und ihn praktisch komplett mit seinem Körper ausfüllte. Seine Haare waren nach der Dusche noch nass und in den Shorts und dem engen T-Shirt sah er so unfassbar heiß aus. Sie war früh aufgestanden, um zu meditieren, und hatte einen Blick auf Dean erhascht, als er mit Rick und Drake ihre Joggingrunde startete. Als er nach Hause gekommen war, hatte sie in seinem Cottage auf ihn gewartet. Sie waren übereinander hergefallen, als hätten sie sich seit Wochen nicht mehr gesehen, und hatten dann unter der Dusche weitergemacht und sich prompt wieder eingesaut. Anschließend wuschen sie sich gegenseitig von Kopf bis Fuß, was den vorherigen Ausgang wiederholt hatte. Das war ein Kreislauf, den sie sehr genoss, aber dann musste sie schnell zurück zur Pension, um sich für die Stunde mit Rose fertig zu machen. Den ganzen Morgen hatte sie vor sich hin gesummt – was auch Desiree nicht entgangen war.

»Die Schlüssel kann ich wohl abschreiben. Ist es immer noch okay, dass ich mir deinen Pick-up leihe, um zu LOCAL zu fahren?« Sie stemmte die Hände in die Hüften und ließ den Blick über ihre geöffneten Taschen gleiten. »Ich suche nur noch einen meiner Yogagurte.«

»Yogagurte? Klingt kinky. Hast du mal in diesem Geheimfach in deinen Schuhen nach dem Schlüssel geschaut?«

Das war wieder mal typisch, dass er die Frage nach seinem Auto ignorierte und sich dafür lieber auf die sexy Dinge konzentrierte. Das liebte sie so sehr an ihm.

Er musterte sie von oben bis unten. »Irgendwelche anderen Geheimfächer, in denen ich mal nachsehen sollte?«

»Nicht in meiner Yogahose.«

Dean griff in seine Hosentasche und reichte ihr einen

Schlüsselbund.

»Du hast meine Schlüssel gefunden? Was ist mit meinem Armkettchen? Und den Schlüsseln für deinen Golfwagen?«

»Nein, tut mir leid. Mein Haus hat sich offenbar in ein Bermudadreieck verwandelt. Ich habe Austin gestern angerufen, als du mir das mit den Schlüsseln gesagt hast. Er ist bei dem Händler vorbeigefahren, bei dem du das Auto gekauft hast, und hat mir die Ersatzschlüssel per Express geschickt. Sie sind gerade eben angekommen.«

Sie atmete erleichtert auf. »Das hast du für mich getan? Und er auch?«

»Wir passen auf dich auf, Püppi.« Er zog sie an sich. »Und jetzt erzähl mir mehr über diese Gurte. Vielleicht sollten wir die mal zusammen ausprobieren.« Er wackelte vielsagend mit den Augenbrauen.

»Kein Sex mit meinen Yogahilfsmitteln! Außerdem wäre Seide doch besser, findest du nicht?« Sie stellte sich auf die Zehenspitzen und gab ihm einen schnellen Kuss. »Wir müssen noch kurz meine Matte und die Decken aus meinem Studio holen.«

Er warf einen Blick auf ihr Gepäck. »Du solltest auspacken. Vielleicht findest du deinen Kram dann. Hast du nicht gesagt, dass du auch deinen Rasierer vermisst?«

»Ja. Ich besorge mir nachher einen neuen. Bisher habe ich mir einfach deinen geliehen.« Sie schenkte ihm ein zuckersüßes Lächeln und schulterte ihre Tasche. »Und ich schaue drüben in der Galerie der Mädels vorbei.«

Er schlang einen Arm um ihre Taille und hielt sie so auf. »Reiche ich dir nicht mehr?«

»Oh, doch, voll und ganz, Mr. Masters. Ich will nach den Bildern für mein Studio schauen. Morgen fange ich mit dem

Kursprogramm an.« Sie stellte sich erneut auf die Zehenspitzen und gab ihm noch einen Kuss. Irgendwie fühlte es sich an, als wären sie schon ewig zusammen. »Wenn du Glück hast, mache ich vielleicht einen Abstecher in Desirees Hinterzimmer-Laden und bringe uns was Nettes mit.«

»Das hört sich doch schon besser an.« Er schmiegte das Gesicht an ihren Hals. »Gehst du später noch mit Des und den Mädels shoppen?«

»Ja, so ist der Plan.«

»Denk dran, keine ständer-verursachenden Kleider. Ich will nicht, dass die Kollegen meines Vaters dich anglotzen, und außerdem will ich noch laufen können.«

»Ich mag es, wenn du nicht laufen kannst.«

Er stahl sich noch einen zärtlichen Kuss. »Ich werde dich vermissen, wenn ich an der Terrasse weiterbaue. Inzwischen habe ich mich echt daran gewöhnt, dich um mich zu haben.«

»Ich werde dich auch vermissen«, gab sie zu. Sie half ihm wirklich gern bei der Terrasse. Dean war ein fordernder und dominanter Liebhaber – was ihr unglaublich gut gefiel – und er war ein bisschen eigen bei seinen Gartenanlagen – was sie respektierte –, doch bei der Terrasse war er sehr entspannt, was ihm eigentlich gar nicht ähnlich sah. Gestern hatte sie ein paar Töpfe mit Basilikumpflanzen mitgebracht, um schlechte Schwingungen zu vertreiben, und sie am Rand der Grünfläche verteilt, die an die Terrasse grenzte. Ganz sicher würde sie nicht versuchen, sie selbst einzupflanzen. Er fand es nicht nur gut, dass sie die besorgt hatte, sondern interessierte sich auch für ihr Kräuterwissen. Das führte zu der Erkenntnis, dass sie noch mehr gemeinsam hatten als gedacht. Und als ihr bei der heutigen Morgenmeditation eine Idee gekommen war, hatte sie ihn gefragt, ob sie ein paar der noch nicht verlegten Platten austauschen konnten, um Erdzeichen in die Gestaltung zu integrieren. Darauf hatte er unglaublich offen reagiert. Auch wenn er den Großteil der körperlichen Arbeit erledigte, hatte sie doch das Gefühl, einen wichtigen Teil zum kreativen Prozess beizutragen und das machte das Projekt zu etwas Besonderem.

Sie schulterte die Tasche etwas höher und fragte: »Woran arbeitest du heute?«

»Lass dich überraschen. Viel Glück bei deiner ersten Kundin.« Er gab ihr einen Klaps auf den Hintern.

Sie warf ihm einen finsteren Blick zu, doch innerlich war sie einfach nur glücklich, dass sie bei einem Mann sie selbst sein konnte. Ihn störte es nicht, dass sie ständig von A nach B sprang oder auf halbem Weg umdrehte, er unterstützte sie sogar in ihren Vorhaben. *Ermutigt mich sogar dazu, wenn ich sie schon abschreiben will.* Er mochte offenbar wirklich alles an ihr, was ihr ein wenig die Angst nahm, die Beziehung in den Sand zu setzen.

Auf dem Weg zu LOCAL rief sie Austin über die Freisprechanlage an. Ihm stand sie von ihren Brüdern am nächsten, sowohl alterstechnisch als auch emotional. Sie waren in vielerlei Hinsicht sehr unterschiedlich, vor allem in der Art, wie sie mit Situationen umgingen. Wie ihr ältester Bruder Ethan war Austin zurückhaltend und vorsichtig und durchdachte alles, bevor er handelte. Emery und Alec, der fast zwei Jahre älter als Austin war, neigten zur Impulsivität und hatten eine enorm kurze Zündschnur, wenn man sie provozierte. Aber Austin hatte sie schon immer am nächsten gestanden.

»Hey, Schwesterchen. Was macht das Leben an der Küste – von deinem Schlüsselproblem mal abgesehen?«

Sie hörte das Lächeln in seiner Stimme und in ihr meldete sich ein bisschen Heimweh. »Das Leben hier ist *interessant*. Und natürlich anders als zu Hause.«

»Kann ich mir vorstellen. Der große Wikinger frisst dir ja inzwischen aus der Hand.«

Sie verzog das Gesicht. Hatte Dean ihm das von ihnen erzählt? Sie war so erleichtert gewesen, wieder Autoschlüssel zu haben, dass sie gar nicht danach gefragt hatte. »Ja, Dean ist toll«, sagte sie, um zu schauen, wie viel er Austin verraten hatte.

Austin schwieg jedoch so lange, dass sie einen kurzen Blick aufs Handydisplay warf, ob er noch dran war. »Austin?«

»Ich warte darauf, dass du mir das von dir und dem Wikinger erzählst.«

Mist. Okay, das war kein Problem. Ihre Brüder sorgten sich um sie und als die Sache im Reha-Zentrum schiefgegangen war, wollte Ethan ihren Chef verklagen und Alec ihm gewaltig in den Hintern treten. Doch Austin hatte ihnen gut zugeredet und war dann ohne Emerys Wissen selbst zu ihrem Ex-Chef gefahren und hatte ein langes Gespräch mit ihm geführt. Was dabei passiert war, wollte er ihr nicht sagen, aber danach hatte die Bombardierung mit Textnachrichten und Anrufen sofort aufgehört. Wie Dean hatten ihre Brüder vor nichts Angst und sie waren durch und durch loyal.

»Dann hat er wohl erwähnt, dass wir zusammen sind?«
Zusammen sein? Den Ausdruck hatte sie gegenüber ihren Brüdern noch nie in Bezug auf einen Mann benutzt. *Mit ihm ausgehen*, natürlich. *Mit ihm schlafen*, durchaus. *Zusammen sein?* Nie. In ihrer Familie wurden diese beiden Worte nur selten ausgesprochen. Sie waren doch die mit dem Knacks. Zumindest hatte sie das bis jetzt immer angenommen.

»Dass ihr zusammen seid?« Austin räusperte sich. »Nein.«
Oh verflixt. Sie war gleichermaßen überrascht wie gerührt, dass ihr besitzergreifender Freund sein Territorium nicht direkt

abgesteckt hatte, sondern es ihr überließ, es ihrer Familie zu sagen. Allerdings hätte sie es sicher besser hinbekommen können als das eben. Emery holte tief Luft, um sich zu beruhigen, was jedoch kein Stück funktionierte. Dann erklärte sie Austin, so gut sie konnte, dass sie bis vor Kurzem nicht gemerkt hatte, was sich zwischen ihr und Dean entwickelte. Dass sie ein paar Nächte bei Dean geschlafen hatte, ließ sie jedoch weg. Warum noch Öl ins Feuer gießen?

»Soll ich dir echt glauben, dass du das die ganze Zeit nicht mitbekommen hast? Komm schon, Sniper. Du bist doch nicht auf den Kopf gefallen.«

Ihr Herz zog sich schmerzhaft bei dem Spitznamen zusammen, den er ihr verpasst hatte, als sie ihre Brüder und ihren Vater mit dreizehn auf den Schießstand begleitet hatte. Sie war auf einer Farm auf dem Land aufgewachsen, und ihr Vater hatte darauf bestanden, dass sie lernten, mit Gewehren umzugehen. Sie hatte besser geschossen als alle ihre Brüder, obwohl sie Waffen hasste.

»Ich weiß, wie das klingt«, sagte sie. »Aber ich muss meine Gefühle irgendwie weggeblockt haben oder so. Ich habe dir vielleicht nicht immer alles erzählt, Austin, aber ich war noch nie so glücklich wie gerade.«

»Du meinst wohl, dass du mir nichts mehr erzählt hast, seit du den Wikinger kennst?«

Das brachte sie zum Nachdenken. Ja, sie hatte engen Kontakt zu Austin gehabt, bevor sie und Dean angefangen hatten, jeden Abend zu telefonieren. »Siehst du? Der Zusammenhang war mir bis jetzt überhaupt nicht bewusst.«

»Ach, Sniper. Ich habe dir das schon an Ostern an der Nasenspitze angesehen. Hat eine Weile gedauert, bis ich kapiert habe, dass du deshalb mit deinem alten Chef Schluss gemacht hast. Was ich übrigens gerne vorher gewusst hätte, weil mir dann der große Showdown mit dem Kerl erspart geblieben wäre. Der Trottel wollte nur, dass du öfter mit ihm ausgehst – und zwar nur mit ihm. Das hätte er nicht so stalkerisch rüberbringen müssen, aber wenn ich das gewusst hätte, hätte ich nicht so dick aufgetragen.«

Sie zog die Schultern ein bisschen nach oben. »Tut mir leid?«

»Mensch, Sniper. Wie konntest du das denn nicht merken?«

»Was denn? Zu diesem Zeitpunkt gab es nichts zu merken.« Zumindest nicht für sie.

Austin schwieg erneut, was bedeutete, dass er noch überlegte, wie er darauf reagieren sollte.

»Austin?« Dass er wieder nicht antwortete, sagte Emery, dass er seine Worte besonders sorgfältig abwog. »Er ist dir ähnlicher als mir, wenn das hilft. Er ist rücksichtsvoll und will alle beschützen. Er wird mir nicht wehtun. Ich weiß, dass du dir Sorgen um mich machst, aber er ist anders als alle anderen. Ich spüre, wie wichtig ich ihm bin. Und ich bin glücklich mit ihm.«

»Du hast vorhin das Z-Wort benutzt.«

»Ja. Beängstigend, oder? Ist mir so rausgerutscht. Aber wie gesagt: So etwas habe ich noch nie empfunden. Es fühlt sich echt an, und ich *will*, dass es echt ist.«

Erneut machte er eine lange Pause. Dann sagte er: »Und was, wenn etwas schiefgeht? Du hast dort sonst niemanden.«

»Ich habe Desiree«, erwiderte sie. »Und ich kann mich um mich selbst kümmern. Ich weiß, dass du mich gerne mal als jungfräuliche Schwester betrachtest, die noch nie mit einem Kerl ausgegangen ist.«

Er lachte. »Nein, echt nicht. Aber das Z-Wort? Das braucht ganz schön viel Mut.«

»Ich weiß, aber bei Dean fühlt es sich nicht so an.«

»Schon komisch. Ich finde es nicht gut, dass du so weit weg bist. Und wir haben den Wikinger ja noch nicht mal persönlich kennengelernt. Vielleicht sollte ich mal einen Wochenendtrip ans Cape machen.«

Sie bog lächelnd auf den Parkplatz des Seniorenwohnheims ein. »Austin ...«

»War nur ein Witz. Mehr oder weniger. Er scheint einer von den Guten zu sein, und wenn nicht, breche ich ihm einfach was.«

Sie scherzten darüber, wer wem was brechen würde, und er brachte sie auf den neuesten Stand über die Eskapaden ihrer Brüder, wozu auch ein Mitternachtsrodeo mit den üblichen Verdächtigen zählte. In ihrer Brust meldete sich ein bisschen Sehnsucht nach dem Leben, das sie zurückgelassen hatte, und nach den Freunden, die ständig verrückte Sachen anstellten. Doch dann traf sie auch die Erkenntnis, dass sie in den letzten Tagen irgendwie erwachsener geworden war. Vielleicht war es der Umzug, den sie ganz allein hinter sich gebracht hatte, und das Wissen, dass sie hier kein Sicherheitsnetz durch ihre Familie hatte. Oder vielleicht die Tatsache, dass sie ihre Nächte jetzt in den Armen eines Mannes verbrachte, der kein Interesse an wilden, verrückten Abenteuern hatte, sondern bodenständig und liebevoll war. Noch nie hatte sie das Bedürfnis verspürt, zu einem Mann ins Bett zu kriechen und sich von ihm einfach nur in die Arme nehmen zu lassen. Nur bei Dean.

Sie versuchte, diese Gedanken beiseitezuschieben, doch sie weigerten sich, wieder in der Versenkung zu verschwinden. Also erzählte sie Austin noch von dem schicken Dinner, zu dem sie in ein paar Wochen gehen würden, und versprach, ihm Fotos zu schicken – und Dean auszurichten, dass er sich benehmen sollte.

Beim letzten Teil verkreuzte sie jedoch die Finger.

Als sie schließlich mit ihrer Yogatasche über der Schulter und den Matten unterm Arm ins Gebäude ging, fühlte sich die leere Stelle, die die große Entfernung zu ihren Brüdern hinterlassen hatte, nicht mehr ganz so leer an. Und Austin gegenüber zuzugeben, dass sie mit Dean *zusammen* war, war ein Beweis dafür, dass sie tatsächlich in eine neue Lebensphase eintrat.

Emery hatte von Chloe erfahren, dass es in der Einrichtung mehrere Flügel gab, die jeweils auf eine Pflegestufe für ihre Bewohnenden eingerichtet waren. Das reichte von einfachem betreutem Wohnen, bei dem sich einfach nur Hilfe in unmittelbarer Umgebung befand, wenn sie gebraucht wurde, bis hin zu Unterbringung für diejenigen, die persönliches Pflegepersonal beschäftigten, das auch in ihren Räumlichkeiten wohnte. Außerdem gab es noch die Vollzeitpflege und eine Hospizabteilung. Rose lebte im betreuten Wohnen. Emery straffte die Schultern und setzte ihr freundlichstes Lächeln auf, bevor sie an die Tür klopfte. Dann stutzte sie jedoch, als ihr ein hochgewachsener, breitschultriger Mann mit grauen Haaren die Tür öffnete. Er trug einen teuer aussehenden, sicher maßgeschneiderten Anzug und musterte sie mit verkniffenem Gesichtsausdruck streng von oben bis unten. Der Blick seiner kalten Augen huschte verärgert über ihr Tanktop und die Yogahose.

»Ja?«, fuhr er sie an.

»Hi … Ich bin Emery Andrews. Ich habe einen Termin mit

Rose.«

»Oh, ja! Kommen Sie nur herein, Liebes!«, rief Rose von irgendwo hinter dem stoischen Türsteher. Sie rollte sich neben ihn und gab ihm einen Schubs gegen die Hüfte. »Mach mal bitte Platz. Lass die junge Frau rein. Wo bleiben denn deine Manieren?«

Der Mann gab einen verächtlichen Laut von sich, bedeutete Emery aber, das gemütliche Apartment zu betreten. Seine negative Ausstrahlung war beinahe mit Händen greifbar. »Was für einen Unsinn hast du denn nun schon wieder vor, Mutter?«

Rose grummelte etwas Unverständliches und rollte ins Wohnzimmer. Sie machte eine wegwerfende Handbewegung in seine Richtung. »Ignorieren Sie ihn einfach. Mein Sohn ist ein heller Kopf, vergisst aber gerne mal seine gute Erziehung.«

Emerys Magen krampfte sich zusammen, als der Mann ihr einen vernichtenden Blick zuwarf. Seine Haare waren glatt nach hinten gegelt, was den Blick auf seine großen Geheimratsecken freigab, die ihn noch einschüchternder wirken ließen. Sie zwang sich zu einem Lächeln und richtete ihre Aufmerksamkeit auf Rose. »Möchten Sie unsere Yogasitzung lieber verschieben, bis Ihr Besuch gegangen ist?« Emery konnte sich nicht vorstellen, dass jemand freiwillig Zeit mit diesem furchtbaren Menschen verbrachte.

»Yoga? Um Himmels willen, Mutter. Wie viel bezahlst du dieser Frau? Was für einen Unfug ...«

»Wenn ich da mal einhaken darf«, unterbrach Emery ihn, weil sie sich ganz sicher nicht von einem Kerl mit Stock im Hintern beleidigen lassen würde. »Es wurden schon die unterschiedlichsten Verletzungen und Beschwerden durch Yoga gelindert, die zuvor von Ärzten als unheilbar eingestuft wurden – und das ganz ohne Medikamente oder teure Behandlungsmethoden. Der emotionale Zustand einer Person und die Möglichkeit, sich aus den Grenzen konventioneller Medizin zu befreien, auf die sich ein Großteil unserer Gesellschaft mittlerweile eingeschossen hat, eröffnet ganz neue Wege der Besserung.« Sie zitterte leicht, weigerte sich aber, auch nur einen Millimeter von ihren Überzeugungen abzuweichen.

Der Mann schnaubte spöttisch. »Leute wie Sie sind der Grund, warum es so viele Patienten hinterher noch schlechter …«

Rose hob eine Hand und brachte ihn damit zum Schweigen. In diesem Moment wurde sich Emery des Machtkampfs zwischen Mutter und Sohn sehr bewusst. Rose deutete auf die Tür, den Blick fest auf ihren Sohn gerichtet. »Ich denke, es ist besser, wenn du jetzt gehst.«

»Ich schicke Chloe eine Liste mit vorgeprüften Kandidaten, die für deine Dauerpflege infrage kommen, damit du Vorstellungsgespräche mit ihnen führen kannst.«

»Spar dir die Mühe. Es kommt gar nicht infrage, hier eine Pflegekraft einzuquartieren.« Sie deutete erneut auf die Tür. »Und jetzt geh bitte. Ich bin mir sicher, dass du Wichtigeres zu tun hast, als mir bei meinen Übungen zuzusehen.«

Ohne Emery auch nur eines Blicks zu würdigen, verließ der Mann die Wohnung und nahm seine negative Ausstrahlung mit. Sie stieß ein lautes Seufzen aus, das Rose zum Lachen brachte.

»Tut mir sehr leid. Das war unhöflich«, sagte Emery und stellte ihre Tasche und die Hilfsmittel neben der Couch ab.

»Er ist mein Sohn und ich liebe ihn, aber dieser Mann weckt viel zu früh am Tag den Wunsch nach einem Scotch in mir.« Sie schüttelte den Kopf und ihre schneeweißen Haare bewegten sich mit. »Er war nicht immer so, aber als er das

Familienunternehmen übernommen hat, wurde er … nun ja.«
Sie wirkte nachdenklich. »Er war nicht mehr der Mensch, zu
dem ich ihn erzogen habe.« Sie machte erneut eine wegwerfende
Handbewegung. »Machen wir uns ans Werk. Ich bin mehr als
bereit dafür, dass sich hier etwas ändert.«

»Damit wäre dann auch meine erste Frage beantwortet, wie
hart Sie daran arbeiten möchten.« Emery war erleichtert über
den Themenwechsel und trat hinter Roses Rollstuhl, um ihr
vorsichtig die Schultern zu massieren. »Wie wäre es, wenn wir
Ihre Muskeln ein bisschen lockern, während Sie mir erzählen,
was Sie den Tag über machen und wie sich das in den letzten
Jahren verändert hat.«

»Sie wollen reden? Müssten wir nicht den herabschauenden
Hund machen oder so?«

Emery lachte. »Sie haben sich informiert.«

»Ich bin recht versiert im Internet unterwegs. Aber man
muss wirklich vorsichtig mit den Suchbegriffen sein. Stellen Sie
sich vor, meine Freundinnen und ich wollten auf die Seite von
Dick's – Sie wissen schon, die Sportläden. Mag wollte eine
Yogamatte bestellen, als sie gehört hat, dass Sie herkommen.
Die Suchergebnisse waren recht aufschlussreich.«

Sie warf Emery einen Blick zu, die mit der Massage aufgehört hatte, um ihr Lachen wieder in den Griff zu bekommen.
»Vielleicht sollten Sie Recherchen lieber mir überlassen.«

»Und mir all die heißen Männer entgehen lassen?«

Ach du lieber Himmel! Rose war ja eine ganz Wilde. Doch
Emery blieb beim eigentlichen Thema. »Zum Yoga kommen
wir noch, aber jetzt würde ich gerne erst mal ein bisschen mehr
über Sie erfahren. Und Ihre Muskeln können auch noch ein
bisschen Aufmerksamkeit vertragen.«

Rose lächelte. »Das klingt gut.« Sie spannte sich wieder an.

»Wenn es nach meinem Sohn geht, mache ich nie wieder irgendetwas selbst.«

»Manchmal fühlen Familienmitglieder sich hilflos oder verzweifelt, wenn sie an einer Situation nichts ändern können, und reagieren mit Ablehnung.«

»Ja, vielleicht«, meinte Rose nachdenklich. Sie schwieg einen Moment, als würde sie sich das durch den Kopf gehen lassen. »Na gut. Wie sich mein Leben verändert hat? Nun, ich war immer ein aktiver Mensch. Ich habe meine drei Kinder aufgezogen, habe ehrenamtlich gearbeitet, gegärtnert, getanzt. Oh, das Tanzen habe ich so sehr geliebt. Aber das interessiert Sie bestimmt nicht.«

»Doch, sogar sehr, und auch alles andere, was Sie gerne gemacht haben und gerne wieder tun würden.« Sie ging zu Roses Armen über und arbeitete sich vorsichtig zu ihren Fingern nach unten, prüfte die Beweglichkeit in Schulter, Ellenbogen und Handgelenk, während Rose ihr von einem glücklichen Familienleben voller Tanz, Familienurlaube und Picknicks mit ihren Kindern erzählte. Das warf bei Emery die Frage auf, wie eine Familie, die sich so nahestand, den Mann hervorgebracht hatte, der hier vorhin so hart mit seiner Mutter umgesprungen war.

»Es gab eine Zeit, wo mein Mann genauso gerne getanzt hat. Doch das Leben stand nicht still, und je älter wir wurden, desto öfter habe ich solche Sachen ohne ihn gemacht, weil er arbeiten musste.« Rose hielt inne und spielte mit ihrem Ehering. Es wirkte, als würde sie das sehr belasten.

Emery wandte ihre Aufmerksamkeit Roses anderem Arm zu und speicherte nicht nur alles, was sie erzählte, sorgfältig ab, sondern ebenso, wie die alte Dame auf Berührungen reagierte und das Gewicht auf der Sitzfläche verlagerte, was auf Schmerzen bei bestimmten Haltungen hindeutete. Bei neuer Kundschaft war diese Kennenlernphase essenziell. Schon im Verlauf des Gesprächs fiel Emery auf, dass Rose ihre Finger weniger angestrengt bewegte. Das stimmte Emery optimistisch für den Erfolg der Behandlung. Yoga war zum Trend geworden und viele Leute schlugen daraus auf alle nur erdenklichen Arten Kapital – Ziegen-Yoga, Katzen-Yoga. Wer weiß, was als Nächstes kam. Sie gab gerne Kurse, unabhängig davon, warum Menschen diese buchten, aber es waren diese Einzelsitzungen, die tiefere Verbindungen schufen, was ihr erlaubte, ihren Kunden auf einer ganz anderen Ebene zu helfen, und das erfüllte sie mit Freude.

»Sie konnten das doch sicher wieder zusammen genießen, nachdem er in Rente gegangen ist«, sagte Emery.

Die Traurigkeit kehrte auf Roses Gesicht zurück und sie stieß ein zynisches Lachen aus. »Davon bin ich auch ausgegangen, aber wie es scheint, waren unsere ersten Jahre tatsächlich die besten. Bis die Kinder aus dem Haus waren, hatten mein Mann und ich uns komplett auseinandergelebt. Ich sage es nicht gern, aber mein Ehemann hatte schon nicht mehr viel Liebe zu geben, als wir ihn unerwartet durch einen Herzinfarkt verloren haben. So sehr ich ihn auch vermisst habe, so erleichtert war ich doch auch nach seinem Tod. Ich habe Jahre gebraucht, um es einzusehen, aber er war kein glücklicher Mann. Das ist schon über zehn Jahre her, und eigentlich hätten wir uns damals darauf freuen sollen, nach all der harten Arbeit unsere goldenen Jahre miteinander zu verbringen. Aber sei's, wie es ist. Ich habe weiter gegärtnert und Freundschaften gepflegt, doch sein Tod hat Spuren in unserer Familie hinterlassen, und es wurde in anderen Lebensbereichen schwerer. Meine Tochter litt unter einer Depression und mein jüngster Sohn hat sich nie mit seiner

Trauer auseinandergesetzt. Er hat einfach alles unter den Teppich gekehrt und sein Leben weitergelebt. Und meinen ältesten Sohn haben Sie ja kennengelernt. Er ist der Wütende in der Familie.« Ein kleines Lächeln umspielte ihre Mundwinkel, wie es wohl nur die Mutter eines so verbitterten Menschen für diesen aufbringen konnte. »Er hat sich in die Arbeit vergraben, auf Kosten seiner Familie. Wenn man zusehen muss, wie die eigenen Kinder leiden, geht das nicht spurlos an einem vorüber. Die Zipperlein wurden immer schlimmer.«

»Das überrascht mich nicht. Emotionale Belastung kann zur Beeinträchtigung der Gesundheit führen. Wir werden daran arbeiten, den Stress abzubauen, der Ihre schlimmen Verspannungen verursacht.«

»Oh, das war noch nicht alles«, meinte Rose. »Ein paar Jahre nach dem Tod meines Ehemannes ist etwas passiert, das ich mir nie zu träumen gewagt hätte.« Sie spielte erneut mit dem Ring und dieses Mal war ihr Lächeln glücklich. »Ich habe mich ein zweites Mal verliebt. Mein Leon war ein guter Mann. Und gut zu mir, freundlich und liebevoll. Ich kam für ihn immer an erster Stelle. Ich war überzeugt, dass Gott ihn mir geschenkt hat, so wundervoll war er. Ich konnte mich einfach nicht davor verschließen.«

»Es ist ein großes Glück, zweimal im Leben Liebe zu finden.« Emery hoffte immer noch darauf, auch nur einmal die Chance zu bekommen und sie festhalten zu können. Sie fragte sich, ob ihre Gefühle für Dean sie wohl in diese Richtung führen würden. Ein aufregendes Kribbeln breitete sich in ihrem Magen aus, doch sie schob das vorerst beiseite und konzentrierte sich auf Rose.

»Es war ein Unterschied wie Tag und Nacht«, sagte Rose und nun zeichnete sich wieder Trauer auf ihrem Gesicht ab.

»Bei meinem ersten Mann war es am Anfang Liebe – und ehrlich gesagt war auch eine ganze Menge körperliche Anziehung im Spiel. Doch nach den ersten paar Jahren unserer Ehe sind wir eigentlich nur aus Pflichtgefühl zusammengeblieben. Damals hat man sich nicht scheiden lassen. Man fand sich damit ab, egal, wie unglücklich es einen machte. Meine Liebe für Leon war dagegen die echteste Form der Liebe, weil sie aus vollem Herzen erwidert wurde. Wir waren zwei Jahre und drei Monate verheiratet. Eines Morgens bin ich aufgewacht und …« Tränen stiegen ihr in die Augen. Sie holte tief Luft und blinzelte sie energisch weg. »Er war gestorben.«

»Oh, Rose.« Ohne groß darüber nachzudenken, umarmte sie die alte Dame. »Das tut mir so leid.«

»Danke. Gibt es einen Mann in Ihrem Leben?«

Emery zögerte. Sie wusste, dass Dean mit vielen Bewohnern befreundet war, und sie wollte ihn nicht in eine unangenehme Situation bringen, also formulierte sie ihre Antwort vorsichtig. »Ja, und er ist ein guter Mann.«

»Das ist schön, Emery. Mit dem Alter kommt die Weisheit, und wenn ich Ihnen eins mit auf den Weg geben darf, dann dass Sie einem Mann ihr Herz nicht nur deswegen schenken, weil sie sich bei ihm lebendig fühlen. Sex ist einfach. Liebe ist schwer. Sie sollten Ihr Herz einem Mann schenken, der Sie wie einen Schatz behandelt, der Sie zu schätzen weiß und Sie immer bei sich haben will. Jemandem, der ihnen hilft, ein klügerer, *besserer* Mensch zu werden. Schön, wenn er Sie die ganze Nacht im Bett beschäftigt, denn machen wir uns nichts vor: Sex ist gut und er kann ein Teil der Liebe sein. Aber er ist nicht alles.«

Plötzlich klopfte es an der Tür und eine grauhaarige Frau streckte den Kopf herein. »Ist die Luft rein?«, flüsterte sie überlaut.

Rose lächelte und winkte sie ins Zimmer. »Ja. Er ist weg.«

Emery war noch mit dem beschäftigt, was Rose gerade gesagt hatte. Es machte sie traurig, dass Rose in einer unglücklichen Ehe gefangen gewesen war, doch sie freute sich auch, dass sie danach ihre große Liebe gefunden hatte, wenn auch nur für zwei Jahre.

Rose warf ihr einen Seitenblick zu, als zwei Frauen hereinwuselten und wie Teenager miteinander flüsterten. »Wenn mein Sohn eins kann, dann Leute verscheuchen.«

»Das kannst du laut sagen«, meinte die jüngere der beiden und stellte ihr Strickzeug schwungvoll auf dem Couchtisch ab. Sie war groß und sehnig und trug ihre grau-braunen Haare in einer schicken Kurzhaarfrisur. Sie musterte Emery aus ihren hellbraunen Augen. »Ich bin Magdeline. Nennen Sie mich Mag.«

»Oder Magpie, wie die Elster«, warf die andere Frau ein. »Ich bin Arlin. Sie können mich gerne *Schönheit* oder *Süße* nennen. Ich persönlich bevorzuge Süße, aber alles außer *Ma'am* oder *Grandma* ist in Ordnung.« Sie wirkte mit ihrem runden Gesicht und den rosigen Wangen wie ein fröhlicher Mensch und in ihren orange gefärbten Haaren zeigten sich ein paar weiße Strähnen. Ihre Augenbrauen waren aufgemalt, aber ihr Lächeln herzlich und ehrlich. »Hat sie dich schon in eine Brezel verwandelt?«

»Ich habe gehört, dass Yoga gut für Sex ist«, sagte Magdeline und setzte sich auf die Couch.

»Das ist auch etwas, das sich verändert hat«, sagte Rose. »Es gab mal eine Zeit, in der ich ziemlich flexibel war und meine Ehemänner … Die wussten das wirklich zu schätzen.«

»Mhm«, stimmte Magdeline ihr mit einem nachdrücklichen Nicken zu. »Männern gefällt es, wenn man beweglich ist.«

»Du musst es ja wissen«, sagte Arlin. »Ihr Spitzname war früher Matzratzensport-Magdeline.«

Emery verbiss sich ein Lachen und bekam immer mehr das Gefühl, in den Club der versauten Großmütter geraten zu sein.

Arlin reckte die Nase in die Luft und prüfte den Sitz ihrer Frisur mit einer Hand. »Bei mir mussten sich die Männer deutlich mehr Mühe geben.«

»Was die alles für dich ertragen mussten«, sagte Rose. »Und wenn sie alles auf deiner unendlich langen Liste abgearbeitet hatten, durften sie vielleicht mal anfassen – aber nicht mehr!«

Die Frauen plauderten munter weiter, während Emery weiter mit Rose arbeitete. Sie erfuhr damit nicht nur viel darüber, wie sich Roses Aktivitätsspektrum über die Jahre verändert hatte, und wie der Sturz zu den Schmerzen geführt hatte, die sie nun nicht mehr loswurde, sondern auch, dass Rose wild entschlossen war, wieder auf die Beine zu kommen. Roses Beweglichkeit war recht gut, und Emery war sich sicher, dass sie mit der richtigen Behandlung und der Unterstützung ihrer Freundinnen und Tochter auf einem guten Weg war, die Mobilität zurückzuerlangen, die sie sich wünschte. Normalerweise startete Emery bei neuen Kunden mit wöchentlichen Terminen, damit sie durch die zeitliche und finanzielle Verpflichtung nicht zu sehr belastet wurden, aber sie freute sich, dass Rose darauf bestand, dreimal die Woche mit ihr zu arbeiten. Also vereinbarten sie Termine für Montag, Mittwoch und Freitag.

Nach der Session fuhr Emery zurück zur Pension, um sich bei Devi's Discoveries, der Galerie, die Desiree und Violet von ihrer Mutter übernommen hatten, Bilder für ihr Studio auszusuchen, bevor sie sich mit Desiree zum Shoppen traf. *Und vielleicht finde ich ja noch eine nette Kleinigkeit im Sex-Shop.* Die

Schmetterlinge in ihrem Bauch flatterten bei diesem Gedanken wieder wie wild. Sie hatte noch nie Sexspielzeug zusammen mit einem Mann benutzt, und die wenigen Male, die sie es allein ausprobiert hatte, hatten sie ehrlich gesagt nicht vom Hocker gehauen. Sie bevorzugte definitiv die Variante mit Mann.

Mit Dean.

Überraschenderweise war ihr die Vorstellung, Sexspielzeug zusammen mit Dean zu benutzen, kein bisschen peinlich. Stattdessen spürte sie ein sehnsüchtiges Ziehen zwischen ihren Beinen, obwohl sie noch gar nicht wusste, ob sie das überhaupt durchziehen würde.

Sie bog in die Straße zur Pension ein und dachte an die Shoppingtour mit Desiree. Sich für Dean herauszuputzen, darauf freute sie sich – seine Eltern kennenzulernen machte sie dagegen nervös. Bisher hatte sie nur mitbekommen, dass Deans Mutter eine tolle Frau war und sein Vater früher der typische, hart arbeitende Elternteil gewesen war, der abends und am Wochenende Zeit mit seinen Kindern verbrachte. Doch inzwischen war er nur noch ein Arsch. Sie war kein zurückhaltender Mensch, und dass sie gerne mal ihre Meinung sagte, hatte ihr schon so oft Ärger eingehandelt, dass sie diesen Charakterzug mittlerweile geändert hätte, wenn sie dazu in der Lage wäre.

Sie stellte das Auto an den Cottages ab und entdeckte Desiree, die vor der Galerie an einem Bild arbeitete. Ihr Pinsel glitt flink über die Leinwand auf der Staffelei. Sie sah in ihrem hübschen, geblümten Sommerkleid so unbeschwert und glücklich aus. Die Haare hatte sie sich zu einem Pferdeschwanz zusammengebunden.

In Oak Falls hatte Desiree als Vorschullehrerin gearbeitet, und als sie ans Cape gezogen war und dort die Pension und den

Laden übernommen hatte, hatten die Bilder ihrer Mutter sie dazu inspiriert, wieder mit dem Malen anzufangen. Laut ihr reichten die Einnahmen der Pension, des Sex-Shops und die Verkäufe der Bilder zusammen mit den Batik-Wandbehängen und der Keramik, die Violet fertigte, mehr als aus, um die Rechnungen zu bezahlen. Doch Desiree gab zusätzlich noch Kunstkurse für Kinder außerhalb der Ferienzeit. Die Bilder ihrer kleinen Schützlinge hingen überall in der Pension.

Desiree drehte sich zu ihr um, als Emery zu ihr hinüberging, doch ihr Lächeln verblasste schnell. Sie legte den Pinsel weg und eilte zu Emery. »Was ist los? Was ist passiert?«

Emery ließ sich von ihr in die Arme nehmen. »Sag mir bitte, dass ich nicht total durchgeknallt bin, weil ich das Gefühl habe mich richtig, richtig heftig in Dean zu verlieben.«

»Du bist kein bisschen durchgeknallt. Darf ich mich freuen, dass meine beste Freundin *endlich* zugibt, dass sie Gefühle für unseren umwerfenden Nachbarn hat?«

»Ja!«

»Gut, weil er wirklich ein toller Kerl ist und dich ganz offensichtlich anbetet.«

Emery drückte sie fest. »Und jetzt sag mir, dass ich unsere Beziehung nicht in den Sand setze, wenn ich seinem Vater ins Gesicht sage, was ich von ihm halte.«

»Ich …«

»Oh, das hilft mir sehr weiter«, sagte sie sarkastisch und machte sich von Desiree los, um in die Galerie zu gehen.

Desiree folgte ihr. »Emery, was ist denn los? Machst du dir Sorgen wegen dem Dinner?«

»Nein, ich freue mich schon total drauf, mich mit jemandem zu unterhalten, der meinem Freund ständig sagt, dass er sein Leben verschwendet, statt ihn als den fantastischen Mann zu sehen, der er ist.« Sie konzentrierte sich auf die Bilder, um sich von der Panik abzulenken, die sie überkam. Desiree hatte überraschend viele über den Winter fertiggestellt. An allen Wänden hingen wunderschöne, farbenfrohe Gemälde von Sonnenuntergängen, Kindern die im Sand spielten, Cosmos im Schnee und herrlichen Gärten.

»Oh, Des, du warst echt fleißig. Die Bilder sind ja unglaublich. Ich bin so froh, dass du wieder mit dem Malen angefangen hast.«

»Danke. Zum ersten Mal seit Langem bin ich nicht mehr wegen Lizza blockiert. Hierherzukommen, das mit ihr zu klären, eine Beziehung zu Vi aufzubauen und mich in Rick zu verlieben …« Sie seufzte verträumt. »Das hat mir geholfen. Und jetzt, wo du hier bist, ist mein Leben perfekt.«

»Das war doch schon vor meiner Ankunft ziemlich perfekt. Aber ich brauche wirklich einen Rat, wie ich mit Deans Dad umgehen soll.«

»Ich habe die in Plastik eingepackten Blumentöpfe auf dem Fensterbrett gesehen. Violet hat gesagt, dass das nicht ihre sind. Hast du mit Morgyn über dein kleines Problem gesprochen? Hat sie dir empfohlen, ein paar Kräuter anzubauen, die dich … etwas entspannen?«

Emery schenkte ihr einen unbeeindruckten Blick. Morgyn war die Freundin, bei der Emery auch das Tanktop mit dem Traumfänger gekauft hatte. Sie war Desirees Mutter gar nicht so unähnlich mit ihrer Vorliebe für die Siebziger, war aber erst Anfang zwanzig und außerdem kein bisschen flatterhaft und zog auch nicht um die Welt. Sie war bodenständig und ausgeglichen. *Wie Dean.* Morgyn betrieb eine Boutique, in der sie gut erhaltener Secondhand-Kleidung einen neuen Look verpasste — oder sie *liebevoll verschönerte*, wie sie es nannte — und damit einzigartige Stücke kreierte. Außerdem entwarf sie wundervollen Schmuck und war versiert in Kräuterkunde.

»Nein, aber das ist eine gute Idee. Ich ziehe etwas für Dean an.« Nachdem sie einige seiner Botanikmagazine gelesen hatte, hatte Emery online nach etwas gesucht, das er nicht unbedingt selbst anziehen würde. Etwas Spirituelles und Bedeutsames. »Ich versuche, einen Zitronenbaum heranzuziehen. Der symbolisiert Langlebigkeit, Freundschaft und …« Sie verstummte, weil sie nicht wusste, ob Desiree sie für verrückt halten würde.

»Und?«

»Lach nicht, aber Zitronen symbolisieren auch Reinigung und Beständigkeit. Und ich will wirklich, dass diese Beziehung funktioniert, und versuche, mir bewusster darüber zu werden, was ich wie mache. Das ist ja nicht unbedingt meine große Stärke. Während ich also lerne, achtsamer zu werden, ist das eine Art Reinigung für mich selbst.« Sie seufzte. »Ich will wirklich, dass das was Festes wird, Des. Und du kennst mich. Ein bisschen Hilfe vom Universum schadet sicher nicht.«

»Oh, Em.« Desiree zog sie in eine weitere Umarmung. »Er ist dir wirklich wichtig.«

»Mehr als ich je für möglich gehalten hätte. Abgesehen von dir und meiner Familie natürlich.«

»Das ist ein wunderschönes Gefühl, oder?« Ein Strahlen trat in Desirees Augen. »Und dass du dir so viele Gedanken darüber machst, zeigt nur, wie echt das ist. Sonst schickst du jeden in die Wüste, der dich nicht akzeptiert, wie du bist.«

Emery lachte. »Das ist auch immer noch so.« Sie betrachtete eins der Bilder genauer, einen herrlichen Sonnenaufgang über der Bay, und dachte dabei an den Sonnenaufgang, den sie sich mit Dean neulich morgens angesehen hatte.

»Aber du bist glücklicher«, sagte Desiree. »Und noch mal zu

seinem Vater – ich weiß ganz gut wie es ist, wenn man ein nicht so tolles Elternteil hat.«

»Das Leben ist schon komisch. Ich hatte liebevolle Eltern, die beide aktiv an meinem Leben teilgenommen haben, während du und Dean das nur am Anfang hattet, und Lizza dann lieber durch die Weltgeschichte gegondelt ist, während Deans Dad sich als Arschloch entpuppt hat. Und jetzt bin ich diejenige, die Probleme mit Bindungen und Liebesbeziehungen hat. Ihr beide scheint euch da überhaupt nicht schwerzutun. Ich werde wohl nie verstehen, was uns zu den Menschen macht, die wir sind, oder wie Eltern sich von ihren Kindern abwenden können.«

»Ich habe schon vor langer Zeit aufgehört, Lizza verstehen zu wollen«, sagte Desiree.

Emery nahm das Bild mit zum Empfangstresen. »Ich brauche einfach ein bisschen Nachhilfe in Zurückhaltung. Oh, und das hier würde ich gerne für mein Studio kaufen.«

»Okay, erstens: Du zahlst dafür keinen Cent. Nimm es mit. Es gehört dir.« Desiree machte eine Geste in Richtung des Gemäldes. In diesem Moment kam Violet durch die Tür zum angrenzenden Sex-Shop. »Und zweitens: Nachhilfe bei so etwas kannst du von mir nicht erwarten, aber ich kann dir einige Ratschläge geben, wie du nicht gleich mit allem herausplatzt.«

»Wie wäre es mit einem Knebel?«, schlug Violet vor.

Emery lachte. »Das ist vielleicht sogar notwendig.«

»Und wäre lustig.« Violet schnaubte lachend.

Desiree schüttelte nur den Kopf über sie. »Bleiben wir doch bei *hilfreichen* Ratschlägen. Wenn jemand etwas sagt, bei dem ich wirklich gerne dagegenhalten würde, zähle ich im Kopf bis zehn, bevor ich den Mund aufmache. Oder versuche es zumindest. Es funktioniert nicht immer.«

»Ich glaube nicht, dass das bei mir klappt«, sagte Emery. »Ich bin nicht so gut in Selbstbeherrschung.«

»Hat man gemerkt. Immerhin bist du ein paar Stunden nach deinem Einzug bei ihm mit einem gewissen bärtigen Kerl in die Kiste gehüpft«, zog Violet sie auf.

»Bin ich nicht!« Emery stemmte die Hände in die Hüften. »Nur damit du es weißt: Ich habe enorme Kontrolle bewiesen, obwohl ich durchaus manchmal von ihm gefesselt war.«

»Ah. Dann stehst du also tatsächlich auf Bondage«, gab Violet grinsend zurück. Ihre Shorts und das graue Tanktop brachten ihren schlanken Körper und die farbenfrohen Tattoos perfekt zur Geltung, daran änderten auch die getrockneten Tonspritzer nichts, die überall darauf verteilt waren.

»Nein!«, protestierte Emery. »Ich meine, Seidenfesseln wären vielleicht okay, aber das habe ich nicht gemeint.« Dann erinnerte sie sich, wie sie in Deans Gästebett aufgewacht war, so erregt, dass sie es kaum noch ausgehalten und sich praktisch auf ihn gestürzt hatte. Also fügte sie hinzu: »Ich habe gewartet, bis es nicht mehr ging.«

»Das müssen schreckliche zehn Minuten gewesen sein.« Violet warf einen Blick auf das Bild. »Sehr gute Wahl. Passt total zu dir. Und wenn du vor Leuten was nicht sagen kannst, was du sagen willst, dann hängst du mit den falschen Leuten ab. Wenn du nicht du selbst sein kannst, warum bist du dann überhaupt da?«

»Weil Deans Vater ein Arsch ist, ich Dean aber unterstützen will, indem ich mit ihm zu einem Benefizdinner gehe, wo sein Vater einer der Redner ist.« Emery deutete auf die Tür zum Sex-Shop. »Und … ich würde mich da gerne mal umschauen, bevor wir shoppen gehen.«

»Ach ja?«, fragte Desiree mit großen Augen. »Jetzt schon?«

»Keine negativen Kommentare!«

»Ha! Oh ja, Baby. Komm mit.« Violet packte Emery am Arm und zog sie mit ins Hinterzimmer. »Also, das mit den Knebeln …«

Neunzehn

Während der nächsten Woche ließ Emery ihren neuen Kursplan nicht einfach nur auf sich zukommen – sie stürzte sich kopfüber hinein, plante die Einheiten bis ins kleinste Detail durch und nahm sich Zeit, jeden Teilnehmenden persönlich kennenzulernen. Ihre Kundenliste wuchs täglich durch die Gäste der Pension, des Resorts und wegen der Flyer, die sie überall ausgelegt hatte. Auch im LOCAL kamen einige Neuzugänge dazu und die Rückenschule motivierte sie mehr denn je. Dean war froh, dass er sie dazu gedrängt hatte, diesen Zweig jetzt schon auszubauen und nicht länger zu warten, weil ihr das am meisten Freude bereitete. Ihre Beziehung wuchs von Tag zu Tag mehr, sie verbrachten die meisten Abende miteinander und sie verteilte weiterhin ihre Sachen in seinem Cottage. Vergessene Slips zwischen den Laken, Duschgel im Bad, Ohrringe auf dem Couchtisch. An einigen Abenden blieb sie in der Pension, um Zeit mit Desiree zu verbringen, aber dann trafen sie sich immer am Morgen danach.

Am Sonntagmorgen hatte sie in seiner Dusche auf ihn gewartet, als er von seiner Joggingrunde zurückkam. Das war die beste Überraschung seines Lebens gewesen. Zumindest bis Montag, als sie um zwei Uhr morgens zu ihm ins Bett kroch, weil sie es nicht mehr aushielt, auch nur einen Moment länger von ihm getrennt zu sein. Wie gut, dass er darauf bestanden hatte, dass sie seinen Hausschlüssel behielt.

Das war das Schöne an der Beziehung mit Emery. Sie versteckte ihre Gefühle nicht, sondern nahm sie aus vollem Herzen an. Ob im Bett oder zusammen mit ihren Freunden am reich gedeckten Frühstückstisch bei Desiree, wo Emery mehr von seinem Essen vertilgte als von ihrem eigenen und ihn immer wieder mit Küssen beschenkte. Oder wenn sie von einer neuen Kundin im LOCAL erzählte, die sich kaum noch bewegen konnte, weil sie ein Enkelkind verloren und alle Muskeln sich verkrampft hatten. Chloe hatte vorgeschlagen, dass Emery der Frau beibringen könnte, wie man sich entspannte und seinen Geist beruhigte, was schon erste Erfolge zeigte. Doch als Emery gestern Nachmittag dann zu ihm in den Garten gekommen war, wo er in der Nähe des Pools arbeitete, waren ihre Augen geschwollen und rot gewesen und man sah, dass sie geweint hatte. Er konnte sie nur in die Arme nehmen und trösten. Sie war stark, eigensinnig und energiegeladen, aber seine Freundin war auch der sensibelste Mensch, den er kannte.

Er schaute zu ihr hinüber, wo sie mit Desiree, Violet und Serena auf dem riesigen, gelben Badefloß lag, das am Boot festgebunden war, und sich sonnte. Der Donnerstagnachmittag neigte sich dem Ende zu, und sie befanden sich mitten auf der Bay, wo sie nach ein paar Stunden Tubing ankerten. Emerys Augen waren geschlossen und sie lächelte, ihre Finger waren mit Desirees verschränkt. Dean fragte sich, ob sie auch das Gefühl gehabt hatte, nach Hause zu kommen, als sie hierhergezogen war – ihm war es jedenfalls so vorgekommen. Gestern hatte sie ihm erzählt, dass sie diese kleinen Momente mit Desiree vermisst hatte, wie Eis direkt aus der Packung essen, neue

Insider-Witze und einfach miteinander reden, was sie sichtlich genossen. War es albern, dass er irgendwie eifersüchtig war und derjenige sein wollte, mit dem sie das erlebte, während er gleichzeitig froh darüber war, dass sie Zeit mit ihrer Freundin verbringen konnte?

»Weißt du noch, damals, als wir ganze Tage mit Tubing und Wasserskifahren verbracht haben?«, fragte Rick, als er sich neben Dean setzte. Seine feuchten dunklen Haare hatte er sich aus dem tief gebräunten Gesicht gekämmt, was seine kantigen Gesichtszüge noch mehr betonte.

Er sah seinem Vater so ähnlich, dass Dean einen schmerzhaften Stich in der Brust verspürte. Bevor Ricks Vater in einem unerwarteten Sturm auf dem Meer ertrunken war, war er für Dean wie ein zweiter Vater gewesen. Aber damals hatte sein eigener Dad auch noch Zeit mit Freunden wie den Savages verbracht, die nicht im Medizinsektor arbeiteten. Und er war umgänglicher und weniger fordernd gewesen, angenehmer im Umgang. Verdammt, wie er diese Zeit vermisste.

»Ja, ich erinnere mich«, antwortete Dean schließlich und sein Blick wanderte wieder zu Emery. Die Frauen hatten entschieden, dass sie genug vom Tubing hatten, und lagen nun seit einer Dreiviertelstunde auf dem Floß, lachend, und unterhielten sich miteinander. »Aber ich will nicht noch mal zurück.«

»Ja, ich auch nicht.« Rick prostete Dean mit seiner Wasserflasche zu und leerte sie in einem Zug zur Hälfte.

Drake zog sich das Shirt über den Kopf und ließ es aufs Deck fallen. »Ich weiß nicht, wie es euch geht, aber ich habe keine Lust mehr zu warten, bis die Prinzessinnen mit ihrem Kaffeekränzchen fertig sind. Zeit für eine Haiattacke!«

Dean und Rick wechselten grinsend einen Blick miteinander, stellten ihre Flaschen weg und standen auf. Sie waren alle drei groß und kräftig, glitten jedoch leise wie Ninjas ins kalte Wasser.

Sie tauchten, um keine Wellen zu verursachen, bis sie sich direkt unter dem Floß befanden. Drake gab ihnen ein Zeichen und zusammen tauchten sie mit Schwung auf und kippten das Floß an einer Seite nach oben, was die erschrocken quietschenden Mädels ins kalte Nass beförderte. Dabei brüllten sie laut: »Haiattacke!«

Dean tauchte nach Emery, als sie unterging. Er erwischte sie an der Taille und zog sie rasch wieder an die Oberfläche. Sie klammerte sich an seine Schultern und ihr Körper schmiegte sich herrlich an seinen. An ihren Wimpern hingen kleine Wassertropfen.

»Ich kann nicht fassen, dass ihr das gemacht habt!« Doch ihre Worte wurden vom Lachen verschluckt.

Er drückte die Lippen auf ihre und lächelte in den Kuss. »Du musst im tiefen Wasser immer ein Auge auf Haie haben.«

Er umfasste ihren Hintern mit festem Griff, was ihm wie erwartet einen Klaps auf die Schulter einbrachte. Dieses Mal küsste er sie fordernder und sie ließen sich unter die Oberfläche sinken. Eilig brachte er sie wieder nach oben und stahl sich noch ein paar Küsse, während Rick und Desiree ein paar Meter weiter im Wasser trieben und Drake von Violet wüste Beschimpfungen kassierte, während Serena und sie ihn untertauchten.

Bester. Sommer. Aller. Zeiten.

Sie schwammen eine Runde und entspannten auf dem Boot, bis es fast dunkel war. Müde von der vielen Sonne, aber glücklich, legten sie schließlich wieder an ihrem Liegeplatz an und machten sich dann auf den Weg zu ihrem Strandfeuer am

Newcomb Hollow Beach. Lagerfeuer waren an den Stränden der Bay verboten, und es war schön, zur Abwechslung mal den Blick aufs offene Meer zu haben. Sie grillten Hotdogs und Burger, und Rick gab alles, um Dean mit peinlichen Geschichten aus ihrer Jugend vor Emery in Verlegenheit zu bringen. Doch mit jeder Erzählung wurde der Ausdruck in ihren braungrünen Augen wärmer und sie rückten immer näher auf der Decke zueinander.

Nach dem Essen hatten Dean und Emery einen Spaziergang gemacht und jetzt rösteten Desiree und Serena Marshmallows, während Dean Gitarre spielte und Drake ihm und Rick von den Gewerbeflächen erzählte, die er sich für seinen neuen Musikladen anschauen wollte. Dean hörte nur mit halbem Ohr zu und zupfte abwesend an den Saiten der Gitarre, doch in Gedanken war er bei Emery und der Tatsache, wie oft sie in letzter Zeit vor sich hin summte. Ihm war vorher gar nicht bewusst gewesen, wie musikalisch sie war.

Emery drehte sich zu ihm um und das Mondlicht spiegelte sich in ihren Augen, als sie den Strand hinauf zu ihm kam, wobei sie sich lächelnd mit Violet unterhielt. Die Arme hatte sie vor der Brust verschränkt und ihr T-Shirt war lang genug, um ihren Bikini zu verdecken. Unwillkürlich stellte er sich vor, dass sie unter diesem Shirt nackt war. Es war leicht, von Emery in allen Bereichen seines Lebens zu träumen, angezogen, nackt, in einem Neoprenanzug. Doch jetzt, wo die Sterne über ihnen am dunklen Himmel funkelten, sah er sie im Winter vor sich, dick in einen Parka und eine Mütze eingepackt, weil sie trotz Schnee und Wind am Strand spazieren gehen wollte. Und im Frühling, wenn gerade die ersten Blumen ihre Blüten öffneten und sie endlich ohne Jacke hinausgehen konnte, nur noch in Jeans und Pullover. Er stellte sich vor, wie sie die niedlichen Zehen in den

Sand grub.

»Heute Abend fühlt sich alles anders an«, meinte Drake und griff nach der Gitarre.

Dean hatte gar nicht gemerkt, dass er mit dem Zupfen aufgehört hatte, bis Drake ihm das Instrument aus den Händen nahm. Aber sein Freund hatte recht. Es fühlte sich wirklich alles anders an. Dean genoss nicht nur einfach den Abend mit Freunden und einer festen Freundin an seiner Seite. Emery war schon jetzt so viel mehr als seine Freundin. Zum ersten Mal in seinem Leben hatte er nicht das Gefühl, dass etwas fehlte. Selbst wenn das Leben nicht mehr für ihn bereithielt außer dem, was er in diesem Moment hatte, würde er damit für immer glücklich sein. Solange Emery im Kreis ihrer Freunde an seiner Seite war, war das Leben mehr als gut. Das Leben war wunderschön.

Emery setzte sich lächelnd neben ihn auf die Decke und gab ihm einen Kuss. Ihre Nase war kalt, ihre Lippen jedoch warm und weich. Sie roch nach Sonnencreme und Zufriedenheit. Als er in ihre strahlenden Augen blickte, wurde ihm mit einem Mal bewusst, dass sie inzwischen im Mittelpunkt seiner Welt stand.

»Weißt du, was die Koshas sind?«, fragte Emery.

Violet ließ sich neben Serena auf eine Decke fallen. »Kleiner Hinweis: Gemeint ist keine polnische Bratwurst.«

Dean schüttelte den Kopf. »Nein, keine Ahnung. Warum?«

Emery zuckte die Schultern. »Violet und ich haben uns gerade darüber unterhalten und ich habe mich gefragt, ob du schon mal von der Philosophie gehört hast.«

»Das sind die fünf Schichten unseres Seins«, erklärte Violet. Sie machte eine Geste zu Dean, Drake und Rick. »Ihr rennt euch ständig die Seele aus dem Leib, und das ist gut, um den physischen Körper in Schuss zu halten.«

Emery legte ihm eine Hand auf den Oberschenkel. »Ich

mag Deans Körper.«

»Nicht halb so sehr wie ich deinen.« Er gab ihr einen kleinen Kuss.

»Toll«, sagte Violet. »Aber was tust du für deinen Energiekörper? Oder deinen Glückseligkeitskörper?«

Dean biss Emery spielerisch in den Hals. »Glaub mir, *alle* ihre Körper bekommen ein ordentliches Work-out.«

»Stimmt genau«, sagte Emery leise. »Aber …«

Dean zog eine Augenbraue hoch. »Ernsthaft? Willst du meine Fähigkeiten vor versammelter Mannschaft kritisieren?«

»Nein!« Sie lachte. »Nicht deine Fähigkeiten im Bett. Du bist ein Sexgott.«

»Zu viel Info, Emery«, meinte Rick.

»Das sind die meisten Kerle mit Bart«, steuerte Serena bei.

Drake warf ihr einen finsteren Blick zu. »Und woher willst du das wissen?«

Sie zog eine Schulter nach oben und spießte ein Marshmallow auf ihren Stock. »Ich hatte was mit einem bärtigen Kerl am College. Der war ziemlich gut.«

Drake umklammerte den Hals der Gitarre so fest, dass seine Knöchel weiß hervortraten. Dean nahm ihm das Instrument ab, bevor er es kaputt machte, und zupfte eine weitere Melodie an.

»Es ging nicht um Sex«, erklärte Emery. »Wir haben uns über Meditation unterhalten und wie man dabei manchmal so tief versinkt, dass man Schwierigkeiten hat, wieder daraus aufzutauchen. An anderen Tagen herrscht im Kopf so viel Durcheinander, dass man keinen Weg zur Achtsamkeit findet. Und ich habe erzählt, dass ich mir oft die Koshas vorstelle, um mich zu entspannen. Dazu denkt man sich einen Kreis mit fünf Schichten, mehr ist es nicht. Der äußerste Kreis ist der physische Körper und je weiter man Richtung Mitte geht, desto feiner werden die Energieschichten, bis man schließlich am innersten Kreis angelangt ist und das findet, was manche Leute als *wahren Kern* bezeichnen.«

»Ich glaube, wir sollten nachher mal versuchen, zu deinem innersten Kreis vorzudringen«, sagte Rick zu Desiree.

»Psst«, brachte sie ihn warnend zum Schweigen.

»Das würde man als innere Ruhe und Frieden empfinden. Als Glückseligkeit.« Emery sprang auf und schnappte sich ihren Rucksack. »Des, könntest du mir mit Serena eben die Handtücher hochhalten, damit ich die nassen Badeklamotten ausziehen kann?«

»Klar.« Desiree und Serena standen auf und hielten die Handtücher so, dass Emery vor den anderen abgeschirmt war.

Dean warf Drake und Rick einen verstohlenen Blick zu, die jedoch ganz bewusst woanders hinschauten. Das war dann wohl Emery, wie sie leibt und lebt. Er biss sich auf die Zunge und warf ihr einen Luftkuss zu, als sie zu ihm rübersah. Für sie waren das hier einfach nur ihre engsten Freunde. *Immerhin hat sie an die Handtücher gedacht.*

»Wobei …« Emery kam wieder zwischen den Handtüchern hervor. »Ich kann mich auch einfach auf der Toilette umziehen.«

Dean hatte gar nicht gemerkt, wie sein Magen sich verkrampft hatte, bis er sich jetzt wieder entspannte. »Ich komme mit.«

Rasch legte er die Gitarre weg und griff nach Emerys Rucksack. Den freien Arm legte er ihr um die Taille und sie gingen zusammen den Pfad hinauf, der zum Parkplatz und den Toiletten führte.

Als sie außer Hörweite waren, sagte er: »Das hättest du nicht wegen mir machen brauchen.«

»Habe ich nicht.« Sie lehnte den Kopf an seine Schulter. »Ich habe es für uns getan.«

Dean kannte sich mit Schichten nicht besonders gut aus, oder was man innerlich und äußerlich tun musste, um jede einzelne davon wahrzunehmen und zu hegen. Aber er war sich ziemlich sicher, dass das überwältigende Gefühl, das sich tief in seiner Seele einnistete, durchaus als *Glückseligkeit* durchging.

Zwanzig

»Sieht aus, als hätten wir heute bei unserem Kurs Publikum«, flüsterte Magdeline und deutete auf die kleine Gruppe älterer Herren, die durch die Glastüren spähten. Sie strich sich mit einer Hand über den Polyesterstoff ihrer Leggins und schob die Brust etwas weiter heraus. »Wir sind ja schließlich auch die heißen Ladys hier im LOCAL. Alle reden darüber, wie viel jünger wir aussehen, seit wir den Kurs machen.«

Emery lachte leise. Sie hatte heute eine ihrer drei wöchentlichen Sessions mit Rose, doch Magdeline und Arlin waren jedes Mal dabei und erinnerten Rose liebevoll-frotzelnd daran, aufrecht zu sitzen, tiefer zu atmen, die Schultern zu entspannen, und neckten sie, wo sie nur konnten, wie es Schwestern wohl tun würden. Außerdem feierten sie jeden noch so kleinen Fortschritt mit ihr. Und Rose machte in der Tat Fortschritte. Ihre Körperhaltung hatte sich verbessert, sie saß gerader, hielt den Kopf höher und bewegte sich schmerzfreier, doch auch ihr Blick war wacher und am wichtigsten: Sie konnte besser atmen.

»Okay, sexy Ladys. Wie wäre es, wenn wir uns auf die Ausrichtung unserer Wirbelsäule konzentrieren und ein paar tiefe Atemzüge nehmen. Zeigt den Herren mal, aus welchem Holz ihr geschnitzt seid.« Emery deutete auf die drei gefalteten

Deckenpakete, die sie auf dem Boden vorbereitet hatte. Jede der drei tollen Frauen hatte sich bereits einen Platz in ihrem Herzen erobert.

Magdeline und Arlin unterstützten Rose, wo sie nur konnten, doch sie hatten sich so auch in Roses Sessions hineingemogelt und waren beim zweiten Termin mit ihren eigenen Matten und einer Handvoll Hilfsmitteln bewaffnet aufgetaucht. *Wussten Sie, dass man einfach alles auf Amazon bekommt?*, hatte Arlin beim ersten Termin begeistert verkündet. *Und sie liefern einem alles direkt vor die Tür!*

Emery half Rose, sich auf die Decke zu knien und Arlin platzierte einen Bolster – ein festes, dickes Stützkissen – unter Roses Hintern, sodass ihre Hüfte höher positioniert war als ihre Knie, wenn sie sich setzte.

Arlin und Magdeline nahmen nicht nur eine sehr aktive Rolle bei der Behandlung ihrer Freundin ein, sie hatten auch so sehr davon geschwärmt, wie »gründlich und lieb, aber durchsetzungsfähig« Emery ihre Arbeit machte, dass Chloe von den Familien der Bewohner quasi mit Anfragen nach Emerys Hilfe bombardiert wurde. Also gab Emery nun zweimal die Woche auch noch nachmittags einen Kurs im LOCAL. Sie verbrachte viel Zeit mit Dean, hing mit Desiree, Vi und Serena ab, wann immer sie konnte, und arbeitete – und hatte mit allem so viel zu tun, dass sie kaum Gelegenheit bekam, ihre Familie zu vermissen. Als ihr ältester Bruder Ethan heute Morgen angerufen hatte, war ihm auch aufgefallen, wie glücklich sie klang. Doch da er auch ihr großer Bruder war, fragte er natürlich, ob er sich deswegen Sorgen machen musste, was sie zum Lachen gebracht hatte.

»Sehr schön, Rosie«, sagte Magdeline, während Arlin und sie die gleiche Position auf ihren Decken einnahmen. »Emmie, haben Sie sich schon überlegt, wohin Sie Ihren Freund ausführen?«

Der Spitzname, den sie inzwischen alle benutzten, zauberte ihr ein Lächeln aufs Gesicht. Das würde ihrer Mutter nicht gefallen, sollte sie es jemals mitbekommen. Solange sie denken konnte, hatte ihre Mutter immer darauf bestanden, alle zu korrigieren, die Emery nicht bei ihrem vollen Namen nannten. *Ich habe dich nicht Emmie genannt. Du hast einen starken Namen bekommen, damit man dich immer respektiert.* Sie fragte sich oft, was ihre Mutter wohl davon halten würde, dass Dean sie *Püppi* nannte. Doch bei den alten Damen war Emmie für sie in Ordnung, weil sie zunehmend das Gefühl bekam, hier noch eine Bonusfamilie zu Dean, Des, Vi und den anderen zu finden. Als hätte sie drei Großmütter, die auf sie aufpassten, wie es nur Frauen ab einem gewissen Alter konnten. Und das fühlte sich gut an.

»Ich weiß es immer noch nicht«, antwortete sie. »Wie wäre es, wenn wir erst mal an unserer Atmung arbeiten und später darüber reden?« Sie fragten sie oft über ihr Privatleben aus, aber Emery war sehr darauf bedacht gewesen, Deans Namen und Beruf aus den Gesprächen herauszuhalten. Sie konnte sich bildlich vorstellen, wie neugierig die drei erst werden würden, wenn sie das erfuhren.

»Sie hat Angst, dass wir ihr Alte-Leute-Vorschläge machen«, meinte Arlin seufzend.

»Das stimmt nicht!« Emery versuchte seit einer Weile, ein besonderes Date für Dean zu planen, aber da sie erst seit ein paar Wochen hier wohnte und von Anfang an viel zu tun gehabt hatte, fiel ihr einfach nichts ein. Er überhäufte sie mit kleinen Aufmerksamkeiten, kam nach ihren Yogakursen bei ihr vorbei, wenn er Zeit hatte, brachte ihr Blumen und hatte immer frische Zitronen für ihr Eiswasser im Haus. Sie machten lange Strandspaziergänge und er schickte ihr ständig süße, sexy Textnachrichten. Er hatte sogar eine Yogazeitschrift abonniert. Sie hatte ihn damit aufgezogen, dass er ja nur Frauen in Yogaklamotten sehen wollte, da er Emery jedes Mal mit Blicken verschlang, wenn sie ihre anhatte, und das Ganze normalerweise in wilder Knutscherei endete. Doch er hatte gesagt, dass er alles über die Themen wissen wollte, mit denen sie sich gerne beschäftigte. Und in diesem Moment war ihr klar geworden, wie unendlich glücklich sie sich mit ihm schätzen konnte. Sie wusste, dass er kein grandioses, außergewöhnliches Date brauchte, aber sie wollte ihn nicht einfach nur irgendwohin ausführen. Es sollte von Bedeutung sein und dafür fehlte ihr noch die zündende Idee.

»Wir *sind* alt«, merkte Rose an.

»Aber wir haben es noch drauf«, sagte Magdeline.

Wenn sie ihnen zuhörte, sah sie Desiree und sich vor ihrem inneren Auge, wenn sie älter waren. Sie hatten so viel Spaß auf ihrer Shoppingtour für das Benefizdinner am Freitag gehabt. Emery konnte sich problemlos vorstellen, wie sie in vierzig Jahren immer noch genauso viel Spaß miteinander hatten. Dabei war es gar nicht so leicht gewesen, ein schickes Kleid für das Event zu finden – das entpuppte sich als Nadel im Sommerkleider-Heuhaufen. Schließlich hatten sie sich für ein elegantes, roséfarbenes, schulterfreies Kleid entschieden. Vom Saum führte geraffter Stoff wie eine Schärpe zur Mitte des Mieders. Der Unterrock endete auf der Mitte ihrer Oberschenkel und der transparente Überstoff hatte einen langen Schlitz und reichte ihr bis knapp oberhalb der Knie an der Vorderseite und bis zu den Waden auf der Rückseite. So ein schickes Kleidungsstück hatte sie noch nie besessen, aber es bestand aus einem angenehm dehnbaren Stoff und saß perfekt. Sie konnte es nicht erwarten, Deans Gesicht zu sehen, wenn sie es trug.

»Hey, Magpie«, holte Arlin sie wieder in die Gegenwart zurück. »Wir haben Dates praktisch erfunden, aber wir sind auch leider keine zwanzig mehr. Vielleicht sollten wir unsere Enkel nach Ideen für Emmie fragen.«

»Nein, ganz im Ernst. Ich würde gerne Ihre Vorschläge hören«, versicherte Emery ihnen. »Ich achte nur darauf, dass Roses Behandlung dadurch nicht in den Hintergrund rückt.«

»Oh nein«, sagte Arlin. »Das würden wir auch nicht wollen. Sie haben natürlich recht. Sagen Sie uns, was wir tun sollen, geredet wird später.«

»Vielen Dank. Okay, Ladys, durch die Nase einatmen. Schön dran denken, einen tiefen Atemzug zu nehmen. Spüren Sie, wie die Luft durch Sie hindurchströmt. Stellen Sie sich vor, wie sie Ihre Lunge füllt.« Emery holte tief Luft und beobachtete, wie die Damen lächelten, während sie ihren Anweisungen folgten. Sie ließ den Atem langsam entweichen und sagte: »Durch den Mund ausatmen, ich will es hören.« Das Geräusch erfüllte den Raum. »Genau so. Sehr schön. Wiederholen wir das Ganze, dieses Mal noch tiefer. Fühlen Sie, wie Ihre Lunge sich ausdehnt. Werden Sie eins mit ihrem Atem und lassen sie alles andere los.«

Während der nächsten Stunde widmeten sie sich Roses Therapie, und die Frauen machten immer wieder Vorschläge für das, was sie inzwischen ihr *großes Date* getauft hatten. Arlin und Magdeline dazu zu bringen, sich auf eine Sache zu konzentrieren, war wie einen Sack Flöhe zu hüten.

»Wie wäre es mit Autokino?«, fragte Arlin nach der Session, während Emery ihre Sachen zusammenpackte.

»Die waren der Renner, als sie damals aufkamen«, stimmte

Magdeline ihr begeistert zu. »Wir waren ständig da und später haben wir natürlich auch unsere Kinder mitgenommen.«

»Ja, und unsere Kinder dann ihre Dates.« Rose wackelte mit den Augenbrauen. »Sie dachten, dass wir nicht wissen, was im Autokino tatsächlich passiert. Und sind dann mit zerzausten Haaren und zerknitterter Kleidung nach Hause gekommen.« Sie schüttelte lachend den Kopf. »Als hätten sie das Schmusen im Auto erfunden und uns damit etwas voraus. Ha!«

»Denken Sie immer daran, Liebes«, sagte Arlin. »Parken Sie in der ersten Reihe und ganz rechts.«

»Aber sieht man von da aus die Leinwand nicht schlecht?«, fragte Emery.

Die Damen grinsten.

»Das ist ja der Sinn der Sache«, sagte Rose.

Magdeline sammelte ihre Matte ein und warf ihr ein spitzbübisches Grinsen zu. »Und wenn Sie am Ende der Reihe parken, schaut keiner bei Ihnen rein.«

»O...*kay*. Belassen wir es einfach dabei.« Emery lachte und suchte in ihrer Tasche nach der Teedose, die sie mitgebracht hatte. »Ich bin für die Vorschläge dankbar und das mit dem Autokino überlege ich mir. Erst mal habe ich aber noch was für Sie, Rose.« Sie reichte ihr die Dose. »Das ist eine Teemischung aus entzündungshemmenden Kräutern für Ihre Gelenkschmerzen. Meine Freundin Morgyn Montgomery stellt sie selbst her. Sie betreibt einen kleinen Laden in meiner Heimatstadt in Virginia. Wenn er Ihnen zusagt, kann ich Ihnen gerne mehr davon besorgen. Es gibt auch andere Aromatisierungen, die Sie ausprobieren können.«

»Vielen Dank, Emery.« Rose, die nun wieder in ihrem Rollstuhl saß, stellte die Dose auf ihrem Schoß ab und griff nach Emerys Hand. »Liebes, ich weiß, dass Sie dieses große Date zu etwas Besonderem machen wollten, aber denken Sie daran, dass der Ort nicht mal annähernd so wichtig ist, wie dort gemeinsam Zeit zu verbringen. Egal, ob Sie in einem Sterne-Restaurant essen gehen, ins Autokino oder nur für einen Spaziergang zum Strand fahren. Zeit ist der entscheidende Faktor – und zwar der bedeutsamste von allen.«

Magdeline und Arlin nickten zustimmend.

»Wir sind uns inzwischen bewusst, wie schnell alles zu Ende sein kann«, fuhr Rose nachdenklich fort. »Die perfekte Idee für das Date wird schon kommen. Hören Sie einfach auf Ihr Herz. Es wird Sie nicht in die Irre führen.«

Am Abend stand Emery in der Küche im Summerhouse Inn und band gelbe Schleifen um die Töpfe, in denen die Zitronensprösslinge wuchsen. Ihr Handy zeigte ihr vibrierend eine neue Nachricht an. Deans Name erschien auf dem Display, und da war es wieder, das inzwischen vertraute Kribbeln, das durch ihren Körper rauschte. Sie wollten nachher noch ein paar Folgen *Outsiders* schauen, auch wenn sie vorhin von ihrem Bruder Alec erfahren hatte, dass die Serie endgültig abgesetzt worden war – nachdem er ihr einen Vortrag wegen Dean gehalten hatte. *Vielen Dank, Austin.*

Sie tippte die Nachricht an und las: *Ich bin so in einer halben Stunde hier fertig. Was hältst du von gegrilltem Lachs zum Abendessen?*

Dass er gerne kochte, war ein Segen. Vor allem, weil sie selbst darin so eine Niete war. Sie überlegte, ob sie mal einen Kochkurs machen sollte, doch sofort sah sie eine brennende

Kochschule vor sich. Also verwarf sie die Idee schnell wieder und schickte Dean eine Antwort.

Nackter Freund fände ich noch besser.

Cosmos schoss durch die Hundeklappe und versuchte, an ihren Beinen hochzuklettern. Sie nahm ihn auf den Arm und merkte, dass sein kleiner Körper voller Sand war, worauf sie ihn rasch auf Armeslänge von sich weghielt. »Was hast du denn schon wieder angestellt?«

»Wir waren unten am Strand«, sagte Violet beim Hereinkommen.

Emery stellte Cosmos wieder auf den Boden. »Hey, Vi.«

»Heute steht die Zitronenbaumlieferung an?«

»Wohl eher Zitronensprösslinge. Ich hoffe wirklich, dass sie überleben. Ich bringe sie gleich zu Dean rüber.« Sie schnappte sich den Karton, den sie mitgebracht hatte, und stellte die Töpfe hinein, während Violet den Inhalt des Kühlschranks unter die Lupe nahm. »Ich wollte dich schon länger was fragen. Wer war eigentlich der Langschniedel-Kerl in deiner Küche an meinem ersten Morgen?«

»Nur ein Freund.« Sie biss in einen Pfirsich und schloss die Kühlschranktür. »Wir haben nicht gevögelt, wenn du dich das fragst.«

»Klar doch«, erwiderte Emery sarkastisch.

»Ihr übertreibt alle echt maßlos beim Thema Nacktheit. Aber für mich ist das anders. Ich war schon oft nackt in Gegenwart von Kerlen, mit denen ich nicht in die Kiste gehüpft bin.« Sie biss noch einmal ab. »Und bei vielen, wo das der Fall war«, warf sie beim Verlassen der Küche noch über die Schulter.

Emery hielt sich selbst für aufgeschlossen, aber wow. Violet war da noch mal eine ganz andere Nummer.

Ihr Handy vibrierte erneut. Sie öffnete die Nachricht von

Dean und starrte ungläubig auf das Selfie, das er ihr geschickt hatte. Er trug kein Shirt und alle Gedanken an Violet verabschiedeten sich prompt.

Zehn Minuten folgte sie mit dem Pflanzenkarton auf dem Arm dem Pfad zur neuen Terrasse, an der Dean gerade noch arbeitete. Der Wind trug den Duft von Blumen und unbeschwerten Sommernächten von der Bay zu ihnen hoch. Unbeschwertheit hatte Emery schon lange nicht mehr empfunden, aber morgens beim Meditieren und abends, wenn sie in Deans Armen lag, regte sich etwas in ihr, das dem sehr nahekam. Innerhalb weniger Wochen hatte Dean ihr dabei geholfen, ihre Angst abzubauen, dass er die Flucht ergreifen würde, wenn sie einfach sie selbst war. Mit ihm fühlte sie sich sicher und vollständig. Geerdet auf eine Art, wie sie es noch nie erlebt hatte. Dean und seine Gefühle waren ihr so wichtig, dass sie jetzt nachdachte, bevor sie handelte … meistens zumindest.

Ihr Puls beschleunigte sich, als sie das Ende des Pfads erreichte und Deans nackter Rücken in Sicht kam. Eine Hand hatte er in die Hüfte gestemmt, mit der anderen hob er eine Wasserflasche an die Lippen und trank einen Schluck daraus. Bei seinem Anblick fiel ihr wieder ein, was er am Anfang zu ihr gesagt hatte. *Wir führen seit Monaten eine Beziehung miteinander.* Er hatte recht. Die Veränderungen waren nicht nur auf die letzten Wochen zurückzuführen. Sie waren das Ergebnis einer monatelangen Freundschaft. Und sie verliebte sich nicht einfach nur in ihn. Das war echte Liebe, die mit jedem Tag stärker wurde.

Er wandte sich zu ihr um und ihre Blicke trafen sich. Auf seinen Lippen erschien dieses Lächeln, das sie so sehr mochte. Ihr Herz machte einen Hüpfer, als er mit geschmeidigen, großen Schritten auf sie zukam. Dieser wunderschöne, rücksichtsvolle Mann gehörte allein ihr.

»Da ist ja mein Lieblingsmädchen.« Als er sich zu ihr lehnte, stieg ihr sein männlich-herber Duft in die Nase und sein inniger Kuss ließ ihr die Knie weich werden.

Verlieben ist durch. Das bin ich schon bis über beide Ohren.

»Du hättest nicht extra herkommen brauchen«, sagte er und spähte neugierig in den Karton. »Aber du bist das Beste an meinem ganzen Tag.«

»Ich konnte es nicht erwarten, dich zu sehen.« *Ich liebe dich,* lag ihr praktisch auf der Zunge, doch sie sprach es nicht aus. Die Erkenntnis war so groß, dass ihr ein bisschen schwindelig davon wurde.

Er deutete mit dem Kopf auf den Karton. »Was ist das?«

»Zitronensprösslinge. Für dich.« Sie reichte ihm den Karton, den er mit einer Hand entgegennahm. »Die kann man hier am Cape leider nicht ganzjährig draußen lassen, aber das weißt du vermutlich schon.« Sie war nervös und klappte den Mund zu, bevor sie anfing, Unfug zu plappern.

Er schlang einen Arm um ihre Taille und gab ihr noch einen Kuss. »Mit Bäumen kenne ich mich aus. Ist das deine Art, mir zu sagen, dass du bleiben wirst? Dass du dafür sorgen willst, dass mir nie die Zitronen für dein Eiswasser ausgehen? Wenn ja, pflanze ich dir gerne so viele Zitronenbäume, dass wir dafür ein größeres Haus brauchen.«

Ja, bitte.

Eine Welle von Gefühlen stieg in ihr auf und plötzlich war sie zu nervös, um zu antworten. Sie schaute über seine Schulter, wo die Sonne die Terrasse in goldenen Schein tauchte, und blinzelte ein paarmal, weil sie ihren Augen nicht traute.

Dean folgte ihrem Blick. »Ich hatte eigentlich gehofft, dir das mit einer dramatischen Geste präsentieren zu können.«

»Hast du …?« Sie ging mit weichen Knien zur Terrasse und betrachtete die atemberaubende, perfekt ausgeführte Darstellung der Koshas. Wie viel Mühe es ihn gekostet haben musste, die mindestens Hundert Steinplatten so anzuordnen, dass sie die schönste Visualisierung der fünf Schichten des Seins ergaben, die sie je gesehen hatte. Das Ganze hatte bestimmt drei Meter im Durchmesser und lag am hinteren Ende der Terrasse, wo sie eigentlich die Feuerstelle erwartet hatte. Doch nein. Das hier war perfekt.

»Dean, das ist so wundervoll.«

Er stellte den Karton ab und griff nach ihrer Hand, um mit ihr zusammen näher heranzugehen. »Das hast du entworfen.«

»Ich … nein.« Sie schüttelte den Kopf. »Ich habe mir die Koshas nicht ausgedacht.«

»Natürlich nicht, aber letzte Woche hast du sie beim Strandfeuer beschrieben, und ich wusste, dass ich das Bild schon mal irgendwo gesehen habe. Nur nicht mehr wo.« Er zog seinen Geldbeutel aus der hinteren Hosentasche und holte etwas heraus, das wie ein zusammengefalteter Umschlag aussah. »Ich habe die Sachen durchgesehen, die du mir aus Oak Falls geschickt hast, und da war es.«

Er faltete das Papier auf und reichte es ihr. Auf der Rückseite des Umschlags der Valentinstagskarte war eine Zeichnung der Koshas. Selbst zu diesem Zeitpunkt musste er wohl schon etwas tief in ihrem Inneren angerührt haben. Sie hatte wirklich die Augen vor ihren Gefühlen verschlossen. Wie konnte es nur sein, dass sie keins der Zeichen wahrgenommen hatte?

»Und du hast den Umschlag die ganze Zeit über aufgehoben?« Wärme breitete sich in ihr aus. Sie hatte auch noch alles, was er ihr geschickt hatte. Die Karten steckten in der vorderen Tasche ihres Koffers, zusammen mit der Schachtel des Armkettchens.

»Ich habe noch alles, was du mir geschenkt hast.« Erneut griff er nach ihrer Hand und führte sie zu einem Werkzeugkasten auf der anderen Seite der Terrasse.

Er machte ihn auf und reichte ihr eine Zeitschrift. Die hatte sie ihm Anfang des Jahres wegen eines großen Artikels über die Schauspielerinnen und Schauspieler von *Game of Thrones* geschickt. Sie musterte die Gesichter der Leute und schüttelte verwirrt den Kopf.

»Du warst meine Muse für die Gestaltung dieses Gartenteils, Püppi.«

Er blätterte durch die Zeitschrift, und als er ihr schließlich eine Seite zeigte, stiegen ihr Tränen in die Augen. Sie sah die Werbeanzeige, die einen neuen Netflix-Film ankündigte. Darauf hatte sie Skizzen für den Meditationsgarten gekritzelt, von dem sie immer geträumt hatte.

Sie schluckte, weil ihre Kehle sich plötzlich ganz eng anfühlte. »Ich wusste gar nicht mehr, dass ich das da gezeichnet habe.«

»Das hier ist *dein* Meditationsgarten, der etwas ganz Besonderes ist, weil du an seiner Entstehung beteiligt warst. Ich wollte, dass du alles bekommst, von dem du je geträumt hast. Es tut mir leid, dass er nicht vor deinem Umzug fertig war, aber ich wollte dir die Gelegenheit geben, selbst Hand anzulegen.«

Eine Träne rann ihr über die Wange. »Du ...« Ihr versagte die Stimme, als die Emotionen sie überwältigten. »Das alles hast du für mich gemacht?«

»Für *uns*, Püppi. Du kannst hier meditieren oder Yoga machen. Was immer du willst.«

Sie streckte die Arme nach ihm aus, weil ihre Beine unter ihr nachzugeben drohten. »Aber wieso ist das dann für uns beide?«, fragte sie mit einem zittrigen Lachen. »Und was sagen

Rick und Drake dazu, dass du das auf dem Grundstück des Resorts gemacht hast?«

»Es ist für uns, weil du mir wichtig bist, und ich möchte, dass sich all deine Träume erfüllen. Dieses Lächeln.« Er strich ihr über die Lippen. »Zu wissen, dass du jedes Mal an uns denkst, wenn du Zeit auf der Terrasse verbringst – das ist mein Glück. Und Rick und Drake wissen ehrlich gesagt nicht, was dahintersteckt. Ich war mir nicht mal sicher, ob ich es dir erzähle.«

Sie schlang ihm die Arme um den Nacken und jetzt flossen tatsächlich Freudentränen. »Ich bin gerade so unendlich glücklich. Ich will, dass es für immer so bleibt.«

»Und das wird es. Wir gehören zusammen und nichts wird sich je zwischen uns stellen.«

Sie lehnte sich ein wenig nach hinten und zog die Augenbrauen hoch. »Dir ist schon klar, mit wem du zusammen bist, oder?«

Ein amüsiertes Funkeln trat in seine Augen, als hätte sie etwas fürchterlich Albernes gesagt. Und als er sie auf die Arme hob, erfüllte sie die Hoffnung, dass ihr wundervoller Freund einmal mehr recht behalten würde.

Einundzwanzig

Am Freitagabend stand Dean auf der Veranda des Summerhouse Inn und war so nervös wie noch nie in seinem Leben. Er atmete ein paarmal tief durch und versuchte, seine innere Unruhe loszuwerden. Dass sie bei ihrem ersten schicken Dinner ausgerechnet seinen Vater ertragen mussten, schmeckte ihm nicht, aber seine Brüder drückten sich nun einmal. Heute ging es darum, die Familie zu unterstützen und seine Pflicht zu tun. Das würde er so schnell und schmerzlos wie möglich hinter sich bringen und dann konnten sie zügig wieder verschwinden.

Normalerweise ging er einfach ohne anzuklopfen in die Pension, aber er wollte Emery anständig zu ihrem Date abholen. Also klopfte er an die Tür und hörte einen Moment später Frauenstimmen und das Klackern von High Heels auf dem Holzfußboden, dann Emerys süßes Lachen. Die Tür ging auf, und es verschlug ihm die Sprache, als sein Blick auf die Schönheit fiel, die da in einem rosafarbenen, schulterfreien Kleid vor ihm stand. Emery hatte sich für dunkles, verführerisches Augen-Make-up entschieden, trug dazu transparenten Lipgloss und ihre glänzenden Haare fielen ihr in weichen Wellen offen über die Schultern. Sein Blick huschte über ihre wundervollen Kurven. Er konnte die Rundung ihrer Hüfte quasi unter seinen Händen spüren. Und ihre langen, gebräunten Beine …

»Meine Augen sind hier oben, Großer.«

Desiree und Violet lachten.

Er war so von ihr gefesselt, dass er die beiden gar nicht bemerkt hatte, die an der breiten Treppe im Foyer stehen geblieben waren.

»Tut mir leid, Püppi. Du raubst mir wortwörtlich den Atem.«

»Danke.« Sie musterte ihn ebenfalls und schickte damit eine Hitzewelle durch seinen Körper. »Du siehst aber auch zum Anbeißen aus.«

»Vielen Dank.« Er ging auf sie zu und als er einen Arm um sie legte, stieg ihm ihr Parfüm in die Nase und schickte sein Herz in einen weiteren Salto.

Sie schnappte sich seine Krawatte und ließ sie durch die Finger gleiten. »Ich wüsste ein paar Dinge, die wir nachher mit dem netten Seidending anstellen könnten.«

Sein Schaft zuckte in seiner Hose. »Wenn ich es so lange aushalte.«

»Okay, das ist mein Stichwort.« Violet schob sich an ihnen vorbei. »Ihr seht beide fantastisch aus. Viel Spaß. Ruft mich an, wenn der Rabenvater aufmuckt. Ich komme gerne vorbei und mache ihm eine peinliche Szene.«

»Violet!« Desiree gab ihr einen Schubs in Richtung Tür. »Lass das doch. Wir wollen positiv denken. Es wird nichts Schlimmes passieren.«

»Hey, war nur ein Angebot, dem Kerl mal die Meinung zu geigen.« Violet verabschiedete sich mit einem Winken und verließ das Haus.

Desiree wandte sich ihnen mit einem liebevollen Lächeln

zu. »Tut mir leid. Ihr seht beide wirklich toll aus. Soll ich ein Foto von euch machen?«

Dean schaute an sich hinunter, auf die hellbraune Hose, das legere, dunkelblaue Jackett und das hellblaue Hemd. Als sein Blick auf die dunkelbraune Krawatte fiel, kam ihm eine Idee. »Ja, gleich. Da fehlt noch was an deinem Outfit.«

Emery betrachtete ihr Kleid. »Was fehlt? Ist es nicht schick genug?«

Rick kam die Treppe herunter und stieß einen anerkennenden Pfiff aus.

Dean warf ihm einen bösen Blick zu, weil er auch so schon nervös genug war. »Du siehst perfekt aus«, sagte er zu Emery und senkte dann die Stimme. »Auch wenn ich mir etwas gewünscht hatte, das mir keinen Ständer verursacht.«

Ihre Wangen wurden rot. »Soll ich mich umziehen? Ich will nicht billig aussehen.«

»Du siehst absolut elegant aus, wie eine Göttin. Die Männer würden dir auch hinterhersabbern, wenn du eine Jogginghose tragen würdest.« Er gab ihr einen kleinen Kuss. »Und du schmeckst nach Kirsche.«

»Lipgloss.« Sie krauste bezaubernd die Nase. »Ich wollte nicht, dass du ständig meinen Lippenstift abbekommst.«

»Sehr rücksichtsvoll.« Ein weiterer Kuss brachte ihm noch ein Pfeifen von Rick ein. Dann holte er eine längliche, schwarze Schachtel aus der Tasche und öffnete sie. »Für unser erstes schickes Date.«

Emery und Desiree schnappten nach Luft. Desiree schaute ihr über die Schulter und beide starrten sprachlos den filigranen, dreigeteilten Choker an, den er für Emery hatte anfertigen lassen.

»Ich hatte das Gefühl, dass dir Diamanten und Perlen nicht

gefallen«, sagte er. »Aber wenn das die falsche …«

Emery drückte die Lippen auf seine und blinzelte ein paarmal. »Es ist perfekt. Du bist perfekt. Ich mag wirklich weder Diamanten noch Perlen, aber dass du das weißt …«

Rick legte den Arm um Desiree, die sie mit einem verträumten Ausdruck in den Augen beobachtete.

Dean nahm den Choker aus der Schachtel und Emery hielt ihre Haare aus dem Weg, damit er ihn ihr anlegen konnte.

»Ich weiß viel über dich, aber mein Bauchgefühl sagt mir, dass es noch viel für mich zu entdecken gibt, selbst wenn ich irgendwann all deine Geheimnisse kenne.« Er gab ihr einen Kuss auf den Nacken.

Zuerst schloss er das schmale, braune Lederband, dann war der Verschluss der Silberketten an der Reihe, die vorne in der Mitte durch ein silbernes Herz verbunden wurden. Gleich unter der letzten hauchdünnen Kette lag ein feiner Silberreif, an dem ein wunderschöner Bergkristall hing.

Emery drehte sich zu ihm und strich mit den Fingerspitzen über den Choker. »Wie sieht das aus?«, fragte sie.

Das braune Leder und die zarten Silberketten sahen an ihrem schlanken Hals noch heißer aus, als er es sich vorgestellt hatte. »Du siehst fantastisch aus und die Kette macht dich nur noch schöner.« Er lehnte sich zu ihr und flüsterte: »Und erotisch.«

»Hmm. Das gefällt mir.« Sie umfasste sein Gesicht mit ihren weichen, warmen Händen und schaute ihm liebevoll in die Augen. »Danke.« Sie gab ihm einen Kuss auf den Mund. »Es ist wunderschön. Wusstest du beim Kauf, dass der Anhänger aus Bergkristall ist?«

»Was denkst du denn?«

»Wenn ja, bist du als Freund noch unglaublicher, als ich

bisher dachte.«

»Bergkristall lindert Stress und Angespanntheit«, verkündete er stolz. »Ich wusste, dass das Treffen mit meiner Familie dich nervös macht. Und wie spirituell du bist, auch wenn du nur selten darüber sprichst. Du hast mal erzählt, dass Yoga eine Lebenseinstellung ist, kein Job. Ich will Teil deines Lebens sein, was bedeutet, dass ich mehr über deine Einstellungen erfahren will. Also ja, ich wusste es.«

»Mr. Masters, Sie wissen wirklich, wie man eine Frau beeindruckt.«

»Ich will nur dich beeindrucken.« Er ließ den Blick noch einmal über ihr Outfit gleiten, und erst jetzt fiel ihm auf, dass sie den breiten Armreif mit dem Süßstoff-Geheimfach – *auf alles vorbereitet* – und Riemchensandalen trug. »Kein Platz für dein Handy in den Schuhen. Soll ich es für dich einstecken oder gibt es noch andere Geheimfächer, nach denen ich mal suchen sollte?«

Sie schüttelte den Kopf und grinste verschmitzt. »An den Stellen, die du dir gerne mal näher anschauen darfst, ist nichts versteckt. Und ich nehme mein Handy nicht mit. Heute Abend will ich keinerlei Ablenkung. Nur du, ich und ein Raum voller versnobter Leute, in deren Gesellschaft ich dank dir jetzt ein bisschen weniger nervös sein werde.«

Er holte sein Handy aus der Tasche und machte ein Selfie. Vor dem zweiten drehte er den Kopf und gab ihr einen Kuss auf die Wange, wofür er mit melodischem Lachen belohnt wurde, das zu noch mehr Fotos führte, auf denen sie sich küssten. Rick und Desiree nahmen ihm das Handy ab, um noch ein paar *anständige* Aufnahmen zu schießen, und Emery bestand noch auf einem Selfie, auf dem sie alle vier zu sehen waren. Sie grinsten übers ganze Gesicht, und er wusste jetzt schon, dass das für immer eins seiner Lieblingsfotos sein würde.

Eine Dreiviertelstunde später tauschten sie immer noch Küsschen aus und lachten miteinander, als sie eins der beiden Anwesen im viktorianischen Stil auf dem Gelände des Ocean Edge Resorts betraten. Emery klammerte sich an Deans Arm, während sie dem Strom aus Frauen in traumhaften Kleidern und Männern in Designeranzügen durch das mit Marmor ausgelegte Foyer in den großen Ballsaal folgten.

»Ich war noch nie irgendwo mit so viel Luxus«, flüsterte sie aufgeregt. »Solche Anwesen gibt es bei uns zu Hause gar nicht, glaube ich.«

»Und du bist die schönste Frau hier.« Dean hatte das Gefühl, als wäre seine Haut eine Nummer zu klein geworden. Diese protzigen Dinnerveranstaltungen waren nichts für ihn. Doch dann kamen sie an einem Schild vorbei, das den Gästen den Weg zum Ballsaal wies, und die Erwähnung seines Vaters als Redner ließ Stolz in ihm aufsteigen. Er war stolz darauf, was sein Vater im Leben erreicht hatte, auch wenn er weder den permanenten Druck schätzte, den sein Vater ihm ständig machte, noch seine elitäre Denke teilte.

Vor dem Ballsaal blieb Emery kurz stehen und atmete tief durch. »Woran erkenne ich deine Eltern?« Wahrscheinlich wurde ihr gerade bewusst, dass er keine Familienfotos in seinem Haus aufgehängt hatte.

»Mein Vater ist der, an den sich alle ranschleimen, und meine Mutter ...« Er schaute auf, als er das Klackern schneller Schritte auf Marmor hörte, die auf sie zueilten. Von ihr hatte er die blonden Haare geerbt, auch wenn ihre inzwischen fast vollständig ergraut waren. Jett hatte dagegen ihr herzliches Wesen abbekommen. Dean kam mit seiner zurückhaltenden Natur eher nach seinem Vater. »... ist gleich bei uns.«

»Baby!« Seine Mutter nahm ihn schwungvoll in die Arme. Sie sah wunderschön aus in ihrem dunkelblauen Kleid. Dazu trug sie eine Perlenkette und ihr Lächeln war einladend und sonnig.

Baby?, formte Emery amüsiert grinsend mit den Lippen.

Dean konnte sich ein Lächeln nicht verkneifen. Wenn er so von seiner Mom bemuttert wurde, wollte er manchmal gerne in die Zeit zurückkehren, bevor sein Vater die medizinische Einrichtung seines Großvaters übernommen und sich so zum Schlechten verändert hatte. Nicht zum ersten oder zum hundertsten Mal fragte er sich, warum seine Mutter sich das antat. Ja, seine Eltern stritten sich nie in seiner Gegenwart und er bekam durchaus mit, wenn sie seinem Vater manchmal einen Blick zuwarf, damit er sich eine seiner scharfen Bemerkungen verkniff. Er verstand diese Beziehung nicht, hatte aber vor langer Zeit für sich entschieden, dass es nicht seine Aufgabe war, ihre Lebensentscheidungen zu hinterfragen. Also tat er, was er konnte, damit Jett ihr mit seinem Verhalten das Leben nicht noch schwerer machte.

»Oh, Liebling, was siehst du doch schick aus«, sagte seine Mutter und richtete ihm die Krawatte. »Und deine Krawatte passt zu der hübschen Kette deiner bezaubernden Begleitung. Sollen wir daraus die *richtigen* Schlüsse ziehen?« Sie wandte sich Emery zu, deren Blick ihm verriet, dass sie seine Mutter jetzt schon mochte. »Wenn Sie es noch nicht erraten haben: Ich bin Deans Sugar-Mommy.« Sie lachte laut und etwas heiser, ein Laut, der ihm so unglaublich vertraut war. Und es war ansteckend.

»Mom, *bitte*.« Dean schüttelte den Kopf. »Emery, das ist meine *Mutter* Sherry. Mom, das ist Emery Andrews.«

»Emery …?« Seine Mutter umarmte sie. »Es ist so schön, Sie

kennenzulernen. Aber Ihr Name kommt mir bekannt vor.« Dann riss sie die Augen auf und warf Dean einen Seitenblick zu. »Emery aus Oak Falls? Die, mit der du an Ostern telefoniert hast?«

»Ja«, sagte Emery. »Tut mir leid, dass wir Dean gekapert haben, damit er meine Brüder im Videocall kennenlernt. Sie können ganz schön hartnäckig sein.«

»Oh, Schätzchen, nicht doch. Ich habe ihn noch nie so viel lächeln sehen.« Sie strich Dean über die Wange. »Bis heute Abend. Liebling, warum begrüßt du nicht eben deinen Vater?« Sie legte einen Arm um Emery. »Kommen Sie. Lernen wir uns ein bisschen besser kennen.«

Dean wusste, dass seine Mutter Emery vor seinem Vater beschützen wollte, was bedeutete, dass sein alter Herr heute Abend in Hochform war. Er öffnete den Mund, um ihr zu sagen, dass er sie lieber begleiten würde, doch seine Mutter ließ ihn nicht zu Wort kommen. »Ich bringe sie dir wohlbehalten zurück, versprochen.« Und dann schob sie Emery sanft weiter.

Emery warf ihm einen Blick über die Schulter hinweg zu und schenkte ihm ein strahlendes Lächeln. Sie würde prima ohne ihn zurechtkommen.

Dean folgte ihnen in den Ballsaal, der in verschiedenen Goldtönen mit schwarzen und weißen Akzenten dekoriert war. Hier waren genug Designeranzüge und Diamanten unterwegs, um einen Laden damit aufzumachen. Er angelte sich ein Glas Champagner vom Tablett eines Kellners und sah, dass die beiden Frauen sich ebenfalls versorgt hatten. Seine Mutter hatte Emery eine Hand auf den Arm gelegt, als wären sie alte Freundinnen, und so wie er die beiden kannte, verstanden sie sich vermutlich schon blendend.

Er nahm einen tiefen Schluck aus seinem Glas und schaute

sich suchend in der Menge nach seinem Vater um. Sobald er ihn entdeckte, spürte er das nur allzu vertraute Bleigewicht im Magen.

Er schaute noch einmal zu Emery und seiner Mutter, die sich nun mit seiner Ex-Freundin Diana unterhielten. Verdammter Mist. Dass sie auch hier sein könnte, hatte er gar nicht bedacht. Er hätte Emery vorwarnen sollen. Konnte der Abend noch unangenehmer werden? Diana sah aus wie … na ja … wie Diana eben. Elegant und anständig in ihrem blau-weiß-gestreiften Kleid. Ihre dunklen Haare hatte sie zu einem komplizierten Knoten hochstecken lassen und dafür vermutlich ein Vermögen bezahlt. Sicher hatte es Stunden gedauert, bis jede Strähne perfekt saß. Sie war eine schöne Frau und würde eine gute Ehefrau für einen anderen Mann abgeben, dessen Leben sie von vorne bis hinten durchplanen konnte, dessen Meinung sie dauernd bestätigte und dessen Ego sie bei jeder Gelegenheit mit einem Lächeln auf den Lippen aufpolierte. Sie war die perfekt erzogene Arztgattin, was wohl auch der Grund war, warum sie und Dean so gar nicht zusammengepasst hatten.

Wie hatte er die Beziehung nur so lange laufen lassen können? Sie waren bestenfalls passable Freunde. Dean war auf Drängen seines Vaters hin mit ihr ausgegangen, und sie war ein umgänglicher Mensch, immer verfügbar, und hatte eine Lücke in seinem Leben gefüllt. Sie zu daten war einfacher, als Frauen in Bars anzusprechen oder Touristinnen abzuschleppen.

Emery sagte etwas, das alle drei zum Lachen brachte, und berührte Diana am Arm. Diana hielt sich eine Hand vor den Mund und schaute im nächsten Moment in seine Richtung. Dean wandte sich schnell wieder seinem Vater zu und hatte das Gefühl, die Wahl zwischen einem Löwen und einem Spinnennetz zu haben. Sein Vater sah in seinem dunklen

Nadelstreifenanzug mit passendem Einstecktuch und Krawatte sehr distinguiert aus. Dean musste nicht genauer hinsehen, um zu wissen, dass seine Hemdknöpfe aus Perlmutt bestanden und er seine goldenen 24-Karat-Manschettenknöpfe trug. Sie waren sicher mit Saphiren oder gelben Diamanten besetzt, nebst einer Reihe von kleineren Diamanten, die allesamt hochwertig genug waren, eine vierköpfige Familie geraume Zeit zu ernähren.

Dean kippte den Rest seines Champagners hinunter und ließ das leere Glas auf einem Tisch stehen. Er strich sich das Hemd glatt – eins der drei, die er besaß, und keins stammte von einem namhaften Designer – und versuchte sich zu motivieren, zu seinem Vater hinüberzugehen und ein paar Worte mit ihm zu wechseln. Der unterhielt sich gerade mit seinen Geschäftspartnern Carl Longhorn – Dianas Vater –, Prescott LaRue und Tom Macalbee.

Vier der klügsten Mediziner des Landes. Die Stimme seines Vaters machte sich ungebeten in seinem Kopf breit und sein Magen krampfte sich zusammen. Rasch wandte er sich ab und erinnerte sich daran, dass sie sich hier nur sehen lassen mussten, mehr nicht. Auf der Suche nach einem weiteren Glas Champagner schaute er sich um und entdeckte Emery und seine Mutter, die auf ihn zukamen. Zum Glück ohne Diana. Sie lächelten beide, und da Emery kein gutes Pokerface hatte, wusste sie vielleicht noch nicht, in welcher Beziehung er und Diana zueinander standen.

Emery sah so elegant aus, aber in ihren Augen loderte auch ein helles Feuer, als ihre Blicke sich trafen.

Er hielt ihr eine Hand hin. »Alles in Ordnung, Püppi?«

Plötzlich roch er das Rasierwasser seines Vaters, nur Sekunden, bevor eine schwere Hand auf seiner Schulter landete. Seine Mutter nahm sofort Haltung an und verengte die Augen ein wenig. Sie schenkte seinem Vater noch einen Blick, der ganz klar »Benimm dich, Douglas« ausdrückte, bevor sie von einer Gruppe Frauen in ein Gespräch verwickelt wurde.

Emery schaute von ihm zu seinem Vater und wurde mit einem Mal stocksteif. Dean tat es ihr gleich und in den Augen seines Vaters stand die pure Gehässigkeit. Instinktiv legte er den Arm fester um Emery.

Emery blieb die Luft weg, als sie in die kalten Augen von Roses Sohn starrte und ihr Hirn noch zu enträtseln versuchte, warum der Mann die Hand auf Deans Schulter gelegt hatte.

»Sohn«, sagte er und wandte sich demonstrativ von Emery ab, um Dean mit einem vorwurfsvollen Blick zu fixieren.

Ein eiskalter Schauer rann ihr über den Rücken. *Sohn?* Sie spulte gedanklich zu ihrem ersten Besuch bei Rose zurück und plötzlich fügten sich die Puzzleteile zusammen. *Und meinen ältesten Sohn haben Sie ja kennengelernt. Er ist der Wütende in der Familie. Er hat sich in die Arbeit vergraben, auf Kosten seiner Familie.*

Sie krallte die Hand in Deans Seite und auf einmal erinnerte sie sich noch an etwas anderes. Ein paar Wochen nach ihrem Kennenlernen hatte er ihr erzählt, wie seine Großmutter ihm gut zugeredet hatte, seinen medizinischen Beruf an den Nagel zu hängen und auf sein Herz zu hören, weil ihn der Job in der Notaufnahme emotional vollkommen fertigmachte.

Unwillkürlich versuchte sie sich auszumalen, wie Rose sich gegen ihren eigenen Sohn wandte. Dass sie sich das ohne Weiteres vorstellen konnte, weckte etwas Unerwartetes in ihr:

ein wenig Mitgefühl für den Mann, der sie gerade musterte, als wollte er etwas sehr Gemeines zu ihr sagen.

»Dad«, sagte Dean ausdruckslos und drehte sich ein wenig, als wollte er sich zwischen seinen Vater und Emery stellen. »Das ist meine Freundin Emery Andrews.«

Sein Vater verzog die Lippen zu einem schmalen Lächeln. »Das Yoga-Mädchen?«

Dean versteifte sich spürbar. Er verengte die Augen zu Schlitzen und richtete sich kerzengerade auf. Emery war immer noch nicht über die Tatsache hinweg, dass Mr. Stock-im-Hintern Deans Vater war. Deswegen verkniff sie sich die bissige Erwiderung, die sie dem Kerl am liebsten an den Kopf geknallt hätte, und als Dean den Mund öffnete, drückte Emery seine Hand und schüttelte unauffällig den Kopf. Sie wusste, dass Dean sie verteidigen würde, wollte aber nicht der Grund dafür sein, dass die beiden hier eine Szene machten.

»Yoga-*Rückenspezialistin.* Ja«, antwortete sie stolz und reichte ihm auffordernd die Hand.

Deans Vater starrte sie so lange an, dass sie schon zu dem Schluss kam, dass er sie nicht schütteln würde.

Dean schenkte ihm einen bitterbösen Blick, und sein Vater prostete ihm spöttisch mit seinem Glas zu, bevor er ihre Hand mit einem humorlosen Lächeln ergriff.

»Es ist mir ein Vergnügen, sie kennenzulernen, Emery.«

Auf dem ganzen Planeten gab es nicht genug Alkohol, um diese Situation erträglicher zu machen. Zum Glück ertönte in diesem Moment eine Ansage, die die Gäste aufforderte, ihre Plätze an den Tischen einzunehmen und Dean brachte sie in Windeseile außer Reichweite des großen, bösen Wolfs.

»Es tut mir so leid. Ich hätte dich nicht in seine Nähe lassen sollen«, sagte er, während er sie zu ihrem Tisch führte.

»Ist schon okay«, erwiderte sie, obwohl gar nichts okay war. Erzählungen über seinen Vater waren eine Sache, aber ihn in Person zu erleben … Sie musste sich hart am Riemen reißen, um nicht unhöflich zu werden, und da half auch der kurze Moment des Mitgefühls nichts. Deans Kiefermuskeln zuckten immer wieder, während er seinen Vater auf dessen Weg zum Podium mit Blicken verfolgte.

Dean hatte heute Abend mehr als genug um die Ohren. Da musste er sie nicht noch verteidigen oder sich ein schlechtes Gewissen dafür einreden, wie sein Vater sie behandelte. Sie legte ihm eine Hand an die Wange und lenkte seine Aufmerksamkeit so wieder auf sich. »Ich bin für dich hier, nicht für deinen Vater.«

»Ich hätte dich dem trotzdem nicht aussetzen sollen.«

Sie nahmen ihre Plätze ein, und Emery entdeckte Sherry, die ebenfalls in Richtung ihres Tischs kam. »Mir war gar nicht klar, dass Rose deine Großmutter ist«, sagte sie leise. »Sie war meine erste Kundin im LOCAL. Ist sie auch hier?«

»Meine Großmutter?« Das hellte seine Miene etwas auf. »Sie und mein Vater verstehen sich nicht gut, deswegen war sie schon lange bei keiner dieser Veranstaltungen mehr. Aber meine Tante Patty geht heute Abend mit ihr nett essen.«

Das enge Gefühl wich aus ihrer Brust. Sie war froh, dass Rose das vorhin nicht hatte mitansehen müssen. »Rose ist wundervoll, genau wie ihre Freundinnen Magdeline und Arlin auch. Deinen Vater habe ich schon kennengelernt, als ich das erste Mal bei ihr war, aber da wusste ich natürlich noch nicht, wer er ist.« Sie umriss den Vorfall kurz.

»Ich bringe ihn um«, presste Dean zwischen zusammengebissenen Zähnen hervor.

»Nein, wirst du nicht. Rose hat gesagt, dass er nicht immer

so war, dass er seine Gefühle nach dem Tod deines Großvaters unter Arbeit begraben hat. Irgendwie tut er mir leid. Es entschuldigt sicher nicht die Art, wie er mit mir umgegangen ist oder was er dir an den Kopf wirft, aber es reicht, damit ich mir einen Kommentar verkniffen habe. Außerdem ist er dein Vater, Dean. Ich muss nicht noch mehr Probleme zwischen euch schaffen, als sowieso schon da sind.«

Sein Vater tippte gegen das Mikrofon und Schweigen senkte sich über den Raum. Dean strahlte immer noch eisige Anspannung aus, doch seine Mutter setzte sich neben Emery und flüsterte: »Hat mein Mann sich benommen?«

»Es war in Ordnung«, log Emery und fragte sich unwillkürlich, warum so eine nette Frau sich mit einem Kerl wie ihm abgab. Aber Kritik war hier fehl am Platz. Der Abend würde schnell genug vorbeigehen.

Die autoritäre Stimme von Deans Vater lenkte alle Blicke nach vorn. Er dankte den Anwesenden für ihr Kommen und sprach stolz über seinen Vater, Douglas Masters senior, und dessen Beweggründe, die Familienstiftung ins Leben zu rufen. Dann beschrieb er detailliert die Fortschritte, die seitdem auf dem Gebiet der Kinderneurochirurgie gemacht worden waren, und wie stolz er darauf war, in die Fußstapfen seines Vaters getreten zu sein, als er seine Einrichtung übernommen hatte. Er war eloquent und lockerte die fachspezifischen Details über das interdisziplinäre Zentrum, das das Herzstück der Stiftung bildete, mit etwas Humor auf. Als er beschrieb, wie die Stiftung ihren jungen Patienten durch Beratung, Schulung, Forschung und Unterstützung half, verstand sie, wie wichtig diese Stiftung tatsächlich war und welche Durchbrüche Douglas als Mediziner für den ganzen Fachbereich erreicht hatte.

Der Stolz und der Zorn, die in Deans Blick miteinander

rangen, waren gleichermaßen verdient, und je länger sein Vater sprach, umso mehr ging ihr auf, unter welchem Druck er vermutlich stand. Das machte weder seine Taten noch sein Verhalten wett, aber sie bekam dadurch mehr Einblick in den Mann dahinter.

Emery drückte Deans Hand sanft.

Er legte ihr einen Arm um die Schultern und rutschte mit dem Stuhl näher an sie heran. »Ich bin froh, dass du da bist«, flüsterte er, und das machte es wett, die unangenehme Gesellschaft seines Vaters auszuhalten.

Nach der Rede und donnerndem Applaus machte Douglas sich auf den Weg zu ihrem Tisch, wurde dabei aber mindestens ein Dutzend Mal aufgehalten, um Hände zu schütteln oder Lob entgegenzunehmen. Emery beobachtete das interessiert. Er besaß einen natürlichen Charme, küsste Frauen auf die Wange und klopfte Männern auf den Rücken, als wären das alles seine besten Freunde. Ein schmerzhafter Stich durchfuhr sie. Hätte er sie mit diesem Lächeln begrüßt, wäre diese ganze Situation komplett anders.

Als er den Tisch erreichte und seinen Platz einnahm, war seine gelassene Ausstrahlung innerhalb eines angespannten Atemzugs wie weggeblasen.

Es musste furchtbar anstrengend sein, wenn das Gewicht der Welt auf den eigenen Schultern lastete. Merkte er denn nicht, dass er eine Familie hatte, die ihm dabei helfen konnte, einen Ausgleich vom Stress und etwas persönliche Zufriedenheit zu bekommen? Etwas so Simples wie ein kleines Lächeln, das er den anderen schenkte, würde Dean vermutlich schon ausreichen, und Jett und Doug wahrscheinlich auch. Wenn sie ihn doch nur dazu bringen könnte, dass er sich von ihr ein paar Entspannungstechniken beibringen ließ. Aber es würde wohl eher die Hölle zufrieren, als dass dieser Mann die Hilfe eines *Yoga-Mädchens* annahm.

Der Blick seiner stechend blauen Augen blieb so lange an Dean hängen, als er in die Runde schaute, dass Emery unwillkürlich den Atem anhielt.

Doch dann schienen Vater und Sohn eine stumme Nachricht miteinander auszutauschen und Douglas sagte: »Danke an euch beide, dass ihr heute gekommen seid. Es ist schön, die Familie hier zu sehen.«

Dean nickte nur knapp und seine Finger schlossen sich etwas fester um Emerys Schulter.

Zum Glück wurde das Dinner zügig serviert, und sie schafften es, zivilisierten Small Talk zu betreiben, während sie aßen. Der einzige Lichtblick waren die Geschichten aus Deans Kindheit, die seine Mutter zum Besten gab, wie gern er am Meer und am Strand gewesen war und seiner Großmutter im Garten geholfen hatte. Emery würde ihr gerne von Roses Behandlung erzählen, aber sie befürchtete, dass das Douglas nur wieder zu einem ätzenden Kommentar provozieren würde.

»Dean war schon immer eine alte Seele«, meinte Sherry. »Jett hat sich nie die Zeit genommen, ein Buch zu lesen, und Doug hat alles an Lesematerial verschlungen, was er in die Finger bekam, also hatte er kein Interesse am Vorlesen. Am liebsten hörte Dean als Gute-Nacht-Geschichten die Erzählungen seines Vaters über seine Patienten. Ich weiß noch, wie Douglas oft todmüde nach Hause gekommen ist und Dean als kleiner Junge ihn um *nur noch eine Geschichte* angebettelt hat. Also hat er Dean eine nach der anderen erzählt, bis sie zusammen in Deans schmalem Bett eingeschlafen sind.« Sie drückte ihrem Ehemann mit einem warmen Lächeln den Arm.

»Das kann ich mir gar nicht vorstellen«, rutschte es Emery

heraus, bevor sie es verhindern konnte. »Dass Dean so viele Geschichten hören wollte, meine ich.«

Dean und sein Vater wechselten noch einen Blick miteinander, den sie nicht deuten konnte, doch plötzlich war die Luft mit etwas aufgeladen. Es fühlte sich aber ganz anders an als die unangenehme Anspannung, die bis jetzt zwischen ihnen hing. Das hier war warm, und es brachte sie beide zum Lächeln, doch das verschwand genauso schnell, wie es gekommen war, und nahm ein Stück von Emerys Herz mit.

»Als die Jungs im Teenageralter waren, haben sie mich damit in den Wahnsinn getrieben, dass sie im Dunkeln draußen mit ihren Baseballsachen gespielt haben.« Sherry schenkte Deans Vater einen liebevollen Blick. »Weißt du noch, wie dir die Jungs immer einen Handschuh zugeworfen haben, kaum dass du durch die Tür gekommen bist, und dir dann auf die Nerven gegangen sind, bis du endlich die Arbeit weggelegt und mit ihnen gespielt hast? Wie alt war Dean da? Zwölf? Dreizehn?«

Douglas wischte sich den Mund mit der Stoffserviette ab. »Das ist lange her, und Dean hat mich damals noch mit anderen Augen gesehen, wie es die meisten Jungen bei ihren Vätern tun.«

In diesem Moment traf Emery spontan die Entscheidung, ihm das Verhalten vorhin nicht mehr übel zu nehmen – auch wenn es sie verletzt hatte – und das Beste aus der Situation zu machen. Jetzt brauchte sie nur noch eine Gemeinsamkeit, und probierte es mit ihrer Arbeitserfahrung in medizinischen Einrichtungen.

»Ihre Rede war wirklich interessant«, sagte sie zu Douglas und hoffte, dass man ihrer Stimme nicht anhörte, wie nervös sie war. »Sie haben einige neurologische Störungen erwähnt, mit deren Behandlung ich einige Erfahrung sammeln konnte. Im Rückenzentrum in Oak Falls konnte ich mit Patienten arbeiten, die unter den verschiedensten Beschwerden litten. Mit speziell abgestimmten Yogaprogrammen und Meditationstechniken konnten wir gute physiologische und psychologische Verbesserungen bei den Patienten erzielen, die unter neurologischen Erkrankungen litten wie Epilepsie, den Folgen von Schlaganfällen, Multipler Sklerose und sogar Alzheimer. Ich weiß, dass Sie nicht besonders viel von Yoga halten, aber arbeitet Ihre Einrichtung mit Spezialisten aus diesem Bereich ergänzend zur schulmedizinischen Behandlung ihrer Patienten zusammen?«

Sein Blick huschte zwischen ihr und Dean hin und her. »Das wäre doch, als würde man ein Pflaster auf eine klaffende Wunde kleben. Es lindert vielleicht die Angstzustände der Patienten vorübergehend, aber es gibt absolut keinen Ersatz für moderne Medizin.«

»Natürlich war das kein Vorschlag, die medizinische Versorgung ihrer Patienten auszusetzen«, erwiderte sie schärfer, als sie beabsichtigt hatte, aber das konnte doch nicht sein Ernst sein! Glaubte er wirklich, dass moderne Medizin die *einzige* Antwort auf alles war?

Dean stand auf und griff nach Emerys Hand. »Wenn ihr uns entschuldigt, ich würde gerne mit meiner Freundin tanzen.« Damit zog er Emery auf die Beine und lotste sie rasch vom Tisch weg.

»Dean!«, flüsterte sie. »Ich habe versucht, eine gemeinsame Ebene mit ihm zu finden.«

Er legte ihr die Arme um die Taille, und sobald sie seine harte Brust an ihrem Körper spürte, ließ die Anspannung in ihrem Körper nach.

»Du meinst es gut, Püppi, aber du kannst nicht gewinnen.

Er ist ein Mann der Wissenschaft. Für ihn zählen nur Zahlen, Fakten und dokumentierte Forschung.«

»Es gibt Studien …«

Dean brachte sie mit einem sanften, zärtlichen Kuss zum Schweigen, und als sie sich gerade von ihm lösen wollte, um Luft zu holen, vertiefte er ihn noch. Danach war ihr ein bisschen schwindelig, aber auch herrlich warm.

»Er ist arrogant, Süße. Du denkst, dass du ein vernünftiges Gespräch mit ihm führst, während er sich für schlauer als alle anderen im Raum hält. Du wirst nicht zu ihm durchdringen, der Versuch endet nur im Frust.«

Sie seufzte. »Ich wollte einfach nur ein gemeinsames Thema finden. Ich will wirklich nicht noch mehr Probleme zwischen euch schaffen. Und ich wollte auch keine Diskussion anzetteln, obwohl er alles einfach abtut, wovon ich überzeugt bin, und mich das sauer macht. Sollte er als Arzt nicht alle Möglichkeiten für seine Patienten ausloten? Ich hatte gehofft, dass es einfacher wird, wenn wir einen Draht zueinander bekommen.«

»Ich bewundere dich unendlich dafür, dass du es überhaupt versuchst, aber ich will nicht, dass er uns den Abend versaut. Du bist heute so wunderschön und riechst so sexy.«

Er ließ eine Hand über ihren Rücken nach unten gleiten und schob die andere in ihre Haare. Diese inzwischen vertraute, besitzergreifende Geste reichte aus, um einen Teil ihrer Entschlossenheit zum Schmelzen zu bringen. Sie ließ die Wange an seiner Brust ruhen. »Okay, aber ich kann immer noch nicht fassen, dass Rose seine Mutter ist. Sie ist so nett. Er sollte sie anbeten. Man bekommt den Eindruck, als wäre er so sehr damit beschäftigt, den Leuten nur die Fassade zu zeigen, die sie sehen sollen, dass er dabei die Menschen vergisst, die am wichtigsten sind.«

Dean hatte das Gefühl, jeden Moment vor Glück zu platzen. Er hätte nicht für möglich gehalten, sich noch mehr in Emery zu verlieben, aber die Kombination aus Entschlossenheit, sich mit seinem ignoranten Vater anzufreunden, und ihrem Wunsch, dass dieser die Leute wertschätzte, die ihm am wichtigsten sein sollten, untermauerten nur noch, was er ohnehin schon wusste. Emery und er mochten in gewisser Hinsicht wie Tag und Nacht sein, aber ihre grundsätzliche Weltanschauung stimmte vollkommen überein. Familie und Liebe stand über allem.

Er rieb seinen Bart an ihrer Wange und genoss, wie ein Beben ihren Körper durchlief. Jetzt war er heilfroh, dass er sich nicht für den Sommer rasiert hatte. Er erinnerte sich noch gut an den Abend, als sie sich über FaceTime unterhalten und sie ihn angefleht hatte, den Bart zu behalten. Wie ihre Augen diesen sinnlichen Ausdruck angenommen hatten. Es war ihm immer noch unverständlich, wie man sich vor so starken Gefühlen derart verschließen konnte, die für ihn selbst durch die Leitung fast greifbar gewesen waren.

»Ich werde nie wie er, Em«, versprach er ihr. »Mir wird nie etwas wichtiger sein als du und ich werde andere Menschen nie schlecht behandeln. Das musst du mir glauben.«

»Ich weiß. Dafür bist du zu fürsorglich. Außerdem bist du der loyalste Mann, den ich kenne.«

»Vielen Dank, aber das ist nicht der Grund.« Er bewegte sich mit ihr zur Musik und brachte den Mund dicht an ihr Ohr, weil er wollte, dass sie jedes Wort mitbekam. »Sondern weil ich mich in dich verliebe, Emery. Und ich könnte den wichtigsten Menschen in meinem Leben nie verletzen.«

Sie schaute ihm tief in die Augen, als würde sie dort alle Antworten auf ihre Fragen bekommen.

Er lächelte und hauchte ihr einen Kuss auf den Mund. »In dem Moment, als ich dich in dieser roten Schleife gesehen habe, wie du mehr positive Energie ausgestrahlt hast als die Sonne und mir den ganzen Abend lang mit deinen sarkastischen Kommentaren keine Ruhe gelassen hast, war ich verloren.«

»Dean.« Tränen stiegen ihr in die großen Augen.

»Ich will nicht, dass du Panik bekommst und die Flucht ergreifst. Du sollst nur wissen, dass es mir ernst ist, Emery. Ich möchte dich in meinem Leben haben.«

»Mir geht es ganz genauso«, gab sie freudestrahlend zurück, was ihn für einen Moment sprachlos machte. »Wirklich, Dean. Ich weiß, dass ich keine Erfahrung mit Beziehungen habe, und wahrscheinlich trete ich noch in genug Fettnäpfchen, aber ich würde dich nie betrügen oder so. Nur manchmal immer noch erst machen, dann denken.«

Der Abend am Strand kam ihm in den Sinn, wie sie sich dafür entschieden hatte, sich auf der Toilette umzuziehen statt vor den anderen. »Das tun wir alle ab und zu, aber ich glaube an uns. Wenn einer von uns stolpert, helfen wir uns gegenseitig wieder auf.«

Sie schmiegte sich breit grinsend an ihn. »Du solltest wenigstens so tun, als würden wir tanzen, sonst werden wir gleich angestarrt.«

Ihm war gar nicht bewusst gewesen, dass er stehen geblieben war. Doch er rührte sich nicht. »So will ich dich für den Rest meines Lebens in Erinnerung behalten. Genau so, in diesem Kleid, wie du mir sagst, dass du dich in mich verliebst.«

Tanzende Paare wichen ihnen aus und die Dunkelheit lugte durch die Fenster – und er wollte keine Sekunde mehr in diesem stickigen Ballsaal verschwenden. Er wollte einfach nur noch mit der Frau, die ihm so wichtig war, allein sein. »Wie wäre es, wenn wir von hier verschwinden? Einen Spaziergang am Strand machen, ein bisschen frische Luft schnappen?«

»Das klingt toll. Gleich nachdem du mit deiner Mom getanzt hast.« Sie deutete auf seine Mutter, die immer noch am Tisch saß und sie mit wohlwollendem Gesichtsausdruck beobachtete. Sein Vater befand sich am anderen Ende des Raums und unterhielt sich mit zwei seiner Geschäftspartner. »Sie verdient auch einen schönen Abend.« Dann gab sie ihm einen schnellen Kuss auf den Mund. »Ich mache eben einen Abstecher zur Toilette. Such dir ja keine neue Freundin, während ich weg bin.«

In diesem Moment war er glücklicher als je zuvor. »Niemand könnte dich ersetzen. Weißt du, wo du hin musst? Raus aus dem Saal und den Gang hinunter. Soll ich dich begleiten?«

»Nein, du tanzt mit deiner Mutter. Ich habe auf dem Weg hierher gesehen, wo die Toiletten sind.«

»Okay. Aber bleib nicht zu lange weg.« Er konnte sich einen kleinen Klaps auf den Hintern nicht verkneifen, schickes Kleid und formelles Ambiente hin oder her. Sie ging lächelnd in Richtung Ausgang.

Dean kehrte zum Tisch zurück und reichte seiner Mutter eine Hand. »Darf ich um diesen Tanz bitten?«

»Gerne.« Seine Mutter legte ihre zierliche Hand in seine und ließ sich von ihm auf die Tanzfläche führen.

»Ich habe ganz vergessen, wie gut du tanzen kannst.«

»Das haben dein Vater und ich früher recht oft gemacht«, sagte sie lächelnd.

»Bevor Grandpa gestorben ist.«

»Ja, aber ich erinnere mich daran, als wäre es gestern gewesen.« Sie schwieg einen Moment. »Ich mag Emery. Sie hat Feuer.«

»Oh ja, das hat sie.«

»Du siehst aus, als könntest du ohne sie nicht atmen.« Diesen wissenden Tonfall kannte er nur zu gut aus seiner Jugend.

»Ach ja?« Das stimmte, aber auf dieses Gespräch war er nicht vorbereitet – auch wenn es ihm gefiel, dass sie es bemerkt hatte.

»Sie tut dir gut. Das sehe ich.« Sie schaute zu seinem Vater, der immer noch mit den beiden anderen Männern ins Gespräch vertieft war. »Aber sie wird die Geduld deines Vaters auf die Probe stellen, und wir wissen beide, dass es umgekehrt genauso sein wird.« Als sie Dean wieder ansah, wurde sie sehr ernst. »Lass dich nicht davon abbringen. Hör auf dein Herz, Baby. Es wird dich nie in die Irre führen.«

Er konnte sich nicht vorstellen, dass er sich von seinem Vater von irgendetwas abbringen lassen würde – er wurde nur jedes Mal mehr bestätigt, dass er in einem medizinischen Beruf nicht gut aufgehoben war.

Nach dem Tanzen stießen Elsa Longhorn und Aimee LaRue zu ihnen, langjährige Freundinnen seiner Mutter und Ehefrauen der Geschäftspartner seines Vaters.

»Wie schön, dich zu sehen, Dean«, sagte Elsa.

Er umarmte sie kurz. Elsa war immer nett zu ihm gewesen, und anders als sein eigener Vater verstand sie, dass Diana und er einfach nicht zusammenpassten.

»Freut mich auch.« Da er diese Frauen praktisch sein Leben lang kannte, umarmte er auch Aimee. »Ihr seht heute Abend wirklich phänomenal aus.«

»Du bist ein Charmeur«, sagte Elsa. »Und Diana hat vorhin erzählt, dass deine Begleitung so wundervoll ist, wie sie aussieht.«

Dean warf einen Blick in Richtung der Toilette. Er vermisste Emery schon jetzt. »Das ist sie, vielen Dank. Wie geht es Diana denn?«

»Oh, gut«, meinte Elsa nachdenklich. »Sie musste heute früher gehen. Ihr neuer Freund Harvey ist angehender Gynäkologe, und du weißt ja, wie das ist. Wenn ein Baby zur Welt kommen will, lässt es sich von nichts aufhalten.«

Die Frauen nahmen seine Mutter in Beschlag, die ihn mit einem Küsschen zurückließ, ihm noch einmal die Wange tätschelte und versprach, sich in den nächsten Tagen bei ihm zu melden. Dean schaute einen Moment lang hinaus in die Dunkelheit. Er war froh, dass seine Mutter gute Freundinnen hatte und fragte sich einmal mehr, ob sie glücklich war.

Dann fiel sein Blick auf das Spiegelbild seines Vaters in der Scheibe, als dieser neben ihn trat. Sofort verspannten sich Deans Nackenmuskeln, doch er wandte sich dem Mann zu, der einst seine Familie für kurze Zeit verlassen hatte, um dann als liebevoller, fürsorglicher Vater zurückzukehren. Wo war dieser Mann hin? Ihm fielen die Falten auf, die sich tief in seine Stirn eingegraben hatten, die hängenden Wangen, die das Alter mit sich brachte. Seine blauen Augen waren jedoch aufmerksam wie immer. Dean hätte so gerne gewusst, was sich verändert hatte, nachdem er selbst aufs College gegangen und sein Großvater gestorben war. Wie sehr musste das Schicksal seinem Vater mitgespielt haben, um ihn in einen verbitterten, wütenden Mann zu verwandeln – in das Abbild von Deans Großvater, von dessen Verhalten sein Vater so oft abgestoßen gewesen war.

»Das war ein recht erfolgreicher Abend, findest du nicht auch?« Sein Vater nippte an seinem Drink und schob eine Hand in die Hosentasche.

Dean nickte und kämpfte wieder einmal mit dem vertrauten Zwiespalt, der in ihm tobte. Auf der einen Seite wollte er einfach gehen und alles hinter sich zurücklassen, auf der anderen würde er seinem Vater nur zu gerne ins Gesicht sagen, was er von ihm hielt. Aber Respekt und Loyalität waren tief in ihm verwurzelt und normalerweise achtete Dean darauf, nichts zu tun oder zu sagen, das einen Bruch zwischen ihnen provozierte und seine Mutter damit verletzte. Das hatte Jett schon übernommen. Aber heute kaute er bereits die ganze Zeit darauf herum, wie sein Vater mit Emery umgesprungen war, und das würde er ihm nicht durchgehen lassen.

»Ja, das Event ist gut gelaufen. Aber ich würde dich bitten, Emery in Zukunft mit dem gleichen Respekt zu behandeln, den du von anderen Leuten erwartest.«

Sein Vater hatte das Glas erneut an die Lippen gehoben, verharrte aber auf halber Strecke. Er ließ die Hand wieder sinken und zog die Augenbrauen ein wenig hoch. »Hältst du das für den richtigen Ort und Zeitpunkt für dieses Gespräch?«

Dean straffte die Schultern. »Ich finde es passend, nachdem du ihren Beruf quasi ins Lächerliche gezogen hast. Sie ist ein kluger, freundlicher Mensch und außerdem ist sie *meine Freundin*.«

Sein Vater seufzte tief. Er wandte den Blick aus dem Fenster und das anhaltende Schweigen zerrte an Deans Nerven. Er ballte die Hände zu Fäusten, doch schließlich drehte sein Vater sich wieder zu ihm.

»Du bist ein Masters, Junge«, sagte er gelassen. »Seit Generationen sind die Masters-Männer nicht nur Ärzte geworden, wir waren auch immer führend auf unserem Gebiet. Denkst du nicht, dass du diese Sache mit dem Resort endlich zurückstellen und deine Karriere ernsthaft vorantreiben solltest? Deine Pause nach dem kleinen Abstecher in die Notaufnahme war doch nun lange genug. Zeit, wieder aufs Pferd zu steigen und etwas zu erreichen.«

»Wenn Erfolg für dich bedeutet, die Leute um dich herum so zu behandeln, wie du es tust, dann will ich damit nichts zu tun haben.« Er machte einen Schritt auf seinen Vater zu und sein Tonfall war gefährlich ruhig. »Und nur fürs Protokoll: Meine Jahre als Pfleger in der Notaufnahme waren nicht nur genauso anspruchsvoll und wichtig wie deine Karriere, sie haben mir auch gezeigt, dass du vielleicht deine Gefühle wegschließen kannst, ich aber nicht. Die Menschen, die ich dort habe sterben sehen, waren jemandes Verwandte. Sie haben jemandem etwas bedeutet, und in dem Moment, in dem ich mich um sie gekümmert habe, waren sie mir auch wichtig.«

Sein Vater verzog die Lippen zu einem herablassenden Lächeln. »Ich hatte vergessen, dass du nervlich zu schwach warst, um mit Notfällen klarzukommen. Aber es gibt noch andere Möglichkeiten in der Medizin …«

»Hör auf«, unterbrach Dean ihn. »Ich bin zweiunddreißig, kein Kind, das du herumscheuchen kannst, wie es dir gefällt, oder dem du deinen Willen aufzwingen kannst. Schwäche hat viele Gesichter, und die Fähigkeit, Bindungen zu anderen Menschen aufzubauen, ist keins davon. Du konntest das früher mal. Das Resort, die Arbeit mit Freunden, die ich respektiere und wie Brüder liebe, und neues Leben in die Natur zu bringen, das macht mich glücklich und stolz. Es ist eine Schande, dass du diese Dinge nicht wertschätzen kannst, aber ich werde keine Sekunde mehr darauf verschwenden, dich vom Gegenteil zu überzeugen.«

Das schien sein Vater sich einen Moment durch den Kopf gehen zu lassen, während er an seinem Drink nippte. »Meinetwegen. Dann sprechen wir doch über dein Privatleben. Diana ist noch nicht verheiratet.«

»Dad! Versuchst du echt schon wieder, mir die arme Frau aufzudrängen?«

»Sie würde dir guttun, Junge. Sie strapaziert deine Geduld nicht und wendet sich nicht gegen dich.« Sein Vater schaute erneut aus dem Fenster. »Diese Frau, diese Emery, ist offenkundig intelligent, aber sie ist eine Ablenkung, eine …«

Dean packte seinen Vater am Arm und zwang ihn, sich wieder zu ihm umzudrehen und ihm in die Augen zu sehen. Sein Herz hämmerte wie wild und er biss kochend vor Wut die Zähne zusammen. »Es ist eine Sache, mich in einen Beruf drängen zu wollen, der mich nicht interessiert, aber du wirst nie – *niemals* – so über die Frau sprechen, die ich so liebe, wie sie ist.« Er ließ seinen Vater los. »Ich bin hier fertig. Mit was auch immer das zwischen uns ist.« Er ließ seinen Vater stehen, doch dann traf sein Blick Emerys. Sein Herz setzte einen Schlag aus, als sie auf dem Absatz kehrtmachte und in Richtung Ausgang floh.

Zweiundzwanzig

Emerys Herz pochte so heftig gegen ihre Rippen, dass es wehtat, und sie bekam keine Luft. Sie fasste sich an die Brust und eilte durch die Tür des Ballsaals hinaus. Worum genau es in dem Streit zwischen Dean und seinem Vater gegangen war, wusste sie nicht. Sie hatte beim Näherkommen nur gesehen, wie er Douglas am Arm packte, und dann hatte er erst herausposaunt, dass er Emery liebte, und seinem Vater im nächsten Moment gedroht. Das hatte sie vollkommen aus der Bahn geworfen.

Sie rannte los, als sie das Foyer erreichte.

»Emery, warte!« Dean packte sie an der Taille, doch sie wand sich aus seinem Griff und lief weiter auf die Eingangstür zu. »Em, bitte, bleib stehen.«

»Ich kann nicht!« Sie zitterte am ganzen Körper und verließ das Resort fluchtartig. Die kühle Nachtluft strich über ihre Wangen, als sie die Stufen hinunterstürmte.

Tränen raubten ihr die Sicht und zwangen sie, langsamer zu laufen, was Dean die Möglichkeit gab, sie so schwungvoll an sich zu ziehen, dass sie gegen seine Brust prallte. Da konnte sie die Tränen nicht mehr zurückhalten. Er zitterte ebenfalls und seine Brust hob und senkte sich mit jedem schweren Atemzug.

»Verdammt, Emery. Hör auf damit!« Er hielt sie auf Armeslänge von sich weg und ließ nicht zu, dass sie sich auch nur einen Millimeter wegbewegte. »Ich bin fertig mit ihm. Du musst dir das nie wieder antun. Er ist ein arroganter, ignoranter Arsch.«

»Und er ist dein *Vater*!«, rief sie. »Du hast so viele Jahre den Familienfrieden für Jett gewahrt und jetzt …« Sie rang nach Luft und versuchte, ihre Gefühle wieder unter Kontrolle zu bringen. »Du *liebst* mich? Oh Gott, Dean! Du *liebst* mich!« Ihr Herz drohte zu explodieren vor Freude, doch dann hatte sie das Gefühl, als würde es in der Mitte auseinandergerissen werden. »Und du hast deinem Vater wegen mir gedroht? Ich will nicht dafür verantwortlich sein, dass es zum Bruch mit deiner Familie kommt. Du solltest mich nicht lieben!« Schluchzen schüttelte ihren Körper, und sie versuchte, sich von ihm loszumachen, bevor er merkte, dass sie das nicht ernst meinte. Doch sein Griff war zu fest und er zog sie einfach wieder an sich.

Sie stemmte sich gegen seine Brust und in ihrem Kopf tobte ein wahrer Hurricane. *Nicht loslassen*, versuchte sie zu sagen, doch sie brachte nur ein »Nicht …« hervor, bevor ihr ein weiteres Schluchzen die Stimme stahl.

»Nicht *was*, Emery?«, gab er zornig zurück. »Soll ich nicht für dich empfinden, was schon da ist?«

Sie drehte den Kopf zur Seite und kniff die Augen zusammen, um die Tränen zu stoppen, doch sie flossen einfach weiter, und ihr Herz zerbrach in Tausend Stücke. Er legte ihr die freie Hand so fest auf den Rücken, dass sie noch mehr Schwierigkeiten beim Atmen hatte.

»Kannst du dir abschminken«, presste er zwischen zusammengebissenen Zähnen hervor. »Hör mir zu! An dieser Situation bist du nicht schuld. Verstehst du das nicht? *Er* ist das Problem, Emery.«

»Weil er möchte, dass du mit jemandem wie Diana zusammen bist?« Sie wischte sich die Tränenspuren weg und holte scharf Luft. »Ich habe sie kennengelernt! Sie ist so hübsch …« Weitere Schluchzer. »… und nett …« Abgehacktes Luftholen. »… und die absolut falsche Frau für dich!« Sie konnte den Wortschwall nicht aufhalten, der aus ihr herausplatzte. »Tut mir leid, aber natürlich hat sie dich zu Tode gelangweilt. Sie ist … *harmlos.*«

Dean entwich ein leises Lachen.

»Lach mich nicht aus!« *Warum schreie ich denn so?* »Sie ist nicht die Richtige für dich, aber ich mochte sie, und sie kommt morgen in meinen Yogakurs!«

Er umfasste ihr Gesicht mit seinen rauen Händen und schaute ihr in die tränenverhangenen Augen. »Du bist unglaublich, weißt du das?«

Sie schüttelte den Kopf und nickte dann. Noch immer herrschte in ihr das blanke Chaos. »Ein bisschen unglaublich vielleicht.«

Er lachte erneut, was ihr einen Laut, halb Lachen, halb Schluchzen entlockte.

»Mein Vater hat da drinnen Gift und Galle gespuckt, dass ich mit einer Frau zusammen sein soll, die mir nicht unter die Haut geht, und du lernst meine Ex kennen und statt eifersüchtig zu werden wie andere Frauen, freundest du dich mit ihr an? Ich *will*, dass du mir unter die Haut gehst, Emery. Ich will, dass du deine Meinung offen sagst, auch wenn es nicht das ist, was dein Gegenüber hören will. Ich will *dich*, um jeden Preis.«

Sie war noch immer zu aufgebracht und verwirrt, um einen klaren Gedanken zu fassen oder Vernunft ans Steuer zu lassen. »Das weiß ich!«, fuhr sie ihn an. »Ich will dich auch, und ich will, dass du mich willst! Aber dein Vater hasst mich.«

Erneut liefen ihr Tränen über die Wangen, weil die Wahrheit unerträglich schmerzte. Er gab ihr einen Kuss auf den Kopf und roch so vertraut und nach Sicherheit, dass sich ihre Finger ganz von alleine in sein Jackett krallten. Und sie wehrte sich auch nicht mehr, weil sie doch einfach nur bei Dean sein wollte.

»Ich werde dich nicht gehen lassen«, sagte er nachdrücklich. »Ich *liebe* dich, und ich lasse nicht zu, dass du unser Glück sabotierst.«

Oh Gott. Wie konnte sich etwas so gut anfühlen und gleichzeitig so sehr wehtun? »Ich *will*, dass du mich liebst«, brachte sie mühsam hervor. »Aber ich kann nicht der Grund sein, der dich und deinen Vater auseinanderbringt. Wie soll ich denn damit leben, dass ich alles nur noch schlimmer gemacht habe? Es wird mir das Herz brechen, jedes Mal, wenn ich daran denke.«

»Es wäre schlimm für mich, wenn du mich wegstößt. Tu das nicht, Püppi«, warnte er sie. »Mach nicht kaputt, was uns miteinander verbindet.«

»Ich versuche, deine Familie zu retten, damit du mich nicht irgendwann dafür hasst. So was macht man doch, wenn einem jemand wichtig ist, oder? Man lässt ihn gehen und opfert sich, damit derjenige glücklich ist?«

Er ging ein wenig auf Abstand, hielt sie aber immer noch genauso fest und starrte ihr perplex in die Augen. »Nein, Emery. Tut man nicht. Wenn man jemanden liebt, lässt man ihn nie wieder gehen. Man tut alles, um der Person dabei zu helfen, ihre Träume zu erfüllen, im Leben voranzukommen und Abende wie diesen durchzustehen. Aber man läuft nicht weg. Man macht sich nicht zum Märtyrer. Liebe ist nicht einfach, aber *wir* werden es wert sein.«

»Ich weiß einfach nicht, was ich tun soll! Gerade kann ich nicht mal mehr richtig von falsch unterscheiden.« Sie warf die

Arme in die Luft und wieder stiegen ihr Tränen in die Augen. »Ich bin mir ziemlich sicher, dass ich gerade Schmerzen in der Brust habe, weil mein Herz jeden Moment explodiert, weil ich ...« Sie schloss die Augen, als die Wahrheit sie erneut wie ein Blitz durchfuhr. Sie zitterte am ganzen Körper und wurde sich am Rand bewusst, dass vorbeigehende Paare beim Verlassen des Resorts ihnen neugierige Blicke zuwarfen. Also versuchte sie, die Stimme zu senken. »Ich habe noch mehr Probleme zwischen dir und deinem Dad verursacht, weil ich ich selbst war.«

Er schnappte sich ihr Handgelenk und kam ganz nah. »Hör damit auf. Das hier war lange überfällig.«

»Was? Dieser Streit?« Sie befreite ihre Hand aus seinem Griff und verschränkte die Arme vor der Brust. »Ich wusste, dass ich es versaue!«

Er schüttelte den Kopf und schlang die Arme um sie. »Nein«, sagte er leise. »Meinem Vater Grenzen zu setzen.«

Seine Lippen strichen langsam und zärtlich über ihre, was sie komplett aus dem Konzept brachte.

»Und dass du und ich ein Paar werden, war auch lange überfällig«, fuhr er ernst fort. »Ich liebe dich, und ich will dich wieder bei mir, in meinem Haus haben. In *unserem* Haus. *Unserem* Bett, Em. Du weißt, dass du mich auch liebst, und du weißt, dass du das – uns – genauso sehr willst wie ich.«

Sie vergrub das Gesicht in seinem Hemd, weil sie nicht wusste, was sie tun oder sagen sollte. Sie liebte ihn so sehr, dass sie ihn verlassen würde, nur damit er nicht mehr verletzt wurde. Aber wenn sie ihn verließ, verletzte sie sowohl ihn als auch sich selbst.

Er hob ihr Kinn an, wie er es schon so oft getan hatte, und schaute ihr liebevoll in die Augen. »Du verdienst mich und ich verdiene dich. Lass dir nichts anderes von meinem Vater einreden.«

»Ich weiß, dass wir einander verdienen. Ich bin echt toll und du bist jenseits von fantastisch. Aber das heißt nicht, dass ich mich zwischen dich und deinen Vater stellen will.«

»Das hast du nicht. Er hat das verursacht. Nicht du.«

Er gab ihr einen liebevollen Kuss und hielt sie noch fester, als sie sich von ihm losmachen wollte, küsste sie noch inniger, was sie gleichermaßen beruhigte wie erregte. Sein Griff lockerte sich und er schob die Finger in ihre Haare. Und in diesem Moment löste Deans warme Nähe die Spannung in ihrer Brust und sie ließ sich in den Kuss fallen. Er seufzte an ihren Lippen und sie spürte den tiefen Atemzug. Als müsste er ihre Liebe genauso spüren wie sie seine.

Sie lösten sich langsam wieder voneinander und er verteilte kleine Küsschen auf ihrem Mund, ihren Wangen und der Stirn. Als er wieder zu ihren Lippen zurückkehrte, flüsterte er: »Ich liebe dich, Emery, und ich werde dich nicht gehen lassen.«

Sein Vater hatte sie irgendwie benutzt, um ihn zu verletzen, und das schmerzte sie tief, doch wenn sie sich bei einer Sache absolut sicher war, dann dass sie Dean nicht verlieren wollte. Sie drückte einen Kuss auf seine Brust und schaute dann dem Mann in die Augen, der ihr wahres Selbst gesehen hatte und sie trotzdem liebte. »Ich liebe dich auch, von ganzem Herzen. Und ich lasse dich auch nicht gehen, aber wir können nicht so tun, als wäre das da drin nie passiert.«

»Du *liebst* mich!« Er schaute zum Himmel hinauf und schloss die Augen. »Sie *liebt* mich!«, flüsterte er dann.

Lachen mischte sich mit noch mehr Tränen. »Ja. Ich liebe dich. Ich liebe dich so sehr, und ich habe furchtbar Angst, dein Leben zu versauen.«

»Nein, Püppi. Versaute Sachen machen wir nur zusammen.

Im Liegen, im Stehen und wie immer du sonst noch willst.«

Sie vergrub das Gesicht erneut an seiner Brust und in ihr stritten Glück und Sorge um die Vorherrschaft. Doch dann überrannte das Glück einfach alles andere, als er wieder ihr Kinn anhob und ihr einen Kuss gab, den sie sehnsüchtig erwiderte.

»Ich liebe dich«, wiederholte sie leise. »Aber bevor du anfängst, Pläne für meinen Wiedereinzug zu schmieden … Mir fällt gerade auf, dass ich mich gar nicht von deiner Mutter verabschiedet habe. Sie hält mich bestimmt für durchgeknallt, weil ich aus dem Saal gerannt bin, und jetzt hasst sie mich auch. Du hattest recht. Ich bin schon ein bisschen chaotisch.«

»Du bist mein Chaos, und ich will dich genau so, wie du bist. Ich hatte nie Zweifel an unserer Beziehung und fange auch jetzt nicht damit an. *Unser* Haus braucht dich.«

»Obwohl …«

Der Rest ihrer Worte wurde von seinen Lippen verschluckt.

»Obwohl alles«, sagte er.

»Okay, aber deine Mom …?«

»Meine Mutter mag dich sehr«, sagte er ruhig. »Ich rufe sie morgen an und erkläre ihr alles. Aber jetzt will ich dich nur noch von diesem negativen Sumpf wegbringen. Das ist nicht gut für deinen Körper.« Er gab ihr einen Kuss aufs Dekolleté. »Deinen Geist.« Ein Kuss auf die Stirn. »Und deine Seele.« Er drückte die Lippen auf die Stelle über ihrem Herzen, und sie spürte, wie die Bruchstücke sich ganz langsam wieder zusammensetzten.

Dreiundzwanzig

Die Fahrt nach Hause verlief schweigend und angespannt. Emery klammerte sich an Deans Hand, drehte das Gesicht aber zum Seitenfenster, während Dean ihr von dem Mist erzählte, den sein Vater im Ballsaal von sich gegeben hatte. Jahrelang hatte er sich so sehr um einen höflichen Umgang bemüht, aber das hatte jetzt ein Ende. Es machte ihn unendlich wütend, dass Emery auch nur eine Sekunde lang wegen seines Vaters darüber nachgedacht hatte, ihn zu verlassen.

Er stellte das Auto vor seinem Cottage ab und machte den Motor aus. Dunkelheit hüllte sie ein und nur der Mond warf seinen blassen Schein durch die Bäume. Dean hob Emerys Hand an die Lippen und drückte einen Kuss auf ihre Fingerknöchel. Als sie nicht darauf reagierte, wurde ihm eiskalt. Verdammt, sie hatte es nicht verdient, zwischen die Fronten zu geraten, und ihr Platz war jetzt in seinen Armen.

Langsam stieg er aus dem Pick-up aus und kam auf ihre Seite, um ihr beim Aussteigen zu helfen, doch als er die Tür der Beifahrerseite öffnete, drehte Emery sich von ihm weg.

»Emery?«

Als sie ihn endlich anschaute, war ihr Gesicht tränenüberströmt und ihre Verzweiflung schnitt ihm tief ins Herz. Er nahm sie in die Arme und drückte ihren bebenden Körper fest an sich. »Alles wird gut, Püppi. Du musst so was nie wieder durchmachen, versprochen.«

Ihre Schultern zuckten. »Das ist es nicht. Ich will genug für dich sein, aber ich weiß nicht, wie ich anders sein soll, als ich bin. Ich habe keinen höheren Schulabschluss, stamme nicht aus einer reichen Familie oder was immer dein Vater sich sonst noch für dich wünscht, aber ...«

»Psst, Süße.« Er gab ihr einen Kuss auf die tränenfeuchte Wange und sein Beschützerinstinkt meldete sich in ihm. »Du bist mehr als genug. Das alles ist mir total egal. Du bist alles, was ich will. Das weißt du doch bestimmt.«

»Tu ich«, gab sie schluchzend zurück. »Aber es tut weh, dass dein Vater denkt ...«

Er wusste nicht, was sein Vater hatte sagen wollen, bevor er ihn unterbrochen hatte, doch er war sich ziemlich sicher, dass er es erraten konnte. »Seine Aussage war auf *mich* bezogen und was er sich für mich wünscht. Er will, dass ich Medizingeschichte schreibe, und er glaubt, dass ich eine Frau brauche, die mir keine Umstände macht und mich nicht ablenkt. Was irgendwie verrückt ist, weil meine Mutter sich mit ihrer Meinung nie zurückgehalten hat. Er findet dich intelligent, Emery. Hier geht es nicht darum, dass du irgendwelchen Anforderungen nicht entsprichst. Es geht darum, dass du nicht in sein Bild von mir passt.«

Er strich ihr die Tränen mit dem Daumen weg und gab ihr einen Kuss auf die feuchte Wange. »Das Entscheidende daran ist aber, dass ich gar nicht so bin, und ich war schon mit Frauen zusammen, die mir keine Umstände gemacht haben.«

»Diana.«

Er nickte. »Ich war von Anfang an ehrlich zu dir. Du weißt,

wie ich zu der Beziehung mit ihr stehe.«

»Es war ganz nett, aber langweilig.« Das hatte er ihr vor ihrem Umzug erzählt.

»Und …?«

Sie seufzte. »Dass du irgendwann eingegangen wärst, wenn du das nicht beendet hättest.« Das zauberte ihr ein kleines Lächeln aufs Gesicht.

»Du bist die einzige Frau, die ich will, Em. Stur, klug, du kämpfst für deine Überzeugungen und du strahlst so viel Energie aus, die direkt aus deiner Seele kommt.« Er lehnte die Stirn gegen ihre. »Lass nicht zu, dass er sich zwischen uns stellt.«

»Das werde ich nicht.«

»Versprochen?«

Sie nickte. »Sein Verhalten hat mich verletzt. Das hat mich tiefer getroffen, als ich es erwartet hatte. Ich reagiere sonst nicht so emotional.«

»Ich liebe es, wenn du emotional bist, und es tut mir leid.« Er legte sich ihre Arme um den Nacken und schob eine Hand unter ihren Kniekehlen durch.

»Du wirst mich nicht ins Haus tragen«, protestierte sie, doch er hob sie bereits hoch und drückte sie an seine Brust. »Dean …«

»Es wäre jetzt Zeit, dass du aufhörst zu reden und dich von mir verwöhnen lässt.«

Er senkte die Lippen auf ihre und küsste sie innig, während er sie zur Haustür trug. Dann schloss er mit einer Hand auf, stieß die Tür mit einem Fuß auf und ging mit Emery hinein.

»Das war ziemlich beeindruckend«, sagte sie, als er die Tür mit dem Rücken wieder zuschob.

Er war froh, dass sie nicht mehr weinte, und schlug einen unbeschwerten Ton an. »Du hast ja keine Ahnung, wie beeindruckend ich sein kann.«

»Mr. Masters«, sagte sie auf dem Weg zum Schlafzimmer. »Ich weiß sehr wohl, wie *beeindruckend* Sie sind, und fand es bislang auch immer recht vergnüglich.«

Er stellte sie auf die Beine, doch als sie die Arme nach ihm ausstreckte, drückte er sie wieder nach unten. »Keine Hände, Emery. Heute bin nur ich dran, und danach wirst du mir nie wieder sagen, dass ich dich nicht lieben soll.«

Sie versuchte noch einmal, ihn zu berühren. »Du musst nicht …«

»Sammel dich und atme tief durch, Süße.« Er schob ihre Arme erneut nach unten. »Finde deine innere Ruhe.«

»Seit wann bist du denn der Lehrer?«, fragte sie lächelnd.

»Seit ich Experte für Emery Andrews geworden bin.«

Sie befeuchtete ihre Unterlippe und Röte kroch ihr in die Wangen.

»Ich glaube, du magst es, wenn ich die Führung übernehme.« Er war sich ihrer Atemzüge sehr bewusst, die zunehmend schneller wurden, dem verführerischen Schimmern in ihren Augen. Sanft rieb er den Bart an ihrer Wange und flüsterte: »Oder?«

»Ja.«

Sie ließ ihn keinen Moment aus den Augen, als er sein Jackett auszog und auf den Sessel warf, woraufhin die Katzen das Schlafzimmer fluchtartig verließen. Dann lockerte er die Krawatte und öffnete den obersten Hemdknopf, bevor er auf Emery zukam und so dicht vor ihr stehen blieb, dass sich ihre Körper beinahe berührten. Einen Moment lang rührte er sich nicht mehr, sagte kein Wort, sondern spürte nach, wie der Schmerz des Abends im Pulsieren seines Verlangens unterging. Der Augenblick dehnte sich aus, eine Minute, vielleicht mehr.

Jede Sekunde des Schweigens steigerte die herrliche Vorfreude noch mehr. Als sie erneut die Hand ausstreckte, hielt er sie am Handgelenk fest. Feuer loderte in ihren Augen, doch er drückte nur wieder ihre Hand nach unten.

»Geduld, meine Hübsche.«

Hauchzart strich er mit den Fingern von ihrem Handgelenk bis hinauf zur Schulter und spürte, wie sie eine Gänsehaut bekam. Das Gleiche machte er beim anderen Arm, bevor er die Lippen auf ihre Schulter senkte und mit der Zunge eine feuchte Spur über ihre warme Haut bis zu ihrer Halsbeuge zog. Sie atmete schwer durch den geöffneten Mund und ihre Brust hob und senkte sich schnell an seiner. Er spürte ihre harten Brustwarzen durch den dünnen Stoff ihres Kleids.

»Ich schmecke die Lust in deinem Atem«, flüsterte er und legte ihr die Hände auf die Taille, während er um sie herumging. Er streichelte über ihren Bauch und fühlte, wie sie nach Luft schnappte, als er weiter nach hinten wanderte. Wieder gab er ihr einen Kuss auf die Schulter. »Ich sorge dafür, dass dein Schmerz verschwindet.«

Langsam zog er den Reißverschluss ihres Kleids nach unten, hielt immer wieder inne, um Küsse auf jeden Zentimeter ihres schlanken, wunderschönen Rückens zu drücken, den er entblößte. Sie trug keinen BH, und die Erkenntnis, dass sie das schon den ganzen Abend über nicht getan hatte, schickte seine Erregung in fast schmerzhafte Höhen. Er konnte nicht widerstehen, ihr Schulterblatt mit der Zunge nachzuzeichnen. Sie tastete mit einer Hand nach ihm, doch er umfasste erneut ihr Handgelenk. Dieses Mal fester.

»Nein, Süße. Du bestimmst gerade nicht, wo es langgeht«, flüsterte er ihr ins Ohr.

Sie ballte die Hand zur Faust, die er zurück nach unten

schob. Dann öffnete er den Reißverschluss ganz und der Anblick ihres schlichten, weißen Tangas schickte ein sehnsüchtiges Ziehen in seinen Schritt. Er wickelte sich ihre langen Haare um eine Hand und zog leicht daran, während er den Mund auf ihren Nacken drückte und an ihrer Haut saugte. Sie schnappte lustvoll nach Luft, was ihn stärker saugen ließ und ihr einen dieser herrlichen Laute entlockte, von denen er nicht genug bekommen konnte. Zärtlich reizte er die Stelle mit den Zähnen und erforschte dann den Rest ihres Nackens und der Schulter. Die freie Hand legte er ihr auf den Bauch und hielt sie fest, sodass er sich an ihrem Hintern reiben konnte. Sie wimmerte leise und neigte den Kopf zur Seite, um ihm besseren Zugang zu gewähren, zog dann aber die Schulter hoch, als er die Gelegenheit nutzte. Diese Frau war Himmel und Hölle auf Erden zugleich. Sie war sein Untergang und seine Erlösung. Er drehte ihr Gesicht zu sich und eroberte ihren Mund mit einem leidenschaftlichen und doch so zärtlichen Kuss. Stöhnend wand sie sich in seinem Griff, doch er hielt sie fest an seine Brust gedrückt und ihr Hintern schmiegte sich gegen seine Erektion, während er den Kuss vertiefte. So lange, bis sie es beide nicht mehr aushielten. Als er sich schließlich widerstrebend von ihren Lippen löste, stöhnte sie heiser auf. Ohne die Hand aus ihren Haaren zu lösen, schob er ihr Kleid nach unten, bis es zu Boden glitt.

Seine Lippen fanden die empfindliche Stelle hinter ihrem Ohr und er saugte an ihrem Ohrläppchen. Die Hand ließ er über ihren Bauch nach unten gleiten, wo er die Finger unter das winzige Stückchen Stoff und in ihre feuchte Hitze schob.

»Gott, Emery«, presste er zwischen zusammengebissenen Zähnen hervor. »Du bist so bereit für mich.«

»Nur für dich«, gab sie atemlos zurück.

»Küss mich«, wies er sie an und sie gehorchte enthusiastisch.

Ohne zu zögern, rieb er mit dem Daumen über die Stelle, die sie in den Wahnsinn trieb, während er mit den Fingern in sie eindrang und sie leicht krümmte. Sie packte ihn am Handgelenk, damit er da blieb, wo sie ihn haben wollte. Er beendete den Kuss abrupt.

»Nicht. Anfassen«, erinnerte er sie.

Er wollte, dass sie vor Lust nicht mehr ein noch aus wusste, und ihr das zu verbieten, würde das Vergnügen nur steigern. Sie ließ sein Handgelenk los und krallte sich stattdessen in ihren eigenen Oberschenkel.

»Dein Mund, Emery. Gib mir deinen Mund.«

Und das tat sie. Leidenschaftlich. Er rieb seinen Schaft an ihrem Hintern und spürte ihre feuchte Enge mit jeder Bewegung ihrer Hüften. Als er kräftig an ihren Haaren zog, schrie sie lustvoll auf und drängte ihr Becken noch mehr gegen seine Hand.

»Genau so, Baby. Komm an meiner Hand. Du bist so eng, so verdammt sexy.«

Er genoss die sinnlichen Laute, die er ihr entlockte, während er ihren Orgasmus immer weiter hinauszögerte, um zu beobachten und zu spüren, wie er sie mit sich riss. Als die Nachwehen schließlich abflauten und das Beben ihres Körpers etwas nachließ, zog er seine Finger zurück. Sie hatte die Augen geschlossen und drehte ihm schwer atmend das Gesicht wieder zu. »Lass mich in deine wunderschönen Augen sehen, Emery.«

Sie blinzelte ihn befriedigt an, riss die Augen dann jedoch weit auf, als er über seine feuchten Finger leckte und ihren Geschmack auf seiner Zunge genoss.

»Du wirst meine Zunge heute Nacht überall spüren und ich werde dich so oft kommen lassen. Aber jetzt will ich, dass du genau da bleibst, wo du bist.«

Er ließ ihre Haare los und streifte sich die Schuhe von den Füßen, bevor er seine Krawatte ab- und sie ihr über die Schultern legte. Als sie danach greifen wollte, warf er ihr einen warnenden Blick zu, also ließ sie die Hand wieder sinken.

»Dean«, bettelte sie.

»Keine Hände.«

Rasch entledigte er sich seiner restlichen Kleidung, doch dann fiel ihr Blick auf sein Handgelenk. Er folgte ihm zu dem Lederband mit den zwei Anhängern.

»Du trägst sie«, hauchte sie beinahe ehrfürchtig.

»Ich wollte einen Teil von dir bei mir haben. Ist das okay für dich?«

Sie nickte lächelnd und ihre Augen strahlten vor Liebe. Deans Herz zog sich schmerzhaft zusammen und er gab ihr einen zärtlichen Kuss. Dann hakte er die Finger in die schmalen Stoffstreifen an ihren Hüften und zog ihr den Tanga langsam bis zu den Knöcheln hinunter. Sie holte zittrig Luft, als er sich an der Rückseite ihrer Beine nach oben küsste und dann den Übergang von Bein zu Hintern liebkoste, bevor er sich ihren Pobacken widmete. Schließlich zog er sie auseinander und ließ die Zunge dazwischen nach unten wandern. Als er den engen Muskelring passierte, stöhnte sie unfassbar sexy auf, und Dean spürte ein leichtes Zucken. Schließlich erreichte er ihre feuchte Mitte, was ihm noch mehr erotische Laute einbrachte. Sie stellte die Beine weiter auseinander, aber das reichte nicht mal annähernd. Er stand wieder auf und half ihr, aus dem Kleid zu treten.

»Überlass alles mir, Püppi.« Er senkte die Lippen auf ihren Hals und schob die Finger zwischen ihre Oberschenkel, die feucht von ihrer Erregung waren. Genüsslich strich er über ihr

Geschlecht und sie schloss die Augen. »Alles in Ordnung, Süße?«

»Ja«, antwortete sie atemlos.

»Sag Bescheid, wenn ich zu weit gehe.«

Sie nickte kaum wahrnehmbar.

»Vertraust du mir?«, fragte er.

Noch ein Nicken, dieses Mal sehr entschlossen.

»Stütz dich mit den Händen auf dem Bett ab.«

Sie zögerte nur einen winzigen Moment, bevor sie gehorchte. Sie war so unglaublich schön, wie sie da in den sexy High Heels mit gespreizten Beinen stand und ihn mit ihrem perfekten Hintern lockte.

Er stellte sich hinter sie und rieb seinen Schaft an ihrem Geschlecht, bis er feucht von ihrer Erregung war. Emery stöhnte auf, und er liebkoste ihren Rücken mit den Lippen, während er ihre Brüste mit beiden Händen umfasste und ihre Brustwarzen neckte. Dabei ließ er seine harte Länge immer wieder über ihr Geschlecht streichen, ohne in sie einzudringen.

»Beine zusammen, Püppi. Schön anspannen.«

Sie drückte die Beine so fest zusammen, dass er einen derben Fluch nicht unterdrücken konnte. »Genau so, Baby, schön eng.«

Er bewegte die Hüften schneller und reizte mit einer Hand ihre Klitoris, während er mit der anderen ihren Nippel sanft drückte.

»Oh Gott, Dean …«

»Ja, Baby. Komm für mich.«

Sie krallte die Finger in die Bettdecke, als der Höhepunkt sie mit sich riss. Er kostete die Lust mit ihr bis zum Schluss aus, musste aber die Basis seiner Erektion umfassen und ordentlich Druck ausüben, damit er ihr nicht direkt folgte.

»Dean«, flehte sie.

Er half ihr, sich aufzurichten, und drehte sie zu sich herum. Die Krawatte hing immer noch um ihren Hals. »Zu viel?«

»Nein.« Ein Nachbeben durchlief ihren Körper. »So gut.«

»Gut, Püppi.« Er griff nach der Krawatte. »Dann tu mir einen Gefallen. Leg dich auf den Rücken.«

Er half ihr auf die Matratze und zog dann ihre Hände nach oben über ihren Kopf, bevor er sich zwischen ihre Beine kniete und mit der Seidenkrawatte zwischen ihren Brüsten nach oben strich. Sie erbebte und stieß einen geräuschvollen Atemzug aus.

»Ich will dir so viel Lust bereiten, dass du nie wieder zweifeln musst, ob du zu mir gehörst.« Neckend ließ er die Seide über ihren Bauch und ihr feuchtes Geschlecht gleiten, dann ihre Oberschenkel entlang, bis sie sich ihm sehnsüchtig entgegenbog.

»Dean, fass mich an. *Bitte.*«

Er ließ sie sein Gewicht etwas mehr spüren und sah ihr tief in die wunderschönen Augen. »Kannst du deine Hände bei dir behalten? Oder soll ich sie über deinem Kopf festbinden?«

Sie biss sich auf die Unterlippe.

»Macht dir das Angst?«

Sie schüttelte den Kopf. »Bei dir nicht.«

Und dann legte sie die Handgelenke zusammen und hielt sie ihm hin. Er wickelte die Krawatte relativ locker darum, weil er ihr nicht wehtun wollte.

»Dann hast du das wohl schon mal gemacht?«, fragte sie.

Jetzt zögerte er, aber er überlegte nur einen Moment, was es über ihn aussagte, wenn er ehrlich war. Hielt sie ihn dann für unerfahren? Würde sie enttäuscht reagieren? So schnell, wie die Sorge gekommen war, verschwand sie jedoch auch wieder und sein Bedürfnis nach Aufrichtigkeit übernahm die Führung.

»Nein«, gab er zu. »Aber ich will alles mit dir ausprobieren.«
Erleichterung huschte über ihre Züge.

Er schob ihre Arme nach oben aufs Bett und verwickelte Emery dann in einen weiteren, verzehrenden Kuss, bevor er sich einen Weg an ihrem Körper nach unten suchte. An ihren Brustwarzen angekommen, umkreiste er eine mit der Zunge und sog jedes Wimmern, jedes Aufbäumen und jedes Muskelzucken gierig in sich auf. Sie biss sich erneut auf die Unterlippe und kniff die Augen zusammen, als er sich der anderen Brust widmete und dann die Hände um beide schloss, um erst den einen, dann den anderen Nippel mit den Zähnen zu necken.

»*Omeingott*«, stieß sie zusammen mit einem langen Atemzug hervor.

Er saugte an einer Brustwarze – *fest*. Sie drängte ihm das Becken entgegen und er rieb seinen harten Schaft an ihrer Klitoris.

»Dean, ich halt's nicht mehr aus«, flehte sie.

Er erstarrte. »Soll ich dich losbinden?«

»Nein!«

»Ich weiß, was du brauchst, Baby«, erwiderte er grinsend. »Dazu kommen wir gleich.«

Aber er hatte keine Eile. Stattdessen schenkte er ihren Brüsten noch etwas mehr Aufmerksamkeit. Er saugte an ihrer Haut, massierte sie sanft und verteilte zärtliche Bisse. Sie wand sich unter ihm und stemmte die Fersen in die Matratze, während sie hemmungslos diese unglaublich erotischen Laute von sich gab. Als sie so erregt war, dass sie kaum noch atmen konnte, rutschte er noch ein Stück nach unten und drückte den Mund auf ihr Geschlecht. Sie schrie leise auf und ihr Kopf hob sich mit einem Ruck vom Kissen. Rasch legte er ihr die Hände auf die zitternden Oberschenkel und verwöhnte sie, reizte sie und ließ ihr keine Ruhe, bis sie mit seinem Namen auf den Lippen auf dem Bett zusammensackte – und dann machte er damit weiter. Bis sie seinen Namen wie ein Gebet keuchte.

»Dean, Dean, Dean ...«

Er kam wieder nach oben und löste die Krawatte von ihren schlanken Handgelenken. »Alles in Ordnung, Püppi?« Sanft rieb er von den Schultern bis zu den Händen über ihre Arme.

»Das war ...« Sie keuchte. »... fantastisch!«

»Wir sind fantastisch, Püppi. Zweifel nie daran.« Er stützte sich über ihr ab und führte die Spitze seines Schafts an ihre empfindsamste Stelle.

»Niemals«, gab sie mit einem sinnlichen und zugleich liebevollen Lächeln zurück.

Er sah ihr tief in die Augen, während er sich in ihre enge Hitze schob, und als er tief in ihr war und ihre Herzen im gleichen Takt schlugen, drehte er sich mit ihr zusammen auf die Seite und umfasste mit der einen Hand ihren Hintern. Die andere stützte ihren Kopf.

»Nimm das Bein höher, Püppi.«

Sie legte es über seine Hüfte, wodurch er noch tiefer in sie kam und sie sich ganz für ihn öffnete. Er strich mit den Fingern tiefer, neckte die empfindsame Stelle zwischen ihrem Geschlecht und ihrem Hintern.

»Oh ...«, hauchte sie atemlos und bewegte das Becken ein wenig vor und zurück. »Das fühlt sich so gut an.«

Er stieß langsam und tief in sie und spürte, wie sich ihre Muskeln herrlich um ihn zusammenzogen.

»Ich spüre *alles* von dir.« Sie grub die Fingernägel in seinen Rücken.

»Wundervoll, Püppi. Gib mir alles von dir.«

Ihre Lippen fanden sich zu einem drängenden Kuss und

ihre Bewegungen wurden schneller. Sie krallte sich an ihm fest und kam jedem seiner schnellen Stöße entgegen. Er konnte nicht genug von ihrem Mund bekommen, zog an ihren Haaren und strich verspielt über ihren Hintern, bis sie beide vollkommen verschwitzt waren. Ihre Körper holten sich, was ihr animalisches Verlangen sich wünschte, bis sie sich schließlich gemeinsam ihrem Höhepunkt ergaben.

Irgendwann später – das Zeitgefühl hatte er schon lange verloren – lag Emery schlafend in seinen Armen und er schickte ein hoffnungsvolles Gebet ans Universum mit der Bitte um Antworten. So, wie er seine wunderschöne Püppi kannte, würde sie sich selbst für seine Probleme mit seinem Vater geißeln. Und er war sich nicht sicher, wie er seinem spirituellen, großartigen Wirbelwind helfen konnte, das loszulassen.

Vierundzwanzig

Wenn Emery jemals Klarheit gebraucht hatte, dann jetzt. Dean hatte sie in der vergangenen Nacht sehr effektiv abgelenkt und sie war danach sogar eingeschlafen. Doch dann hatte ihre Blase sie geweckt und ihr Kopf schaltete seitdem einfach nicht mehr ab. Da sie keine Sekunde mehr stillliegen konnte, stahl sie sich vor Sonnenaufgang am Samstagmorgen aus dem Bett, schnappte sich eins von Deans Sweatshirts aus seinem Schrank und zog es sich über den Kopf. Es reichte ihr bis zu den Knien. Dean schlief noch selig auf dem Bauch und Tango und Cash hatten sich neben ihm eingekuschelt. Das Laken war ihm bis zur Hüfte heruntergerutscht. Sie hätte nie gedacht, dass sie sich mal verlieben würde und schon gar nicht in den Mann, der zu einem ihrer besten Freunde geworden war. Sie war wirklich ein echter Glückspilz. *Und ein Pechvogel*, dachte sie traurig. Wenn sie wie Ethan aufs College gegangen wäre, fleißig gelernt hätte und Geschäftsfrau geworden wäre, würde Deans Vater sie dann mehr respektieren? Oder respektierte er generell nur Frauen, die man zwar sah, aber nicht hörte? Sie konnte sich immer noch keinen Reim darauf machen, dass der Mann von gestern Roses Sohn und Sherrys Ehemann war. Warum ließen sich die beiden das gefallen?

Vielleicht würde sie nie dahinterkommen, aber es gab Dinge, die deutlich verständlicher waren – wie die Erkenntnis, dass Dean seine medizinische Karriere nicht nur an den Nagel gehängt hatte, weil er nicht vom Tod umgeben sein wollte. Er brauchte Leben um sich herum, weil er durch und durch fürsorglich war. Diese Eigenschaft hatte er zum Heilen einsetzen wollen, und das musste ihm zigmal schwerer gefallen sein, als er zugab. Doch nachdem sie nun seinen Vater kannte, war sie sich sehr sicher, dass Dean die Medizin auch hinter sich gelassen hatte, um nicht wie er zu enden.

Er hatte die richtige Entscheidung getroffen, aber Emery bezweifelte, dass er jemals einem Menschen endgültig den Rücken kehren könnte, den er liebte. Und deswegen musste sie wieder Ruhe in ihren Geist bringen, damit sie die Ereignisse des gestrigen Abends verstehen und sortieren konnte. Vielleicht fand sie ja sogar einen Weg, um die Situation zu verbessern.

Sie sammelte ihr Kleid und ihre Schuhe ein, suchte sich aber dumm und dämlich an ihrer Unterwäsche, ohne sie zu finden. Deans Haus entpuppte sich wirklich zunehmend als Bermudadreieck. Als sie das Schlafzimmer verließ, hörte sie jedoch Deans Stimme in ihrem Hinterkopf, die sie wie angewurzelt stehen bleiben ließ. *Du gehst da sicher nicht ohne Unterwäsche raus.*

Sie bediente sich an seiner Kommode und zog Boxershorts aus der Schublade. *Für dich, Großer.* Etwas Rotes im hinteren Teil der Schublade fiel ihr ins Auge. Sie griff danach und holte es heraus. Wie bei einem Zauberer mit einem Endlostaschentuch entrollte sich ein langes, breites Geschenkband über den Rand der Schublade. Sie konnte nicht mehr aufhören zu lächeln, als sie schließlich das Ende der Geschenkschleife erreichte, die sie sich am Abend ihres Kennenlernens für Desiree um den Körper gebunden hatte. Und da war auch das Herz, das sie ihm draufgezeichnet hatte, zusammen mit ihrer Telefonnummer, die sogar noch lesbar war. Ihr Herz schlug schneller vor Freude darüber, dass er das all die Monate aufgehoben hatte. Dann ging sie zum Bett, wo er noch immer tief und fest schlief. Er musste erschöpft sein, nachdem er sie die ganze Nacht lang so herrlich verwöhnt hatte.

Sie wollte ihn nicht wecken, also warf sie ihm nur einen Luftkuss zu und zog seine Boxershorts höher, die ihr über den Hintern zu rutschen drohten. Und sie korrigierte ihren vorherigen Gedanken. Sie hatte nicht für *ihn* Unterwäsche angezogen. *Das war für uns.*

Sorgsam rollte sie das Geschenkband wieder auf und legte es dorthin zurück, wo sie es gefunden hatte, bevor sie auf Zehenspitzen aus dem Schlafzimmer schlich. Im Wohnzimmer fand sie zwei Flipflops, die allerdings nicht zusammenpassten, und suchte das ganze Zimmer nach ihren Gegenstücken ab. Schließlich gab sie auf und zog eben die ungleichen an, um danach leise das Haus zu verlassen. Sie rannte den ganzen Weg zur Pension zurück, weil sie fest entschlossen war, sich wieder in die Spur zu bringen, bevor Dean aufstand.

Als sie an der Pension ankam, brannte ihre Lunge von der kühlen Luft und ihre taunassen Füße waren voller Sand. Sie setzte sich auf die hintere Veranda und klopfte sie ab. Zu Hause in Virginia war das Gras satt und dick wie ein Teppich. Hier bildeten Gras und Sand eine untrennbare Einheit, aber das machte ihr nichts aus. Das machte doch auch den Charme der kleinen Küstenstadt aus. Sie legte den Kopf leicht in den Nacken und betrachtete die ersten Sonnenstrahlen, die ihren milden Schein so kurz vor der Morgendämmerung über die Bay schickten. Alles war so friedlich und stand damit in starkem Kontrast zu dem Aufruhr, der in ihr tobte. Sie schloss die

Augen, ließ die Stille auf sich wirken und konzentrierte sich auf die Luft, die beim Einatmen ihre Lunge füllte. Dabei versuchte sie zu visualisieren, wie alle Anspannung und aller Schmerz beim langen Ausatmen ihren Körper verließen. Das wiederholte sie zweimal, dreimal, *viermal* und fühlte sich trotzdem noch, als würde sie in etwas ertrinken, aus dem sie sich nicht befreien konnte.

Sie brachte ihre Sachen ins Haus, wusch sich in ihrem Bad das Gesicht und putzte sich die Zähne, aber sie war zu abgelenkt und putzte auch dann noch weiter, als die Zahnbürste schon nicht mehr mit ihr redete. Zeit, die schweren Geschütze aufzufahren.

Sie zog ihr Lieblings-Yogaoutfit an, sammelte ein paar Utensilien ein und machte sich auf den Weg zurück zu Deans Cottage. Er schlief noch immer, was sie nicht überraschte, nachdem sie sich bis fast drei Uhr morgens miteinander beschäftigt hatten. Die Erinnerung daran, wie er die Führung übernommen hatte, schickte ihr einen wohligen Schauer über den Rücken.

Okay, Emery. Hör auf, an Sex zu denken. Das löst deine Probleme sicher nicht.

Sie holte einen Topf aus dem Schrank unterm Spülbecken und ging in der Hoffnung auf ein Wunder damit nach draußen. Vielleicht konnte sie ihrem Geist Klarheit verschaffen, aber das Meer, in dem sie ertrank, die eine Sache, der sie nicht entkommen konnte, das, was Deans Vater nutzte, um sie runterzuziehen – das war sie selbst.

Als Dean erwachte, war das Bett neben ihm leer und es roch nach … *Gras? Was zum Teufel?* Mit einem Ruck setzte er sich auf und rief: »Emery?«

Als ihm nur Stille antwortete, sprang er aus dem Bett und zog sich hastig Unterwäsche über. Dabei bemerkte er, dass Emerys Kleidung vom Vorabend verschwunden war. *Verdammt.* Wenn sein Vater sie verschreckt hatte, würde er ihm das nie verzeihen. Er stürmte ins Wohnzimmer, wo es bestialisch nach Marihuana roch … oder nach Stinktier. Da war er sich nicht so sicher.

Auf dem Herd entdeckte er einen großen, schwarzen Topf und die Terrassentüren standen sperrangelweit auf. Er umrundete die Küchenanrichte und schaute in den Topf, in dem sich jedoch nur ein bisschen Wasser befand. Was auch immer da drin gewesen war, roch deutlich besser als der Rest des Hauses. Als Nächstes ging er auf die Terrasse und folgte dem Geruch dann weiter um die Hausecke herum. Dort ließ ihn der Anblick von Emery innehalten, die mit dem Rücken zu ihm im Vorgarten stand. Sie trug eine graue Yogahose mit einem breiten Bund in Batik-Optik und einen pinken Sport-BH. Ihre Füße waren nackt und sie hatte ihre Yogamatte auf einem sonnigen Fleckchen neben den Blumenbeeten ausgelegt. Sie sah aus wie ein Engel.

Sie bückte sich und wedelte mit etwas um ihre Füße herum. Eine kleine Rauchfahne stieg von dem Ding in ihrer Hand auf, als sie sich damit über ihre Beine und ihren Oberkörper nach oben arbeitete. Sie schwenkte es über ihrem Kopf im Kreis und der Geruch, den er schon im Haus wahrgenommen hatte, stieg ihm in die Nase. Er war neugierig, wollte sie aber nicht unterbrechen, also blieb er hinter den Büschen stehen und beobachtete, wie sie weiter eine Art Ritual durchführte. Sie schwenkte das Bündel so gut sie konnte hinter ihren Beinen und dann hinter ihrem Rücken. Rauch folgte jeder ihrer Bewegungen. Er wusste nicht, wie lange er da stand, aber es vergingen sicher fünf bis zehn Minuten, bevor sie schließlich das Bündel zwischen ihren Händen einklemmte. Von hinten sah es aus, als würde sie beten. Rauch kringelte sich über ihren Schultern in der Luft.

Von hier aus schwenkte sie das Bündel mit ausladenden Bewegungen in Richtung Terrasse und Haustür. Am Schluss legte sie das Ding neben ihrer Matte in etwas, das wie eine Tonschale aussah, ab und stellte sich in die Mitte ihrer Matte. Inzwischen hatte er ihre Morgenroutine oft genug mitbekommen, um die Positionen zu erkennen. Einer seiner Favoriten war das Dreieck. Ihm gefiel, wie ihr Körper sich streckte und sich in dieser Haltung öffnete. Aber am meisten fiel ihm auf, wie ihr Gesicht sich entspannte, obwohl der Rest ihres Körpers irgendwie in Bewegung zu sein schien – ihre Finger reckten sich zum Boden und Himmel, die Beine stabilisierten ihre Mitte, die Zehen waren gestreckt und ihre Bauchmuskeln angespannt. Unwillkürlich stellte er sie sich mit einem runden Bauch vor, in dem ihr Kind heranwuchs, und musste lächeln. Der Gedanke war unerwartet, fühlte sich aber ganz natürlich an. Noch nie hatte er sich vorgestellt, wie eine Frau von ihm schwanger war, aber mit Emery wollte er einfach alles haben.

Sie bewegte sich fließend von einer Position zur anderen. Plötzlich ließ sie sich jedoch auf die Matte sinken und vergrub das Gesicht in den Händen. Weinte sie? Er trat aus seinem Versteck, doch im gleichen Moment kam sie wieder auf die Beine und warf die Hände in die Luft. Eilig verschwand er wieder hinter den Büschen.

»Was muss ich denn noch tun, um wieder klar denken zu

können?«, fragte sie wütend. »Mich selbst herausfordern?«

Schnaufend kniete sie sich auf die Matte und streckte Arme und Oberkörper lang nach vorne aus. Die Haltung des Kindes kannte er auch. Und er wusste, dass das ihre bevorzugte Haltung war, wenn in ihrem Kopf Ruhe einkehren sollte und sie ihre Aufmerksamkeit bündeln wollte, bevor sie zu den schwierigeren Haltungen überging. Als er zum ersten Mal beobachtet hatte, wie sie komplexere Positionen einnahm, hatte er den Fehler gemacht, direkt zu ihr zu rennen, um ihr Hilfestellung zu leisen, falls sie umkippte. Damit hatte er sie jedoch nicht nur aus dem Gleichgewicht gebracht, sondern verhinderte auch die Achtsamkeit, die Sinn und Zweck des Ganzen war.

Sie wechselte in die Hocke und legte die Hände mit gespreizten Fingern auf die Matte, richtete ihre Schultern und Ellenbogen sorgfältig aus. Deans Finger zuckten, als könnte er ihr dadurch helfen. Sie strahlte so viel Kontrolle und Eleganz aus, als sie sich nach vorne lehnte, bis ihre Füße vom Boden abhoben, und dann die Knie oberhalb der Ellenbogen abstützte. Nur noch auf die Hände gestützt verharrte sie mit geschlossenen Füßen und nach oben zeigenden Fußsohlen.

Dean hielt den Atem an und alles in ihm schrie danach, sie zu stützen. Die schiere Kraft im Oberkörper und die Konzentration, die diese Haltung erforderte, war für ihn unvorstellbar. Seine Beine trugen ihn ohne sein bewusstes Zutun in ihre Richtung, doch er blieb sofort stehen, als er merkte, was er da tat. Auf keinen Fall wollte er sie erschrecken. Sie hatte die Augen geschlossen, und er war fasziniert von dem Anblick, wie diese unglaubliche Frau der Schwerkraft trotzte.

Nachdem sie die Füße zurück auf den Boden gebracht hatte und wieder die Haltung des Kindes einnahm, atmete er erleichtert auf und ging endlich zu ihr. Er kniete sich auf die Kante der Matte, und sie hob den Kopf, um ihn liebevoll anzulächeln.

»Das war unglaublich. Ich habe noch nie etwas so Schönes gesehen. Deine Eleganz und Kraft waren so beeindruckend, dass ich es in meinem eigenen Körper gespürt habe.«

»Danke. Die Krähe ist eine echt schwere Position und ich muss mich mit Körper und Geist darauf einlassen. Aber ich hatte solche Schwierigkeiten, zur Ruhe zu kommen, dass ich eine Schippe drauflegen musste.« Sie setzte sich auf und griff nach seinen Händen. Ihre Miene wurde ernst. »Tut mir leid, dass ich dich im Bett allein gelassen habe, aber ich musste die schlechten Schwingungen von gestern Abend loswerden. Möglicherweise riecht es im Haus ein bisschen komisch.«

»Nur ein bisschen.« Er zwinkerte ihr zu.

»Das ist weißer Salbei. Ich habe das Haus und alles um uns herum von Konflikt und negativen Gefühlen gereinigt. Der Salbeirauch nimmt negative Energien auf und säubert unsere Energiefelder. Das ist quasi eine metaphysische Tiefenreinigung.« Sie warf einen Blick auf das Bündel, das inzwischen ausgegangen war. »Wir müssen es noch mal anzünden, aber egal, was du tust – blas nie drauf. Niemals nie nicht.«

»Da bin ich raus. Ich mag es, wenn du bläst.«

Sie versetzte ihm einen Klaps auf den Arm. »Nicht die Art von blasen. Der Atem ist fürs Leben, nicht, um es auszulöschen, und Feuer wird als Leben betrachtet. Oh! Ich muss noch mal bei dir ran.«

Er zog eine Augenbraue hoch. »Also das gefällt mir …«

Sie verdrehte die Augen. »Ich meinte, dass ich dich von negativen Energien reinigen muss. Oh, und ich habe was von deinem Lavendel gepflückt. Ich hoffe, das war okay, ich habe

Tee daraus gemacht.« Sie deutete auf eine Tasse, die auf der Veranda stand. »Ich kann dir auch welchen machen, wenn du magst. Der wirkt beruhigend. Na ja, normalerweise zumindest.«

»Ich fasse einfach nicht, wie komplex du bist. Ganz im Ernst, Püppi. Wie war das noch mit den fünf Schichten des Seins? Du hast so viele Schichten, dass ich bis in alle Ewigkeit brauchen werde, um alle zu entdecken. Und dass du das alles für uns gemacht hast, das bedeutet mir wirklich viel.« Zum x-ten Mal, seit sie zusammengekommen waren, fühlte sich seine Brust so ausgefüllt an. Konnte ein Herz vor Gefühlen platzen? Er legte ihr eine Hand auf den Nacken und zog sie zu sich. »Es tut mir wirklich leid, was da gestern passiert ist. Ich werde nachher mit meinen Eltern sprechen.«

»Ich weiß nicht, ob das eine so gute Idee ist. Also bei deinem Vater. Und ich weiß nicht, ob diese spirituelle Reinigung ausreicht, denn auch ohne schlechte Schwingungen werde ich nie die Frau sein, die er sich für dich wünscht.«

»Aber du bist die Frau, die ich mir für mich wünsche, und das ist alles was zählt.«

Sie schüttelte den Kopf. »Ich wünschte, das wäre so, aber es wird immer wie eine schwarze Wolke über uns hängen. Ich gebe nicht auf, sondern werde eine Lösung dafür finden. Vielleicht kann Rose mir dabei helfen, irgendwie zu ihm durchzudringen.«

»Meine Großmutter versteht sich doch selbst nicht mit ihrem eigenen Sohn. Ich bin mir nicht sicher, ob ihr Rat so hilfreich sein wird.« Er drückte ihre Hand sanft. »Wir sind ein Team. Du und ich. Und wir werden mit der Zeit noch stärker werden. Wie wäre es, wenn wir für den Moment mal nicht an negative Dinge denken, sondern uns auf positive Aktivitäten konzentrieren, die unsere Paarbindung stärken?«

Sie lachte. »Das war eine ziemlich gute Überleitung zu Sex.«

»Du bist mein versautes Mädchen. Ich würde heute sogar meine Joggingrunde ausfallen lassen, damit du mir ein paar Yogapositionen beibringen kannst.«

»Mhm. *Yoga*positionen.«

Er setzte sich auf. »Ich will mehr von deiner Welt erfahren. Sag mir, was ich tun soll.«

»Wirklich?«, fragte sie ungläubig.

»Ja, wirklich. Komm schon, Sexy. Bring mir was bei.«

»Na ja, da wäre schon was, das ich gerne mal ausprobieren würde. Habe ich in deiner Yogazeitschrift entdeckt.«

»Wunderbar! Was soll ich machen?«

»Okay, du legst dich auf den Rücken.« Sie stand auf und machte ihm Platz auf der Matte. »Mit dem Kopf hierhin.«

Er positionierte sich so, dass sein Körper zur Hälfte auf der Matte lag. »Das fühlt sich nicht sehr anstrengend an.«

Sie wechselte zur gegenüberliegenden Seite der Matte und kniete sich neben seinen Kopf. »Beim Yoga geht es nicht um Anstrengung. Sondern um die Verschmelzung von Körper, Geist und Seele.«

Sie stemmte sich hoch und balancierte nur auf den Armen, wie sie es zuvor schon gemacht hatte, nur bewegte sie sich dieses Mal schneller und senkte die Lippen auf seine. Als sie sich wieder aufrichtete, strahlte sie ihn an. »Das hat es viel einfacher gemacht, mich zu konzentrieren. Ich glaube, ich werde unsere gemeinsamen Yogasessions sehr mögen.«

Fünfundzwanzig

»Noch mal vielen Dank, dass du mich in deinen Kurs eingeladen hast«, sagte Diana zu Emery am Samstagmorgen am Ende der Stunde. »Das war wirklich toll. Kann ich bei den wöchentlichen Terminen einsteigen?«

»Natürlich. Auf der Website vom Summer House Inn findest du die Termine. Du kannst dich da anmelden oder einfach vorbeikommen, wenn dir danach ist. Es hat mich wirklich gefreut, dass du heute dabei warst.«

»Mich auch. Noch mal danke.« Diana verabschiedete sich mit einem Winken und machte sich auf den Weg.

Emery bedankte sich bei den anderen Frauen und Männern, die gerade ihre Matten einrollten, und unterhielt sich mit einigen, bevor alle sich verabschiedeten. Der Kurs war im Lauf der Woche auf fast die doppelte Größe angewachsen dank der Gäste des Resorts und Mundpropaganda. Sie war froh, dass das Wetter gehalten hatte, weil sie den Kurs so nach draußen verlegen konnte.

Dann entdeckte sie Serena und Mira, die auf sie zukamen. Serena hatte nicht nur Gäste des Resorts zu ihr geschickt, sondern auch zusammen mit Mira am heutigen Morgenkurs teilgenommen und noch drei Freundinnen mitgebracht.

»Dank Des, Vi und den Jungs spricht sich hier alles schnell rum«, sagte sie zu Serena. Violet verweigerte sich zwar den Kursen, hatte sie aber in den letzten Wochen einigen Leuten weiterempfohlen, und Desiree fragte neue Gäste beim Einchecken, ob sie Interesse hatten, was Emery einen konstanten Zustrom neugieriger Touristen bescherte. »Ich hoffe, dass es euren Freundinnen gefallen hat.«

Sie beobachtete die drei Frauen, wie sie ihre Matten einpackten. Jana und ihre Schwester Harper waren blond, Sky brünett und sie wirkten alle sehr energiegeladen, was Emery hoffnungsvoll als gutes Zeichen wertete.

»Vielleicht musst du die Kurse bald für Spontanteilnehmende sperren«, meinte Mira, als die Mädels zu ihnen stießen.

»Oder mehr Kurse anbieten«, sagte Emery, auch wenn sie damit eigentlich nicht zu viel Zeit binden wollte, nachdem ihre Arbeit im LOCAL so gut lief. Sie hoffte, auch diesen Zweig weiter auszubauen. »Ich werde ja sehen, wie es läuft. Die meisten der Leute sind hier im Urlaub und wahrscheinlich nur ein paarmal da.«

»Wir sind keine Touristen«, sagte Harper. »Und ich werde definitiv wiederkommen.« Sie zog sich das Gummi aus den Haaren und schüttelte sie durch. Die blonde Mähne fiel ihr offen über die Schultern. »Jana und Sky kannst du wahrscheinlich auch nicht davon abhalten, nachdem sie jetzt Wind davon bekommen haben. Die stehen beide total auf so was.«

»Oh ja, wir kommen wieder«, sagte Jana. »Hoffentlich bringen wir dann auch ein paar der Mädels aus Seaside mit.«

»Seaside?«, fragte Emery.

»Das ist eine Ferienhaussiedlung an der Route 6«, erklärte Mira. »Matts Bruder Pete und seine Frau Jenna haben da ein Haus, in dem Matt den Sommer verbracht hat. Da sind wir zusammengekommen. Komisch, dass du noch niemanden von unseren Freunden aus Seaside kennengelernt hast.«

»Hat sie ja jetzt«, meinte Jana. »Die Seaside-Häuser gehören schon viele Jahre den gleichen Leuten. Da sind alle eine große, glückliche Familie.«

»Ich habe da auch gewohnt, als ich Sawyer kennengelernt habe. Irgendwas ist da im Wasser, so viele Leute, wie sich dort verlieben. Aber ich habe gehört, dass sich die Magie auf Bayside übertragen hat. Du und Dean?« Sky deutete über Emerys Schultern hinweg auf Dean, der gerade aus seinem Pick-up stieg.

»Du weißt das mit mir und Dean?« Emery konnte ihr Lächeln nicht unterdrücken, als Dean mit einem raubtierhaften Grinsen auf sie zukam. Nach dem Gespräch heute Morgen hatte sie sich viel besser gefühlt als am Vorabend. Dean würde seinem Vater ein bisschen Zeit geben, sich zu beruhigen, bevor er noch einmal vernünftig mit ihm redete. Außerdem wollte er seine Mutter heute noch anrufen, nachdem sie Emerys Sachen zurück in sein Haus gebracht hatten. Aufregendes Kribbeln breitete sich in ihr aus bei dem Gedanken, dass das keine Zwischenstation mehr war. Sie probierten nicht aus, ob das klappte. Sie waren ein Paar, das sich liebte, und sie zogen zusammen. Eine Entscheidung aus tiefstem Herzen. Das hier war ihr Leben. Ihre *Zukunft*. Und sie hätte nicht glücklicher sein können.

»Wenn sie es vorher nicht wusste, hätte ihn verraten, dass er dich praktisch mit Blicken auszieht«, sagte Mira.

»Daran bin ich wohl schuld«, sagte Serena. »Wenn das ein Geheimnis war, hättest du es mir sagen sollen.«

»Ist es nicht«, sagte Emery.

»Was ist kein Geheimnis? Dass du bei mir einziehst?« Dean

gab ihr einen Kuss. »Hey, Püppi. Ich habe dich vermisst.«

»Mann, da bekommt man ja Karies«, neckte Serena ihn. »Ihr zieht echt zusammen? Also nicht nur, weil ein nackter Mann durch die Küche turnt?«

Dean legte einen Arm um Emery. »Ab jetzt bin ich der einzige nackte Mann in ihrer Küche.«

»Hat die ein Glück«, flüsterte Harper Jana überlaut zu.

»Das habe ich gehört«, sagte Emery grinsend. »Und du hast absolut recht.«

»Vielleicht sollte ich nach Seaside oder Bayside ziehen, damit ich auch was von der Magie abbekomme«, meinte Harper zu Sky.

»Wir beide gehen demnächst mal aus und reißen uns ein paar heiße Single-Männer auf«, schlug Serena vor.

»Vielleicht solltest du damit noch warten, bis klar ist, ob du umziehst«, gab Mira zu bedenken. »Hier verändert sich ganz schön viel. Serena will ihre Karriere als Innenarchitektin wieder in Gang bringen, Desiree und Rick wollen demnächst ein Datum für die Hochzeit festlegen und ihr beide zieht zusammen.« Sie legte eine Hand auf ihren Bauch und warf Emery, die ihr mittlerweile ein paar Übungen gezeigt hatte, die die Fruchtbarkeit steigern sollten, einen hoffnungsvollen Blick zu. »Mit ein bisschen Glück klappt es diesen Monat mit der Schwangerschaft.«

»Ich hoffe es für euch«, sagte Serena. »Aber bei mir wird sich so schnell nichts ändern. Wenn ich wirklich ein Jobangebot bekommen sollte, muss ich jemanden fürs Resort finden, der richtig gut mit Menschen und Zahlen umgehen kann, und der den Prellbock zwischen Drake und Rick gibt, wenn es notwendig ist.«

»Um Letzteres kümmere ich mich«, versicherte Dean ihr.

»Und ich kann gerne aushelfen, wenn ich frei habe.« Mira führte den Baumarkt von Matts Vater und hatte eine kleine Genossenschaft aufgebaut, die in mehreren Orten an der Ostküste aktiv war und erstaunlich gut lief.

Jana legte Harper eine Hand auf die Schulter. »Harper kann super mit Menschen und Zahlen umgehen.«

»Ich habe Aussicht auf ein neues Drehbuch«, sagte Harper. Mira hatte bereits erzählt, dass sie als Drehbuchautorin erste Erfolge gefeiert hatte und nun versuchte, sich größere Märkte mit ihrer Arbeit zu erschließen. »Aber wenn bei euch Not am Mann ist, kann ich gerne mal aushelfen.«

»Da reden wir bei Gelegenheit drüber.« Serena zwinkerte Harper zu. »Die Arbeit ruft, ich muss los.«

Das setzte die ganze Gruppe in Bewegung, sie verabschiedeten sich voneinander und gingen ihrer Wege. Dean und Emery wollten in die Pension zurück, um ihr Gepäck zu holen.

Doch dann entdeckten sie Desiree, die gerade mit Cosmos die Einfahrt heraufkam. Sie hatte vor dem Kurs schon mit ihrer Freundin gesprochen und ihr von dem Dinner berichtet – und dass Rose Deans Großmutter war. Desiree waren Tränen in die Augen gestiegen, als Emery ihr von Deans Liebesgeständnis erzählt hatte, und als sie ihr beichtete, dass sie wieder bei ihm einzog, hatte das bei ihnen beiden Freudentränen fließen lassen. Doch da sie vorhin nicht viel Zeit gehabt hatten, wollte sie jetzt noch mal zu ihr. »Ich würde gerne kurz mit Des sprechen, wenn das okay ist?«

»Natürlich. Lass dir ruhig Zeit.« Er gab ihr einen Kuss auf die Wange. »Ich genehmige mir ein paar von ihren Muffins.«

Emery eilte zu Desiree und schnappte sich Cosmos, bevor der an ihr hochspringen konnte. Sofort leckte ihr der Hund begeistert das Gesicht ab.

»Hi«, begrüßte sie Desiree. »Wir wollten gerade meine Sachen holen.«

Desiree schob sich die blonden Haare hinters Ohr und stupste eine Löwenzahnblüte auf der Wiese mit dem Fuß an. Sie wandte den Blick ab, doch Emery bemerkte die Tränen, die ihr in den Augen standen.

»Ist es albern, dass ich dich vermissen werde, obwohl du nur auf der anderen Seite des Gartens wohnst und gerade mal ein paar Tage hier warst?«, fragte Desiree.

Emery schüttelte den Kopf und überraschend brannten ihr nun auch die Augen. »Nein, aber es ist komisch, dass wir jetzt so emotional sind, es bei deinem Umzug hierher aber nicht waren, obwohl ich in Oak Falls geblieben bin.«

Sie stellte Cosmos wieder auf den Boden, der sich prompt hechelnd neben ihre Füße setzte und eifrig mit dem Schwanz wedelte. Emery musterte die Frau, die für sie da gewesen war, als sie ihre erste Periode bekommen, ihren ersten BH und ihren ersten Tanga gekauft hatte. Sie war nach ihrem ersten Mal da gewesen, als sie sich entschieden hatte, nicht aufs College zu gehen, und bei unzähligen anderen Meilensteinen in ihrem Leben – und Dingen, die man eigentlich nicht als Meilenstein betrachten sollte, wie der erste Strafzettel und das erste Mal Übergeben nach zu viel Alkohol, bei dem Desiree ihr die Haare aus dem Gesicht gehalten hatte.

Ihre Kehle fühlte sich wie zugeschnürt an. »Du bist der Grund, warum ich überhaupt hier sein kann. Du hast mir die Möglichkeit verschafft, am Cape ein neues Leben anzufangen, als es zu Hause für mich nicht mehr weiterging.« Sie griff nach Desirees Hand und der funkelnde Verlobungsring an ihrem Finger brachte sie zum Lächeln. »Ich glaube, wir waren bei deinem Umzug nicht so emotional, weil wir beide wussten, dass ich dir irgendwann folgen würde. Ich konnte nicht so weit von meiner allerbesten Freundin entfernt sein. Aber jetzt ist es anders, weil wir nicht mehr nur zu zweit sind.«

»Das sind wir schon seit Monaten nicht mehr«, erinnerte Desiree sie.

»Ich weiß. Und es tut mir leid.«

»Muss es nicht, Em. Ich hatte Rick und du und Dean habt zueinandergefunden.« Desiree machte einen Schritt auf sie zu und fuhr leiser fort: »Wir sind erwachsen geworden. Wir haben unser Glück mit Rick und Dean *und* unserer Freundschaft gefunden. Jetzt wohnen wir gerade mal ein paar Minuten voneinander entfernt und arbeiten zusammen in der Pension. Das ist ein echter Segen. Es gibt nichts, was dir leidtun müsste. Ich freue mich wirklich für euch beide.«

Sie fielen sich in die Arme und drückten sich fest.

»Es ist alles gut, oder?«, fragte Emery, als sie sich schließlich wieder voneinander lösten.

»Besser als gut.« Sie klopfte sich gegen das Bein, damit Cosmos mit ihnen zum Haus kam. »Vielleicht ist es mit Dean ja sogar so gut, dass du Kochen lernst.«

Das brachte sie beide zum Lachen.

»Keine Chance«, sagte Emery.

Als sie die Tür erreichte, umarmte sie Desiree noch einmal. »Ich hab dich lieb.«

»Ich weiß. Und der Mann da drin?« Sie machte eine Geste in Richtung Haus. »Der ist verrückt nach dir. Rick hat gesagt, dass er Dean noch nie so glücklich erlebt hat. Das liegt nur an dir, Schatz.«

»Sieh mal einer an«, sagte Violet, die das Haus gerade durch die Küchentür verließ. »Wenn das mal nicht die Schniedel-Süchtige und die Meistervöglerin sind.«

»Violet!« Desiree schüttelte den Kopf.

»Was denn? Ich sag's nur, wie es ist.« Violet zwinkerte Emery zu. »Ich habe gerade deinen Sexsklaven oben in deinem Zimmer gesehen.«

»*Omeingott.*« Emery drückte Desiree noch einmal, warf Violet ein Luftküsschen zu und eilte dann nach oben.

Dort fand sie Dean vor, der kopfschüttelnd in ihrem Zimmer stand.

»Du hast gar nichts ausgepackt?«

Sie zuckte die Schultern und sammelte Klamottenhaufen von der Kommode und dem Sessel ein. »Ich hatte so viel zu tun, da habe ich einfach nicht dran gedacht.«

Er schlang von hinten die Arme um sie und gab ihr einen Kuss auf die Stirn. »Das liebe ich so an dir.«

»Dass ich schlampig bin?«

»Nein. Dass dir Kleinigkeiten egal sind. Ich mache mir über so was vermutlich genug Gedanken für uns beide zusammen.«

Sie drehte sich in seinen Armen um. »Ich mache mir ein bisschen Sorgen, wie das wird, wenn wir zusammenleben.«

»Emery …« Sein Tonfall war warnend.

»Oh, keine Sorge. Ich mache keinen Rückzieher. Aber …« Sie griff in den Wäschekorb und holte seine Boxershorts heraus. »Ich musste mich heute Morgen an deiner Unterwäsche bedienen, weil ich meine nicht gefunden habe. Du hast bestimmt Gremlins in deinem Haus.«

Er lachte und schnappte sich die Unterhose. »Die hast du getragen? Und ich habe das verpasst?«

»Glaub mir, das war nicht sexy. Die ist ständig runtergerutscht.«

»Hattest du keine Hose drüber?«

»Nein.« Sie hob sein Sweatshirt vom Boden auf. »Nur das

hier.«

Er stöhnte leise auf und warf sich mit ihr zusammen aufs Bett. Sie ergab sich lachend seiner Attacke.

»Du hattest nur ein Sweatshirt an?«

»Und deine Unterhose.« Sie quietschte laut auf, als er sie durchkitzelte. »Hey, ich habe sie angezogen! Erst wollte ich ohne gehen, aber dann ist mir eingefallen, dass es dir so lieber wäre.«

Er gab ihr einen Kuss und erstickte damit ihr Lachen.

»Danke, dass du das Haus nicht mit blankem Hintern verlassen hast.«

»Ich habe ein bisschen Angst, dass deine Gremlins mich irgendwann komplett ausrauben. Ich meine, bis jetzt haben sie mein Armkettchen, die Autoschlüssel, Haargummis, einen Rasierer, meinen Yogagurt und wer weiß was sonst noch alles. Was machen wir, wenn *alle* meine Sachen weg sind?«

Er biss sie spielerisch in den Hals. »Dann musst du wohl den ganzen Tag lang nackt und ohne Schmuck rumlaufen.«

»Nicht ganz ohne Schmuck.« Sie zeigte ihm ihr Handgelenk und das Armkettchen, das er ihr geschenkt hatte. »Das nehme ich nie ab.«

»Das ist gut. Dann funktioniert der Rittersporn-Anhänger also.«

Sie zog neugierig die Augenbrauen zusammen.

»Nebst anderen Eigenschaften wie Schutz vor Gefahren, die sich dir in den Weg stellen, das Auftun neuer Gelegenheiten und die Erweiterung der bestehenden, ist diese kleine Blume auch dafür bekannt, Menschen dabei zu helfen, empfänglich für neue Gefühle und Eindrücke zu sein.«

»Also … hast du mich mit Magie in deinen Bann gezogen, ohne dass ich es gemerkt habe?«

»So was in der Art.« Er schaute ihr tief in die Augen und dankte im Stillen den Blumengöttern. »Und dass ich dich jeden einzelnen Tag nur mit diesem magischen Armkettchen bekleidet sehen könnte, klingt für mich absolut perfekt.«

Als Dean in seine Einfahrt bog, fiel ihm das Auto seiner Mutter ins Auge, das bereits dort stand. Sein Magen verkrampfte sich, als er den Pick-up daneben abstellte. Erleichtert stellte er dann jedoch fest, dass seine Mutter allein auf der Veranda saß. Er griff nach Emerys Hand, die sich eiskalt und schwitzig anfühlte. Sie warf ihm aus großen Augen einen besorgten Seitenblick zu.

»Schon okay. Es ist nur meine Mutter. Mein Vater fährt einen schwarzen Lexus.«

Sie nickte stumm.

Er stieg aus dem Auto und begrüßte seine Mutter, während er auf die Beifahrerseite ging, um Emery die Tür zu öffnen. »Hi, Mom.«

Seine Mutter stand auf und kam ihnen entgegen. »Hi, Baby.« Sie umarmte ihn und dann auch Emery. »Hallo, Liebes. Wie geht es euch beiden?«

»Ganz okay«, sagte er und Emery meinte gleichzeitig: »Ganz gut.«

»Ich meine, mit uns als Paar ist alles in Ordnung«, fügte sie nervös hinzu. »Aber gestern Abend hängt uns noch nach. Es tut mir leid, wenn ...«

»*Uns* tut es leid«, unterbrach Dean sie, »falls wir dich gestern Abend in Verlegenheit gebracht haben.«

»Schatz, ihr könntet nackt einen Kopfstand auf dem Esstisch machen und es wäre mir nicht peinlich. Ich habe ein dickes Fell.« Sie schob die Hände in die Hosentaschen ihrer weißen Jeans und zuckte die Schultern. »Aber wir sollten über deinen Vater reden. Wir hatten gestern nicht so viel Zeit, aber ich sehe, dass euch beide etwas verbindet, das zu schön ist, um es sich von einem verbitterten Mann verderben zu lassen.«

»Das lassen wir nicht zu«, sagte Emery leise. »Ich meine, es ist ein Problem und wir müssen einen Weg finden, die Situation zu verbessern, aber ...« Sie griff nach Deans Hand. »Wir werden uns nicht von ihm auseinanderbringen lassen.«

»Emery zieht bei mir ein, Mom. Ihre Sachen sind im Auto.«

Ein ehrliches Lächeln erschien auf ihren Lippen und spiegelte sich in ihren Augen wider. Sie umarmte sie beide schwungvoll. »Ich freue mich so sehr für euch. Ich wusste, dass ihr zu stark seid, um an der Liebe zu zweifeln, die ich gestern in euren Augen gesehen habe.« Sie legte ihnen je eine Hand an die Wange. »Hört immer auf eure Herzen. Sie werden euch nie in die Irre führen.«

»Das hat Rose auch zu mir gesagt.« Doch dann schien Emery einzufallen, dass sie seiner Mutter noch gar nicht von ihrer Arbeit mit Rose erzählt hatte. »Ich habe erst gestern erfahren, dass die alte Dame, der ich im LOCAL mit ihren Rückenbeschwerden helfe, Deans Großmutter Rose ist.«

»Ich weiß«, sagte seine Mutter.

»Du *weißt* das?«, fragte Dean.

»Schatz, deine Großmutter und ich telefonieren täglich. Erst war ich mir nicht ganz sicher, weil sie sie immer *Emmie* genannt hat, aber wie viele Yoga-Rückenspezialistinnen namens Emmie gibt es hier in der Gegend wohl?« Sie schenkte Emery ein Lächeln. »Vielen Dank für alles, was du für Rose tust. Sie ist ein ganz besonderer Mensch, und wir sind alle so dankbar, dass sie endlich etwas hat, das ihr hilft.«

»Sehr gerne. Ich arbeite so gern mit ihr. Sie und ihre Freundinnen sind zum Schreien, und sie ist so wild entschlossen, aus diesem Rollstuhl rauszukommen. Ich wünschte, alle meine Kunden hätten solchen Ehrgeiz.« Emery drückte sanft Deans Hand. »Ich werde mal reingehen und euch ein bisschen Zeit zum Reden geben.«

»Das musst du nicht«, sagte Dean.

»Ich weiß. Aber ich muss mir überlegen, wie wir meine Klamotten in deinem Schrank unterbringen, und ich glaube, ich sollte jetzt endlich mal auspacken.« Emery umarmte seine Mutter noch einmal und dankte ihr für den Besuch. Dann ging sie ins Haus, als hätte sie nicht gerade seine ganze Welt auf den Kopf gestellt.

Seine Mutter fasste ihn am Arm und senkte die Stimme ein wenig. »Dein Bruder ist ein bisschen sauer auf dich.«

Dean atmete tief durch, um sich auf den Themenwechsel einzustellen. »Welcher und warum?«

»Doug ist doch nie sauer auf dich. Für ihn läufst du übers Wasser, und er weiß noch nicht, was gestern Abend passiert ist. Ich kann mir vorstellen, dass er deinem Vater ordentlich die Meinung sagen würde, aber er hat so viel mit seiner Frau und dem Job zu tun, da wollte ich ihn nicht damit auch noch belasten. Aber Jett … Er hat heute Morgen angerufen und offenbar hast du ihm nicht erzählt, wie ernst das mit dir und Emery ist. Ich glaube, er fühlt sich ein bisschen ausgegrenzt, weil er es erst nach uns erfahren hat.«

»Tja, damit muss er klarkommen. Mich beschäftigen gerade wichtigere Dinge. Komm, setzen wir uns.« Sie gingen auf die Terrasse und nahmen am Tisch Platz. »Möchtest du was trinken? Wir haben Eiswasser mit Zitronenscheiben oder

Eistee.«

»Zitronenscheiben?« Sie zog die Augenbrauen hoch. »Oh ja, du bist definitiv über beide Ohren verliebt.«

Er lachte leise. »Und wie. Also, möchtest du was trinken, Mom?«

»Nein, Schatz, aber danke. Ich möchte gerne über dich und deinen Vater sprechen.«

Dean stützte sich mit den Ellenbogen auf den Knien ab und sammelte sich, um eine Grenze zu überschreiten, an die er sich zuvor nie herangewagt hatte. Doch nach dem Vorfall gestern Abend brauchte er Antworten. »Kann ich dich erst was fragen?«

»Natürlich.«

»Warum bist du noch mit ihm zusammen?«, platzte es aus ihm heraus, bevor ihn der Mut verließ. »Ich meine, er ist nicht mehr der Mann, der er mal war, und ich kann mir nicht vorstellen, dass du glücklich bist.«

Er erwartete eine empörte Reaktion, doch sie lächelte ihn nur weiter an. Eine ganze Weile sagte sie gar nichts. So lange, dass er sich schon fragte, ob sie ihm damit deutlich machen wollte, dass er zu weit gegangen war.

»Tut mir leid, Mom. Du musst darauf nicht antworten.«

»Schon in Ordnung. Ich versuche nur, die richtigen Worte zu finden, um es dir verständlich zu machen. Ich bin mit deinem Vater seit der Highschool zusammen.«

»Ich weiß, aber das ist kein Grund, sich eine unglückliche Ehe anzutun.«

»Wir sind nicht unglücklich, Schatz. Das ist der Teil, der schwer zu erklären ist. Weißt du noch, als dein Vater uns damals verlassen hat?«

»Wie könnte ich das vergessen?« Er biss die Zähne zusammen, weil die Erinnerung ihm immer noch zu schaffen machte.

»Das war das Jahr, als ich meine Mutter mit zwei anderen Männern gesehen habe. Das Jahr, in dem ich meinen Bruder verloren habe. Das war das Jahr, in dem ich erwachsen geworden bin.«

»Oh je.« Sie seufzte. »Jetzt könnte ich bitte doch einen Schluck Wasser gebrauchen.«

Er nickte und ging ins Haus. Leise hörte er Emery vor sich hin summen, und als er ins Schlafzimmer lugte, sah er sie dort mit Tango auf dem Arm durch den Raum tanzen. *Ich liebe dich, auch wenn du manchmal eine kleine Macke hast.*

Er brachte die beiden gefüllten Gläser nach draußen und reichte eins seiner Mutter, die ihn aufmerksam musterte.

»Dieses Gefühl, dass du da gerade hast …«, sagte sie, als er sich wieder setzte. »Das Gefühl, Bäume ausreißen zu können, weil du gerade die Frau gesehen hast, die du liebst …«

»Woher weißt du das?«

»Ach, Schatz, ich bitte dich. Ich bin schon ziemlich lang deine Mutter.« Sie nahm einen Schluck von ihrem Wasser. »Und außerdem kenne ich mich mit Liebe recht gut aus. Dieses Gefühl, das du gerade bei Emery hattest, das ist das, was ich für deinen Vater empfinde. Dein Vater ist der stärkste, mutigste Mann, den ich kenne, aber er ist auch so zynisch geworden und manchmal so schrecklich gefühlskalt.«

»Er ist ein Ar…« Er verkniff es sich und sagte stattdessen: »Er ist kalt und gemein geworden. Wie kannst du ihn als stark und mutig bezeichnen, obwohl er uns verlassen hat?« Der Schmerz, den er vor so langer Zeit tief in sich begraben hatte, kämpfte sich nach oben, legte sich wie ein Bleigewicht in seinen Bauch und breitete sich brennend in seine Brust und Glieder aus.

»Ja, er ist *unangenehm* geworden, aber er ist immer noch

dein Vater.«

Dean schnaubte abfällig. »Halt mir bitte keine Predigt über Respekt. Ich habe diesen Mann immer mit Respekt behandelt und er hat ihn mir jedes Mal vor die Füße geworfen.«

»Von mir wirst du dazu nichts hören. Aber es scheint, als hätte ich damals einen Fehler gemacht. Ich habe euch erzählt, dass euer Vater gegangen ist, weil wir uns nicht verstanden haben, aber das war nur die halbe Wahrheit. Kleine Jungs sollten ihren Vater als Helden sehen, der keine Fehler macht. Dein Vater hatte damals sehr zu kämpfen. Und ich verstehe, warum du ihm seine Entscheidung als Schwäche auslegst, aber ich halte ihn aus dem gleichen Grund für stark.«

Sie nahm noch einen Schluck, bevor sie das Glas auf dem Tisch abstellte und aufstand, um unruhig auf der Terrasse auf und ab zu gehen. »Dein Vater hat jahrelang alles dafür getan, um nicht wie dein Großvater zu werden, und stand dazu noch durch das wachsende Unternehmen unter enormem Druck.«

»Jeder steht unter großem Druck, Mom. Alle Jobs sind anstrengend, aber ich weiß noch, dass ihr euch ständig gestritten habt.«

»Das stimmt. Weil dein Vater den Forderungen deines Großvaters nachgegeben hat, mehr zu arbeiten, Geschäftsreisen zu machen, Vorträge zu halten, während er gleichzeitig versucht hat, für unsere Familie da zu sein. Das war ein ewiger Streitpunkt zwischen uns. Doch tatsächlich war dein Vater wegen der höheren Arbeitsbelastung wütender auf sich selbst, als ich es je hätte sein können. Er hatte das Gefühl, mich und euch im Stich zu lassen. Er ist nicht gegangen, weil er uns nicht geliebt hat, sondern weil er sich selbst in den Griff bekommen wollte, damit du, Doug und Jett nicht unter denselben unerträglichen Umständen aufwachsen müsst wie er und seine Geschwister.«

Dean hatte das Gefühl, als hätte ihm jemand gegen die Brust geboxt. Sein Vater war ausgezogen, um *ihnen* zu helfen? Ihm blieb die Luft weg und er sackte auf seinem Stuhl nach hinten.

»Er hatte Angst, dass er uns alle verliert, wenn er seinen Frust weiter an mir und unserer Ehe auslässt«, erklärte seine Mutter. »Er ist auch nur ein Mensch, Dean. Er wusste nicht, wie er seine immer umfangreicheren Pflichten und den Frust, der damit einherging, in den Griff bekommen sollte. Er wurde zu einem ständig wütenden Mann, der er nicht sein wollte. Jeden Tag erst um neun oder zehn Uhr nach Hause zu kommen und dann noch Patientenbeurteilungen diktieren zu müssen, während drei kleine Jungs Aufmerksamkeit von ihm einforderten. Ich weiß, dass es schwer zu verstehen ist, aber er hat uns nicht im Stich gelassen. Er ist gegangen, um uns zu schützen.«

Dean erhob sich ebenfalls, weil er nicht mehr stillsitzen konnte. »Komm schon, Mom. Er hätte also nicht bleiben und bei uns eine Lösung dafür finden können? Das ist doch Bullshit.«

»Solche Ausdrücke möchte ich nicht hören, Schatz. Ich weiß, dass es so wirkt, aber das stimmt nicht. Dein Vater hat diese zwölf Wochen lang wie ein Verrückter gearbeitet, war dreimal pro Woche in Therapie und hat sich trotzdem noch so oft wie möglich für euch Zeit genommen.«

»Wenn das stimmt, warum bist du dann mit anderen Männern ausgegangen? Und warum hast du dich von ihnen bei uns zu Hause abholen lassen?«

Sie schüttelte lächelnd den Kopf. »Ich bin nicht mit anderen Männern ausgegangen, Dean. Deine Großmutter hat die beiden zu mir geschickt. Wir wollten keinen Streit mit ihr, also haben wir ihr nie gesagt, wie das tatsächlich abgelaufen ist. Sie war der

Meinung, dass dein Vater eine Erinnerung bräuchte, dass ich auch andere Männer haben könnte. Der Denkzettel war unnötig und ich hätte das nie gemacht. Aber ich wollte das mit Rose nicht ausdiskutieren, weil dein Großvater sich sicher eingemischt hätte und das kontraproduktiv gewesen wäre.«

»Aber du bist mit diesen Männern ausgegangen. Ich habe es doch gesehen. Ich verurteile dich nicht, Mom, das ist nur eine Feststellung. Ich war noch ein Kind, aber ich war dabei.«

»Ja, das stimmt. Ich war mit beiden jeweils zweimal essen. Und dabei habe ich ihnen erklärt, was Sache ist, und sie dann an meine Freundin Eva Chase weitergereicht, die liebend gern Zeit mit ihnen verbracht hat. In dem Jahr habe ich fünf Stoffpuppen für meine Sammlung genäht. Ich saß mit meinem Handarbeitszeug in einem Coffeeshop, während Eva ihren Spaß hatte. Zeit mit euch Jungs zu verbringen, wäre mir lieber gewesen, aber wir konnten unsere Deckung nicht auffliegen lassen.«

»Gott.« Jetzt war er es, der auf und ab tigerte. »Das klingt nach einer Seifenoper.« Seine Mutter hatte als Kind das Nähen von Stoffpuppen von ihrer Mutter gelernt und erweiterte ihre Sammlung seitdem konstant. Sie waren ihr wichtig, weil ihnen so viele Erinnerungen innewohnten, und jetzt fragte er sich, ob ihr die Puppen aus dieser Zeit wohl genauso wichtig waren. Doch die Tatsache, dass sie alle behalten hatte, war Antwort genug.

»Ich weiß. Das Leben ist nicht immer einfach. Aber dein Vater ist zurückgekommen und er war jahrelang ein wundervoller, aufmerksamer Vater.«

»Er hat Jett verloren, weil er gegangen ist. Du musst Jett die Wahrheit sagen.«

»Das habe ich schon«, sagte sie ernst. »Unglücklicherweise

ist er noch nicht bereit, ihm zu vergeben – was dem jetzigen Verhalten deines Vaters geschuldet ist.«

»Ich weiß auch nicht, ob ich es kann.« Dean blieb stehen und rieb sich den Nacken. »Er war nach seiner Rückkehr gut zu uns.«

»Ja, das war er.«

»Und dann bin ich aufs College gegangen und irgendwas ist passiert.«

»Er hat seinen Vater verloren, Dean. Schon Jahre davor hatte er deinem Großvater versprochen, das Erbe der Masters mit Stolz weiterzutragen. Dein Großvater hat Fußstapfen hinterlassen, die groß genug für zehn Männer gewesen wären, und dein Vater wollte nicht, dass sich irgendwer anderes um die Patienten *seines* Vaters kümmert. Also hat er sie zusätzlich zu seinen eigenen übernommen, die er ebenfalls nicht im Stich lassen konnte. Plötzlich musste er für den Erfolg und den guten Namen der Stiftung geradestehen. Er schaffte das doppelte Patientenaufkommen einfach nicht. Schon gar nicht allein, aber das wollte er nicht akzeptieren, und er wollte auch keine Patienten an seine Partner abgeben. Für ihn hätte sich das angefühlt, als würde er sowohl seinen Vater als auch die Patienten enttäuschen.«

»Er ist ein Kontrollfreak.« Heiße Wut brodelte in Dean.

»Nein. Er ist ein Perfektionist. Das ist ein Unterschied. Ihm ist jeder einzelne seiner Patienten wichtig.«

Dean gab ein abfälliges Geräusch von sich. »Sieht von außen nicht so aus. Für ihn geht es immer nur um Image und Geld.«

»Mir ist klar, dass das so wirkt, aber das stimmt nicht. Er sorgt sich derart um sein Image, das immer im Schatten seines Vaters steht, weil es die hohen Standards der Stiftung aufrechterhält und Spenden in die Kasse spült, sodass die Stiftung

Millionen von Familien helfen kann. *Millionen*, Dean. Nicht nur einer oder zwei. Verstehst du das denn nicht? Ihr wart praktisch erwachsen, also war nur noch ich zu Hause. Und mir hat es nichts ausgemacht, dass er länger arbeitete. Ich war schon immer sehr unabhängig, und ich wusste, wie wichtig ihm das war. Erst Monate später habe ich gemerkt, wie sehr ihn das verändert hat. Wie sehr ihm die Arbeit alle Lebensfreude geraubt hat.«

Dean ließ sich auf seinen Stuhl sinken und seine Brust zog sich schmerzhaft zusammen. »Er hat Partner, die ihm mit den Patienten helfen.«

»Ja, das stimmt. Aber die sind keine *Masters*.«

Sein Herz schlug immer schneller, als sich die Puzzleteile langsam zu so etwas Ähnlichem wie einem Bild zusammensetzten. »Aber er behandelt Leute …«

»Wundervoll *und* weniger nett, abhängig von der Situation und davon, was ihm gerade im Kopf herumgeht.«

»Das ist unverzeihlich.«

»Ja. Ist es.« Sie setzte sich seufzend auf den Stuhl neben ihn. »Schatz, er bedrängt dich so, weil er immer gesehen hat, wie viel in dir steckt. Er weiß, dass du einen phänomenalen Arzt abgeben würdest. Du hast immer Bestnoten geschrieben. Hast nie aufgegeben. Du warst so wild entschlossen, jeden Patienten zu retten, der auf deinem Tisch landet.«

»Und er hat mich dafür als schwach beschimpft.« Das hässliche Wort tat immer noch weh. »Grandma fand es menschlich.«

Sie lächelte. »Deine Großmutter ist eine unglaublich tolle Frau und sie hat recht. Aber er hat sich verloren, Dean. Er wurde unter dem geschäftlichen Druck begraben und weiß nicht, wie er sich daraus wieder befreien soll. Und dabei ist auch seine Fähigkeit auf der Strecke geblieben, das, was er sich für dich wünscht, von dem zu unterscheiden, was das Beste für dich ist.«

»Tja, ich bin nicht die Lösung des Problems. Ich werde sicher nie Medizin studieren.«

»Ich weiß, Schatz. Ich bin auch nicht hier, weil du irgendetwas tun sollst. Du sollst dich weder bei ihm entschuldigen, noch dein Leben für ihn ändern. Ich dachte nur, dass es an der Zeit ist, über die ganze Sache zu reden. Du weißt das wahrscheinlich nicht, aber als Doug sich entschieden hat, nicht in den Staaten zu bleiben und ins Familienunternehmen einzusteigen, gab es einen riesigen Streit. Das war unschön, aber Doug ist nicht Jett. Er hat die Tür genauso offengelassen wie du.«

»Dad ist unfassbar stolz auf Doug, weil er Arzt ist.«

»Nein, Schatz. Dad ist unfassbar stolz auf euch alle, weil ihr seine Söhne seid. Niemanden von euch schätzt er aufgrund seines Berufs mehr oder weniger. Er hat sich einfach nur mehr für euch gewünscht.« Sie schwieg einen Moment und starrte blicklos auf den Garten. »Weißt du noch, warum du dich für die Pflegeausbildung entschieden hast?«

»Natürlich. Wie sollte ich das je vergessen?« Er hatte als Teenager einen Autounfall gehabt und nebst ein paar gebrochenen Knochen auch innere Blutungen. Von dem ganzen Vorfall erinnerte er sich an eine Sache am klarsten: das ruhige, kompetente Verhalten der Krankenschwester, die ihn in der Notaufnahme betreut hatte. Sie hatte der Situation die erdrückende Angst genommen, und genau das wollte er für andere tun. Das hatte zu unzähligen Auseinandersetzungen mit seinem Vater geführt, der wollte, dass Dean in seine Fußstapfen trat und seine Praxis übernahm. Doch das war offenbar nur die Spitze des Eisbergs gewesen, an dem sie nun vielleicht zerbrachen.

»Du warst fest entschlossen, der beste Pfleger zu werden, den die Notaufnahme je gesehen hat. Und du warst felsenfest davon überzeugt, dass du für diesen Job wie geschaffen bist. Weißt du noch?«

Er nickte. »Ja. Das dachte ich damals.«

»Aber es hat sich anders entwickelt. Das echte Leben hat dich eingeholt.«

Sein Herz raste sofort wieder bei der Erinnerung an zu viele Nächte, in denen er sich gefühlt hatte, als würde er ohne Ausweg in einem dunklen Tunnel sitzen. »Der Tod und das Leid haben mich fast umgebracht«, sagte er abwehrend, als er langsam verstand, worauf seine Mutter hinauswollte. »Ich bin vielleicht schwach, aber ich erkenne auch meine Grenzen, und da waren sie erreicht. Also habe ich mich entschieden, mich mit Leben anstatt Tod zu umgeben.«

»Du bist nicht schwach, Schatz. Was habt ihr Männer nur so oft damit? Ihr denkt, dass es eine klare Grenze zwischen stark und schwach gibt und dass man immer nur auf einer Seite stehen kann. Durch den Berufswechsel hast du die richtige Entscheidung für dich selbst getroffen. Du warst immer gestresst, selbst wenn du nicht gearbeitet hast, weil du die Emotionen aus dem Job mit in dein Privatleben genommen hast – wie dein Vater. Und dieser Stress hat sich auf alles in deinem Leben ausgewirkt. Aber es ist einfacher, wenn man nur für sich selbst sorgen und sonst auf niemanden Rücksicht nehmen muss. Ist es nicht ein bisschen streng, deinen Vater dafür zu verurteilen, dass er nicht die Reißleine gezogen hat, weil so viele Leute – Familien, Ärzte, Kinder, Forscher – von ihm abhängig sind? Wie soll ein Mann Familien und Patienten den Rücken kehren, mit denen er über Jahre hinweg ein

Vertrauensverhältnis aufgebaut hat? Beantworte mir eine Frage, Dean: Wenn du an seiner Stelle gewesen wärst, hättest du dann einfach alles sich selbst überlassen können? Nach Jahrzehnten als Arzt, als Säule der Gemeinschaft, in denen du dich der Medizin und der Gesundheit von Kindern auf der ganzen Welt verschrieben hast?«

Gefühle wallten in ihm auf und schnürten ihm die Kehle zu, was ihm das Atmen schwer machte. Alles, was sie sagte, überforderte ihn gerade unendlich.

»Er ist nicht mehr der Mensch, der er mal war. Aber Schatz, ich weiß, dass der Mann, den ich geheiratet habe, noch in ihm steckt. Manchmal kann ich einen Blick auf ihn erhaschen und deswegen kann ich ihn nicht verlassen. Ich sehe den Vater, der euch Gute-Nacht-Geschichten vorgelesen hat und mit euch angeln war. Der Mann, der euch vergöttert, ob er es euch nun immer so zeigen kann oder nicht.« Sie legte ihre Hand auf seine. »Ich weiß, dass die Wahrheit nur schwer zu ertragen ist, aber ich musste dir das sagen, auch wenn es nichts entschuldigt, was dein Vater getan hat. Was du damit anfängst, ist ganz allein deine Sache.«

Er sah Emery am Fenster vorbeigehen und spürte ein sehnsüchtiges Ziehen in seinem Herz. »Ich werde ihm nicht verzeihen, wie er Emery behandelt und ihren Beruf herabgewürdigt hat. Ich liebe sie, Mom. Sie ist jetzt mein Leben, nicht er.«

Tränen stiegen seiner Mutter in die Augen und sie nickte mit einem kleinen Lächeln. »Ich weiß, Baby. Es ist furchtbar, dass du es als Entweder-Oder-Entscheidung empfindest, und noch schlimmer, dass er nicht zur Vernunft kommt. Aber ich glaube fest daran, dass er das eines Tages tut. Wir können nicht immer kontrollieren, was wir denken oder tun, egal, wie sehr wir es auch versuchen. Wir sind alle nur Menschen.«

Dean griff nach ihrer Hand. »Danke, dass du *mich* zur Vernunft gebracht hast. Ich hätte nie im Leben gedacht, dass ich Dad auch nur im Geringsten ähnlich bin. Aber da habe ich wohl einfach die Augen verschlossen.« Er schüttelte den Kopf, denn diese Tatsache brachte ihn wieder zu Emery. Sie hatten wohl noch mehr gemeinsam, als er gedacht hatte. »Es tut mir leid, dass du zwischen die Fronten geraten bist, Mom. Ich wollte dich nicht verletzen.«

»Das hast du auch nicht, Baby. Mitansehen zu müssen, wie meine Familie leidet, das verletzt mich. Aber dafür ist dein Vater mehr verantwortlich als alle anderen. Ich glaube einfach daran, dass wir das eines Tages hinter uns lassen können.«

»Könntest du mir noch eine Frage beantworten, Mom? Bist du glücklich? Reicht dir das, was du im Moment hast?«

»Das muss es. Ich liebe ihn.«

Emery streckte den Kopf durch die Tür und schenkte ihnen ein vorsichtiges Lächeln, doch Dean winkte sie zu sich. Sie nahm seine Hand und er zog sie auf seinen Schoß. Das Bleigewicht in seinem Magen wurde sofort kleiner. Er konnte endlich wieder atmen. Wie wäre es wohl, wenn Emerys Leben plötzlich eine stressige oder tragische Wendung nahm und sie auf eine Art veränderte, die für ihr Umfeld unangenehm war? Als er ihr in die Augen schaute, wusste er mit absoluter Sicherheit, dass er sie noch genauso lieben würde.

Er schaute zu seiner Mutter, die sie mit einem liebevollen Blick beobachtete. »Ich glaube, ich verstehe jetzt, was du mir sagen wolltest. Danke, Mom.«

Sechsundzwanzig

Am Montagmorgen war Emery in Deans Armen aufgewacht und sie hatten sich langsam und zärtlich geliebt. Danach wollte Dean tatsächlich seine ersten Schritte in der Welt des Yoga machen. Letztendlich küssten sie sich mehr, als dass sie Haltungen übten, und als Dean sich auf den Bauch drehte und ein paar Liegestütze machte, spielten seine fantastischen Muskeln so verführerisch unter seiner Haut, dass Emery sich einfach auf seinen Rücken gelegt hatte. *Schaffst du noch ein paar Kilo mehr?* Dean hatte problemlos dreißig weitere Liegestütze geschafft, bevor er Emery unter sich zog und sie in weitere, herrliche Küsse verwickelte. In diese Situation platzten irgendwann Drake und Rick herein und schleppten Dean zu ihrer Joggingrunde. Beides brauchte er – das Laufen und ein bisschen Zeit mit den Jungs. Für sie selbst stand ein Kurs auf dem Plan, und dann stieß sie zu Dean, der der neuen Terrasse den letzten Schliff verpasste. Das Ergebnis war mehr als schön. Außerdem telefonierte er offenbar fast jeden Morgen mit seiner Großmutter, was Emery bis jetzt noch gar nicht gewusst hatte. Auch heute hatte er Rose angerufen und ihr alles erzählt.

Und jetzt saß Emery in Roses Wohnzimmer, während die alte Dame sich für ihre Session umzog. Ihr Nervosität stieg immer weiter an.

Es fühlte sich merkwürdig beengt an, hier zu arbeiten anstatt in dem größeren Raum im Erdgeschoss, aber Magdeline und Arlin schauten sich im hauseigenen Heimkino eine Sondervorstellung von *Vom Winde verweht* an, also brauchten sie den zusätzlichen Platz für die Session nicht. Emery hatte angeboten, den Termin zu verschieben, damit Rose zu ihren Freundinnen stoßen konnte, doch Rose hatte offenbar genug Clark Gable für ein ganzes Leben gesehen, wie sie behauptete. Aber *Dirty Dancing* würde sie jederzeit noch mal schauen.

»Ich bereite die Matten vor«, rief Emery ins Schlafzimmer und räumte den Couchtisch und die Sessel aus dem Weg.

»Warum haben Sie nie erwähnt, dass Sie mit meinem Enkel zusammen sind?«, rief Rose zurück.

»Ich wusste, dass Sie und die anderen Ladys Dean von der Gartenarbeit kennen, und ich wollte nicht, dass es für ihn peinlich wird. Aber ich wusste ehrlich nicht, dass Sie seine Großmutter sind, bis ich seinen Vater offiziell kennengelernt habe.«

»Na gut, das kann ich wohl akzeptieren.« Bei Rose klang das, als hätte sie eine Wahl. »Aber wie sieht Ihr Plan für die Zukunft aus?«

Emery schnaufte leise und kehrte in Gedanken zum letzten Wochenende zurück. Nach dem Besuch seiner Mutter hatte Dean einen Anruf von Jett bekommen, der mal wieder irgendwo auf Geschäftsreise war. Sie hatten mehr als eine Stunde lang miteinander gesprochen und danach hatte Dean sehr erleichtert gewirkt. Den Rest des Wochenendes verbrachten sie in ihrer kleinen, zufriedenen Welt. Es kam ihnen merkwürdig vor, dass sie sich mit ihren Freunden zum Frühstück treffen, im Meer schwimmen und dann zum Abendessen ausgehen konnten, obwohl die Beziehung zwischen Dean und seinem Vater so in Scherben lag. Doch als sie gestern Nacht auf der Terrasse die Sterne beobachtet hatten, war ihnen klar geworden, dass ihre Liebe nur ihnen allein gehörte. Familie würde ihnen immer sehr wichtig bleiben, und sie waren beide fest entschlossen, die Situation mit seinem Vater zu verbessern. Aber ganz egal, wie diese Sache oder die Beziehungen zu anderen Familienmitgliedern sich in der Zukunft entwickelten, würde das nicht schmälern, was sie füreinander empfanden.

»Emmie?«, rief Rose aus dem Schlafzimmer und riss Emery damit aus ihren Gedanken. »Schweigen ist nicht immer Gold.«

Nach allem, was Dean von seiner Mutter erfahren hatte, fragte sie sich inzwischen, ob sein Vater wohl vielleicht nur eine Extraportion Liebe und Verständnis brauchte. »Ich werde so unglaublich nett zu ihm sein, dass er irgendwann aufgibt«, antwortete sie.

Rose lachte, doch im gleichen Moment klopfte es an der Tür.

»Soll ich für Sie aufmachen?«

»Bitte. Das sind wahrscheinlich Mag und Arlin, die gemerkt haben, dass Clark Gable nach einer Weile ziemlich langweilig wird. Vielleicht müssen wir doch nach unten in den größeren Raum gehen. Ich verschwinde nur noch mal eben im Bad. Bin sofort da.«

Emery öffnete die Tür und ihre Nackenhaare stellten sich auf. »Mr. Masters.«

Er schaute sie überrascht an, und das Anspannen seiner Kiefermuskeln erinnerte sie unwillkürlich an Dean, der das auch in solchen Situationen machte.

»Emery«, begrüßte er sie angespannt und ging an ihr vorbei ins Wohnzimmer.

Sie schloss die Augen für einen Moment und atmete tief durch. Es half nicht. Also drehte sie sich zu ihm um. Er stand in der Mitte des Raums und sah aus wie eine Bombe, die jeden Moment hochging.

»Wo ist meine Mutter?«

Sie ist damit beschäftigt, sich für Ihren Mangel an Manieren zu schämen, hätte sie sehr gerne zurückgegeben, verkniff es sich aber. Stattdessen straffte sie die Schultern und ermahnte sich, verständnisvoll zu sein. Sie zwang sich zu einem Lächeln. »Sie ist im Bad. Wie geht es Ihnen denn so?«

Ihr freundlicher Ton schien ihn aus dem Konzept zu bringen. »Ich komme zu spät zu einem Meeting.«

»Tut mir leid. Ich meinte, wie es *Ihnen* geht. Ich hatte nicht nach ihrem Terminkalender gefragt. Der Freitagabend war sicher anstrengend für Sie und ich entschuldige mich für meine Rolle dabei.« Ein Zittern breitete sich in ihrem Körper aus, und sie verschränkte rasch die Hände, damit er es hoffentlich nicht merkte.

Eine tiefe Falte erschien zwischen seinen Augenbrauen, als hätte er nicht ganz verstanden, was sie da sagte. »Ja, nun. Eine Entschuldigung ist nicht notwendig.«

Sie wusste nicht, ob Mut oder Dummheit sie dazu trieben, aber ihre zittrigen Beine trugen sie wie von allein zu ihm. »Das finde ich schon. Ich wurde zu einem höflichen Menschen erzogen, und auch wenn ich keine Ahnung habe, warum Sie so wenig davon halten, was ich beruflich mache oder dass ich mit Ihrem Sohn zusammen bin, tut es mir trotzdem leid, dass es offenbar wegen mir zwischen Ihnen zum Streit kam.«

Er verengte die Augen zu Schlitzen. »Es ist nicht meine Aufgabe, Ihre Berufswahl zu beurteilen.«

»Da haben Sie allerdings recht«, entfuhr es ihr, bevor sie

darüber nachdenken konnte, doch er durchbohrte sie praktisch mit Blicken. Auf keinen Fall würde sie ausgerechnet ihm weiterhin die Macht geben, sie herunterzuputzen.

»Und was meinen Sohn angeht: Er könnte so viel mehr im Leben erreichen und Ihre Beziehung zu ihm hindert ihn daran.«

»Was zum Teufel soll das heißen?« *So viel zum Thema nett sein.* »Dean ist ein besserer Mensch, als Sie es jemals sein werden.«

Er richtete sich kerzengerade auf, und sie hätte schwören können, dass er vor ihren Augen ein paar Zentimeter größer wurde. »Ich bin einer der weltweit führenden Kinderneurochirurgen. Leite drei Aufsichtsgremien. Ich halte Vorträge überall auf der Welt über …«

»Hören Sie sich eigentlich zu, wenn Sie reden?« Ihr Tonfall wurde schärfer. »Sie listen das auf, als würde es irgendetwas über Sie als Mensch aussagen. Ihre Weltsicht ist so verdreht, dass Sie den Unterschied gar nicht mehr kennen. Und ich hatte doch tatsächlich Mitgefühl mit Ihnen.«

Er lachte humorlos. »Junge Dame, ich bin wohl der Letzte, der Ihr Mitleid braucht.«

»Sie irren sich«, erwiderte sie und deutete mit dem Zeigefinger auf ihn. »Sie brauchen das mehr als irgendwer sonst, auch wenn Sie es nicht verdienen. All die Sachen, die Sie gerade aufgezählt haben, gingen auf Kosten Ihrer Familie. Was sagt das über Sie als Mensch aus? Was für ein Mensch schmiert lieber irgendwelchen reichen Leuten Honig ums Maul, anstatt Zeit mit der Frau zu verbringen, die ihn liebt? Was für ein Mensch tut nicht alles in seiner Macht Stehende, um die Beziehung zu den Söhnen zu kitten, die er verlassen hat, als sie noch Teenager waren? Und ich spreche hier nicht von Dean.« Der Damm war gebrochen und jetzt hielt sie nichts mehr auf. Nicht mal, dass seine Kiefermuskeln sich noch mehr anspannten und ihm vermutlich jeden Moment Dampf aus den Ohren kommen würde. »Was für ein Mensch spricht mit seiner eigenen Mutter in dem Tonfall, den Sie benutzen? Sie sollten sich schämen. Sie verhalten sich wie ein verwöhntes Kind, vor dem die ganze Welt – und noch schlimmer, seine *Familie* – einen Kniefall zu machen hat. Und das Glück Ihrer Söhne kümmert Sie einen Dreck.«

»Was wissen Sie denn schon davon, was es heißt, Eltern zu sein?« Seine Stimme klang so gefährlich ruhig, dass sie unwillkürlich einen Schritt zurückwich.

»Douglas Masters, du sagst jetzt lieber nichts weiter«, erklang in diesem Moment Roses Stimme.

Sie drehten sich beide zu ihr um. Rose stand in einer schwarzen Sporthose und einem Shirt mit der Aufschrift *Yoga-Oma* im Türrahmen. Freude und Schmerz machten sich gleichzeitig in Emery breit. Sie hatte solche Fortschritte gemacht und musste sich jetzt mit so etwas auseinandersetzen?

»Mutter, setz dich.« Douglas eilte an ihre Seite und versuchte, sie in Richtung Couch zu schieben. »Du wirst dich noch verletzen.«

Sie schlug seine Hände weg. »Douglas!«

Er stoppte schwer atmend mitten in der Bewegung.

»Fass mich nicht an.« Rose strich sich mit zitternden Fingern das Shirt glatt. »Ich habe viel zu lange tatenlos zugesehen, wie du andere Menschen schlecht behandelst. Dafür schäme ich mich, aber noch mehr schäme ich mich, dass du genau wie dein Vater geworden bist – trotz der vielen Liebe, der Jahre, in denen ich dir beigebracht habe, was richtig und was falsch ist.«

»Mein Vater war ein großer Mann«, hielt er dagegen.

»Er hat viel erreicht«, stimmte sie ihm zu. »Er war ein großartiger Arzt, aber er war *kein* großer Mann.« Sie kam auf Emery zu und Douglas blieb der Mund offen stehen. Rose konnte ohne Hilfe gehen und ihre Haltung war so aufrecht wie seit langer Zeit nicht mehr.

»Emery Andrews hat geschafft, was du nicht konntest. Sie hat mir geholfen. Sie hat zugehört, als ich ihr gesagt habe, dass ich meine Beweglichkeit bestimmt zurückgewinnen kann, und sie hat an mich geglaubt. Sie ist eine große Frau. Von ihr könntest du wirklich was lernen.«

»Mutter …«

Rose unterbrach ihn, indem sie die Hand hob und ihn mit einem so intensiven Blick bedachte, dass Emery erschrocken die Luft anhielt. »Du bist mein Sohn, aber du bist nicht Gott. Bitte, tu deinem Sohn nicht an, was dein Vater dir angetan hat.«

Er schaute fuchsteufelswild zwischen Emery und Rose hin und her, doch Emery hätte schwören können, dass sie Trauer unter seiner Wut durchschimmern sah. Aber vielleicht war das auch nur Wunschdenken. Sie hatte gerade das Gefühl, jeden Moment umzukippen.

Er straffte erneut die Schultern, schob das Kinn nach vorne und stürmte ohne ein weiteres Wort aus dem Raum.

Emery stieß einen geräuschvollen Atemzug aus und konnte das Schluchzen nicht mehr zurückhalten. Ihre Beine gaben unter ihr nach und sie sank auf die Couch. »Es tut mir so leid«, stammelte sie. »Oh Rose, es tut mir leid.«

Rose setzte sich vorsichtig neben sie und nahm Emery liebevoll in die Arme. »Komm zu Grandma Rosie.«

»Tut mir leid.« Emery weinte an ihrer Schulter und nahm ihren Trost gerne an, auch wenn sich gleichzeitig ihr schlechtes Gewissen meldete.

»Mir nicht. Er brauchte einen kräftigen Klaps auf den Hintern. Du warst die Einzige, die stark genug dafür war.«

»Ich habe alles ruiniert. Er wird sich nie mit Dean versöhnen, solange ich mit ihm zusammen bin.«

Rose drückte sie fester an sich. »Ich bin seine Mutter, und so sehr es mich auch schmerzt, das zu sagen: Er spielt keine Rolle, Liebes. Du und mein Enkel seid die Einzigen, die für eure Beziehung wichtig sind. Lasst euch nicht so etwas Schönes von seiner Verbitterung rauben.«

Emerys Kehle fühlte sich wie zugeschnürt an, doch sie blieb noch lange, nachdem ihre Tränen versiegt waren, bei Rose. Die alte Dame tröstete sie, und sie sprachen darüber, wie sehr Deans Vater sich verändert hatte und dass Rose der festen Überzeugung war, dass er selbst sich so lange dagegen gewehrt hatte, wie er konnte. Auch Emerys Familie war ein Thema und dass sie sie bis vor Kurzem gar nicht so sehr vermisst hatte wie erwartet. Aber sie wusste, dass sie zu Dean gehörte. Sie unterhielten sich, bis Emery genug Mut zusammengekratzt hatte, um nach Hause zu fahren und Dean von dem Vorfall zu erzählen.

Als sie in Deans Straße einbog, dachte sie an ihren ersten Tag am Cape und wie schnell ihr Herz geschlagen hatte, als sie Dean im Garten sah. Er hatte sie mit einem Ausdruck in den Augen angeschaut, den sie nun als Liebe erkannte. Sie war so blind gewesen. Aber jetzt nicht mehr. Sie musste mit ihm reden, bevor sein Vater sie als vollkommen durchgeknallt darstellte und …

Oh verdammt.

Sie stellte ihr Auto neben dem glänzenden, schwarzen Lexus ab und atmete plötzlich so schwer, als wäre sie gerade einen Marathon gelaufen. *Verdammt, verdammt, verdammt!* Vielleicht war sie ja wirklich zu weit gegangen, aber sie hatte jedes Wort so gemeint, wie sie es gesagt hatte. Und sie würde nicht zulassen, dass dieser Mann daraus etwas spann, um sie bei Dean schlecht zu machen.

Entschlossen öffnete sie ihre Autotür, rannte die Eingangsstufen hinauf und durch die Haustür, weil sie diese Beziehung unbedingt retten wollte. Als sie hereinkam, erhoben sich die drei Männer im Wohnzimmer.

Dean, sein Vater – und der Mann, der ihm wie aus dem Gesicht geschnitten war, musste Jett sein.

Und Deans Gesichtsausdruck nach zu urteilen, kam sie zu spät.

Dean fühlte sich, als wäre er von einem Zug überrollt worden. Erst beehrte ihn sein Bruder mit einem Überraschungsbesuch – und den Worten »Du brauchst mich, Brüderchen« –, dann platzte sein Vater unangekündigt bei ihm rein, und jetzt stürmte Emery ins Haus und sah aus, als müsste sie vor ein Erschießungskommando treten.

Apropos Erschießungskommando …

Soweit er das bis jetzt verstanden hatte, hatte sie heute schon einen echten Albtraum durchlebt.

Er eilte zu ihr und nahm sie in die Arme. Sie zitterte am ganzen Körper. »Ich bin da.«

»Es tut mir leid! Ich wollte doch nett sein, aber …«

»Aber du bist einfach immer ehrlich und direkt«, raunte er ihr ins Ohr. »Und dafür liebe ich dich, Püppi.« Seine Großmutter hatte mal zu ihm gesagt, dass er sich nicht in eine Frau verlieben würde, nur weil sie ihn die ganze Nacht mit versauten Sachen wach hielt oder sein Ego streichelte. *Das vielleicht auch, aber du wirst sie nicht nur deswegen für den Rest deines Lebens an deiner Seite haben wollen, sondern aus unzähligen anderen Gründen. Weil sie dir zuhört und dich zum Nachdenken anregt und weil sie dich zu einem besseren Menschen macht. Du wirst dich in eine Frau verlieben, die du dann umsorgst und beschützt wie die geliebten Puppen deiner Mutter.* »Du passt perfekt zu mir.«

Sie löste sich ein Stück und ihr Blick huschte panisch von ihm zu Jett.

Jett nickte ihr zu. »Hey, Frechdachs.«

Dann fiel ihr Blick auf seinen Vater. Sie krallte sich an Dean fest, doch dann senkte der Mann, der nichts von ihrem Beruf hielt, der sie als Ablenkung für seinen Sohn betrachtete und versucht hatte, sie als Waffe gegen Dean einzusetzen, den Blick zu Boden.

Dean traute seinen Augen kaum. Sein Vater wandte nicht den Blick ab. Für niemanden.

Emery schmiegte sich an Deans Seite, als bräuchte sie seine Kraft, um sich aufrecht zu halten. »Es tut …«, setzte sie zittrig zum Sprechen an.

Sein Vater kam auf sie zu, und das reichte aus, um sie verstummen zu lassen. Doch sein Blick war freundlich und voller Reue. Er schien etwas sagen zu wollen, klappte den Mund dann aber wieder zu.

Die Anspannung in der Luft drohte sie alle zu ersticken.

»Dad, du schuldest …«

Dieses Mal brachte sein Vater Dean zum Schweigen, indem er die Hand hob. »Ich weiß, Junge. Gib mir bitte einen Moment.«

Dean drückte Emery, die offenbar zur Salzsäule erstarrt war, fester an sich.

»Ich bin vieles«, sagte sein Vater schließlich. Sein Tonfall war so reumütig, wie Dean es noch nie erlebt hatte, bevor er vor einer Stunde bei ihm aufgeschlagen war. »Bis heute habe ich mich immer für einen starken Mann gehalten. Doch nun wird mir langsam klar, dass das ein Irrtum war.«

Emery grub die Fingernägel in Deans Taille, aber sie rührte sich nicht und sagte auch nichts. Dean war sich ziemlich sicher, dass sie es nicht konnte. Der Graben zwischen ihm und seinem Vater war noch nicht überwunden und zwischen seinem Vater und Jett erst recht nicht. Doch ein Anfang war gemacht. Als sein Vater vorhin bei ihm reingeplatzt war und aufgebracht von Emerys Ausbruch berichtet hatte, hatte Dean ihm die Stirn geboten. Doch sein Vater war in einen Sessel gesunken und hatte kopfschüttelnd gesagt: *Du verstehst es nicht, Junge. Sie hatte mit allem recht. Sie hat einen wunden Punkt in mir getroffen. Ich muss über vieles nachdenken und mich bei unendlich vielen Menschen entschuldigen, aber ich fange hier und jetzt damit an. Und das ist nur deiner Freundin zu verdanken.*

»Sie haben großartige Dinge erreicht«, erwiderte sie versöhnlich.

»Tu das nicht«, wies sein Vater sie streng zurecht.

Ihr Griff wurde noch fester und Dean biss die Zähne zusammen, denn er ertrug den Schmerz gern, wenn sie das hier dafür durchstehen konnte.

»Steh zu deinen Überzeugungen«, fuhr sein Vater fort. »Ich habe auf beruflicher Ebene viel erreicht, aber du hattest recht. Der Preis dafür war so hoch, dass ich nicht mehr weiß, ob es das jemals wert sein wird. Aber ich will es versuchen. Ich werde es versuchen. Und ich schulde dir dafür großen Dank. Und nenn mich bitte Douglas.«

Tränen rannen Emery über die Wangen, und sie ließ Dean

los, um sich seinem Vater an die Brust zu werfen. Seine Größe ließ sie geradezu winzig wirken. Sein Vater stand stocksteif da und starrte auf ihren Kopf hinunter, doch sie ließ nicht locker. Sie umarmte ihn nur noch fester. Schließlich schaute er Hilfe suchend zu Dean.

»Sie ist, wie sie ist, Dad. Und sie ist durch und durch aufrichtig.«

Emery wollte sich gerade lösen, doch sein Vater hielt sie mit einer steifen, aber bemühten Umarmung auf.

Eine ganze Weile und eine recht unangenehme Unterhaltung später schloss Dean die Tür hinter seinem Vater, nachdem dieser versprochen hatte, an einer Verbesserung der Situation zu arbeiten. Zum ersten Mal seit Jahren hatte er wieder das Gefühl, frei atmen zu können.

»Ich hätte nicht gedacht, dass ich das mal erlebe ...« Er zog Emery in die Arme und drückte sie fest an sich.

»Tut mir leid, dass wir uns unter diesen Umständen kennenlernen mussten«, sagte Emery zu Jett. »Ich wusste nicht, dass du hier bist. Ich bin wirklich nicht verrückt, versprochen.«

»Da bin ich mir nicht so sicher. Man muss sich ja nur mal anschauen, mit wem du zusammen bist.« Jett zwinkerte Emery zu. »Er wusste auch nicht, dass ich komme. Aber als Mom mir erzählt hat, was bei dem Dinner passiert ist, wusste ich einfach, dass mein Bruder Verstärkung braucht.«

Jett deutete auf Tango, der sich gerade unter der Sofablende durchschob. Mit dem Tanga im Maul, den Emery auf dem Benefizdinner unter ihrem Kleid getragen hatte. »Ist das ...?«

»Was zum ...« Dean kniete sich hin und hob den Stoffstreifen an, um unter die Couch zu schauen. »Ach du Schande. Das musst du dir ansehen, Em.«

Jett und sie gingen links und recht von ihm auf die Knie

und starrten ungläubig die Sammlung unter der Couch an, bestehend aus einem Haufen von Emerys Unterwäsche, ihrer Kette, Haargummis, zwei Schlüsselbunden – Emerys und die für den Golfwagen – sowie einem ihrer pinken Flipflops.

»Also ist dein Haus doch kein Bermudadreieck.« Sie richtete sich lachend wieder auf, und es war so unglaublich schön, sie wieder lächeln zu sehen. »Deine Haustiere sind einfach nur diebisch veranlagt. Oh Mann, seht mal …«

Sie folgten ihrem Blick zu Cash, der gerade stolz wie Oskar Emerys verschwundenen Yogagurt aus dem Gästezimmer zerrte.

»*Unser* Haus«, erinnerte er sie. »Also wollte nicht nur ich dich hierbehalten, es waren höhere Mächte am Werk.« Er zog sie fest an sich und schaute zu Jett. »Wenn wir jetzt noch diesen Kerl loswerden, könnten wir vielleicht noch ein paar Sachen auf dem Boden rumliegen lassen, damit unsere Katzen was zum Klauen haben.«

Epilog

Emery zog die Knie an die Brust und die Ärmel ihres Sweatshirts über ihre Finger. Es war spät geworden beim Abendessen mit ihren Freunden in Desirees Garten, und die Septembersonne spendete nicht mehr so viel Wärme. Kaum zu glauben, dass sie inzwischen vier Monate am Cape wohnte. Ihre Brüder waren im August zu Besuch gekommen, und nach ein bisschen Gegockel mit Dean hatten sie erkannt, dass er ihnen ähnlich genug war, um ihm ihre kleine Schwester anzuvertrauen. Austin nannte ihn weiterhin den *Wikinger*. Und als sie zum Tanzen ins Undercover gegangen waren, hatte ihren Brüdern ein Blick auf die hübschen Frauen gereicht, dass sie gar nicht mehr nach Hause wollten. Sie vermisste die drei, aber sie genoss auch, was sie und Desiree nun als ihr *Erwachsenenleben* bezeichneten. Ihre Brüder waren nur einen Telefonanruf entfernt und nichts würde sie je auseinanderbringen.

Sie hob Cosmos auf ihren Schoß, als er an ihrem Bein kratzte. »Ich bin immer noch davon überzeugt, dass du die Pfoten bei Tangos und Cashs Raubzügen im Spiel hattest. Du wolltest wohl mal wieder den Kuppler spielen.« Der Hund legte den Kopf schief und leckte ihr übers Kinn. »Danke«, flüsterte sie ihm ins Ohr. Die Kater stahlen immer noch Emerys Sachen.

Seit sie wieder eingezogen war, hatten sie noch ein Versteck mit Sachen unter Deans Bett gefunden, die sie noch gar nicht vermisst hatten – Stifte, Haarspangen, Unterwäsche …

Deans Lachen war Musik in ihren Ohren und lenkte sofort ihre Aufmerksamkeit auf ihn. Er trug noch immer ihre Kette am Handgelenk und sie hatten inzwischen einen Anhänger mit seinem Elementarzeichen hinzugefügt. Ihr starker, bodenständiger Mann war ein Erdzeichen. Damit ergab ihre Liebe sogar auf astrologischer Ebene Sinn. Sie half ihm, die Grenzen der materiellen Realität zu überwinden, nährte seine kindlichere Seite und zeigte ihm, wie viel Magie in den kleinen Dingen steckte. Er erdete sie, und wie die Ufer eines Flusses unterstützte er ihre Kreativität und neuen Ideen, sodass ihre Träume wahr wurden, während sie weiterhin an Wunder glaubte.

Und ein Wunder schien gerade wahr zu werden.

Deans Verhältnis zu seinem Vater war immer noch nicht gut, aber sie arbeiteten daran. Sie redeten mehr miteinander und seine Eltern waren seit ihrem Umzug schon zweimal zum Abendessen gekommen. Douglas war so beeindruckt von Roses Fortschritten und dass sie tatsächlich den Rollstuhl nicht mehr brauchte, dass er sogar den Nutzen der Yoga-Rückenschule anerkannte. Erst letzte Woche hatte er sich einen von Emerys Yogakursen im LOCAL angeschaut und danach angeboten, dass seine Einrichtung Patienten an sie weiterverweisen könnte. Das betrachtete sie als riesigen Meilenstein. Aber es war nicht alles eitel Sonnenschein in Bezug auf Douglas Masters senior. Jett hatte die Entschuldigungen seines Vaters weniger gut aufgenommen als Dean, aber Emery hoffte weiter, dass er eines Tages Frieden schließen würde. Niemand konnte Söhne zu Männern erziehen, die so fürsorglich wie Dean, so offenherzig wie Jett und so freundlich wie Doug waren, ohne selbst ein hohes Maß an Freundlichkeit, Geduld und Taktgefühl zu besitzen. Doug hatte sie eine Woche nach ihrem Einzug bei Dean über Skype kennengelernt. Ihr Vater musste sich aus den Fehlern vieler Jahre herausarbeiten und diese Seiten seines Charakters wiederfinden und fördern. Aber er machte große Schritte in die richtige Richtung und dafür war sie sehr dankbar. Sie hatten alle noch einen langen Weg vor sich, doch sie wusste, dass es die Mühen wert war.

Emery stahl sich ein Stück Maismuffin von Deans Teller, aber er merkte es nicht, weil er zu sehr damit beschäftigt war, Drake und Jett damit aufzuziehen, dass sie keine festen Beziehungen führten – als wäre er inzwischen der Experte auf diesem Gebiet. Jett war gerade zu Besuch, und Dean wollte ihn unbedingt dazu bringen, für ein paar Wochen zu bleiben.

Desiree lehnte sich zu ihr. »Rick hat in einem der Hochzeitskataloge so einen Doppelteller gefunden, der groß genug für euch beide ist. Wir sollten euch ein paar davon besorgen.«

»Die Mühe könnt ihr euch sparen«, erwiderte Dean, als Emery sich ein weiteres Stück Muffin von seinem Teller schnappte. »Sie würde sowieso nur von meiner Seite essen.« Er gab ihr einen Kuss auf den Mund. »Oder, Püppi?«

»Ich dachte, du bist abgelenkt.«

»Ich bin nie von dir abgelenkt.« Er küsste sie noch einmal.

»Wir müssen los, wenn wir es rechtzeitig ins Autokino schaffen wollen«, erinnerte sie ihn.

Sie hatte neulich bei einem Frauenabend mit Rose, Magdeline und Arlin *Dirty Dancing* geschaut. Danach unterhielten sie sich über Filme, und Rose erzählte ihr, wie sehr Dean das Autokino als Junge geliebt und dass seine Mutter immer Popcorn mit Zucker und Zimt für die Jungs gemacht hatte. Emery hatte nun noch einen draufgesetzt. Wegen des ganzen

Durcheinanders rund um das Benefizdinner hatte sie ganz vergessen, Dean ihr kleines Mitbringsel aus dem Hinterzimmer von Devi's Discoveries zu zeigen. Heute Abend würde das sexy Wäscheset zum Zug kommen – und es schmeckte zufällig sogar nach Zimt. Ein aufregendes Kribbeln jagte durch ihren Körper.

»Ihr fahrt ins Autokino?«, fragte Jett.

Dean nickte. »Ja, warum?«

»Weil ich Mom angerufen habe, ob ich kurz vorbeikommen und was vom Speicher mitnehmen kann. Da hat sie erzählt, dass sie und Dad auch ins Autokino wollen.«

»Sieh mal einer an«, sagte Dean grinsend. »Scheint, als würden alte Hasen doch noch das ein oder andere lernen.« Er schaute Jett nachdenklich an. »Erinnerst du dich an das Grundstück auf den Klippen mit Blick auf die Bay, das du dir gekauft hast?«

»Ja, was ist damit?«

»Jetzt, wo es mit Dad besser läuft, könntest du dir ja mal überlegen, ob du nicht wieder herziehen willst. Du könntest dir ein Haus bauen. Ein richtiges Leben haben und nicht mehr ständig aus dem Koffer leben.«

Jett schnaubte spöttisch. »Besser ist nicht gut.«

Das Geräusch einer zuschlagenden Autotür ließ Serena aufspringen. »Oh, super. Harper ist da.«

Drake zupfte an ihrem Shirt. »Was will sie denn?«

»Ich habe doch erzählt, dass wir über eine Teilzeitstelle für sie reden wollen, wenn ich versuche, wieder als Innenarchitektin zu arbeiten.« Serena gab ihm einen Klaps auf die Hand und lief winkend zum Zaun.

Violet kam mit einem Tablett voller Nachtisch aus dem Haus. Sie verteilte die Schälchen und warf Drake einen kurzen Blick zu. »Pass bloß auf, sonst brechen noch deine Zähne kaputt, wenn du sie weiter so zusammenbeißt.«

»Hey, Harper!«, rief Serena. »Wir sind hier.«

Jett stieß einen anerkennenden Pfiff aus. »Die darf sehr gerne zu uns rüberkommen.«

Das brachte ihm einen finsteren Blick von Dean ein.

Die Frauen standen auf, um Harper zu begrüßen, und Jett machte begeistert mit. Er schob sich zwischen die anderen und umarmte Harper herzlich.

»Jett Masters, zu deinen Diensten.« Er zog einen Stuhl vom Tisch zurück. »Du kannst dich direkt hierhersetzen, hübsche Lady.«

»Hör auf zu sabbern«, wies Serena ihn zurecht. »Sie will etwas Geschäftliches besprechen.«

»Wer sagt denn, dass ich das nicht tue?« Jett schaute Harper mit hochgezogener Augenbraue an. »Ich bin ziemlich gut in Risikogeschäften.«

»Und du brauchst dringend Nachhilfe in Sachen Anmach-sprüche«, sagte Violet. »Mein Rat: Lass es.«

Harper lachte leise.

Emery schaute auf die Schüssel, die Violet vor ihr abstellte, und schnappte entzückt nach Luft. »Karamel Sutra!«

Desiree und sie tauschten einen Blick und riefen gleichzei-tig: »Wer braucht's schon heiß, es gibt Eis!«

Die Frauen lachten und die Männer stöhnten genervt auf.

»Komm schon, Püppi.« Dean reichte ihr einen Löffel. »Weg mit dem ›Wer braucht's schon heiß‹-Zeug. Ich bin mir nämlich ziemlich sicher, dass du mich brauchst.«

Sie gab ihm ein Küsschen. »Da hast du recht.«

Die Runde ließ sich das Eis schmecken.

»Ich will den orgasmischen Kern.« Als Emery jedoch mit dem Löffel tief in ihre Schüssel eintauchte, traf er auf etwas

Hartes. »Hey, was ist …« Sie suchte ein bisschen und entdeckte eine transparente Plastikkugel, wie aus einem Kaugummiautomaten. Vorsichtig holte sie das Ding heraus und wischte es mit ihrer Serviette ab. In dem Moment, als sie den funkelnden Ring im Inneren sah, ließ sich Dean neben ihr auf ein Knie sinken. Ihr Herz geriet ins Stolpern.

»Dean? Du willst doch nicht …?«

»Doch, genau das.«

Das entlockte allen Laute der Überraschung – außer Violet, die Fotos schoss und offensichtlich in den Plan eingeweiht war. Emery bebte am ganzen Körper, als Dean ihr die Plastikkugel abnahm.

Sie bekam keine Luft.

»Emery Andrews.« Seine Stimme zitterte leicht, was ihr Herz noch mehr aus dem Takt brachte. »Seit dem Tag, an dem ich dich zum ersten Mal gesehen habe, bin ich hin und weg von dir. Und an jedem einzelnen Tag erfüllst du mich mit Glück, Frust, Leidenschaft und so viel Liebe. Ich liebe dich von ganzem Herzen, und ich weiß, dass diese Liebe über die Jahre immer weiter wachsen wird. Weil du perfekt für mich bist. Du bist klug und wunderschön. Du bist witzig und inspirierend. Und bringst mich zum Nachdenken und Fühlen und Hoffen …«

Er öffnete die Plastikkugel mit zitternden Händen, was das warme Gefühl in ihrer Brust nur noch verstärkte. Dann fischte er mit seinen großen Fingern den schönsten Ring aus der Kugel, den sie je gesehen hatte. Tränen stiegen ihr in die Augen, als sie seinen zärtlichen Blick und den unglaublichen Ring auf seiner Handfläche betrachtete. Er bestand aus mindestens einem Dutzend fein gearbeiteter Blätter aus Gelbgold und Roségold an drei ineinander verschlungenen, goldenen Ranken. Dieser Ring verkörperte Leben. Und er verkörperte Dean, schlicht und elegant, stark und geerdet. Und sie konnte sich nichts Schöneres vorstellen.

Er griff nach ihrer Hand. »Meine wunderschöne Püppi, würdest du mir die Ehre erweisen, dich für den Rest unseres Lebens lieben, ehren, verwöhnen und vernaschen zu dürfen? Der Vater deiner Kinder zu werden und deine Zitronen anzubauen? Dein Yogapartner zu sein und neben dir auf der Terrasse mit Blick auf die Bay zu meditieren, die wir zusammen gebaut haben? Süße, willst du mich heiraten, damit ich den Rest meines Lebens damit verbringen kann, deine innere Glückseligkeit zu finden?«

Tränen rannen ihr über die Wangen und sie nickte heftig. »Ja. Ja, natürlich!« Sie warf sich so schwungvoll in seine Arme, dass er nach hinten kippte und sie beide lachend und küssend zu Boden gingen, während ihre Freunde ihnen zujubelten.

»Ich liebe dich so sehr«, raunte sie zwischen zwei Küssen. »Ich kann nicht fassen, dass du mich liebst, aber ich bin so froh darüber!«

Er lächelte und küsste sie erneut. »Zweifel nie daran, Baby. Ich gehöre dir und du gehörst mir.«

»Für immer«, sagte sie unter Tränen. »Ich war nie eins von diesen Mädchen, die von einer weißen Hochzeit und der großen Liebe geträumt haben. Und jetzt kann ich mir nicht mehr vorstellen, dich nicht für immer bei mir zu haben.«

Desiree und Serena gaben einen entzückten Laut von sich.

Dean zog Emery auf seinen Schoß und legte die starken Arme um sie. »Für mich stand schon am ersten Tag fest, dass ich die Ewigkeit mit dir verbringen will. Und jetzt zu deinem Ring.«

»Der Ring!«, rief Desiree. Sie und Serena ließen sich links und rechts von ihnen nieder. Harper linste über Emerys

Schulter und die Jungs sahen ebenfalls zu, während Violet um sie herumging und noch mehr Fotos machte.

Dean öffnete seine Hand und deutete auf die Blätter. »Das sind Eichenblätter. Sie symbolisieren Langlebigkeit, Geduld, Vertrauen, Kraft und Durchhaltevermögen. Außerdem stehen sie für zarte Anfänge, was gut zum Start unserer Beziehung passt.«

Sie konnte nur nicken und er gab ihr einen Kuss auf die Wange.

»Ich finde es unglaublich, wie viele Eigenschaften ihnen zugesprochen werden«, fuhr er fort. »Genau wie bei dir. Du bist die Verkörperung von allem, was gut und erstrebenswert ist. Danke, dass du mich liebst.«

Das brachte neue Tränen hervor und sie lachte ungläubig auf. »Du dankst mir? Ich habe *dir* zu danken.«

Er steckte ihr den Ring an den Finger und griff dann grinsend nach der Goldkette, die am Ring befestigt war. Die war ihr noch gar nicht aufgefallen. »Und weil mein Mädchen gerne mal Dinge verliert …«

Emery konnte nicht aufhören zu lächeln, als er ihr die glänzende Kette über den Handrücken streifte und wie ein Armkettchen ums Handgelenk legte. Verschlossen wurde sie mit einem winzigen Goldhaken, wodurch der Ring nun über die Kette mit ihrem Handgelenk verbunden war.

»Oh mein Gott«, flüsterte sie. »Du kennst mich so gut.«

»Ich kenne und liebe dich, Püppi. Und meine Gefühle für dich werden mit jeder Minute tiefer.«

Er verwickelte sie in einen weiteren Kuss, doch ihre Freunde fielen bereits über sie her, um ihnen zu gratulieren und Glück zu wünschen. Sie wurden von einer herzlichen Umarmung zur nächsten gereicht. Als sie schließlich wieder in Deans Armen landete, fühlte sie sich, als würde sie auf Wolken gehen.

»Ich verderbe die Stimmung ja nicht gerne«, sagte Desiree. »Aber ihr kommt zu spät ins Kino.«

»Oh, dabei wollte ich eigentlich extra früh da sein«, sagte Emery und überlegte ernsthaft, den Kinoabend abzusagen, damit sie mit den anderen feiern konnten, doch sie hatte schließlich das perfekte Date geplant. Feiern würden sie noch für den Rest ihres Lebens, und heute war der letzte Abend, den das Autokino in dieser Saison geöffnet war.

»Warum extra früh, Püppi?«

»Weil ich nicht will, dass sich jemand unseren Platz unter den Nagel reißt.« Sie stellte sich auf die Zehenspitzen und flüsterte ihm ins Ohr: »Rose und die Ladys haben mir verraten, wo man ungestört ist. Und *vielleicht* trage ich gerade essbare Unterwäsche.«

Feuer loderte in seinen Augen auf. »Sorry, Leute. Wir müssen los. Bis morgen!« Er schnappte sich ihre Hand und zusammen rannten sie durchs Gartentor.

Sie lachten und küssten sich auf dem ganzen Weg zu seinem Pick-up, und als sie es schließlich ins Auto geschafft hatten, schob er sich über sie und eroberte ihre Lippen mit einem langen, sinnlichen Kuss, der sie atemlos zurückließ.

»Wer braucht schon Autokinos?«, fragte er verführerisch.

»Also willst du nicht mein erstes Mal in einem Autokino sein?«

Sie hatte noch nie jemanden so schnell auf den Fahrersitz rutschen sehen. Er war die Ruhe und sie das Chaos, und damit waren sie einfach perfekt füreinander.

Lerne die Steeles auf Silver Island kennen!

Verlieb dich an den Stränden von Silver Island, wo neben kleinen Cafés, Bootrennen und mitternächtlichen Rendezvous die Steeles zu Hause sind. Sie sind schlagfertig, sexy, loyal, haben eine Vorliebe fürs Streichespielen und ganze Truhen voller Geheimnisse. Starte mit *Herzen in Versuchung*, einer bewegenden Liebesgeschichte über einen Mann, der alles verloren hat und ein qualvolles Geheimnis mit sich herumträgt, über eine geschiedene alleinerziehende Frau, die alles zu verlieren hat, und über das kleine Mädchen, das ihnen hilft, ihre Verletzungen hinter sich zu lassen.

Bestellen Sie *Herzen in Versuchung* direkt bei Ihrem Online-Buchhändler!

Neu bei »Love in Bloom – Herzen im Aufbruch«?

Ich hoffe, Sie hatten genauso viel Spaß mit den Freunden aus Bayside wie ich! Falls dieser Band Ihr erstes Buch aus der Reihe »Love in Bloom – Herzen im Aufbruch« ist, warten noch jede Menge Geschichten über unsere sexy, selbstbewussten und loyalen Heldinnen und Helden auf Sie.

Bayside Summers ist nur eine der Serien aus meiner großen Sammlung von Liebesromanen mit Tiefgang, Humor und Happy-End-Garantie. In allen Büchern finden Sie eine abgeschlossene Geschichte, die auch für sich allein gelesen werden kann. Figuren aus den einzelnen Serien und Büchern der weitverzweigten »Love in Bloom – Herzen im Aufbruch«-Familien tauchen immer wieder auch in den anderen Bänden auf. So verpassen Sie nie eine Verlobung, eine Hochzeit oder eine Geburt. Wenn Sie mögen, lernen Sie doch auch die anderen Serien der Reihe kennen! Eine vollständige Liste aller auf Deutsch erschienenen und geplanten Bücher gibt es am Ende des Buches und unter dem folgenden Link finden Sie weitere Informationen:

www.MelissaFoster.com/Herzen-im-Aufbruch

Wenn dies Ihr erster Roman aus meiner Reihe »Love in Bloom – Herzen im Aufbruch« war, eröffnet sich Ihnen nun eine ganz neue Welt voller leidenschaftlicher und loyaler Heldinnen und Helden, die sich allesamt auf Sie freuen! Alle Bücher dieser Liebesroman-Reihe können unabhängig voneinander gelesen werden, Sie können also überall direkt einsteigen. Aber vielleicht möchten Sie auch mit *Schwestern im Aufbruch* starten, dem Buch, mit dem alles seinen Anfang nahm. Hier gibt es mehr Informationen:
www.MelissaFoster.com/Herzen-im-Aufbruch

Emerys und Deans Geschichte hat mir so viel Spaß gemacht. Vielen Dank an Alex van Frank, die mich als zertifizierte Yogatherapeutin mit ihrem Expertenwissen unterstützt und mit einer Engelsgeduld meine unzähligen Fragen beantwortet hat.

Wenn Sie sich das Cottage anschauen möchten, das meine Inspiration für Deans Haus war, suchen Sie nach dem Firefly Cottage in Cornwall, Großbritannien. Es hat mich schon beim ersten Anblick angesprochen, und ich wusste sofort, dass es perfekt zu Dean passt.

Ich freue mich immer riesig, wenn meine Fans mit mir in Kontakt treten und mich wissen lassen, dass sie meine Geschichten ebenso gerne lesen, wie ich sie schreibe. Wenn Sie noch nicht Mitglied in meinem Fanclub sind, worauf warten Sie

noch? Wir haben immer viel Spaß miteinander, unterhalten uns über Bücher und Mitglieder erhalten exklusive erste Einblicke in zukünftige Veröffentlichungen.
www.Facebook.com/groups/MelissaFosterFans

Wie immer geht mein Dank an Lisa Filipe und Lisa Bardonski für unsere lustigen Gespräche und das »Headbanging«. Ein riesengroßes Dankeschön an mein gründliches und überaus fähiges Redaktionsteam: Kristen Weber, Penina Lopez, Juliette Hill, Marlene Engel, Lynn Mullan, Elaini Caruso, Justinn Harrison sowie auf deutscher Seite Stefanie Kersten, Stephanie Schottenhamel und Judith Zimmer. Danke für alles, was ihr für mich und unsere Leserinnen tut. Und wie immer bin ich unendlich dankbar für meine Familie, die mir die Zeit gibt, unsere wundervollen Lesewelten zu erschaffen.

Die Bradens (Peaceful Harbor)

Geheilte Herzen
Voller Einsatz für die Liebe
Liebe gegen den Strom
Vereinte Herzen
Melodie der Liebe
Sieg für die Liebe
Endlich Liebe – ein Braden-Flirt

Die Bradens & Montgomerys (Pleasant Hill – Oak Falls)

Von der Liebe umarmt
Alles für die Liebe
Pfade der Liebe
Wilde Herzen
Schenk mir dein Herz
Der Liebe auf der Spur
Verrückt nach Liebe
Liebe süß und sündig
Und dann kam die Liebe
Eine unerwartete Liebe
Verliebt in Mr. Bad

Die Remingtons

Spiel der Herzen
Im Dschungel der Liebe
Herzen in Flammen
Herzen im Schnee
Liebe zwischen den Zeilen
Von der Liebe berührt

Die Ryders

Von der Liebe bestimmt
Von der Liebe erobert
Von der Liebe verführt
Von der Liebe gerettet
Von der Liebe gefunden

Seaside Summers

Träume in Seaside
Herzen in Seaside
Hoffnung in Seaside
Geheimnisse in Seaside
Nächte in Seaside
Herzklopfen in Seaside
Sehnsucht in Seaside
Geflüster in Seaside
Sternenhimmel über Seaside

Bayside Summers

Sommernächte in Bayside
Verführung in Bayside
Sommerhitze in Bayside
Neuanfang in Bayside
Mondschein in Bayside
Versuchung in Bayside

Die Steeles auf Silver Island

Herzen in Versuchung
Meine wahre Liebe

...

Die Whiskeys: Dark Knights aus Peaceful Harbor

Tru Blue – Im Herzen stark
Truly, Madly, Whiskey – Für immer und ganz
Driving Whiskey Wild – Herz über Kopf
Wicked Whiskey Love – Ganz und gar Liebe
Mad About Moon – Verrückt nach dir
Taming My Whiskey – Im Herzen wild
The Gritty Truth – Kein Blick zurück
In For A Penny – Süßes Glück
Running on Diesel – Harte Zeiten für die Liebe

Die Whiskeys: Dark Knights von der Redemption Ranch

Immer Ärger mit Whiskey
Sullys Befreiung
Um Whiskeys willen
Der Geschmack von Whiskey

...

Entdecken Sie Melissa Fosters Bücher auch auf:
www.MelissaFoster.com/Herzen-im-Aufbruch